DAMIAN DIBBEN

Jake Djones
in der Arena des Todes

Damian Dibben

JAKE DJONES
in der Arena des Todes

Roman

Aus dem Englischen übersetzt
von Michael Pfingstl

penhaligon

Die Originalausgabe erschien unter dem Titel
»The History Keepers. Circus Maximus« bei Doubleday,
an imprint of Random House Children's Books,
a Random House Group Company, London.

MIX
Papier aus verantwortungsvollen Quellen
FSC® C014496
FSC www.fsc.org

Verlagsgruppe Random House FSC-DEU-0100
Das für dieses Buch verwendete FSC®-zertifizierte Papier
EOS liefert Salzer Papier, St. Pölten, Austria.

Satz: Vornehm Mediengestaltung GmbH, München
Druck und Einband: GGP Media GmbH, Pößneck
Printed in Germany
ISBN 978-3-7645-3094-5

www.penhaligon.de

Für die fabelhaften, verrückten
Morrisons aus Derw Mill

I

Die Königin der Nacht

Der Abend, an dem Jake Djones vollkommen versagte und das Leben der Geschichtshüter in Gefahr brachte, war so unnatürlich bitterkalt, dass die Ostsee beinahe vollkommen zugefroren war.

Von den windgepeitschten Küsten Dänemarks bis hinauf zum weit entfernten Finnland erstreckte sich eine dünne, fast nahtlose Eisdecke, die gespenstisch silbrig im Mondschein schimmerte. Unablässig fiel der Schnee darauf und tauchte alles in eine unheimliche Stille.

Vorbei an unzähligen Landzungen und kleinen Inseln hielt ein Schiff mit blauen Segeln auf die am Horizont märchenhaft glitzernden Lichter Stockholms zu. Ächzend schob sich der Rumpf der *Tulpe* durch das Eis. Am Steuerrad stand eine groß gewachsene, elegant gekleidete Gestalt in einem langen Pelzmantel. Sie streckte den Arm aus und läutete die Schiffsglocke. »Es ist so weit, werte Herren!«, verkündete sie in weichem amerikanischem Südstaatenakzent.

Sofort tauchten zwei weitere Gestalten, beide ebenfalls dick eingepackt, neben dem Steuerrad auf. Ihnen folgte ein Papagei mit leuchtend buntem Gefieder, der sich sogleich zitternd auf der Schulter seines Herrn niederließ. Mit zusammengekniffenen Augen spähten alle vier hinaus in die verschneite Nacht, den Blick fest auf die Lichter des Hafens gerichtet.

Die Gestalt im Pelzmantel war ein unglaublich gut aussehender junger Mann. Ein Lächeln umspielte die Lippen in seinem fein geschnittenen Gesicht. Neben ihm stand der Besitzer des Papageis. Er war ein gutes Stück kleiner und hatte die Stirn nachdenklich gerunzelt. Der Dritte hatte einen olivfarbenen Teint, dunkles gelocktes Haar und große braune Augen, die vor Begeisterung nur so leuchteten. Alle drei waren Agenten des Geheimdienstes der Geschichtshüter, jung und unerschrocken: Nathan Wylder, Charlie Chieverley und Jake Djones.

»Halt auf die Insel in der Mitte zu«, sagte Charlie in die Stille hinein und deutete auf eine Silhouette am nahen Horizont. »Das ist Stadsholmen, die Altstadt Stockholms. Sie ist das Juwel der ganzen Inselgruppe und das Zentrum des schwedischen Königreichs. Die Stadt hat allerdings schon bessere Tage gesehen: 1710 brach die Pest aus und hat fast ein Drittel der Bevölkerung dahingerafft.«

»Bessere Tage?«, fragte Nathan und zog den Mantel enger. »Du untertreibst, mein Freund. Stockholm im Winter des Jahres 1782 dürfte so ziemlich der unwirtlichste Ort auf dem ganzen Globus sein.« Er zog eine kleine Schatulle aus der Manteltasche und schmierte sich Fettsalbe in die Mundwinkel. »In dieser trockenen Kälte fallen mir noch die Lippen ab.«

»Verdammt, Nathan, wir haben das Jahr 1792!«, brummte Charlie. »1792, verstanden? Manchmal frage ich mich, wie du in diesem Job so lange am Leben bleiben konntest.«

Mister Drake – der Papagei auf Charlies Schulter – krächzte zustimmend und plusterte ungehalten das Gefieder auf.

»War nur ein kleiner Spaß«, erwiderte Nathan mit einem Grinsen. »Glaubst du wirklich, im Jahr 1782 würde ich diesen knöchellangen Zobel tragen? Ganz zu schweigen von den schnallenlosen Reitstiefeln, so streng, dass sie dem guten Napoleon bestens zu Gesicht stehen würden.« Er wandte sich an

Jake. »In den 1790er-Jahren kleidete man sich eher zurückhaltend«, erklärte er mit einem Zwinkern. Nathan hatte zwei große Schwächen: Mode und lebensgefährliche Abenteuer.

»Schnallenlose Reitstiefel, knöchellanger Zobel …«, murmelte Charlie. »Die reinste Barbarei. Tiere haben auch ein Recht zu leben, falls du es noch nicht mitbekommen hast, Nathan.«

Jake lauschte dem Geplänkel der beiden und genoss das Gefühl, Mitglied einer der aufregendsten und geheimnisvollsten Organisationen aller Zeiten zu sein: des Geheimdienstes der Geschichtshüter.

Es war gerade mal einen Monat her, dass sein Leben vollkommen über den Haufen geworfen worden war. Jake war entführt und ins Londoner Büro der Geschichtshüter verschleppt worden. Dort hatte man ihm eröffnet, dass seine Eltern bereits seit Jahrzehnten im Geheimen für die Organisation arbeiteten – und momentan leider im Italien des sechzehnten Jahrhunderts verschollen waren.

Was dann folgte, war eine einzige Achterbahnfahrt. Zuerst reiste Jake ins Jahr 1820, zum Nullpunkt, dem Hauptquartier der Geschichtshüter auf der Insel Mont-Saint-Michel am Ärmelkanal. Von dort ging es weiter ins Venedig des Jahres 1506. Er und seine Begleiter mussten nicht nur Jakes Eltern aufspüren, sondern ganz nebenbei auch noch den teuflischen Prinzen Zeldt davon abhalten, Europa mit der Beulenpest zu entvölkern. Beides gelang, doch die rätselhafte und wunderschöne junge Topaz, in die Jake sich verguckt hatte, hatten sie zurücklassen müssen.

Und noch etwas Unglaubliches war geschehen: Jake hatte erfahren, dass sein Bruder Philip, der angeblich vor drei Jahren bei einem Kletterunfall in den Pyrenäen ums Leben gekommen war, ebenfalls den Geschichtshütern angehört hatte. Es bestand sogar eine, wenn auch winzig kleine Chance, dass er noch am Leben war – irgendwo, in irgendeinem Jahrhundert.

Und jetzt befand Jake sich bereits mitten in seinem zweiten Einsatz. Zugegeben, dass er mitkommen durfte, war eher ein glücklicher Zufall. So gut wie alle, die sich im Moment am Nullpunkt aufhielten, hatten sich wegen einer verdorbenen Muschelsuppe eine mittelschwere Fischvergiftung zugezogen. Außerdem war der Einsatz nicht gefährlich. Andernfalls hätten sie Jake niemals mitgenommen, er war immerhin noch ein Neuling. Doch jetzt stand Jake auf dem Deck der *Tulpe* und reiste ins Skandinavien des achtzehnten Jahrhunderts, um eine Lieferung Atomium abzuholen – jener kostbaren Flüssigkeit, die Zeitreisen überhaupt erst ermöglichte.

»Wen treffen wir hier eigentlich?«, fragte Jake und versuchte, die Nervosität in seiner Stimme zu verbergen.

»Caspar Isaksen der Dritte.« Charlie zuckte die Achseln. »Hab ihn nie kennengelernt, aber er ist so alt wie wir, glaub ich. Für seinen Vater hab ich mal Kürbis-Tajine gekocht. Er sagte, er würde noch auf seinem Sterbebett an den exzellenten Geschmack zurückdenken.« Charlie war ein leidenschaftlicher Koch und seit einem unschönen Erlebnis in der Küche des französischen Kaiserhofs überzeugter Vegetarier.

»*Ich* kenne ihn«, erklärte Nathan mit einem Augenrollen. »Bin ihm schon zweimal begegnet. Er ist kaum zu übersehen. Stopft die ganze Zeit Süßspeisen in sich hinein, als würden sie morgen per Dekret verboten werden, und er niest in einer Tour.«

»Und was haben die Isaksens mit Atomium zu tun?«, hakte Jake nach. Auf seinem ersten Einsatz hatte er einiges über die Substanz erfahren. Um zu einem bestimmten Datum zu gelangen, mussten die Agenten eine exakt abgestimmte Atomium-Tinktur zu sich nehmen. Dann ging es per Schiff zu einem der Horizontpunkte, einer Art magnetischem Mahlstrom auf dem offenen Meer. Nicht jeder konnte durch die Zeit reisen. Die Fähigkeit wurde vererbt. Die Geschichtshüter nannten sie »Tatkraft«. Um den Lauf der Geschichte zu wahren, waren sie auf Gedeih und Verderb auf das Atomium angewiesen. Ihre Aufgabe war, die Vergangenheit vor finsteren Mächten zu schützen, die versuchten, das Zeitgefüge zu zerstören und die Welt ins Chaos zu stürzen.

»Ohne die Isaksens kein Atomium«, antwortete Charlie. »Die Familie stellt es nun schon seit über zweihundert Jahren her. Eine nicht gerade leichte Aufgabe. Die Zutaten, die nur einer Handvoll Geheimnisträger bekannt sind, müssen jahrelang veredelt …«

»Jahrzehntelang, mein Freund«, warf Nathan ein.

»Richtig«, fuhr Charlie fort, »und dann bei beträchtlichen Minusgraden verarbeitet werden. Deshalb hat Sejanus Poppoloe, der Gründer der Geschichtshüter, das Labor in Nordschweden eingerichtet. Dann übergab er es an Frederik Isaksen. Bis zum heutigen Tag stammt jede Unze Atomium, die je an eines der Büros auf dem Globus ausgeliefert wurde, aus Isaksens Labor.«

»Und warum treffen wir uns in Stockholm und nicht in seinem Labor?«, fragte Jake weiter.

»Oh Mann«, stöhnte Charlie. »Du musst wirklich noch eine Menge lernen. Niemand betritt je das Labor. Wir wissen nicht mal, wo es ist. Selbst Kommandantin Goethe weiß es nicht.«

Jake schaute ihn verblüfft an. Wenn jemand wissen konnte, wo sich das Labor befand, dann Galliana Goethe, die seit drei Jahren die Kommandantin der Geschichtshüter war.

»Noch ein Geheimnis, das die Isaksens für sich behalten und nur innerhalb der Familie weitergeben«, sprach Charlie weiter. »Kannst du dir vorstellen, was passieren würde, wenn die falschen Leute erfahren, wo es ist? Weltuntergang im Quadrat!«

»Es gibt so eine Legende«, mischte Nathan sich erneut ein, »dass es im Inneren eines Berges liegt, in den man nur durch eine verborgene Kalksteinhöhle gelangt.«

»Wie dem auch sei«, schloss Charlie seinen Vortrag, »sobald das Atomium fertig ist, überbringt ein Familienmitglied die Lieferung an einen zuvor festgelegten Ort. Und nachdem Caspar Isaksen genauso wie ich ein Opernfan ist, bot sich das Stockholmer Opernhaus als Übergabeort an. Wir sind kein bisschen zu früh dran«, fügte er düster hinzu. »Die Atomiumvorräte am Nullpunkt sind so gut wie erschöpft. In der gesamten Geschichte des Geheimdienstes hatten wir noch nie so wenig. Eine pünktliche Lieferung ist absolut existenziell.«

»Weshalb wir diesmal keine unautorisierten Einzelaktionen von gewissen Neuzugängen brauchen können«, erklärte Nathan leicht spöttisch und schlug Jake herzhaft auf den Rücken.

Jake betrachtete den Hafen. Überall lagen Schiffe vor Anker, wie ein dichter Wald erhoben sich Masten und Takelagen in den dunklen Abendhimmel. Entlang der Uferlinie erstreckten sich Lagerhallen und Magazine. Matrosen und Händler eilten hin und her, ihr Atem hing wie kleine Nebelfetzen in der eisigen Winterluft. Ladungen von Eisen, Kupfer und Zinn, Fässer voll kostbarer Harze, Kisten mit Bernstein, Roggen- und Weizensäcke sowie Netze voll glitzerndem Fisch wurden aus den Schiffsbäuchen gehievt oder verschwanden darin.

Wie immer, wenn sie an einem unbekannten Ort ankamen, beäugte Mister Drake die Szene neugierig und ein wenig misstrauisch.

Schließlich machte die *Tulpe* neben einem beeindruckend großen Linienschiff fest. Die Kinnladen klappten ihnen herunter, als Jake und Nathan das doppelte Kanonendeck bestaunten. Hoch über ihren Köpfen standen an der Reling ein paar stiernackige Matrosen mit kahl rasierten Schädeln beieinander und unterhielten sich in schroffem Ton.

Nathan blickte zu ihnen hinauf und lüpfte die Pelzmütze. »Welch ein wunderbarer Abend für einen Opernbesuch, findet Ihr nicht auch?«, rief er, aber die Seeleute ignorierten ihn.

»Sei ein guter Junge, Mister Drake«, flüsterte Charlie dem Papagei zu und strich ihm übers Gefieder. »Bleib schön hier. Es dauert nicht lange.« Er gab ihm noch ein paar Nüsse, dann sprangen die drei Agenten von Bord.

Gegen die Kälte schlugen sie die Mantelkragen hoch und bahnten sich auf dem vereisten Steinpflaster einen Weg durch das Gedränge am Kai. Jake inspizierte die Verkaufsstände. Es gab Fleisch, gesalzenen Fisch und Holzbecher mit dampfendem Apfelwein. Und dann fiel sein Blick auf eine Wahrsagerin.

Sie hatte ein Spitzentuch um den Kopf gewickelt, in den knorrigen Fingern hielt sie einen Stapel Tarotkarten und streckte ihn Jake beschwörend entgegen.

Jake blieb kurz stehen und betrachtete die oberste Karte: Sie zeigte ein grinsendes Skelett vor einem mondbeschienenen Meer.

Die Wahrsagerin blickte ihn aus wolkengrauen Augen verheißungsvoll an.

»Lass dich gar nicht erst drauf ein«, brummte Nathan und packte Jake am Arm. »Wahrscheinlich will sie dir nur irgendwelchen Kram andrehen.«

Am Königspalast vorbei gelangten sie über eine hölzerne Brücke zu einem prächtigen Platz. Vor ihnen erhob sich das mehrstöckige Opernhaus mit einer steinernen Krone über dem Eingangsportal. Eine Kutsche nach der anderen machte auf dem Vorplatz halt. Die erlesensten Mitglieder der Stockholmer Gesellschaft, in feinste Pelze gekleidet, stiegen aus und stolzierten in das Gebäude.

»Die Oper«, stöhnte Nathan kopfschüttelnd. »Gibt es irgendetwas auf Gottes Erden, das noch lächerlicher wäre? Müßige Wichtigtuer, die sich über nichts und wieder nichts das Maul zerreißen. Hätte dieser nichtsnutzige Isaksen nicht einen angemesseneren Treffpunkt aussuchen können?«

»Halt die Klappe, Wylder!«, schnaubte Charlie. »Wir werden gleich Zeugen einer der ersten Aufführungen von Mozarts *Zauberflöte*. Er hat sie erst vor einem Jahr geschrieben. Die Tinte auf der Partitur ist gerade mal trocken, und jetzt ist er tot. Möge seine Seele in Frieden ruhen. Die Gelegenheit, die sich uns heute Abend bietet, ist absolut einmalig.«

Nathan blickte Jake mit gespieltem Schuldbewusstsein an, dann machten sie sich auf den Weg zum Eingang.

Auf der anderen Seite des Platzes kamen zwei Reiter aus einer schattigen Gasse. Den Blick fest auf die drei Agenten gerichtet, stiegen sie ab. Der eine – er trug einen langen Mantel mit Stehkragen – trat in den fahlen Lichtschein einer Laterne. Er war ein groß gewachsener Mann mit auffallend gerader Körperhaltung. Das helle Haar war schulterlang und absolut glatt. Sein Begleiter war mit einem dunklen Umhang und einem breitkrempigen Hut bekleidet. Der Blonde flüsterte ihm etwas ins Ohr und übergab ihm die Zügel seines Pferdes, dann eilte er den dreien hinterher.

Jake staunte nur so, als sie das Foyer betraten. In krassem Kontrast zu der winterlichen Düsternis draußen leuchtete hier drinnen alles in Gold und weißem Marmor. Überall waren große Spiegel angebracht, und an der Decke hingen mehr Kronleuchter, als Jake zählen konnte. Die versammelte Menge war nicht weniger erlesen als der Raum, in dem sie sich befanden. Polierte Stiefel und schimmernde Seidenkleider spiegelten sich im Hochglanzparkett, elegante Herrschaften standen in kleinen Grüppchen beisammen und schnatterten oder strebten die breite Haupttreppe hinauf, stets um sich blickend und nach dem nächsten kleinen Gesellschaftsskandal Ausschau haltend.

»Sieht so aus, als hätte der heutige Abend zumindest modisch etwas zu bieten«, meinte Nathan schon etwas versöhnlicher und ließ elegant den Pelzmantel von den Schultern gleiten, um sein leuchtend ultramarinblaues Jackett samt passender Stiefelhose zur Geltung zu bringen. »Seht euch diese Schnitte an, diese Details, diese Extravaganz. Allein die Knöpfe sind preisverdächtig.«

Ein Diener mit Perücke und weißen Handschuhen kam heran und half Jake und Charlie aus ihren einfachen Winterröcken. Als Jake sich beim Ausziehen auch noch im Ärmel verfing, verzog er spöttisch das Gesicht. Es folgte ein kleines Gerangel, das Geräusch reißenden Stoffs ertönte.

»Hoppla«, sagte Jake und errötete leicht.

Der Diener seufzte nur ungehalten und gab ihnen die Garderobenmarken. Sie waren aus Elfenbein.

»Und schön vorsichtig mit meinem Mantel!«, rief Nathan dem Garderobier hinterher. »Der Duke von Marlborough hat ihn bei der zweiten Schlacht von Höchstädt getragen.« Er beugte sich an Jakes Ohr: »Stimmt zwar nicht ganz, aber mit einem so edlen Stück kann man gar nicht vorsichtig genug sein.«

Eine Glocke ertönte, und die Besucher machten sich auf zu ihren Plätzen.

»Bringen wir's hinter uns«, seufzte Nathan. »Wo sitzen wir?«

»Erster Rang, Loge M«, erwiderte Charlie knapp und deutete auf eine Treppe. Sie gingen hinauf.

Hinter einer Säule stand ein Mann mit schulterlangem blondem Haar und beobachtete, wie ein weiterer Bediensteter des Hauses die Gruppe einen von Kerzen erleuchteten Gang entlang zu ihrer Loge führte. Sie war mit rotem Samt ausgeschlagen, die vier mit Blattgold verzierten Stühle passten gerade so hinein, aber der Blick auf die Bühne und über den Zuschauerraum war atemberaubend. Jake kam sich vor wie in einer begehbaren Schmuckschatulle. Fünf Logenränge erhoben sich majestätisch über das Parkett. Jede Loge war voll besetzt mit Adligen, die leise miteinander tuschelten – offensichtlich über die anderen Operngäste. Jake musste unwillkürlich an einen Zoo denken.

»Und, wo ist nun dieser Caspar Isaksen?«, fragte Nathan mit einem mürrischen Blick auf den leeren Stuhl. »Sieht ganz so aus, als würde er sich mal wieder verspäten.« Er nahm das silberne Opernglas zur Hand, das auf einem Beistelltischchen bereitlag. »Wie es scheint, bleibt noch genug Zeit, um den momentanen Stand der schwedischen Architektenkunst zu würdigen. Faszinierend …«

Charlie sah, dass Nathan das Opernglas auf eine Loge mit

drei jungen Damen gerichtet hatte, die kokett über den Rand ihrer Fächer blinzelten.

»Könntest du dich zur Abwechslung mal ein bisschen konzentrieren?«, fragte er seufzend. »Wir sind hier bei der Arbeit.« Er entriss Nathan das Glas und gab es an Jake weiter. »Vielleicht kannst du was Vernünftigeres damit anfangen.«

Jake erwog kurz, erst einmal die drei Grazien gegenüber in Augenschein zu nehmen, beschloss dann aber, mit den anderen Logen anzufangen. Noch nie hatte er so viel Reichtum auf einem Haufen gesehen, so viele teure Kleider und glitzernde Juwelen. Da fiel ihm ein junges Mädchen in einem weißen Kleid auf. Sie war allein, und etwas an ihr erinnerte ihn an Topaz. Er spürte einen Stich im Herzen, als er an die schreckliche Nacht an Bord der *Lindwurm* zurückdachte. An jene Nacht, in der Topaz in den Strudeln der Zeit verschwunden war. Wahrscheinlich für immer.

Jake riss sich aus seinen Gedanken und inspizierte die nächste Loge. Diesmal blieb sein Blick an einem Mann mit schulterlangem glattem Haar hängen.

Auch er hielt einen silbernen Gegenstand in der Hand: Es war eine Pistole. Er hatte sie direkt auf Jake gerichtet.

Jake schnappte nach Luft und ließ das Opernglas fallen. Hastig hob er es wieder auf und sah noch einmal hin: nichts. Mit einem Kopfschütteln drehte er das Glas richtig herum und kniff die Augen zusammen, aber die Loge war leer. Keine Spur mehr von dem Mann mit der Pistole.

»Was ist bloß los mit dir?«, fragte Nathan.

»Die Loge dort drüben! Da war ein Kerl mit einer Pistole.«

Nathan und Charlie schauten hinüber zu der Loge, in der gerade ein älterer Herr neben seiner Frau Platz nahm.

»Jetzt ist er wieder weg, aber ich schwöre, ich habe ihn gesehen.«

Die beiden dienstälteren Agenten wechselten einen vielsagenden Blick. »Das ist furchtbar neu für dich, mein Bester«, sagte Nathan und versuchte, den Hohn in seiner Stimme zu verbergen, scheiterte aber kläglich. »Du bist ein bisschen übernervös, das ist alles. Wir sind hier in der Oper: Jeder begafft jeden. Gehört alles zum Spiel.«

»Er hat uns nicht begafft, er hat mit einer silbernen Pistole auf uns gezielt«, beharrte Jake.

»Silbern?«, wiederholte Nathan. »Es war nicht zufällig ein Opernglas wie dieses hier?«

Auch möglich, dachte Jake. Es war alles so schnell gegangen.

»Außerdem weiß keine Menschenseele, dass wir hier sind. Kommandantin Goethe allein kennt unsere Zeitkoordinaten. Also brich bitte nicht gleich in Panik aus.« Nathan beugte sich ein Stück heran. »An deiner Stelle«, flüsterte er und deutete auf die Bühne, »würde ich mich lieber darauf konzentrieren, was gleich da unten passiert.«

Die Gaslaternen wurden heruntergedreht. Eine erwartungsvolle Stille senkte sich über das Publikum, während Jake versuchte, seinen hämmernden Puls in den Griff zu bekommen. Eine Fanfare erschallte, begleitet von einem Paukenwirbel. Alle Augen waren auf die Bühne gerichtet, nur Jake konnte nicht anders, als den Zuschauerraum weiter nach dem Mann mit der Pistole abzusuchen. Aber es war zwecklos – zu dunkel, zu viele Menschen.

Es folgte ein weiterer Trompetenstoß, dann setzten die Geigen ein. Ganz langsam hob sich der Vorhang, und Jake bekam eine Gänsehaut. Nacheinander erhellten für das Theaterpublikum schier unfassbar Lichteffekte einen großen Vollmond über einem Gebirge, davor drei Pyramiden und schließlich im Vordergrund ein paar Palmen mit Blumenrabatten darum herum. Ein Keuchen ertönte aus dem Zuschauerraum.

»Ägypten«, flüsterte Charlie ehrfürchtig. »Das Reich der Königin der Nacht. Jeden Moment kommt Tamino auf die Bühne. Er flieht vor einer Riesenschlange.«

»Ich fall gleich in Ohnmacht vor Aufregung«, sagte Nathan gähnend.

Begleitet von leisem Applaus trat der junge Held aus einer Wolke Kunstnebel. Dann kam von oben die Schlange herab – wieder ein Keuchen aus dem Publikum, lauter diesmal.

Auch Jake war nicht gerade wohl bei dem Anblick. Das Monster auf der Bühne war aus Pappmasché, keine Frage, aber es sah erstaunlich echt aus und rief unangenehme Erinnerungen in ihm wach. Es war gerade erst ein paar Wochen her, dass er sich in einer finsteren Grube genau solcher, allerdings nur allzu lebendiger Kreaturen hatte erwehren müssen. Erst in letzter Sekunde waren er und sein Team von Jakes Eltern gerettet worden.

Weitere Figuren betraten die Bühne: drei geheimnisvoll verschleierte Damen, gefolgt von einem Mann im Vogelkostüm.

»Schade, dass Mister Drake das nicht sehen kann«, kommentierte Charlie.

Es folgte ein Donnergrollen, und eine majestätische Silhouette schwebte auf die Bühne herab.

»Das ist sie, die Königin der Nacht«, flüsterte Charlie. »Sie wird Tamino bitten, ihre Tochter aus den Fängen des bösen Zauberers Sarastro zu befreien. Macht ganz einen auf verzweifelte Mutter, dabei ist sie in Wahrheit die Schurkin. Die reizende Königin will die Sonne stehlen und die Welt in ewige Dunkelheit hüllen.«

»Ja, ja, immer diese Mütter …«, murmelte Nathan.

Jake war hingerissen. Das fantastische Kostüm, die schaurigschöne Stimme und der durchdringende Blick der Königin nahmen ihn so gefangen, dass er erschrocken zusammenzuckte, als jemand an die Tür zu ihrer Loge klopfte.

Die drei hatten noch nicht einmal Zeit gehabt, die Köpfe zu drehen, als es auch schon zum zweiten Mal klopfte, begleitet von einem heftigen Niesanfall. »Ich bin's, Caspar«, sagte eine Fistelstimme.

Erleichtert öffnete Jake die Tür, und Caspar Isaksen quetschte sich auf den freien Stuhl. Jake war überrascht: Caspar war ungefähr genauso groß wie er und konnte höchstens ein Jahr älter sein als Jake, sah aber aus, als würde er doppelt so viel wiegen. Caspar hatte rote Wangen, die Nase lief in einer Tour, und das helle Haar stand ihm in allen Richtungen vom Kopf ab. Das Lächeln auf seinen Lippen wirkte etwas gequält, Schweißperlen standen ihm auf der Stirn. Er trug ein leuchtend türkisfarbenes Jackett mit einer viel zu engen Weste darunter, die er auch noch falsch zugeknöpft hatte.

»'tschuldigung. Tut mir leid, dass ich so spät dran bin«, keuchte Caspar und tupfte sich die Stirn. »Guten Abend. Caspar Isaksen.« Er schüttelte Jake und Charlie die Hand. »Ah, der Herr Nathan. Wir kennen uns ja bereits. Wie Ihr seht, habe ich Euren Rat beherzigt. Ihr hattet recht: Türkis macht in der Tat unglaublich schlank! Ich trage nur noch diese Farbe.«

Stolz drehte er sich hin und her, um sich von allen Seiten zu präsentieren, da fiel sein Blick auf die Bühne. »Ach, du lieber Gott! Die Königin der Nacht ist auch schon da. Hat sie Tamino schon bezirzt, das hinterhältige Stück?«

Nathan war schon jetzt am Ende seiner Geduld. »Zuerst zum Geschäft«, unterbrach er. »Gehe ich recht in der Annahme, dass das Atomium sich in diesem Koffer befindet?« Er deutete auf den Karton in Caspars Händen.

»Das Atomium ...« Caspar verstummte mitten im Satz und hielt einen Finger hoch. Während Jake sich noch fragte, was die Geste zu bedeuten hatte, wurde Caspar bereits vom nächsten Niesanfall durchgeschüttelt. Es folgte ein zweiter und schließlich noch einer.

»Tut mir leid, tut mir ganz furchtbar leid«, seufzte Caspar und tupfte sich erneut die Stirn. »Ihr habt natürlich recht: zuerst das Geschäft.« Er stellte den Karton auf den Boden und öffnete den Deckel. Was er herausholte, waren jedoch keine Fläschchen, sondern weitere Kartons mit dem Aufdruck einer Konditorei, und zwar erstaunlich viele davon.

Charlie und Jake schauten ihn verdutzt an.

»Wenn ich in Stockholm bin, kann ich einfach nicht anders, als der Konditorei Sundberg einen kleinen Besuch abzustatten. Erdbeercreme, Zimtgebäck, Christstollen … Ganz vorzüglich«, murmelte Caspar, während er die Spezialitäten eine nach der anderen beiseitestellte. Endlich war er ganz unten bei einem kleinen Holzkästchen angelangt. Eilig wischte er Puderzucker und Sahnespritzer von dem dunklen Furnier, dann reichte er es Nathan.

Erwartungsvoll schauten die drei Agenten auf das Kistchen. In den Deckel war ein fein geschwungenes »I« graviert, wahrscheinlich für »Isaksen«. Nathan klappte das Kästchen auf. In einem indigofarbenen Futteral lagen zwei Kristallphiolen, beide bis zum Rand gefüllt mit der kostbaren, silbrig glitzernden Flüssigkeit.

»Die eine Lieferung ist für den Nullpunkt bestimmt«, erklärte Caspar jetzt in etwas geschäftsmäßigerem Ton. »Das zweite Fläschchen ist für die Dependance in China.«

Nathan klappte gerade den Deckel zu, als Jake bemerkte, wie ein einzelner Zuschauer vom Parkett aus zu ihnen heraufstarrte: der blonde Mann von vorhin.

»Da ist er wieder!«, rief Jake.

Die anderen drei folgten seiner Blickrichtung und sahen gerade noch, wie der Mann von seinem Sitz aufsprang, eine silberne Pistole gezückt. Nathan riss Jake das Opernglas aus der Hand und verfolgte den Weg des Fremden: Er eilte den Gang entlang und stürmte durch die Doppeltür ins Foyer.

»Wir wurden entdeckt. Sofort zurück zum Schiff.« Hastig gab Nathan Jake das Opernglas zurück und nahm das Kistchen mit dem Atomium. Er fingerte kurz daran herum, aber Jake konnte nicht sehen, was genau er machte. Dann schob er langsam die Logentür auf und streckte den Kopf hinaus zum Flur: Die Luft war rein. »Charlie, du gehst da lang. Wer als Erster bei der *Tulpe* ist, macht sie klar zum Auslaufen.«

Charlie rannte das Treppenhaus hinunter zum Ausgang.

»Jake, Caspar, ihr kommt mit mir«, befahl Nathan.

Umständlich verstaute Caspar seine Konditoreispezialitäten wieder im Karton.

»Jetzt!«, bellte Nathan. Charlie war bereits durch den Ausgang verschwunden, Nathan und Jake liefen in die entgegengesetzte Richtung. Caspar kam hechelnd hinterher. Da hörten sie trampelnde Schritte, die ihnen vom Treppenhaus entgegenkamen. Wie angewurzelt blieben sie stehen. Die Zeit schien einen Moment lang stillzustehen, dann kam der unheimliche Blondschopf am anderen Ende des Flurs die Treppe heraufgerannt. Zum ersten Mal konnte Jake ihn im Licht der Kerzenleuchter genau sehen. Er musste etwa sechzehn Jahre alt sein, im selben Alter wie Nathan also. Sein Gesicht war auffallend fein geschnitten, der Blick selbstsicher bis arrogant, und der eleganten Kleidung nach zu urteilen, war er genauso ein Modefreak wie Nathan. Wäre da nicht das absolut glatte helle Haar gewesen – er hätte sein Zwillingsbruder sein können.

Nathan wurde blass. »Wer in aller Welt ist dieser …«

Der seltsame Fremde hob die Pistole und schoss.

Der Hut mit der breiten Krempe

Die Kugel flog pfeifend über ihre Köpfe und holte einen der Kristallleuchter von der Decke. Mit einem Krachen zerschellte er hinter ihnen auf dem Boden.

»Ein Warnschuss«, sagte der Fremde mit leichtem Akzent. »Gebt mir das Kistchen. Widerstand ist zwecklos«, erklärte er mit öliger Stimme und streckte die leere Hand vor, während er mit der anderen die wunderschön gearbeitete Steinschlosspistole hochhielt.

»In Ordnung«, sagte Nathan seelenruhig in die entstandene Stille hinein und hielt ihm die Holzschatulle hin. »Ich habe nicht vor, wegen zwei kleiner Fläschchen meine glorreiche Laufbahn vorzeitig zu beenden. Das Zeug schmeckt sowieso grässlich. Ihr habt gewonnen.«

»Nathan!«, murmelte Jake ungläubig.

»Aber Ihr könnt doch nicht …«, stammelte Caspar und spähte über Jakes Schulter. Wieder musste er niesen.

Nathan ignorierte die beiden. »Wie war noch mal der werte Name?«, fragte er höflich. »Ich glaube, wir hatten noch nicht das Vergnügen.«

»Eine etwas aufdringliche Frage, meint Ihr nicht?«, antwortete der Fremde lächelnd. »Ihr dürft mich Leopard nennen«, sagte er schließlich mit einem Achselzucken.

»Leopard? Was für ein origineller Spitzname.«

»Das ist kein Spitzname«, korrigierte der andere. »Ich bin *der* Leopard. Es gibt nur den einen. Ich bin einzigartig.«

»Das sehe ich«, murmelte Nathan. »Eure zweireihige Weste ist ihrer Zeit weit voraus. Und erst das chinesische Muster auf Eurer Reithose … unglaublich!«

Das Lächeln auf dem Gesicht des Leoparden verschwand. »Her mit dem Kistchen«, sagte er und richtete die Pistole auf Nathans Stirn.

Mit einem Seufzen hielt Nathan ihm die Schatulle hin.

Der Leopard nahm sie und ließ Nathan für einen Sekundenbruchteil aus den Augen. Dann geschah alles gleichzeitig: Der Fremde sah, dass er getäuscht worden war – das Kistchen war leer. Nathan entriss Caspar das völlig durchnässte Taschentuch und warf es dem Leoparden ins Gesicht, wo es prompt kleben blieb. Ein Schuss löste sich, aber die Kugel ging in die Decke, während Nathans Stiefel mit voller Wucht gegen den Kiefer des Blondschopfs krachte. Der Leopard taumelte benommen ein paar Schritte zurück, stolperte und fiel rücklings gegen die Wand. Da rannten die drei Agenten los.

»Ich habe gelogen!«, rief Nathan noch über die Schulter. »Der Plunder, den Ihr da am Leib tragt, ist der Gipfel der Geschmacklosigkeit!«

Am anderen Ende des Flurs angekommen, riss Nathan eine Logentür auf und schob Jake und Caspar hinein. Er verriegelte die Tür von innen und wandte sich den Insassen zu: Es waren die drei jungen Grazien, die er zuvor durch das Opernglas inspiziert hatte.

Instinktiv umklammerten die Damen ihre Juwelenketten, doch nachdem sich der erste Schreck gelegt hatte, schienen sie durchaus erfreut über den unerwarteten Besuch.

»Ich wünschte, ich hätte etwas mehr Zeit für Euch, edle Fräulein«, gurrte Nathan mit einem strahlenden Lächeln und warf die braunen Locken zurück, »aber ich fürchte, die Umstände lassen es nicht zu.« Er winkte seine Begleiter ans Geländer. »Schnell«, flüsterte er, schwang die Beine über die Brüstung und sprang die drei Meter hinunter aufs Parkett. Bei der Landung fielen ihm die Atomiumfläschchen aus der Jacketttasche, aber Nathan sammelte sie blitzschnell wieder auf. Im Zuschauerraum erhob sich unterdessen ungehaltenes Gemurmel.

Jake nickte den Damen entschuldigend zu, und Caspar lief feuerrot an. Ängstlich hielt er seine Konditoreispezialitäten an die Brust gepresst, während Jake versuchte, ihn über das Geländer zu bugsieren. Das war zu viel für Caspars Hose. Mit einem lauten Ratschen riss die Naht im Schritt. Rosarot, umrahmt von knalligem Türkisblau, leuchtete sein beachtlicher Hintern hervor. Als Caspar sich schnaufend auf die andere Seite des Balkons hievte, riss die Hose komplett durch, sodass auch der Rest des Publikums sein voluminöses Hinterteil zu sehen bekam. Dann sprang er ab, und Jake folgte ihm mit einem eleganten Wälzsprung.

Kaum war er unten aufgekommen, drückte Nathan ihm auch schon die Phiolen in die Hand. »Mein Jackett«, sagte er mit einem Achselzucken. »Eine Sternstunde der Modegeschichte, aber Löcher in allen Taschen. Besser, du nimmst sie.«

Jake wusste den unvermittelten Vertrauensbeweis zu schätzen, aber die immense Verantwortung machte ihn doch etwas nervös. Zur Sicherheit stopfte er die Fläschchen so tief in seine Westentasche, wie er nur konnte.

»Da lang!«, befahl Nathan und rannte am Rand des Zuschauerraums Richtung Foyer. Da sahen sie, wie der Leopard durch die Flügeltüren hereingestürmt kam.

Nathan machte auf dem Absatz kehrt und schlug sich seitwärts zwischen die Sitzreihen.

Jake folgte ihm. Wie eine Heuschrecke sprang er über glänzende Lackstiefel und teure Seidenschleppen.

Caspar hielt fest, was von seiner Hose noch übrig war, und stolperte hinterher. Nach wenigen Schritten fiel ihm die Konditorschachtel aus der Hand, Zimt stob auf, und Stollenstreusel spritzten in alle Richtungen. Es gab einen entsetzten Aufschrei, und eine ältere Dame zog ihm erbost ihren Fächer über den Hinterkopf, während Caspar die Schachtel hastig wieder aufhob.

»Beeil dich!« Jake packte Caspars Hand und zog ihn hinter sich her.

Der Leopard kam schnell näher, und ihnen blieb nichts anderes übrig, als in Richtung Bühne zu fliehen. Als sie hinunter in den Orchestergraben sprangen und auf der anderen Seite auf die Bühne klettern, standen mehrere Zuschauer schockiert auf.

Ohne ihre Arie zu unterbrechen, wandte sich die Königin der Nacht den Eindringlingen zu. Wutentbrannt schmetterte sie ihnen Note um Note entgegen, als wären es Dolche.

Der Leopard war jetzt fast auf Schussdistanz heran und hob die Pistole, da kamen durch die Seitentüren Wachmänner mit Musketen im Anschlag in den Saal gestürzt. Anscheinend hatten die Platzanweiser sie wegen des Schusses vorhin alarmiert.

Nathan beobachtete von der Bühne aus, wie ihr Verfolger die Pistole wegsteckte und den Rückzug antrat, dann wandte er sich galant der Königin der Nacht zu: »Mein Kompliment für Eure Intonation, edle Dame. Jede Note ein Treffer! Leider werde ich das Ende verpassen, denn ich muss Euch hier und jetzt verlassen.« Er verneigte sich theatralisch und warf ihr eine Kusshand zu.

Mit offen stehenden Mündern beobachtete der Rest des Bühnenpersonals, wie die drei Agenten Richtung Bühnenausgang weiterrannten. Caspar blieb unterwegs an einer Pyramide hängen und rannte noch eine Palme um, dann waren sie weg.

Hinter der Bühne irrten sie durch ein Gewirr von Gängen, schoben sich an Bühnenarbeitern und Kostümbildnern vorbei und hasteten die Treppe hinunter in die Requisite.

Unten angekommen, fühlte Jake sich, als hätte er eine andere Welt betreten. Bühnenbauten und riesige Leinwände mit gemalten Hintergründen umgaben sie wie Momentaufnahmen der Geschichte. Eine stach Jake ganz besonders ins Auge. Es war ein gigantisch großes Gemälde des Kolosseums im alten Rom. Majestätisch ragte es vor einem leuchtend blauen Himmel auf. Fasziniert blieb Jake stehen, bis Nathan ihn am Ärmel packte und weiterzog. Als sie endlich einen Ausgang erreichten, sah Caspar aus, als wäre er kurz vorm Ersticken. Sein Brustkorb pumpte wie ein Blasebalg.

Vorsichtig drückte Nathan die Tür auf und spähte nach draußen auf den Opernplatz. Er sah nur ein paar Kutschen, deren Fahrer bei einem Kartenspiel zusammensaßen und sich wegen der Kälte immer wieder in die Hände bliesen. Er winkte den anderen. Tief geduckt schlichen sie zu den Kutschen. Von ihrem Versteck aus konnten sie die Haupttreppe des Opernhauses sehen, wo der Leopard gerade nach draußen gestürmt kam.

Sein Blick schoss von links nach rechts auf der Suche nach den drei flüchtigen Agenten. Mit schnellen Schritten ging er zu seinem Begleiter, der mit den Pferden im Schatten am Rand des Platzes wartete. Die beiden sprachen kurz miteinander, dann stieg der Mann mit dem breitkrempigen Hut auf und gab seinem Pferd die Sporen.

Nathan bedeutete Jake und Caspar, in die Kutsche zu klettern.

Behutsam öffnete Jake die mit Blattgold verzierte Tür und glitt lautlos auf die seidengepolsterte Sitzbank. Als Caspar ihm folgen wollte und auf das Trittbrett stieg, kippte die Kabine merklich zur Seite. Ein lautes Quietschen ertönte, und die Kartenspieler hoben erschrocken die Köpfe.

Nathan sprang auf den Kutschbock und ließ die Zügel schnalzen.

Die Pferde rührten sich nicht.

Inzwischen hatten die Kutscher begriffen, was vor sich ging. Unter wildem Fluchen warfen sie die Karten weg, und der Leopard schaute aufmerksam in die Richtung, aus der der Lärm kam.

»Kommt schon«, flüsterte Nathan und probierte es noch einmal mit den Zügeln. Wieder ohne Erfolg. Entnervt sprang er auf die Füße und verpasste den Pferden einen kräftigen Tritt.

Die Tiere stießen ein lautes Wiehern aus und galoppierten los, mitten auf den Platz hinaus. Inzwischen hatte auch der Leopard sein Reittier bestiegen und pfiff nach seinem Begleiter. Der machte sofort kehrt, und die beiden nahmen die Verfolgung auf.

Auch zwei aufgebrachte Kutscher schlossen sich der wilden Jagd an, und der ganze Tross raste unter lautem Hufgeklapper über die Brücke Richtung Hafen.

Hinten in der Kabine wurden Jake und Caspar heftig durchgeschüttelt. In einer halsbrecherischen Kurve drückte die Fliehkraft Caspar mit solcher Gewalt gegen Jake, dass er unter dem Gewicht des Schweden kaum noch Luft bekam. Nachdem das Gespann endlich wieder geradeaus fuhr, zog Caspar mit zitternden Händen ein Stück Stollen aus dem Karton hervor. Einen großen Bissen davon stopfte er sich in den Mund.

»Was tust du da?«, fragte Jake entgeistert.

»Zucker beruhigt meine Nerven«, gab Caspar sachlich zurück.

Jake hörte einen Pistolenknall, und die Rückscheibe der Kutsche zerbarst. Blitzschnell drehte er sich um und sah, wie der Leopard mit der Pistole im Anschlag herangaloppiert kam, der Mann mit dem Hut dicht hinter ihm.

Nathan riss erneut die Zügel herum, die Kutsche schlitterte übers vereiste Pflaster, und die beiden Passagiere wurden auf die andere Seite geworfen. Mit perfekter Technik und exzellentem Timing dirigierte Nathan das Gespann im Zickzack durch die engen Straßen der Altstadt, und ihre Verfolger hatten alle Mühe dranzubleiben. Vor allem der Fahrer der ersten Kutsche: Schon in der dritten Kurve wurde er hinausgetragen. Die Wagenräder krachten Funken sprühend gegen die Stufen vor einer Kirche, und die Kutsche wurde von der Kraft des Aufpralls zurück auf die Straße geworfen, wo sie mit gebrochenen Speichen quer stehen blieb. Der zweite Kutscher konnte gerade noch rechtzeitig anhalten. Der Durchgang war blockiert, an Weiterfahren nicht zu denken. Zumindest die beiden waren sie los.

Nathan hielt weiter auf den Hafen zu. Hinter den Lagerhäusern am Kai sah er bereits die Masten des Linienschiffs aufragen, neben dem die *Tulpe* vor Anker lag. Da geschah das Verhängnis: Ein Kohlewagen kam wie im Zeitlupentempo aus einer Querstraße und versperrte den Weg. Die Kutschpferde bäumten sich laut wiehernd auf und verloren auf dem spiegelglatten Untergrund den Halt. Das gesamte Gespann wurde herumgerissen und schlitterte unkontrolliert übers Eis, mitten hinein ins Schaufenster einer großen Bäckerei. Glas splitterte, Gebäck und Scherben flogen in alle Richtungen.

Nathan sprang vom Kutschbock und riss die Tür zur Kabine auf. »Schnell!«, rief er und zog Caspar durch die schmale Tür.

»Das ist die Konditorei Sundberg!«, rief der Schwede, als er das zerstörte Schaufenster sah. Wie in Trance starrte er das verlockend ausgebreitete Zuckerwerk an. Er brauchte nur zuzugreifen …

Jake und Nathan packten Caspar und zogen ihn unbarmherzig hinter sich her, hinein ins rettende Labyrinth des Hafengeländes, wo die anderen sie mit den Pferden nicht verfolgen konnten. Schnurstracks rannten sie die Treppe eines großen Gebäudes mit hohen Fenstern und einem Säulenportal am Eingang hinauf.

Es war das Zollhaus. Drinnen herrschte trotz der späten Stunde immer noch reger Betrieb. Kaufleute in feinem Zwirn stritten mit mürrischen Zöllnern. Kisten wurden inspiziert, Waren gewogen, Gold- und Silbermünzen wanderten, begleitet von einigem Murren, aus den Säckeln der Händler in die Kasse des schwedischen Zolls. Inmitten der exzentrischen Kaufleute und der exotisch gekleideten Seefahrer aus aller Welt fielen Caspars türkisblaues Jackett und die zerrissene Hose kaum auf. Unbehelligt gelangten sie zum Ausgang auf der gegenüberliegenden Seite, von wo es nicht mehr weit zu den Ankerplätzen war.

»Schaut!« Jake deutete auf die *Tulpe*, die unscheinbar im Schatten des imposanten Linienschiffs lag. Da fiel ihm das Opernglas wieder ein, das er immer noch in der Hosentasche hatte. Er zog es heraus und sah, wie eine Gestalt gerade das Hauptsegel der *Tulpe* hisste. »Das ist Charlie. Er hat es geschafft!«

Doch Nathan sah noch etwas anderes: zwei Reiter, die auf den Kai zuhielten. Der eine blond, der andere mit einem breitkrempigen Hut. »Hier rüber«, sagte er und lief übers glitschige Pflaster hinüber zum Fischmarkt. Der penetrante Geruch von brackigem Salzwasser schlug ihnen entgegen. Öllaternen baumelten von den Markisen der Stände herab und beleuchteten das geschäftige Treiben. Hafenarbeiter brachten Kisten voll Fisch und nahmen leere wieder mit, es wurde hartnäckig gefeilscht, und über allem hing ein eisiger Dunst, vermischt mit diesem drückenden Gestank.

Die Agenten verdrückten sich hinter eine Reihe brusthoher offener Holzkisten. Als Caspar neugierig hineinblickte, verzog er angeekelt das Gesicht: Sie waren mit Meerwasser gefüllt, in dem lebende Aale sich wanden wie Schlangen in einer Grube. Jake und Nathan spähten unterdessen in die andere Richtung und sahen, wie der Leopard und sein Komplize abstiegen.

Sie gingen genau auf den Fischmarkt zu. Als sie den Schein der ersten Laternen erreichten, hob der Komplize kurz seinen Hut und tupfte sich die Stirn.

Jake kniff die Augen zusammen. Es war schwer, in dem schummrigen Licht Genaueres zu erkennen, aber irgendetwas an dem Mann kam ihm bekannt, ja sogar vertraut vor. Jake sah genauer hin: Der Kerl war noch sehr jung, vielleicht siebzehn. Er hatte ein schönes Gesicht und breite Schultern, sein Teint ging leicht ins Olivfarbene.

Jakes Herz blieb beinahe stehen. »Philip …?«, flüsterte er. Der Mann mit dem Hut sah aus wie sein verschollener Bruder. Drei Jahre war es jetzt her, dass Jakes Eltern die schreckliche Nachricht von Philips Tod erhalten hatten. Jake hatten sie erzählt, Philip habe auf einer Klassenfahrt auf eigene Faust einen Kletterausflug unternommen, von dem er nicht zurückgekehrt sei. Erst seit Kurzem wusste er, dass sein Bruder in Wahrheit seit einem Einsatz im Wien des Jahres 1689 verschollen war. Niemand hatte seither etwas von ihm gehört oder gesehen. Auch seine Leiche war nie gefunden worden. Und jetzt stand er nur wenige Meter weit weg, Jakes tot geglaubter, geliebter Bruder Philip! Hoffte Jake zumindest.

Der mysteriöse Fremde sagte etwas zu dem Leoparden, dann drehten die beiden um und gingen zurück zu ihren Pferden. Sie stiegen auf und machten sich daran, die Anlegestellen am anderen Ende des Kais abzusuchen.

»Bestens. Gehen wir«, flüsterte Nathan und glitt lautlos aus ihrem Versteck hervor. Caspar folgte ihm, doch Jake rührte sich nicht von der Stelle. Wie gelähmt starrte er den beiden Reitern hinterher. Sein Herz schlug wie wild, kalter Schweiß trat ihm auf die Stirn. War das wirklich sein Bruder? Drei Jahre hatte er ihn nicht mehr gesehen, und auch jetzt hatte er nur einen kurzen Blick erhascht. Konnte er es sein? Würde Philip jetzt so aussehen? Und wenn er es tatsächlich war, was hatte er dann auf der Seite der Feinde zu suchen?

»Was stehst du da noch rum, verflucht?«, zischte Nathan und zog ihn am Ärmel. »Los jetzt!« Er musste Jake beinahe am Kragen hinter sich her zum Liegeplatz der *Tulpe* schleifen.

Wie in einem Traum drehte Jake den Kopf. Er konnte die beiden Reiter gerade noch sehen. »Nathan«, sagte er und blieb stehen, »ich weiß, du wirst mich für verrückt halten, aber ich kann hier nicht weg, bevor ich nicht etwas überprüft habe.« Entschlossen machte er sich an die Verfolgung der zwei Berittenen.

Jake hatte recht: Nathan hielt ihn für durch und durch verrückt. »Hast du vollkommen den Verstand verloren?«, donnerte er. »Komm zurück, und zwar sofort!«

Der Leopard und sein Begleiter hörten den Aufruhr und schauten in ihre Richtung. Sie wendeten die Pferde.

»Wir haben noch etwa sechzig Sekunden, um hier zu verschwinden«, fluchte Nathan. Er packte Jake mit beiden Armen und zog ihn gewaltsam mit. Caspar kam keuchend hinterher.

»Hierher!«, rief Charlie ihnen vom Deck der *Tulpe* entgegen. »Der Kessel ist heiß, alles bereit zum Auslaufen.« Die Schiffsschraube der *Tulpe* drehte sich lautlos im Wasser – alle Schiffe der Geschichtshüter, egal aus welcher Epoche sie ursprünglich stammten, verfügten über einen zusätzlichen Dampfantrieb, um sie schneller zu machen.

Sie waren keine zehn Meter mehr vom Schiff entfernt, als Jake es nicht mehr aushielt. »Philip!«, schrie er aus vollem Hals. »Bist du das?«

»Bist du wahnsinnig? Halt dein Maul!«, brüllte Nathan ihn an.

»Lass mich los«, schnauzte Jake zurück. Es kam zu einem kurzen Gerangel, doch Nathan wollte ihn partout nicht loslassen, weshalb Jake ihm schließlich eine krachende Gerade verpasste.

Charlie, der normalerweise nicht leicht aus der Ruhe zu bringen war, schlug die Hände vors Gesicht.

»Er hat das Atomium!«, rief Nathan ihm zu, während Jake ihren Verfolgern entgegenlief.

»Philip, sag endlich was!«, schrie Jake, als der Leopard direkt vor ihm stehen blieb und seine Pistole auf ihn richtete. Jake beachtete ihn nicht. Er hatte keine Angst. Das Einzige, das ihn im Moment beschäftigte, war der Name des Mannes mit dem Hut.

Der zweite Verfolger ließ sich aus dem Sattel gleiten und trat ohne Eile auf Jake zu, das Gesicht immer noch von der breiten Krempe verborgen.

»Du bist es …«, flüsterte Jake mit bebender Stimme.

Da nahm der andere den Hut ab. Er hatte die falsche Nase, einen anderen Mund, und die Augen passten ebenfalls nicht. Es war nicht sein Bruder, ganz und gar nicht. Die Erkenntnis traf Jake wie ein Schmiedehammer.

Wortlos zog sein Gegenüber eine Pistole und zielte auf Jake.

»Ich habe doch gesagt, dass wir das Atomium mitnehmen«, erklärte der Leopard süffisant. »Henrik, würdest du bitte ein wenig nachhelfen?«

Henrik drückte Jake den Lauf der Pistole auf die Brust.

Die anderen drei Geschichtshüter konnten nur tatenlos zusehen, wie Jake die beiden Fläschchen aus der Westentasche zog und sie übergab.

Henrik reichte sie an den Leoparden weiter, der sie sorgsam im Futteral des kleinen Holzkistchens verstaute. »Endlich sind wir im Geschäft«, sagte er und verneigte sich. Henrik setzte seinen Hut wieder auf und stieg aufs Pferd.

Ein markerschütternder Schrei zerriss die Nacht. »Neeeiiin!«, brüllte Caspar und stürzte sich mit erstaunlicher Geschwindigkeit auf den Leoparden. »Dazu habt Ihr kein Recht!«

Es folgte ein Knall, so dicht neben Jakes Ohr, dass er ein paar Sekunden lang taub war. Niemand rührte sich. Aus dem Augenwinkel sah er, wie Rauch aus einem Pistolenlauf aufstieg. Aus Caspars Mund kam ein Stöhnen, und er taumelte. Die Augen weit aufgerissen, presste er sich eine Hand auf den Bauch. Blut quoll zwischen seinen Fingern hervor. Seine Knie gaben nach, dann stürzte er ins Wasser.

»Caspar!«, brüllte Jake. Er wollte gerade hinterherspringen, da sah er, wie Henrik seine Pistole auf ihn richtete.

»Töten wir sie?«, fragte Henrik.

Der Leopard blickte zu dem Linienschiff hinüber, das neben der *Tulpe* lag, und runzelte die Stirn. Ein Trupp Soldaten kam, aufgeschreckt von dem Schuss, mit trampelnden Stiefeln die Planke zum Kai heruntergelaufen. »Keine Zeit mehr«, sagte er.

»Wir haben bereits, was wir brauchen.« Die beiden wendeten ihre Pferde und galoppierten davon.

Jake rannte zum Rand des Kais, doch Nathan hielt ihn zurück.

»Du bleibst, wo du bist«, schnaubte er wütend. »Du hast schon genug Schaden angerichtet.«

Totenblass sah Jake zu, wie Nathan kopfüber ins eiskalte Wasser sprang. Prustend kam er wieder hoch, und nach ein paar Kraulzügen hatte er Caspar erreicht.

Der Atem des Schweden ging stoßweise. Mit steifen Armen versuchte er, Schwimmbewegungen zu machen. Die Beine konnte er wegen der Kälte schon nicht mehr bewegen.

Jake drehte den Kopf und beobachtete, wie der Mann, der nicht sein Bruder war, irgendwo hinter dem Hafengelände außer Sicht verschwand.

Charlie kam herbeigerannt. »Hilf mir, Jake! Uns bleibt noch etwa eine Minute, dann verlieren wir Caspar«, rief er.

Mit Caspar im Schlepptau erreichte Nathan den Steg. Er übergab den Schweden an die beiden anderen und kletterte schlotternd aus dem Wasser.

Verzweifelt versuchten Jake und Charlie, den fetten Caspar zu bergen, aber es war unmöglich. Der Junge war inzwischen bewusstlos und wog ungefähr eine Tonne. Erst als die Soldaten vom Schiff sie erreichten und mithalfen, schafften sie es.

Charlie kniete sich neben Caspar, legte ihm die Hände auf die Brust und begann rhythmisch zu pressen. Nach jedem fünften Mal legte er ihm die Lippen auf den Mund und blies Luft in seine Lunge. Er machte eine ganze Weile so weiter, doch nichts geschah.

Jake kaute nervös auf seiner Unterlippe herum. Endlich begann Caspar zu husten. Er riss die Augen auf und erbrach jede Menge Wasser. Wenigstens war er wieder bei Bewusstsein, wenn auch nur halb.

Charlie inspizierte die Schusswunde. Er sah die Einschussstelle an der linken Leiste und tastete Caspars Rücken ab. Da:

ein glatter Durchschuss. Die Adern, die sich im eisigen Wasser zusammengezogen hatten, öffneten sich bereits wieder, und das Blut begann zu sprudeln. Charlie wandte sich den Soldaten zu. »Gibt es eine Krankenstation an Bord?«, fragte er. *»Har ni ett sjukhus?«*, wiederholte er.

Die Soldaten nickten. Gemeinsam hoben sie Caspar auf und trugen ihn die Planke hinauf.

Die Decke der Krankenstation war so niedrig, dass sie kaum aufrecht stehen konnten, und die Station so klein, dass Nathan und Charlie gerade noch mit hineinpassten. Caspar lag ausgestreckt auf einem hölzernen Operationstisch. Sein Kiefer zitterte, das Gesicht war aschfahl, und er murmelte wie im Fieber.

Vor ihm stand der Schiffsarzt mit einem Mundschutz vorm Gesicht. Seine Augen waren gerötet – bis vor wenigen Minuten hatte er noch geschlafen. Im flackernden Schein einer Laterne machte er gerade Nadel und Faden bereit.

Jake stand in der Tür und schaute schuldbewusst auf die gegenüberliegende Wand, an der die Instrumente des Arztes hingen: eine museumsreife Sammlung von Messern und grässlich anzuschauenden Sägen, manche davon dunkel verfärbt von getrocknetem Blut. *Wie Requisiten aus einem Horrorfilm*, dachte Jake.

Der Arzt murmelte etwas auf Schwedisch.

»Das wird jetzt ein bisschen wehtun«, übersetzte Charlie leise. Er nickte Nathan zu, dann hielten sie Caspars Arme fest. Zwei Soldaten übernahmen die Beine.

Caspar brüllte aus vollem Hals, und sie hatten alle Mühe, ihn zu halten, während der Arzt die erste Naht setzte.

Jake schaute weg.

Acht endlose Minuten vergingen, dann war die Wunde endlich verschlossen, gesäubert und verbunden. Caspars Verstand wurde jetzt langsam wieder klar, und sein Atem ging gleichmäßiger. Als er bei vollem Bewusstsein war, suchte er Jakes Blick.

Caspar sah aus, als wäre er rasend vor Zorn. Mit glühenden Augen funkelte er Jake an. »Du …«, knurrte er. »Mit dir hab ich noch ein Wörtchen zu reden.«

Jake nickte und trat an den Operationstisch. »Das … das alles tut mir so unglaublich leid«, sagte er leise. »Es ist meine Schuld, dass du angeschossen wurdest.«

»Angeschossen?«, schnaubte Caspar. »Glaubst du, das kümmert mich? Diese kleine Wunde ist nichts im Vergleich zu dem, was du angerichtet hast!«

Keine Spur mehr von dem tollpatschigen, übergewichtigen Torten- und Opernfan. Jake hatte nichts zu erwidern. Mit hängendem Kopf ließ er Caspars Tirade über sich ergehen.

»Ich habe keine Ahnung, wer du bist und woher du kommst«, zischte Caspar durch zusammengebissene Zähne, »noch weiß ich, was du mit den Geschichtshütern zu schaffen hast, aber du musst eines wissen: Du hast alles zerstört. Alles. Nicht nur, weil es zehn Jahre gedauert hat, das Atomium herzustellen, und weitere zehn brauchen wird, um es zu ersetzen. Es sind auch nicht die vielen, teilweise lebenswichtigen Einsätze, die wegen deines Versagens abgeblasen werden müssen. Nein, viel schlimmer ist, dass du das Atomium in die Hände unserer Feinde hast gelangen lassen. Jetzt sind sie besser gerüstet denn je, die Kontrolle über die Vergangenheit an sich zu reißen. Ich hoffe, du hast wenigstens genug Verstand, um zu begreifen, was du angerichtet hast, du elender Verräter!«

Brennende Scham stieg in ihm auf. Jake schluckte, dann schloss er die Augen.

3

Josephine von Nantes

»Woher hat sie die bloß alle?«, fragte Miriam hinter vorgehaltener Hand.

»Von einem Zirkusdirektor in Nantes, hat sie mir erzählt«, flüsterte Alan zurück. »Das Geschäft lief nicht mehr so. Er musste die Tiere verkaufen, um seine Schulden zu bezahlen. Eigentlich wollte Oceane nur eines davon, in das sie sich *à première vue* verliebt hatte, aber der Direktor sagte, alle oder keines.«

Es war ein außergewöhnlich stürmischer Tag auf Mont-Saint-Michel. Alan und Miriam Djones standen zusammen mit den anderen, nicht weniger beeindruckten Geschichtshütern auf dem Pier und beobachteten, wie Oceane Noire mit gewohnt ruppiger Art das Entladen ihrer »Menagerie« überwachte, wie sie es nannte. Alle trugen für das Jahr 1820 übliche Kleidung: die Frauen lange, im Wind flatternde Kleider, die Männer gingen in Frack und Kniehosen. Die Hüte mussten sie wegen der ständigen Böen immer wieder festhalten.

Eine Barke hatte an der Anlegestelle festgemacht. Die Besatzung trieb die verstört wirkenden Tiere vor sich her über den Kai, darunter zwei Ponys und mehrere Pferde, auf die mit der gebotenen Schwerfälligkeit ein Elefant folgte. Die Tiere sahen aus, als hätten sie schon bessere Tage gesehen, vor allem der Elefant: Er war uralt, die Haut grau und runzlig. Sein Rücken hing durch wie eine alte Matratze, der Rüssel baumelte bei jedem mühevollen Schritt kraftlos hin und her.

»Armes Ding«, murmelte Miriam. Der Anblick des Elefanten war so unendlich traurig, dass ihr Tränen in die Augen stiegen.

Alan legte ihr einen Arm um die Schulter.

Oceane war alles andere als gerührt. Als der Elefant an ihr vorbeischlurfte, rümpfte sie nur angewidert die Nase, zog ihr Taschentuch hervor, besprenkelte es mit Parfüm und hielt es sich vors Gesicht. Als das Tier prompt vor ihr stehen blieb und den Kopf in ihre Richtung drehte, warf sie sich mit einem Kreischen an Jupitus Coles Brust, der die eigenartige Parade mit stoischer Miene verfolgte. Zur großen Verwirrung aller auf Mont-Saint-Michel hatten Jupitus und Oceane vor Kurzem ihre Verlobung bekannt gegeben. Jupitus war der etwas mürrische, vom Wesen typisch viktorianische Stellvertreter von Kommandantin Goethe, Oceane eine hochnäsige Dame vom Hof Louis XV. Obwohl die beiden sich in Sachen Überheblichkeit in nichts nachstanden, hätte keiner am Nullpunkt eine Romanze zwischen ihnen auch nur im Entferntesten für möglich gehalten.

»Und wohin sollen sie Oceanes Meinung nach?«, fragte Miriam.

»Galliana meinte, fürs Erste könnten sie in den alten Stallungen bleiben«, antwortete Alan. »Aber sie klang nicht besonders begeistert.«

Miriam schaute zur Kommandantin hinüber. Oberflächlich wirkte sie ruhig und gelassen wie immer, aber wer sie besser kannte, sah ihr Unbehagen.

»Das hier ist das Hauptquartier eines Geheimdienstes«, murmelte Galliana, »keine Zuflucht für exotische Tiere. Wenn die Leute vom Festland davon Wind bekommen … Immerhin machen sie einen einigermaßen zahmen Eindruck.«

»Das will ich auch hoffen, denn wir werden es sein, die hinter ihnen sauber machen. Ich kann mir kaum vorstellen, wie Oceane Noire einen Haufen Elefantenmist wegräumt.«

Wie auf ein Stichwort hob der Elefant den Schwanz und ließ einen ordentlichen Haufen grasbrauner Brocken auf den Pier fallen.

»Mon dieu!«, keuchte Oceane und umklammerte mit beiden Händen die Perlenkette an ihrem Hals, als könnte sie allein den Anblick natürlicher Ausscheidungen nicht ertragen.

»Sag ich doch«, flüsterte Miriam Alan zu. »So was hat sie noch nie gesehen, geschweige denn, dass sie selbst jemals aufs Klo müsste.«

Die beiden blickten einander grinsend an.

Schließlich kam das letzte Tier die Laufplanke herunter. Es trug eine schwere Kette um den Hals, und zwei Matrosen führten es ängstlich an der daran befestigten Leine. Es war eine junge Löwin.

Alle schnappten nach Luft. Die Löwin war noch recht klein, aber die enormen Pranken verrieten, wie groß sie eines Tages werden würde. Den Blick eines Raubtiers hatte sie jetzt schon.

»Da bist du ja endlich, *ma petite*!«, rief Oceane und lief der Löwin mit ausgebreiteten Armen entgegen. Als sie sich auch noch vor das Tier auf den Pier kniete, hielten alle den Atem an. »Diese dummen Fesseln brauchen wir doch nicht«, flötete Oceane, öffnete den Verschluss und warf die Kette den beiden Matrosen zu. »Josephine ist sehr kultiviert. Der Zirkusdirektor ist ein entfernter Verwandter Eleanors von Aquitanien, weshalb Josephine bei Angehörigen des französischen Hochadels aufwuchs. Sie isst sogar Salat.« Oceane schnippte mit den Fingern.

Ein Diener kam zögerlich heran und reichte ihr aus sicherer Entfernung einen bestickten Beutel.

Oceane zog eine Handvoll Rauke daraus hervor und hielt sie Josephine hin.

Die Löwin schnupperte ein paar Mal, dann fraß sie die länglichen grünen Blätter ohne allzu große Begeisterung.

»Ist sie nicht ein kluges Tier?«, jubelte Oceane und klatschte vergnügt in die Hände. »*Adorable, tout simplement*. Und erst der Name … wie Madame Bonaparte!«

Eine neuerliche Böe riss Alan den Hut vom Kopf und trug ihn wirbelnd hinaus aufs Meer, wo die brausenden Wellen ihn verschlangen.

»War eh nie besonders scharf auf das Ding«, sagte er mit einem Schulterzucken. »Signor Gondolfino meinte zwar, er würde mein Gesicht gut zur Geltung bringen, aber meine Kopfhaut hat ständig gejuckt.« Wieder musste Miriam lachen, und Alan stimmte mit ein.

»Bring die anderen Tiere schon mal in den Stall«, befahl Oceane ihrem Diener, dann wandte sie sich wieder der Löwin zu. »Komm, Liebes, gehen wir nach drinnen. *Il fait trop de vent.*« Sie fasste Josephine am Nacken und führte sie zum Eingang des Schlosses. »Wir werden etwas Schönes für deinen Hals aussuchen. Ich denke, ein Diamantencollier wäre passend, was meinst du?«

Die Löwin blieb noch einmal stehen und ließ mit zusammengekniffenen Augen den Blick über die versammelten Geschichtshüter schweifen, dann verschwanden die beiden hinter dem schweren Eingangstor.

Oceanes Diener brachte unterdessen den Elefanten und die anderen Tiere zu den Stallungen, und Miriam blickte versonnen hinaus aufs Meer. »Jake müsste bald zurückkommen. Ich hoffe, es ist alles glattgegangen.«

Vor dem Auslaufen hatten Nathan und Charlie Caspar zu einem Freund der Familie gebracht und den Isaksens Nachricht geschickt, ihn dort abzuholen. Jake war dazu verdonnert worden, währenddessen allein auf dem Schiff auszuharren. Unter Deck. Auf dem Rückweg hatten die beiden noch etwas Proviant für die Heimreise gekauft, und bei Sonnenaufgang waren sie ausgelaufen. Es war eine warmer, sonniger Tag, und das Eis hatte sofort zu schmelzen begonnen.

Stundenlang hatte Jake sich still im Hintergrund gehalten. Er hatte versucht zu helfen, wo er konnte – Nathan mit den Segeln oder Charlie in der Kombüse –, aber beide hatten nur mit einem stummen Kopfschütteln abgelehnt und ihn kaum eines Blickes gewürdigt. Selbst Mister Drake schien der Meinung, dass etwas mit Jake nicht stimmte. Als er versuchte, den Papagei mit dem Obstkuchen zu füttern, den seine Mutter ihm kurz vor der Abfahrt zugesteckt hatte, drehte er nur verächtlich den Schnabel weg. Normalerweise war Mister Drake ganz vernarrt in Süßigkeiten, sogar in Miriams abenteuerliche Backexperimente, doch diesmal war er partout nicht zum Fressen zu bewegen und zog sich schließlich auf die Rah des Hauptsegels zurück. Jake beschloss, in seine Kabine zu gehen.

Die Abenddämmerung brach bereits herein, und Jake zermarterte sich immer noch den Kopf wegen der schrecklichen Ereignisse in Stockholm. »Du elender Verräter!«, hatte Caspar Isaksen ihm unverhohlen ins Gesicht gebrüllt. Die Tatsache, dass er alle bitter enttäuscht hatte – nicht nur die Mitglieder seines Teams, sondern den gesamten Geheimdienst der Geschichtshüter –, war schlimm genug. Doch viel schlimmer war das Wissen, dass wegen seines Versagens Unschuldige würden leiden müssen. Jake war hundeelend zumute. Sein Magen fühlte sich an wie ein Stein.

Charlie klopfte an Jakes Kabinentür und fragte, ob er etwas Morchelsoufflé mit Polenta mitessen wolle. Jake hatte zwar keinen Hunger, geschweige denn Appetit, doch er nahm dankbar an. Am Esstisch hüllte er sich in zurückhaltendes Schweigen, während Nathan und Charlie darüber diskutierten, in wessen Diensten der Leopard stehen mochte und wie es möglich sein konnte, dass er über Ort und Zeitpunkt der Atomiumübergabe genauestens Bescheid gewusst hatte.

»Ich male ja nur ungern den Teufel an die Wand«, sagte Nathan, stellte seinen leeren Teller beiseite und holte ein kleines Holzkästchen hervor, »aber es scheint nur eine einzige plausible Erklärung zu geben.« Er öffnete den furnierten Deckel und nahm den Inhalt heraus: die silberne Horizontschale und zwei Phiolen mit dem verbliebenen Atomium für die Rückkehr zum Nullpunkt. Während er an den winzigen Hebelchen der Horizontschale das Datum einstellte, murmelte er düster: »Es muss noch einen zweiten Doppelagenten auf Mont-Saint-Michel geben.« Erst vor wenigen Wochen war der scheinbar so liebenswürdige Chauffeur Norland als Spion Prinz Zeldts enttarnt worden.

Die drei Agenten tranken ihre Dosis, Charlie verabreichte dem wie immer wenig begeisterten Mister Drake ebenfalls einen Tropfen, und eine Stunde später erreichten sie den Horizontpunkt. Jake verspürte dieselben außerkörperlichen Erfahrungen wie sonst auch, sah Momentaufnahmen der Geschichte vor seinem inneren Auge wie bei seinen anderen Zeitreisen, und trotzdem war es nicht dasselbe. Zum einen lag das an der kurzen Distanz, die sie zurückgelegten – nur achtundzwanzig Jahre –, zum anderen und hauptsächlich aber an den grässlichen Schuldgefühlen, die ihn plagten.

Kurz nachdem sie im Jahr 1820 und dem weit wärmeren Klima des Ärmelkanals angekommen waren, blieb die Schiffsschraube der *Tulpe* stotternd stehen. Mit den Worten »Maschinenöl und japanische Seide vertragen sich nicht besonders« riss Nathan sich das Hemd vom Körper und verschwand im Kesselraum, um die geplatzte Dichtung zu reparieren. Letztendlich hatte Charlie jedoch Bedenken, dass bei der nächsten Undichtigkeit die gesamte Maschine Feuer fangen könnte, und sie beschlossen, den Rest der Strecke zu segeln.

Es war schon weit nach ein Uhr morgens, als Charlie vom Steuerrad aus endlich die charakteristische dreieckige Silhouette Mont-Saint-Michels am Horizont erspähte, und fast zwei, als sie in die kleine Bucht einfuhren.

»Sieht so aus, als hätte Galliana auf uns gewartet«, meinte

Charlie und deutete auf ein erleuchtetes Flügelfenster hoch oben im Schloss.

Die wie Bauklötze übereinandergestapelten Gebäude der Insel ragten immer höher über ihnen auf, und Jakes Puls beschleunigte sich etwas. Eigentlich hatte er gehofft, alle wären schon in tiefen Schlaf gesunken, und die Nachricht von seinem »Verrat« würde erst morgen die Runde machen. Aber da hatte er sich wohl getäuscht. Also suchte er die dunkle Fassade nach weiteren Lichtern ab, vor allem den Turm, in dem seine Eltern wohnten, doch ausgerechnet dort war alles dunkel.

»Jake!«, rief Charlie ihm zu. »Nathan und ich haben alles durchgesprochen. Wenn wir angelegt haben, überlässt du das Reden besser uns. Wir, und wir allein, werden Kommandantin Goethe erklären, was passiert ist. Es nützt keinem was, wenn du dich unnötig um Kopf und Kragen redest.«

»Ich habe ein ungutes Gefühl bei der Sache«, widersprach Jake. »Schließlich bin ich es, der an allem schuld ist.«

»Die Schuldfrage bringt uns hier nicht weiter«, wies Charlie ihn zurecht. »Nathan und ich werden die Sache schon schaukeln, in Ordnung?«

Jake war immer noch nicht wohl bei dem Gedanken, aber er nickte. »Danke.«

Charlie zuckte die Achseln. »Dafür hat man schließlich Freunde. Wir alle machen Fehler. Es kommt darauf an, was wir daraus lernen.«

Jake wusste Charlies tröstende Worte zu schätzen, aber als sein Blick zu Nathan hinüberwanderte, der stumm am Bug stand und die Seile aufrollte, hatte er seine Zweifel, ob der Amerikaner die Sache genauso leicht nahm.

»Da ist er ja!«, rief eine vertraute Stimme aus der Dunkelheit, als sie am Kai festmachten.

Jake spähte in die Nacht und entdeckte auf einem Liegestuhl zwei in dicke Decken gehüllte Gestalten.

»Mutter, Vater?«, fragte er freudig überrascht und vergaß für einen Moment seine Sorgen. »Was macht ihr denn hier?« Jake sprang auf den Pier.

»Was wir hier machen?« Alan blickte seine Frau an. »Wir genießen die laue Nachtluft«, erklärte er und hielt die in der steifen Brise flatternden Decken fest. »Was glaubst du denn? Wir warten auf dich!«

Miriam sprang auf und schlang Jake die Arme um den Hals. »Wie geht's dir? Hattet ihr eine gute Reise?«

Jake versuchte zu nicken, aber es wurde eher ein Achselzucken.

»Wie wär's mit einer schönen Tasse heißem Tee?«, fragte Alan und schloss Jake in eine kräftige Umarmung. Da trieb der Wind ein schabendes Geräusch heran, wie von Pfoten, die über Stein kratzen.

»Felson!«, rief Jake, als der Hund auch schon hechelnd vor Freude an ihm hochsprang. »Ich hab dich auch vermisst, mein Kleiner.«

Der vernarbte Mastiff, der einst ihrem Feind Hauptmann von Bliecke gehört hatte, leckte Jake übers Gesicht. Er und der Hund hatten Freundschaft geschlossen, als sie nach dem Verschwinden der *Lindwurm* beide einsam und verlassen übers Meer getrieben waren.

»Felson hat es in deiner Abwesenheit an nichts gefehlt«, versicherte Miriam. »Dein Vater hat ihn natürlich völlig überfüttert und ihn sogar in unserem Bett schlafen lassen. Und trotzdem ist er jeden Tag bei Sonnenaufgang sofort ans Fenster und hat hinaus aufs Meer geschaut, als ob er fragen wollte, wann du endlich zurückkommst.«

»Nun, Mister Chieverley, wie hat sich unser Sohn geschlagen?«, fragte Alan, als Charlie von der *Tulpe* hinüber auf den Pier sprang. »Haben wir einmal mehr Grund, stolz auf ihn zu sein?«

»Er hat sich nach bestem Wissen und Gewissen bemüht, durchaus«, erwiderte Charlie geschäftsmäßig.

»Oh weh«, erwiderte Alan. »So schlimm gleich?«

Miriam musste lachen. »Kommt schon, gehen wir nach drinnen.«

Zu sechst machten sie sich auf den Weg zum Schloss. Felson wich Jake keinen Zentimeter von der Seite, während alle gemeinsam die breite Treppe hinauf und durch das eisenbeschlagene Tor gingen. Selbst drinnen blies der Wind in alle Ecken, und die Kerzenleuchter in der Eingangshalle flackerten.

Jake konnte die Anspannung nicht länger ertragen. »Miriam, Alan, ich muss euch etwas sagen …«

»Und da sind auch schon Kommandantin Goethe und Jupitus Cole!«, fiel Charlie ihm ins Wort und warf Jake einen kurzen Blick zu, um ihn daran zu erinnern, was sie an Bord der *Tulpe* besprochen hatten.

Galliana und Jupitus kamen gerade die Treppe herunter. Die Kommandantin trug einen Morgenrock. Das lange silberne Haar von einer einfachen Spange zusammengehalten, begrüßte sie die Gruppe mit einem warmen Lächeln. Jupitus hingegen sah in Frack und gestärktem weißem Hemdkragen streng und hochoffiziell aus wie immer. Genau in der Mitte der Eingangshalle trafen die beiden Gruppen aufeinander, und alle blieben stehen. Felson blickte erwartungsvoll von einem Gesicht zum nächsten.

Nathan nickte Charlie kurz zu, der daraufhin das Wort ergriff. »Kommandantin Goethe, Mister Cole, ich fürchte, wir haben schlechte Neuigkeiten.«

Jupitus neigte den Kopf.

»Unser Einsatz ist fehlgeschlagen. Wir wurden überfallen, die gesamte Atomiumlieferung ging verloren.«

»Wie bitte?«, keuchte Jupitus ungläubig. »Sie ging verloren?«

»Bedauerlicherweise, ja«, erwiderte Charlie tonlos.

»Bedauerlicherweise! Habt Ihr auch nur die geringste Vorstellung davon, was das bedeutet?« Jupitus' Gesicht wurde aschfahl. »Wer hat Euch überfallen?«

»Ein junger Mann. Er nannte sich ›der Leopard‹«, antwortete Charlie. »Ich beabsichtige, sofortige Nachforschungen anzustellen und herauszufinden, für wen er arbeitet und wie er uns auflauern konnte.«

»Wie ging der Überfall genau vonstatten?«, hakte Jupitus nach.

»Der Überfall konnte stattfinden, weil ich es verbockt habe«, platzte Jake heraus. »Ich habe gegen meine Befehle verstoßen. Es war allein meine Schuld.«

Jupitus' Kiefer klappte nach unten, und Galliana horchte auf.

»Ich fürchte, das war noch nicht alles«, sprach Jake niedergeschlagen weiter. »Als Folge meines Fehlverhaltens wurde Caspar Isaksen angeschossen.«

»Angeschossen?«, wiederholte Jupitus.

»Aber alle Anzeichen sprechen dafür, dass er sich restlos von der Verletzung erholen wird«, mischte Charlie sich wieder ein.

Miriam begriff als Erste, wie sehr ihren Sohn das Gewissen peinigte. »Armer Jake«, flüsterte sie.

»Armer Jake?«, schäumte Jupitus und stützte sich mit einer Hand an der Wand ab, um den Schock zu verdauen. »Dieser Fehlschlag ist ein absolutes Desaster!«

»Mister Cole, Kommandantin«, ergriff Nathan schließlich das Wort. »Es ist durchaus ehrenhaft von Jake, die ganze Schuld auf sich zu nehmen, doch ich kann Euch versichern: Sie liegt ebenso bei mir. Wenn ich nicht sogar allein für dieses Desaster – wie Ihr es zu Recht nennt, Mister Cole – verantwortlich zeichne. Jake hat versucht, mich zu warnen, er habe einen verdächtigen Mann mit einer Pistole gesehen, doch ich schenkte seinen Worten keine Beachtung.«

»Wie überaus rechtschaffen von Euch, Mister Wylder. Ich bin beeindruckt«, kommentierte Jupitus. Er glaubte Nathan kein Wort.

Jake war alles andere als glücklich, dass Nathan sein Versagen auch noch verteidigte. Er allein war verantwortlich, niemand sonst. Trotzdem freute ihn der Freundschaftsbeweis des Amerikaners, und dass er ihn gewarnt hatte, entsprach immerhin der Wahrheit.

Da stieß eine besonders heftige Böe die schweren Eingangstüren auf und blies alle Kerzenleuchter aus. Alan tappte durch die Dunkelheit zur Flügeltür und verriegelte sie, während Galliana Jake mit einem langen Blick aus ihren sanften grauen Augen bedachte.

»Ich denke, es ist an der Zeit, zu Bett zu gehen«, sagte Galliana. »Wir werden die Angelegenheit morgen zu Ende besprechen, wenn wir alle ausgeschlafen sind.«

Mit gemischten Gefühlen machten sie sich auf den Weg zu ihren Zimmern. Nur Jake trödelte ein wenig hinterher und betrachtete die Porträts berühmter Mitglieder der Geschichtshüter an den Wänden. Vor dem Bild Sejanus Poppoloes, des Gründers der Organisation, blieb er stehen. Kalt und streng starrte Poppoloe auf ihn herab, als wollte er Jake sagen, wie schwer sein Versagen wog.

4

Eine Nachricht aus den Tiefen der Zeit

Jake wurde von Lärm vor der Tür geweckt. Leute rannten über den Flur und flüsterten aufgeregt. Felson, der quer über der Bettdecke lag, hob den Kopf und stellte die Ohren auf. Jake schaute auf die Uhr: Es war sechs Uhr dreißig. Die ersten Sonnenstrahlen drangen durch die Vorhänge an den großen Flügelfenstern und fielen auf Jakes Himmelbett. Er hatte ein prachtvolles Zimmer in einem der ältesten Flügel des Schlosses bekommen. Im Kamin schimmerte noch Glut.

Jake stand auf, streckte den Kopf aus der Tür und schaute auf den Flur.

Jupitus Cole kam vorbeigehastet, gefolgt von Nathans Vater Truman Wylder, der sich noch im Gehen das Hemd zuknöpfte. Dicht hinter ihnen lief, so schnell ihn seine alten Knochen und der aus Elfenbein geschnitzte Stock tragen wollten, Signor Gondolfino, selbst um diese Tageszeit in feinstem Zwirn herausgeputzt.

»Ist was passiert?«, fragte Jake und fürchtete sich zugleich vor der Antwort. Vielleicht hatte sein Versagen in Stockholm ja bereits die erste Katastrophe nach sich gezogen. Doch Gondolfinos Erwiderung überraschte Jake ebenso sehr, wie sie ihn freute.

»Es heißt, eine Meslith-Nachricht habe die Kommandantin erreicht … von Topaz Saint Honoré. Frau Goethe hat eine sofortige Besprechung einberufen.«

Meslith-Nachrichten waren Botschaften, die durch die Zeit geschickt wurden, wie Jake mittlerweile wusste. Übermittelt und empfangen wurden sie mit Geräten, die aussahen wie altmodische Schreibmaschinen, aus denen ein Kristallstab ragte, der beim Senden und Empfangen knisterte wie eine Hochspannungsleitung.

Jake schlüpfte in seine Hose und warf hastig Hemd und Jackett über. Socken konnte er keine finden, also stieg er barfuß in seine Stiefel und stopfte die Schnürsenkel in den Schaft. Zum Binden war keine Zeit. »Bin bald wieder da!«, rief er Felson zu, dann stürmte er aus dem Zimmer. Mit halsbrecherischer Geschwindigkeit rannte er durch die Flure und sprang ganze Treppenabsätze hinunter, bis er endlich vor dem Eingang zum Prunksaal stand. Er ordnete sein Haar und strich den Hemdkragen glatt, dann trat er durch die Doppeltür.

Etwa fünfzehn zumeist ältere Geschichtshüter sprachen in ernstem Ton miteinander. Einige hatten bereits am großen Konferenztisch Platz genommen, andere standen in Grüppchen beisammen, während das Licht, das durch die riesigen Richtung Meer blickenden Fenster in den Saal strömte, immer heller wurde. Am gegenüberliegenden Ende des Tisches saß Jupitus Cole. Er hatte mehrere Karten vor sich ausgebreitet. Jake spürte seinen verächtlichen Blick. Er nickte ihm zu und versuchte ein Lächeln, doch Jupitus schaute ihn nur kalt an. Jake drehte sich weg und ging hinüber zu Charlie, der vor einem kleinen Frühstücksbuffet stand.

»Gibt es schon Genaueres?«, fragte er Charlie. »Wissen wir inzwischen, von wem die Nachricht stammt?«

Charlie kaute eifrig und hob die Hand. Es dauerte eine Weile, bis er antworten konnte. »Ich habe diese ganze Aufregung um Brioches immer für übertrieben gehalten«, sagte er endlich, »aber dieses hier ist wirklich vorzüglich. Mit nur einem Hauch

Zitrone, wirklich delikat. Zu deiner Frage: Wenn du Topaz meinst, ich tappe genauso im Dunkeln wie du.« Damit wechselte er das Thema. »Ich glaube, du hast Dr. Chatterju noch gar nicht kennengelernt, Jake.« Er deutete auf einen markant aussehenden Mann mit Turban und Nickelbrille. »Er leitet unsere Entwicklungsabteilung. Ist gerade erst aus Bombay zurückgekehrt.«

»Ein anstrengender, aber unvermeidlicher Familienbesuch«, erklärte Chatterju mit einer Stimme, die genauso beeindruckend war wie seine Erscheinung. »Meinen Verwandten gefiel es, sich nicht nur über ganz Indien zu verteilen, sondern auch noch quer über die Jahrhunderte.« Mit einem breiten Lächeln streckte er Jake die Hand hin. »Zal Chatterju. Es ist mir eine Ehre. Ich kannte Euren Bruder, ein wundervoller junger Mann. Wie ich höre, seid Ihr ähnlich begabt, wie er es war.«

Jake schloss Chatterju sofort ins Herz. Der Mann strahlte etwas ganz Besonderes aus, Exzentrik und Genialität, gepaart mit einer gewissen Verschmitztheit. Er trug einen reich bestickten Kaftan und einen mit Gold beschlagenen Gürtel. Der Turban wurde von einer Saphirnadel zusammengehalten, die hervorragend zur Farbe seiner Augen passte. Zusammen mit dem fein geschnittenen Gesicht und dem gepflegten grauen Bart hatte der Mann etwas durch und durch Erhabenes.

»Was genau ist die Aufgabe der Entwicklungsabteilung?«, fragte Jake.

»Oh, das werdet Ihr noch früh genug selbst herausfinden«, antwortete Chatterju mit einem geheimnisvollen Lächeln. »Ich bin nur ein bescheidener Wissenschaftler, der dort seine verschrobenen Ideen ausleben kann.« Plötzlich fuhr er auf. »Wohin ist dieser nichtsnutzige Kerl schon wieder? Ist er etwa wieder verschwunden? Ständig verschwindet er!«

»Ich bin hier, Onkel. Direkt hinter dir.«

»Direkt hinter mir? Benimm dich gefälligst und stell dich dahin, wo ich dich sehen kann!«

Der Junge gehorchte und trat vor. Jake schätzte, dass er etwa elf Jahre alt sein musste. Er hatte warme dunkle Augen und ein Gesicht, das aussah, als würde es immerzu lächeln.

»Ich heiße Amrit«, sagte er und strahlte Jake an. »Ich bin Doktor Chatterjus Neffe.«

»Du bist mein Assistent«, korrigierte Chatterju. »Nur deshalb bist du hier. Und deine Probezeit ist noch nicht zu Ende.« Mit rollenden Augen flüsterte er Jake ins Ohr: »Er ist gerade mal dem Windelalter entwachsen und glaubt bereits, er wüsste alles.«

Die letzten Agenten betraten den Saal, darunter auch Alan und Miriam, die noch halb zu schlafen schien und ständig gähnte, sowie seine Tante Rose. Hinter ihnen kam leichtfüßig Gallianas Windhündin Olivia angetrabt, die sofort hinüber zu ihrem Platz am Ende des Konferenztisches lief. Als schließlich Galliana selbst den Raum betrat, verstummten alle Gespräche. Jake fiel auf, dass sie wieder den langen dunkelblauen Umhang trug, der mit Uhren und Phoenixen bestickt war. In den Händen hielt sie einen Stapel Papiere.

»Sind alle anwesend?«, fragte sie Jupitus.

»Alle außer Nathan Wylder und Oceane Noire«, seufzte Jupitus. »Ersterer scheint seinen Ärger mit Hochseefischfang zu bekämpfen, und Madame Noire befindet sich noch in ihren Ankleidegemächern.«

»Was bedeutet, dass wir sie erst im nächsten Jahrhundert wieder zu sehen bekommen werden«, flüsterte Miriam ihrem Mann kichernd zu.

»Dann werden wir ohne sie beginnen müssen«, sagte Galliana in ernstem Ton und blickte in die Runde. »Zwei Punkte stehen auf der Tagesordnung. Für diejenigen unter Euch, die noch nicht auf dem neuesten Stand sind: Der Einsatz in Stockholm war ein Fehlschlag. Unsere Agenten wurden abgefangen, und das Atomium ging verloren.«

Bestürzt riefen die Anwesenden durcheinander. »Die gesamte Lieferung? Wie ist das möglich? Wer hat das getan?« und dergleichen, und Jake senkte beschämt die Augen. Wieder spürte er Jupitus' sengenden Blick auf sich.

Galliana hob eine Hand. »Das Warum, Wie und Weshalb ist im Moment irrelevant.« Sie nahm ihre Notizen und begann laut vorzulesen: »Der Täter war etwa fünfzehn Jahre alt, ungefähr eins achtzig groß, blond, wahrscheinlich Europäer. Er nannte sich ›der Leopard‹. Begleitet wurde er von einem dunkelhaarigen jungen Mann in etwa demselben Alter.«

Jake schloss die Augen.

»Sagt irgendjemandem diese Beschreibung etwas?«, fragte Galliana in die Runde. »Miss Wunderbar?«

Die stattliche Lydia Wunderbar, Leiterin der Bibliothek der Gesichter, schüttelte den Kopf. »Ich fürchte, nein«, antwortete sie in ihrem etwas derben bayerischen Akzent. »Ich bin noch dabei, die Archive genauer zu durchsuchen. Agent Chieverley geht mir dabei zur Hand.«

»Ich brauche nicht eigens zu sagen, dass jeder, der glaubt, etwas zur Aufklärung der Sache beitragen zu können, angehalten ist, unverzüglich vorzutreten. Diese Angelegenheit ist von größter Wichtigkeit«, sprach Galliana weiter. »Niemand? Gut. Dann zum zweiten Punkt der Tagesordnung.« Sie zog ein Stück Pergament aus ihrem Papierstapel und hielt es hoch. »Vor einer Stunde erhielt ich diese Nachricht. Offensichtlich an einem sehr weit zurückliegenden Datum abgesandt.«

Jake hob den Kopf und versuchte etwas zu erkennen, sah aber nur eine lange Abfolge rätselhafter Symbole.

»Bei der Verschlüsselung handelt es sich um Hypoteca. Sie wurde wie folgt übersetzt.« Galliana hielt einen Bogen Papier mit mehreren Zahlenkolonnen und ein paar Buchstaben hoch.

»Hypoteca?«, sagte Jake zu Charlie. »Den Namen hab ich doch irgendwo schon mal gehört.«

»Hypoteca war die Frau des siebten Kommandanten der Geschichtshüter. Sie hat den Code entwickelt«, antwortete Charlie.

Jake begutachtete das Papier in Gallianas Händen. Mehrere

Zahlenkolonnen mit Buchstaben dazwischen, die ihm rein gar nichts sagten, unterteilt in vier Gruppen, waren darauf zu sehen. Ganz am Ende stand der Satz: Folgt der Schattenhand.

»Nun, die Zahlen sprechen für sich selbst«, erklärte Jupitus selbstzufrieden. »Die erste Zeile bezieht sich auf Topaz' Geburtsdatum, den 19. September 1356.«

»Richtig.« Galliana nickte.

Geschichtshüter konnten aus jeder beliebigen Zeit stammen, abhängig davon, in welcher Epoche ihre Eltern stationiert waren oder zu welchem Datum sie gerade reisten. Topaz war, wie sie Jake erzählt hatte, während der Schlacht von Poitiers im Hundertjährigen Krieg geboren worden – in einem Munitionszelt.

»Die zweite Zeile«, fuhr Jupitus fort, »beinhaltet die geografischen Koordinaten.«

»In der Tat«, bestätigte Galliana. »In diesem Fall die Insel Vulcano im Tyrrhenischen Meer. Bei der letzten Zahlenkolonne handelt es sich um das Datum, von dem aus die Nachricht gesandt wurde.«

»Entschuldigung, aber ich habe meine Brille vergessen«, unterbrach Rose. »Wie lautet das Datum?«

Jake wartete gespannt – vom Ende des Saals konnte er genauso wenig erkennen wie Rose.

»Es ist der 10. Mai«, antwortete Galliana bedeutungsschwanger, »des Jahres 27 nach Christus«, fügte sie nach einer kurzen Pause hinzu.

Einige der Agenten warfen sich bestürzte Blicke zu.

»In letzter Zeit haben wir ein vermehrtes Aufkommen von Meslith-Aktivität seitens Agata Zeldts in dieser Epoche festgestellt. Agata war lange Jahre von der Bildfläche verschwunden, doch sie scheint wieder da zu sein«, fuhr Galliana fort, und Alan glitt die Kaffeetasse aus den Fingern.

Jakes Magen verknotete sich. Während seines Einsatzes in Venedig hatte er einiges über Agata erfahren. Laut Charlie war sie »ohne Zweifel die grausamste Frau, die je auf Erden gewandelt ist«. Noch als kleines Kind hatte Agata versucht, ihren jüngeren Bruder in einem zugefrorenen See zu ertränken. Ihre Zofe hatte sie gezwungen, sich als Strafe für irgendein angebliches Vergehen nackt auf einen rot glühenden Eisenthron zu setzen, was die Zofe natürlich nicht überlebte. Außerdem war sie – und das war das Verstörendste an dem Ganzen – Topaz' Mutter. Topaz hatte zwar längst mit ihr gebrochen und sich im zarten Alter von fünf Jahren nach Mont-Saint-Michel abgesetzt, aber die beiden waren trotzdem blutsverwandt.

Rose meldete sich zu Wort. »Weiß irgendjemand, was dieses ›Folgt der Schattenhand‹ zu bedeuten hat?«

Den ratlosen Gesichtern im Saal nach zu urteilen, wusste es niemand.

»Und was noch wichtiger ist«, warf Jupitus ein, »woher wissen wir, dass die Nachricht wirklich von Topaz stammt? Agata könnte das Ganze fingiert haben, um uns …«

Mit einem lauten Krachen flog die Eingangstür auf. »Tut mir leid, aber ich bin gekommen, so schnell ich konnte!«, rief Nathan und stürmte in den Prunksaal.

Jake musste grinsen. Nathan war von oben bis unten durchnässt, ein Seil mit einer Harpune daran hing über seiner Schulter, unter den einen Arm hatte er einen Schwertfisch geklemmt, und mit der anderen Hand schleifte er einen Tiefseeaal hinter sich her. »Ich hoffe, ich habe nicht allzu viel verpasst. Der Aal war ziemlich widerspenstig.«

»Nicht das kleinste bisschen Einfühlungsvermögen hat dieser Kerl«, murmelte Charlie und blickte entsetzt auf die toten Tiere. »Nicht das kleinste bisschen.«

»Im Moment mögen sie nicht sehr appetitlich aussehen«, verteidigte sich Nathan, »aber zumindest haben wir jetzt mal eine Abwechslung auf dem Speiseplan.«

Galliana stöhnte entnervt. »Vielen Dank, Agent Wylder. Sehr aufmerksam von Euch. Wenn Ihr jetzt so freundlich wärt, Eure Beute für den Moment beiseitezulegen und Euch zu setzen.«

Nathan legte die beiden Fische auf einen leeren Serviertisch. »Und ganz nebenbei«, sprach er weiter, ohne auf Gallianas Worte einzugehen, und schritt ans Fenster. »Gibt es einen besonderen Grund, weshalb ein Elefant unten am Pier frei herumläuft? Zuerst dachte ich, ich würde halluzinieren, aber dann – wie soll ich sagen? – ließ er etwas fallen, das ich mir selbst zu so früher Morgenstunde unmöglich einbilden konnte.«

»Er gehört Oceane Noire«, antwortete Galliana, endgültig verärgert. »Wenn Ihr das letzte Kommuniqué gelesen hättet, wüsstet Ihr es bereits. Und jetzt setzt Euch!«

Nur eine winzige Spur beschämt, nahm Nathan neben Jupitus Platz. »Es gibt tatsächlich Neuigkeiten von Topaz, wie ich sehe«, flüsterte er ihm zu und analysierte mit einem kurzen Blick die Zahlen auf dem Papier in Gallianas Händen. »Beeindruckend. Es scheint, als hätte mein Schwesterherz eine beträchtliche Strecke zurückgelegt. Ist gesichert, dass die Nachricht von ihr stammt?«

Galliana atmete einmal tief durch, dann richtete sie das Wort wieder an die versammelte Runde. »Die Sachlage ist folgende: Die Verwendung des Hypoteca-Codes spricht zwar dafür, dass die Nachricht authentisch ist. Dennoch haben wir keine hundertprozentige Garantie, dass die Mitteilung tatsächlich von Topaz verfasst wurde. Agentin Saint Honorés Anweisungen lauteten, erst dann mit dem Hauptquartier Kontakt aufzunehmen, wenn sie über Informationen der obersten Dringlichkeitsstufe verfügt. Ich gehe davon aus, dass dieser Fall hiermit eingetreten ist. Ich habe beschlossen, ein Team zu den entsprechenden Zeitkoordinaten zu entsenden, um der Sache auf den Grund zu gehen. Ich brauche nicht eigens zu erwähnen, dass für eine Zeitreise über eine Spanne von 1793 Jahren nur die Agenten infrage kommen, die sich physisch in bester Verfassung befinden.« Sie holte tief Luft. »Hiermit ernenne ich Nathan Wylder …«

»Qui est le champion!«, rief Nathan mit geballter Faust.

»Charlie Chieverley …«

Charlie nickte mit ernstem Gesicht.

»Leiter des Teams wird sein …«

»Ich selbst, natürlich«, unterbrach Nathan ein zweites Mal.

»Jupitus Cole«, sprach Galliana den Satz zu Ende.

Überraschtes Gemurmel erhob sich im Saal. Jupitus nippte entspannt an seiner Kaffeetasse, und einige der älteren Agenten, vor allem Doktor Chatterju und Signor Gondolfino, der Leiter der Kostümschneiderei, bedachten ihn mit neidischen Blicken. Ab einem gewissen Alter wurden Agenten nur noch in Ausnahmefällen zu wirklich gefährlichen Einsätzen berufen, weil ihre Belastbarkeit aus biologischen Gründen zwangsläufig nachließ.

Nathan warf die Hände in die Luft. »Kommandantin, haltet Ihr es wirklich für ratsam, einen Agenten von Mister Coles« – er suchte sorgfältig nach dem richtigen Wort – »*Erfahrung* auf eine so lange Zeitreise zu schicken?«

»Wenn Ihr damit Jupitus' Alter meint, Agent Wylder«, erwiderte Galliana, »kann ich Euch versichern: Mister Coles Tatkraft wurde erst gestern gemessen, und der ermittelte Wert war höchst ungewöhnlich – besser noch als Eurer.«

Jetzt konnte selbst der stets ernste Jupitus sich ein kleines Lächeln nicht verkneifen. Auch Rose versuchte vergeblich, ihre Bewunderung zu verbergen.

Nathan verstummte. Wenn er ehrlich war, kämpfte auch er lieber Seite an Seite mit dem alten Haudegen statt gegen ihn.

»Ihr werdet heute Abend mit der *Hippocampus* auslaufen«, erklärte Galliana.

»*Hippocampus*«, murmelte Jake. Der Name kam ihm seltsam vertraut vor.

»Heute Abend?«, fiel Nathan ihr ins Wort. »Gibt es irgendeinen Grund, weshalb wir nicht sofort loslegen?«

»Es gibt in der Tat einen ziemlich triftigen«, erwiderte Galliana trocken. »Die *Hippocampus* wird erst kurz vor Sonnenuntergang von der Instandsetzungswerft in Calais zurückkehren.«

»Gut zu hören.« Nathan nickte zufrieden. »War höchste Zeit,

den alten Eimer mal wieder ein bisschen auf Vordermann zu bringen.«

Galliana deutete auf eine Seekarte. »Ihr werdet den Horizontpunkt bei Brest nehmen. Von dort springt Ihr zu den vorgegebenen Koordinaten östlich von Sardinien und fahrt direkt zu den Äolischen Inseln, zu der kleinen Insel Vulcano. Alles klar so weit?«

»Kristallklar«, antwortete Nathan.

Alle nickten, außer Jake, der stumm zu Boden blickte. Bei seiner ersten Besprechung hier im Prunksaal hatte er sich freiwillig für den Einsatz in Venedig gemeldet. Sein Angebot war auf unschmeichelhafte Weise rundweg abgelehnt worden. Jake wusste, wenn er sich erneut freiwillig meldete, würde die Abfuhr in Anbetracht der Wichtigkeit des Einsatzes und der gigantischen Zeitspanne, die es zu überbrücken galt – ganz zu schweigen von seinem Versagen in Stockholm –, nur umso heftiger ausfallen. Doch sein Abenteuerdurst und vor allem das Bedürfnis, Teil des Teams zu sein, das zu Topaz' Rettung entsandt wurde, waren einfach zu stark. Er hob die Hand. »Dürfte ich etwas vorschlagen, Kommandantin?«

Die Anwesenden rutschten unbehaglich auf ihren Stühlen herum. Miriam warf ihrem Sohn einen besorgten Blick zu, und Charlie lenkte sich damit ab, sich noch eine Brioche zu schnappen. Jupitus Cole verdrehte die Augen gen Himmel.

»Ich bin mir vollauf bewusst, dass ich dem Geheimdienst einen schweren Rückschlag zugefügt habe.« Jake hob die Stimme. »Ich denke, hier und jetzt sollten alle erfahren, dass ich allein verantwortlich war für den Verlust der Atomiumlieferung aus Stockholm.«

Ein aufgeregtes Raunen ging durch den Raum.

»Ich habe meine Befehle missachtet und einen Fehler gemacht, den ich mir zeitlebens nicht verzeihen werde – nicht, bis ich die Gelegenheit gehabt habe, die Angelegenheit wieder in Ordnung zu bringen.« Jake sah, wie seine Mutter zu zittern begann, und holte tief Luft. »Ich weiß, dies ist ein genauso gefährlicher wie wichtiger Einsatz, und Ihr werdet mich mit Sicherheit nicht für geeignet halten. Aber ich bitte Euch, mir diese letzte Chance zu geben. Die Chance, mich zu beweisen. Lasst mich mit nach Vulcano fahren, und ich werde Euch nicht enttäuschen.«

»Absolut lächerlich!«, rief Jupitus und sprang vom Stuhl auf. »Nicht nur lächerlich, sondern beleidigend! Der Junge zeigt nicht das kleinste Fünkchen Respekt vor unserer Arbeit.«

»Beruhige dich, Jupitus. Nicht dass dir der Hemdkragen verrutscht«, fuhr Rose ihm über den Mund.

»Ich bin vollkommen ruhig«, knurrte Jupitus und zeterte weiter. »Unser Geheimdienst operiert seit Jahrzehnten ... was sage ich ... seit Jahrhunderten nach strengsten und in der Praxis bewährten Regeln. Kein Agent wurde je auf einen Einsatz geschickt, ohne zuvor eine fundierte Ausbildung durchlaufen zu haben. Und dann kommt dieser Knabe daher, der glaubt, er könnte alles über den Haufen werfen und aufs Geratewohl nach seinen eigenen Regeln handeln. Das erste Mal hat er seine Befehle missachtet, als er sich unerlaubterweise an Bord des Schiffes schlich, das nach Venedig entsandt wurde ...«

»Wo er mehr dafür getan hat, Prinz Zeldts Pläne zu vereiteln, als jeder andere!«, rief Alan dazwischen.

»Dann drängt er sich für die Reise nach Stockholm auf«, setzte Jupitus seine Tirade fort, »ruiniert alles und bringt das Fortbestehen der gesamten Organisation in Gefahr. Und jetzt hat er auch noch die Stirn, sich ein weiteres Mal freiwillig zu melden. Wenn er im Auftrag Prinz Zeldts versuchen würde, die Geschichtshüter zu vernichten – er könnte seine Aufgabe nicht besser erfüllen!«

Spätestens jetzt riefen alle wild durcheinander. Jeder schien eine ganz entschiedene Meinung zu dem Gesagten zu haben. Galliana ließ sie gewähren und hörte aufmerksam zu. Da beugte Nathan sich an ihr Ohr. »Kommandantin, dürfte ich etwas dazu sagen? Ich denke, auf mich könnten sie hören.«

Galliana nickte.

»Hört mich an«, sagte Nathan und erhob sich. »Hört mich an – alle, die hier in diesem Raum sind.« Wenn er wollte, konnte Nathan eine Autorität ausstrahlen wie kaum ein zweites Mitglied der Geschichtshüter. »Mister Cole mag recht damit haben, dass Jake in der Vergangenheit gegen Befehle verstoßen hat, doch kann ich Euch versichern: Sowohl in Venedig als auch in Köln war sein Verhalten absolut vorbildhaft – selbst in Stockholm. Wie ich der Kommandantin bereits im Vorfeld mitteilte, hatte Jake uns vor der drohenden Gefahr gewarnt. Doch ich schenkte seinen Worten keine Beachtung. Zu spät erkannte ich seinen Scharfsinn und seine natürliche Begabung für die Aufgaben der Geschichtshüter, und ich beneide ihn darum.«

»Hört, hört!«, rief Charlie.

»Es mag in der Tat sein, dass dieser Einsatz nicht für Jake geeignet ist. Ich selbst fürchte, der Zeitsprung ist noch zu groß für ihn. Und dennoch ist es unglaublich mutig von ihm, sich freiwillig zu melden.«

»Hört, hört!«, riefen nun auch Rose und Alan.

»Und Ihr, Mister Cole, solltet eines nicht vergessen: Ihr selbst wart es, der Jake in unsere gefährliche Welt einführte. Ich glaube, Ihr seid ihm ein wenig mehr Wohlwollen und Anleitung schuldig.« Damit beschloss Nathan seine Rede.

Die Stille, die sich daraufhin über die Versammlung senkte, sprach Bände: Ausnahmslos alle waren Nathans Meinung. Selbst Jupitus wirkte bewegt.

Jake blickte Nathan lächelnd an, und Nathan zwinkerte.

Dann ergriff Galliana wieder das Wort: »Agent Wylder hat recht, Jake. Ihr habt großen Mut bewiesen. Doch stimme ich auch mit ihm überein, dass dies nicht der geeignete Einsatz für Euch ist.« Sie ließ den Blick von Jake zurück zu den anderen schweifen. »Agenten Cole, Wylder und Chieverley, Signor Gondolfino wird Euch nun zur Kostümschneiderei begleiten, um Euch für die Reise mit passenden Gewändern auszustatten.«

»Womit wir beim bisher schwierigsten Teil angelangt wären«, flüsterte Nathan Jupitus zu. »Die Mode im alten Rom, ein regelrechtes Minenfeld!«

»Eigentlich sollte ich es nicht eigens betonen müssen«, setzte Galliana hinzu, »aber ich muss Euch darum bitten, äußerst sparsam mit dem Atomium umzugehen. Unsere Vorräte reichen gerade noch für ein paar Einsätze.« Sie stand auf als Zeichen dafür, dass die Besprechung nun beendet war. »Auslaufen um sieben Uhr.«

Gerade als die Ersten den Prunksaal verließen, kam Oceane in einem ausladenden Reifrock hereinstolziert, das Haar kunstvoll zu einem Turm frisiert. »*Qu'est-ce que s'est passé?* Was ist passiert? Habe ich etwas verpasst?«, fragte sie die ihr entgegenströmenden Geschichtshüter.

Rose ließ sich die Gelegenheit zu einem kleinen Seitenhieb nicht entgehen. »Ja«, antwortete sie. »Jupitus bricht noch heute zu einer kleinen romantischen Insel im Tyrrhenischen Meer auf. Ohne dich.« Mit einem zuckersüßen Lächeln schob sie sich an Oceane vorbei aus dem Saal.

Jake ging zurück auf sein Zimmer und warf sich aufs Bett.

Felson kam sofort angelaufen und kuschelte sich an ihn, legte ihm den Kopf auf den Oberschenkel und leckte seine Hand.

Nach seiner Rückkehr aus Köln war Jake dieses Zimmer zugewiesen worden. Vor ihm hatte sein Bruder Philip es bewohnt, wann immer er am Nullpunkt war, und Jake hatte jeden Quadratzentimeter nach einem Hinweis auf ihn abgesucht. Nach drei Jahren waren seine verbliebenen Sachen natürlich längst nach London geschickt worden, aber etwas hatte Jake doch noch gefunden: Unter der Schublade des kleinen Schreibtischs vorm Fenster hatte ein Foto gesteckt, das die Familie Djones in der heimischen Küche in Greenwich unterm Weihnachtsbaum versammelt zeigte: Alan, Miriam, Jake und Philip. Es war ein Foto aus glücklicheren Tagen. Jake hatte es seinen Eltern nicht gezeigt, weil er keine schmerzhaften Erinnerungen wachrufen wollte, und es unter der Matratze versteckt. Jetzt zog er es hervor und betrachtete es.

Philip war etwas größer und breiter als er. Zum Zeitpunkt der Aufnahme war er erst vierzehn gewesen. Trotzdem sah er bereits aus wie ein junger Mann, dessen leuchtende Augen ein unerschütterliches Selbstvertrauen ausstrahlten: ein Abenteurer durch und durch. Er hatte einen Arm um Jakes Schulter gelegt, und Jake blickte stolz zu ihm auf.

Von der Tür kam ein leises Klopfen. »Ich bin's, Miriam. Kann ich reinkommen?«

Jake steckte das Foto zurück unter die Matratze. »Klar.«

Miriam schob sich durch die Tür. »Wie geht's dir? Ich hoffe, Jupitus' Worte haben dich nicht allzu hart getroffen.«

Jake schüttelte den Kopf. »Er hat das Recht auf eine eigene Meinung wie wir anderen auch.«

»Das kannst du laut sagen«, erwiderte Miriam und setzte sich aufs Bett. »Und er macht reichlich Gebrauch davon. Alan und ich haben nie viel auf seinen Sermon gegeben.« Sie seufzte. »Hör zu, Schatz. Es gibt noch mehr schlechte Neuigkeiten: Wir müssen zurück nach London.«

»Wie bitte?« Jake spürte den nächsten Knoten in seinem Magen.

»Wir können noch ein paar Tage hierbleiben, dann müssen wir packen. Alle drei. Rose kommt auch mit. Captain Macintyre wird uns auf der *Escape* mitnehmen.«

»W-weshalb?«, stotterte Jake.

»Weshalb? Weil du wieder zur Schule musst, dich bei deinen Freunden sehen lassen. Und Alan und ich müssen zurück in den Laden. Die Leute warten auf ihre Badezimmer. Dolores Devises' Überlaufrohre hätten schon vor drei Wochen repariert werden müssen.«

»Als ich diesem Jupitus das erste Mal begegnet bin, sagte er, was wir in der Schule lernen, sei null und nichtig!«, polterte Jake. »Die Welt ist der Ort, um zu lernen!«

»Na ja, wir haben gerade davon gesprochen: Jupitus Cole und seine originellen Ansich…«

»Und euer Klempnerladen ist eine einzige Katastrophe! Nur eure Freunde kaufen bei euch ein, aus Mitleid. Sobald ihr alles installiert habt, müssen sie es wieder reparieren lassen!« Jake biss sich auf die Zunge. Am liebsten hätte er die letzten Worte zurückgenommen, aber es war zu spät.

Miriam nahm seufzend seine Hand. »Ich weiß, das alles kommt dir vor wie ein einziges großes Abenteuer. Das ist es auch, tausendmal besser als jede Achterbahnfahrt, aber es ist auch verdammt gefährlich! Ich könnte es nicht ertragen, wenn dir was passiert.«

»Wegen dem, was in Stockholm vorgefallen ist?«

»Nein! Allan und ich haben diese Entscheidung getroffen, noch bevor du überhaupt nach Schweden aufgebrochen bist. Wir wollten es dir letzte Nacht schon sagen, aber dann haben wir es noch mal verschoben wegen der letzten Ereignisse. Wir wollten einen passenderen Moment abwarten. Jake, du kannst nicht hierbleiben. Keiner von uns kann das.«

Wütend senkte Jake den Blick und starrte seine Hände an. »Das ist nicht fair. Ihr habt das alles schon erlebt, seid kreuz und quer durch die Zeit gereist, wart an den tollsten Orten …«

Miriam sah etwas unter der Matratze hervorlugen und zog es heraus. Unendliches Glück und unfassbare Trauer traten auf ihr Gesicht, als sie erkannte, was es war. Sie starrte ihre Söhne an, wie sie einander glücklich im Arm hielten, und es dauerte eine ganze Weile, bis sie wieder etwas sagte. »Sieh dir diesen Weihnachtsbaum an«, murmelte sie schließlich und wechselte absichtlich das Thema. »Dein Vater ist geradezu besessen von diesem grässlichen Lametta.«

Miriam wischte sich ein paar Tränen aus den Augen und gab Jake das Foto zurück. Sie küsste ihn auf die Wange und stand auf. »Es tut mir leid, Jake, aber am Freitag müssen wir Mont-Saint-Michel verlassen.« Dann verließ sie das Zimmer.

5

DIE *HIPPOCAMPUS*

Die Sonne ging gerade unter, und eine Glocke kündigte die Abfahrt der Agenten an. Jake hielt sich in den Stallungen auf, wo er den größten Teil des Nachmittags mit Oceanes Zirkustieren verbracht hatte, vor allem mit der Elefantendame, die jetzt auf den Namen Dora hörte. Die beiden hatten auf Anhieb Freundschaft geschlossen. Jake hatte Dora fleißig mit Äpfeln gefüttert, und als Gegenleistung hatte sie ihm ein paar ihrer Tricks gezeigt, hatte auf den Hinterbeinen stehend einen Ball auf der Spitze ihres Rüssels balanciert.

Die Stunden zuvor hatte Jake größtenteils allein verbracht. Er war tieftraurig, hatte das Gefühl, als gehörte er nicht mehr hierher. Gleich nach dem Frühstück und der Anprobe in der Kostümschneiderei hatten Nathan und Charlie ihn gefragt, ob er nicht mit ihnen in der Rüstkammer Schwertkampf üben wolle, aber Jake hatte keine Lust gehabt. Er musste sowieso erst mit Felson eine Runde spazieren gehen.

Als Jake die Glocke hörte, fragte er sich, ob er überhaupt zum Pier gehen und sich von den anderen verabschieden sollte. *Bleibt mir wohl nichts anderes übrig*, dachte er und machte sich schweren Herzens auf den Weg hinunter zu dem kleinen Hafen. Schon von Weitem konnte er die kleine Gruppe sehen, die sich im Schein von Laternen dort versammelt hatte. Alle schienen einigermaßen aufgeregt. Das Schiff, das am Anleger festgemacht hatte, sah ganz anders aus als der Rest der Flotte der Geschichtshüter. Es war eine einfache Konstruktion aus hellem Holz und hatte einen steil ansteigenden Bug wie ein Wikingerschiff. Die beiden quadratischen Segel, ein großes am Hauptmast und ein kleineres vorn am Bug, waren blau und weiß gestreift. Am Heck befand sich eine würfelförmige Kajüte.

Ungläubig starrte Jake das Schiff an. Seltsame Bilder stiegen in ihm auf, von gleißendem Sonnenlicht in einer dicht mit Palmen bewachsenen Bucht, aber auch von antiken Amphoren. Er glaubte, eine warme Brise auf der Haut zu spüren, und er konnte sich an den Duft von Weihrauch in der Luft erinnern. *Weihrauch? Wieso kommt mir ausgerechnet jetzt Weihrauch in den Sinn?,* fragte er sich. Irgendwie kam ihm das Schiff bekannt vor, als hätte er es in einem Traum schon einmal gesehen.

»Da ist er ja!«, rief Rose mit ausgebreiteten Armen. »Wir wollten dich schon suchen gehen.« Sie stand mit Miriam, Alan, Galliana und Signor Gondolfino, der sich wegen der kalten Abendluft einen eleganten Umhang übergeworfen hatte, auf dem Pier. Oceane Noire hielt sich mit Josephine, die ihr neues Diamantencollier um den Hals trug, ein Stück abseits.

»Alles in Ordnung, Jake?«, fragte Miriam.

Jake nickte und musterte das Schiff. In verblassten Buchstaben stand der Name am Bug. *»Hippocampus«,* flüsterte er. Jake kannte das Wort, er wusste nur nicht, woher. »Was bedeutet Hippocampus?«, fragte er Alan.

»Faszinierend, nicht?«, erwiderte Alan und klatschte in die Hände. »Hippocampus ist lateinisch. Eigentlich bedeutet es ›Seepferdchen‹. Gleichzeitig ist es aber auch die Bezeichnung für den Teil unseres Gehirns, der für das Gedächtnis zuständig ist.«

Jake betrachtete den Bug des Schiffes genauer, und die Bilder vor seinem inneren Auge wurden immer lebendiger. Er sah glänzende Rubine auf hölzernen Waagschalen und kleine

Messinggewichte, und als er bei der Galionsfigur angelangt war – einem Seepferdchen mit langem schuppigem Hals und blitzenden roten Augen –, stellte er fest, dass er sie sich exakt so vorgestellt hatte.

»Wo habe ich dieses Schiff schon mal gesehen?«, fragte er Alan.

»Was sagst du da?«, fragte Miriam zurück und umklammerte Alans Hand.

»Bei der Besprechung heute früh sagte Galliana, die *Hippocampus* wäre gerade auf dem Weg von Calais hierher. Ich kann sie also noch gar nicht gesehen haben. Trotzdem kommt sie mir bekannt vor.«

Rose, Alan und Miriam lächelten verlegen.

»Jetzt fällt's mir ein!«, rief Miriam plötzlich. »Das Schifffahrtsmuseum in Greenwich – wir waren letztes Jahr dort, erinnerst du dich? Da haben sie ein Modell, das fast genauso aussieht.«

»Stimmt«, erklärte Alan mit einem eifrigen Nicken.

Meistens spürte Jake, wenn seine Eltern ihn belogen, und dies war einer dieser Momente. Leider blieb keine Zeit, die Sache weiter zu vertiefen, denn Nathan, Charlie und Jupitus kamen gerade auf den Pier.

»Ach, du meine Güte«, keuchte Rose. »Seht euch diese Beine an!«

Sie meinte Jupitus, der an der Spitze der Dreiergruppe ging. Er trug eine halblange Tunika, unter der knorrige Knie und spindeldürre, gespenstisch blasse Unterschenkel hervorlugten. Die Füße steckten in schmucklosen Sandalen, über die Schulter hatte er einen einfachen Lederbeutel geworfen. Jupitus fühlte sich sichtlich unwohl in seiner Aufmachung und wirkte noch steifer als sonst. Rose kriegte sich gar nicht mehr ein, so säuerlich schaute er drein.

Auch Oceane schien überrascht von dem Anblick, wirkte aber weit weniger erheitert als Rose. Sie lächelte zwar tapfer und applaudierte leise, aber das Missfallen stand ihr deutlich im Gesicht geschrieben. Wenn es nach ihr gegangen wäre, hätte Jupitus nie etwas anderes getragen als seinen charakteristischen Frack und die Kniehose – selbst nachts im Bett nicht.

Charlie, der direkt hinter ihm ging, wirkte schon wesentlich entspannter. Mister Drake saß auf seiner Schulter und flatterte fröhlich mit den Flügeln.

Nathan kam als Letzter. Über seiner Tunika trug er einen golden schimmernden Harnisch und einen Schurz aus dicken metallbeschlagenen Lederstreifen. Auf seinem Kopf prangte ein goldglänzender Helm mit rotem Federbusch.

Jake platzte beinahe vor Neid. Seine Freunde machten sich auf den Weg in die Zeit der Gladiatoren und Streitwagen, der Kaiser und Eroberungen, der römischen Bäder und Theater, während er im Londoner Nebel- und Regenwetter festsaß und die Schulbank drücken musste.

»Keine Sorge«, sagte Nathan, als er Jakes düsteren Blick bemerkte, »das hier trage ich nur zum Abschied. Der Lederschurz stammt von den Thrakern, und der Harnisch ist noch aus vorkaiserlicher Zeit. Im Rom des Jahres 27 würde ich in diesem Ensemble auffallen wie Caspar in seinem türkisfarbenen Jackett.«

»Richtig«, hörte Jake sich sagen. »Sieht toll aus.«

»Wie ich höre, musst du uns verlassen«, flüsterte Nathan. »Das sind betrübliche Neuigkeiten.« Er beugte sich an Jakes Ohr. »Charlie und ich haben versucht, es deinen Eltern auszureden, aber es war nichts zu machen.«

»Tja, ich muss ganze drei Wochen Geschichtsunterricht nachholen«, murmelte Jake.

»Wenigstens trägst du's mit Humor«, erwiderte Nathan, und als Charlie sich zu ihnen gesellte, fügte er hinzu: »Ich wollte dir das hier geben.« Er hielt Jake einen kunstvoll gearbeiteten Degen mit einem Korb in Form eines Drachenkopfs hin.

Jakes Augen blitzten: Es war dieselbe Waffe, die er sich in Venedig von Nathan hatte leihen wollen. Damals hatte Nathan rundweg abgelehnt, und jetzt überreichte er ihm den Degen als Geschenk!

»Sicher?«, fragte Jake und bestaunte das geschmiedete Kunstwerk.

»Nur, wenn du versprichst, dass du möglichst bald zurückkommst.«

Jake nickte grimmig und nahm den Degen entgegen.

»Und das hier ist von Mister Drake und mir.« Charlie reichte Jake einen kleinen Lederbeutel.

Jake öffnete ihn und schaute hinein: Es war eine Sammlung falscher Bärte.

»Das ist mein Zweit-Set. Dachte, du würdest dich sicher darüber freuen.«

Jake schloss Charlie in eine stürmische Umarmung, und Mister Drake krächzte aufgeregt. Dann wandte er sich Nathan zu und drückte ihn fest. »Findet Topaz«, flüsterte er ihm ins Ohr. »Und haltet auch Ausschau nach Philip.«

»Wir werden unser Bestes geben, wie immer«, erwiderte Nathan und strich seine Tunika glatt.

Galliana überreichte Jupitus mit ernstem Gesicht das Kästchen mit der Horizontschale und dem Atomium. »Seid vorsichtig«, sagte sie, ohne die Hände von der Holzschatulle zu nehmen. Sie wechselten einen langen Blick, dann ließ Galliana los.

»Alle Mann an Bord!«, rief Jupitus und schritt auf die Planke zu.

Oceane lief ihm mit Josephine im Schlepptau hinterher. »Du wirst mir doch schreiben, nicht? Nur eine kurze Meslith-Nachricht von Zeit zu Zeit, in Ordnung?«

Jupitus nickte knapp.

»Und ich werde unterdessen die Hochzeit vorbereiten. Ich dachte an *un thème classique*, an Nymphen und Satyre und Kilometer von Seidentüll!«

Wieder nickte Jupitus.

»Das Glück sei dir hold, *mon amour*!« Sie hauchte ihm einen Kuss auf die Wange.

Jupitus blickte etwas ungehalten zu der Löwin hinunter. »Und du bist schön vorsichtig mit diesem Vieh, verstanden?« Dann wandte er sich ab. Auf der Planke drehte er sich noch einmal um und suchte Roses Blick. Er schaute ihr so tief in die Augen, dass Rose weiche Knie bekam. Dann rief er ein zweites Mal: »Alle Mann an Bord!«

Charlie folgte ihm. Nathan hielt noch eine seiner berühmten »Stegreifreden«, dann legten sie ab.

Jakes Stimmung war endgültig im Keller. Mit geballten Fäusten stand er da und wäre der *Hippocampus* am liebsten hinterhergeschwommen. Rose ging es ähnlich. Seit Jupitus seine Verlobung mit Oceane bekannt gegeben hatte, unterdrückte sie ihre romantischen Gefühle für ihn, so gut sie konnte, doch der Blick von vorhin hatte sie mit aller Macht wieder heraufbeschworen. Gedankenverloren spielte sie mit ihren Armreifen und blickte dem Schiff hinterher. Gemeinsam schauten sie hinaus aufs Meer, bis die Segel der *Hippocampus* gerade noch am Horizont zu erkennen waren. Schließlich verschwand das Schiff in einer Nebelbank und mit ihm all ihre Hoffnungen und Träume.

»Hippocampus«, wiederholte Jake immer wieder im Stillen. »Irgendwo hab ich dieses Schiff schon mal gesehen.«

Die Glocke der Turmuhr schlug zwei Uhr morgens. Mit einer Laterne in der Hand und Felson neben ihm schlich Jake auf Zehenspitzen den Flur entlang, der zum Kommunikationsraum führte. Mit einem kurzen Blick vergewisserte er sich, dass niemand ihn gesehen hatte, dann schlüpfte er hinein.

Drinnen war alles ruhig. Das wichtigste Gerät in dem Raum, der sogenannte Meslith-Nukleus, thronte regungslos in seinem Glasschrank. Die beiden eingespannten Pergamentbogen waren leer, darüber schwebten Federkiele in Erwartung der nächsten Nachricht aus den Tiefen der Zeit.

»Hier lang«, flüsterte Jake, durchquerte den Raum und öffnete vorsichtig die Tür am anderen Ende. Felson folgte ihm in das angrenzende Gewölbe, und Jake hielt die Laterne hoch. An den Wänden erstreckten sich endlose Regalreihen, die bis unter die hohe Decke reichten. Dicke, in Leder gebundene Folianten standen darin. Der Anblick der unzähligen Schreibtische und der Globen darauf, die im durch die Dachfenster hereinsickernden Mondlicht blass schimmerten, erinnerte Jake an das Londoner Büro.

Seit seiner Rückkehr aus Köln hatte Jake zwei Wochen hier am Nullpunkt verbracht und ein paar der Geheimnisse der Insel ausgekundschaftet. Er hatte die Versuchskammer gesehen, einen Raum, dessen Wände dick mit Gobelins behängt waren und der nur so überquoll vor wissenschaftlicher Ausrüstung. Dort wurde die Tatkraft der Agenten gemessen und getestet. Auch in den Trainingskatakomben unterhalb der Rüstkammer, wo die Kampfausbildung der Agenten stattfand, war er gewesen. In dem Labyrinth aus Wendeltreppen und engen steinernen Tunneln war Jake sich vorgekommen wie in einer Geisterbahn: Ständig schwirrten Pfeile durch die Luft, Schwerter sausten aus Wandnischen auf die Probanden herab, alle paar Meter sprangen lebensgroße Puppen aus Verstecken hervor, gegen die die Agenten sich verteidigen mussten.

Auch das Archiv hatte er mehrmals aufgesucht. Es war der größte Wissensschatz, den er je gesehen hatte. Nicht nur sämtliche Logbücher aller jemals durchgeführten Zeitreisen wurden dort aufbewahrt, sondern auch minutiöse Aufzeichnungen über das weltweite Wetter, Gezeitentabellen, Mondtafeln, Zeitpunkt von Sonnenauf- und Sonnenuntergang an jedem einzelnen Tag jedes Jahres, Bevölkerungsstatistiken und jede Menge anderer Informationen. Jake konnte beispielsweise nachsehen, wie viele Einwohner Cadiz im Jahr 1740 gehabt hatte, wie heiß der Sommer gewesen war und sogar, was die Leute damals so zu Mittag gegessen hatten.

Genau dort war Jake jetzt. Wenn er schon nicht an einem Einsatz teilnehmen durfte, suchte er sich eben selbst eine Aufgabe. Und die lautete, mehr über die *Hippocampus* herauszufinden: warum das Schiff ihm so bekannt vorkam und weshalb seine Eltern das Thema so offensichtlich mieden.

Am gegenüberliegenden Ende befand sich das Regal mit den Logbüchern der Schiffe. Die Bände, auf deren Rücken das Symbol der Geschichtshüter prangte – zwei Planeten, die eine Sanduhr umkreisten –, waren alphabetisch geordnet. Zwölf beschäftigten sich allein mit den Fahrten der *Barco Dorado,* weitere zehn waren der *Campana* gewidmet, mehr als zwanzig der *Avatara* und so weiter.

Ein einzelner Buchrücken stand ein Stück heraus. Es war der letzte Band mit den Fahrten der *Escape* – des Schiffes, mit dem Jake von London hierhergekommen war und auf dem er erfahren hatte, dass er durch die Zeit reisen konnte.

Er zog ihn heraus und blätterte durch die mit einer wunderschön geschwungenen Handschrift beschriebenen Seiten. Der letzte Eintrag zauberte ein Lächeln auf Jakes Lippen. Neben Jupitus Cole, Charlie Chieverley und Topaz Saint Honoré fand sich ganz am Ende der Passagierliste auch sein eigener Name: Jake Djones, 14, stand dort geschrieben.

Auch wenn ich schon bald von hier verschwinden muss, dachte Jake, hier steht es schwarz auf weiß: Ich bin ein Geschichtshüter.

Er stellte das Buch zurück ins Regal und suchte nach der *Hippocampus* – es waren nur sechs Bände. Jake nahm den ersten heraus und ging die Seiten durch: nichts. Nur jede Menge Namen, die er noch nie gehört hatte. Der zweite Band brachte das gleiche Ergebnis, erst im dritten tauchte zumindest ab und zu Galliana Goethe auf. Im vierten wurde mehrere Male Jupitus Cole erwähnt und, zu seiner freudigen Überraschung, die Namen Alan, Miriam und Rose Djones, manchmal alle zusammen, manchmal nur einer davon. Sie waren nach Makedonien gereist, nach Persien und Numidien, ins antike Griechenland und sogar nach Londinium, wie die Römer London damals nannten. Hinter den Namen der Agenten stand das Alter zum Zeitpunkt des Einsatzes. Jake hatte Schwierigkeiten, sich seine Eltern im Alter von gerade mal siebzehn oder achtzehn Jahren vorzustellen. Wie sie damals wohl gewesen sein mochten?

Der fünfte Band brachte wieder nur eine Ansammlung ihm unbekannter Namen, doch auf der zweiten Seite von Band sechs hielt Jake überrascht inne. Im Jahr 121 hatte die *Hippocampus* eine Fahrt nach Cagliari auf Sardinien unternommen, und auf der Passagierliste entdeckte er den Eintrag: Philip Djones, 14. Eine Weile betastete Jake die Buchstaben, als hätte die Tinte ihm etwas über das Schicksal seines verschollenen Bruders verraten können, dann ging er den Rest der Aufzeichnungen durch, aber Philip wurde kein weiteres Mal erwähnt.

Er wollte das Buch gerade zurück ins Regal schieben, als Felson leise in Richtung der Eingangstür zu knurren begann.

»Was hast du denn?«, fragte Jake, aber Felsons Knurren wurde nur noch lauter, und er fletschte die Zähne.

Drüben im Kommunikationsraum wurde mit einem Kratzen ein Tisch zur Seite geschoben.

Jake löschte die Laterne und wollte sich nach einem geeigneten Versteck umsehen, da öffnete sich knarrend die Verbindungstür. Jake konnte niemanden erkennen. Er glaubte schon beinahe, der Besucher wäre ein Gespenst, aber dann sah er das goldbraune Fell, das im spärlichen Mondlicht schimmerte: Es war die junge Löwin Josephine.

Als sie ihn und Felson erblickte, blieb sie abrupt stehen und musterte die beiden mit einem gefährlichen Funkeln in den Augen. Mit einem leisen Fauchen kam sie auf Jake zu.

»Bleib hier«, befahl Jake seinem Mastiff, der sich der Löwin knurrend entgegenstellte. »Guter Junge.« Er suchte das Archiv nach einem zweiten Ausgang ab, konnte aber keinen entdecken, und dann ging plötzlich alles ganz schnell: Josephine schoss vorwärts, und Felson sprang ihr entgegen. Wild knurrend wälzten sie sich über den Boden, Pranken schlugen, Kiefer schnappten.

»Felson!«, brüllte Jake entsetzt und versuchte den winselnden Hund aus den Krallen der Löwin zu befreien.

Da ertönte eine zweite Stimme: *»Josephine, arrête!«*, und Oceane Noire kam hereingestürzt. *»Arrête, tout de suite!«*, schrie sie, packte das Buch, das sie sich unter den Arm geklemmt hatte, und schleuderte es nach der Löwin.

Widerwillig ließ Josephine von Felson ab.

»Was geht hier vor?« Oceane zog Josephine an dem Diamantencollier von Felson weg und hielt ihre Laterne hoch. »Du!«, zischte sie entrüstet.

»Ihr solltet besser auf Euer Schoßtier aufpassen«, fuhr Jake sie wütend an. Er kniete sich hin und legte einen Arm um den zitternden Felson.

»Der Köter muss sie erschreckt haben. Josephine ist sehr sensibel, wie ein kleines Baby«, verteidigte sich Oceane und strich zärtlich über Josephines Nacken. »Was habt ihr beide überhaupt um diese Zeit hier zu suchen?«

»Das wollte ich Euch auch gerade fragen«, erwiderte Jake und hob das Buch auf, das Oceane nach der Löwin geworfen hatte. Es war kleinformatig, aber ziemlich dick. In den Ledereinband war eine Palme geprägt.

»Gib es mir, sofort!«, keifte Oceane. Sie riss Jake das Buch aus der Hand und stopfte es mit einem säuerlichen Lächeln eilig in ihre Tasche. »Soweit ich weiß, ist das Archiv rund um die Uhr geöffnet«, erklärte sie schnippisch. »Es beruhigt meine überstrapazierten Nerven, hierherzukommen und die alten Aufzeichnungen durchzugehen, wenn ich einmal nicht einschlafen kann.«

Jake wusste nicht recht, ob er ihr glauben sollte, wagte aber nicht, das Thema zu vertiefen. »Fein. Dann lasst Euch nicht länger aufhalten«, erklärte er und schob sich an Oceane vorbei in Richtung Tür, Felson ganz dicht bei seinen Füßen.

»Ich habe gehört, du und deine *Familie*« – das letzte Wort sprach sie aus, als wäre es eine Beleidigung – »werdet nach London zurückkehren. Viel Glück auch auf der Rei…«

»Bonne nuit, Mademoiselle«, erwiderte Jake mit einem Nicken und ging.

»Viel Glück auch auf der Reise?«, wiederholte er, nachdem er die Tür hinter sich geschlossen hatte. Die Sache war ihm nicht geheuer. Vor allem dieser letzte Satz wollte Jake nicht aus dem Kopf. »Sie führt irgendwas im Schilde, eindeutig. Fragt sich nur, was!«

6

Katastrophe

Von dem Moment an, da Jupitus, Nathan und Charlie in den Flux Temporum eintraten, wussten sie, dass sie in Schwierigkeiten waren. Die Ringe des Konstantors hatten sich gerade erst in dieselbe Ebene gedreht, und schon wurden sie von einer Druckwelle erfasst, als wäre eine Bombe detoniert. Zeitsprünge waren immer packend und dramatisch, aber normalerweise auch begleitet von einem rauschhaften Hochgefühl. Diesmal war es, als würde die Wucht der Explosion sie in Stücke reißen. Zuerst schwebten sie in einem pechschwarzen Vakuum, dann stürzten sie wie Meteoriten auf einen tosenden Ozean zu, um im letzten Moment abzudrehen und mit halsbrecherischer Geschwindigkeit aufeinander zuzujagen.

Als die wilde Achterbahnfahrt endlich vorbei war und sie an Deck der *Hippocampus* wieder zu sich kamen, stellten sie entsetzt fest, dass die Probleme jetzt erst richtig begannen. Sie waren im Mittelmeer, und der Konstantor zeigte das Jahr 27 nach Christus. So weit, so gut. Nur der Orkan, der um sie herum tobte, war nicht mit eingeplant gewesen.

Das Meer war eine brodelnde Masse aus schwarzen Wellenbergen und tosender Gischt, der Himmel über ihnen dunkel und schwer wie Blei, als hätte eine ewige Nacht die Welt verschlungen. Weit weg am Horizont erspähte Charlie einen fahlen Lichtpunkt – es war die gerade untergehende Sonne.

»Haltet Euch fest!«, schrie Jupitus gegen das Brüllen der Wellen an.

Nathan und Charlie drehten die Köpfe in Richtung Bug und sahen das gigantische Wellental, das vor der *Hippocampus* gähnte wie der Schlund der Hölle selbst. Die Rah des Hauptmasts wurde herumgerissen und fuhr übers Deck wie eine Sense, dann jagte das Schiff hinunter in den schäumenden Abgrund. Die Welle ergoss sich mit einem Donnern über ihre Köpfe, und die Agenten mussten sich mit aller Kraft an der Deckkante festhalten, um nicht von den Wassermassen mitgerissen zu werden.

»Wohin jetzt?«, brüllte Nathan und stellte sich mit gespreizten Beinen an die Ruderpinne. Er wirkte noch am gefasstesten von den dreien, aber selbst in seinen sonst so unerschrockenen Augen flackerte die Angst.

Jupitus ließ die Deckkante los und versuchte, die Seekarte auszurollen, da wurde das Schiff erneut herumgerissen. Der Mast schwankte hin und her wie ein Metronom, Jupitus rutschte weg und schlitterte quer übers Deck. Gerade als er sich wieder gefangen hatte, fuhr der nächste Windstoß heulend auf die *Hippocampus* herab, entriss Jupitus die Karte und wirbelte sie hoch.

Nathan reagierte blitzschnell, sprang in einem zirkusreifen Balanceakt auf die Ruderpinne und pflückte die Karte aus der Luft.

Die Augen feuerrot, das Gesicht grün vor Übelkeit, arbeitete Jupitus sich zu Nathan vor. Es war nicht nur der Seegang, der ihm zusetzte: Als Leiter des Teams wäre es seine Aufgabe gewesen, vor dem Auslaufen die Wetteraufzeichnungen durchzugehen. Die waren zwar nicht immer hundertprozentig verlässlich – vor allem wenn das Reiseziel A.D. 27 lautete –, aber ein Sturm von dieser Heftigkeit wäre auf jeden Fall erwähnt gewesen. Die nüchterne Wahrheit jedoch war: Vor lauter Aufregung darüber, nach so langer Zeit endlich einmal wieder zu einem Einsatz von dieser Größenordnung berufen worden zu sein, hatte Jupitus es schlichtweg vergessen.

»Dürfte ich vorschlagen, Captain«, schrie Nathan, »das Hauptsegel einzuholen? Ich denke, mit Dampfkraft sind wir in diesem Orkan besser beraten!«

Jupitus nickte. »Mister Chieverley, wenn Ihr so freundlich wärt ...«

Charlie kroch auf allen vieren zum Mast und holte ächzend das tropfnasse Segel ein. Mister Drake, der sofort unter Deck geflohen war, schaute durch eine Luke zu. Jupitus hätte schwören können, dass selbst der Papagei grün im Gesicht war.

Nathan breitete die Seekarte vor sich aus. Glücklicherweise war das gewachste Papier wasserfest. »Wir befinden uns hier ...«, sagte er und deutete auf einen Stern, der den Horizontpunkt markierte, den sie soeben passiert hatten. »Vulcano liegt dort drüben.« Er legte den Finger auf die Karte und streckte dann vage den Arm. »In dieser Richtung. Leider scheint sich dort auch das Zentrum des Sturms zu befinden.« Nathan hatte recht: Die Bäuche der sich an dieser Stelle kilometerhoch türmenden Wolken wurden ständig von Blitzen erhellt. »Ich schlage vor, wir nehmen Kurs in Richtung Süden. Auf Messina zu. Dort gibt es zumindest einen Leuchtturm, an dem wir uns orientieren können.«

»Gute Arbeit, Agent Wylder. Vorschlag akzeptiert«, brummte Jupitus kleinlaut. »Nehmen wir Kurs auf Sizilien.«

»Ändere Kurs auf Südsüdost!«, rief Nathan so laut, dass auch Charlie vorn am Mast ihn hören konnte, dann schwenkte das Schiff stöhnend herum.

»Es tut mir leid, Agent Wylder«, murmelte Jupitus. »Das hier ist einzig und allein meine Schuld.«

Trotz des peitschenden Windes hatte Nathan jedes einzelne Wort gehört, doch er hatte keine Lust, den alten Kauz so leicht davonkommen zu lassen. »Verzeihung, Captain, was sagtet Ihr gerade?«, fragte er. »Der Sturm ...«

»Ich sagte: Es tut mir leid«, wiederholte Jupitus zerknirscht.

Nathan lächelte zufrieden, aber schon jagte die *Hippocampus* ins nächste Wellental hinab.

In nackter Todesangst krallte Jupitus sich am Deckrand fest. Als das Schiff sich wieder waagerecht ausrichtete, war er blasser als blass, und zwei Wellen später konnte sein Magen die Pasta mit Zwiebelsoße, die Charlie erst eine Stunde zuvor gekocht hatte, um die Besatzung »kulinarisch auf das Reiseziel einzustimmen«, wie er es genannt hatte, nicht mehr bei sich behalten.

Nathan verfolgte Jupitus' Brechkrampf mit einer Mischung aus Ekel und Genugtuung. Gerade noch rechtzeitig duckte er sich unter den halb verdauten Brocken weg, die der Wind in seine Richtung schleuderte.

Beinahe eine ganze Stunde lang kämpften sich die *Hippocampus* und ihre Besatzung nun schon durch den fürchterlichen Sturm. Die Sonne war längst hinterm Horizont verschwunden, und die Dunkelheit schien den Lärm des Windes und der Wellen noch zu verstärken. Ein Brecher traf das Schiff mit solcher Wucht, dass die Agenten schon glaubten, ihr Schicksal wäre besiegelt, doch der Rumpf hielt stand, und schließlich sahen sie weit weg ein blasses, pulsierendes Leuchten.

»Da … der Leuchtturm«, stöhnte Jupitus leise und hob den Kopf ein Stück. Sein Magen war längst leergepumpt, aber er bekam immer noch alle paar Minuten einen Würganfall. »Ich hoffe, das Schlimmste haben wir jetzt hinter uns«, stammelte er und meinte damit sowohl den Orkan als auch seine Seekrankheit.

Doch er hatte sich getäuscht: Das Schlimmste hatte noch nicht einmal begonnen.

Neben dem Leuchtturm kamen gerade die winzig kleinen Lichter des Hafens von Messina in Sicht, als der Sturm plötzlich nachließ und die Wellen sich merklich glätteten. Zum ersten Mal konnte Jupitus stehen, ohne sich irgendwo festzuhalten. Erleichterung machte sich auf seinem Gesicht breit.

Charlie war die plötzliche Stille nicht geheuer. Die Luft war zwar ruhig, aber gleichzeitig so drückend und schwer, dass er es in den Ohren spürte. Mister Drake schien es genauso zu gehen, denn der Papagei schüttelte unaufhörlich den Kopf, als wollte er einen unangenehmen Druck auf den Gehörgängen loswerden. Charlie hatte schon einmal eine solche Wetterlage erlebt, und ihm schwante nichts Gutes. Er zog sein Teleskop hervor und suchte den Horizont ab. Da: ein schwarzer Strich, der sich hinter ihnen fast senkrecht aus dem Meer erhob.

»Sodom und Gomorrha!«, fluchte er. Zwei Jahre lag es jetzt zurück, dass er mit Nathan und Truman Wylder auf dem Weg nach New Orleans Zeuge eines solchen Naturschauspiels geworden war (und unterwegs eine unfassbare Menge Ohrenstöpsel verbraucht hatte, weil er das dröhnende Geplapper der beiden Amerikaner einfach nicht ertragen konnte). Doch die Erinnerung an die wirbelnden Wassermassen und die charakteristische Form der Windhose war noch allzu lebendig.

»Tornado!«, krächzte er mit staubtrockener Kehle. »Tornado« – lauter diesmal – »direkt aus nördlicher Richtung!«

Nathan und Jupitus fuhren herum, da sahen auch sie es: eine schäumende Wassersäule, die sich wand und zuckte wie eine Kobra, sich zurückzog und dann wieder vorwärtspreschte.

»Er kommt genau auf uns zu«, keuchte Nathan und gab volle Kraft voraus.

Die Wellen wurden jetzt wieder höher, rollten in alle möglichen Richtungen. Über der unheimlichen Stille von vorhin erhob sich ein geisterhaftes Pfeifen, wuchs zu einem Brummen an und schließlich zu einem ohrenbetäubenden Donnern wie von galoppierenden Hufen.

Charlie und Jupitus pressten sich die Hände auf die Ohren und starrten die mit dreihundert Kilometern pro Stunde um die eigene Achse wirbelnde Wassersäule an.

»Festhalten!«, brüllte Nathan, die Ruderpinne mit beiden Händen umklammernd.

Charlie krallte sich an der Deckkante fest, Jupitus taumelte auf den nächsten Niedergang zu.

»Davon würde ich abraten, Sir. Wenn wir sinken, kommt Ihr da unten nicht mehr rechtzeitig raus!«, schrie der Amerikaner.

»Das Atomium ist unter Deck und der Meslith-Schreiber auch. Ohne sie sind wir verloren!«, brüllte Jupitus zurück und lief schwankend die Stufen hinunter. Er entdeckte den Meslith-Schreiber, riss Nathans Umhang von einem Haken an der Wand und wickelte das Gerät darin ein. Dann hielt er Ausschau nach dem Kistchen mit dem Atomium. Keine Spur von ihm. Die *Hippocampus* wurde auf der Steuerbordseite hochgehoben, und Jupitus verlor den Boden unter den Füßen. Wie ein Würfel purzelte er durch die Kabine und blieb mit den Knien am Türrahmen hängen. Gerade als er sich wieder hochgerappelt hatte, packte die nächste Welle das Schiff. Jupitus wurde mehrere Meter durch die Luft katapultiert und schlug mit dem Kopf gegen die Wand. Benommen sah er sich um und entdeckte die Schatulle auf dem Boden. Der Deckel stand offen, aber die silberne Horizontschale und das winzig kleine Fläschchen Atomium lagen immer noch glitzernd im samtenen Futteral. Den Meslith-Schreiber unter den Arm geklemmt, kroch Jupitus darauf zu und schloss den Deckel.

Gerade als er zurück an Deck geklettert kam, machte der Tornado einen letzten Schlenker und stürzte sich dann mit aller Gewalt auf die *Hippocampus*. Der Sog setzte sofort ein. Eine Abdeckplane wurde hochgewirbelt, gefolgt von einem hölzernen Eimer. Das ganze Schiff begann zu vibrieren, als würde es jeden Moment in den Himmel gerissen werden.

Jupitus umklammerte mit einem Arm den Mast, mit dem anderen den Schreiber und das Atomium. Er hörte ein Krachen, so laut, dass es ihm beinahe das Trommelfell zerfetzte. Holzsplitter flogen, und der Mast brach in der Mitte durch. Mitsamt dem Hauptsegel wirbelte die obere Hälfte taumelnd davon, die peitschenden Spannseile wickelten sich um Jupitus' Beine und rissen ihn mit.

Noch nie hatten Nathan und Charlie etwas Derartiges gesehen: Jupitus hing kopfüber zwischen Himmel und Erde. Als wären die Naturgewalten zu einem Tauziehen angetreten, zerrte der Tornado am einen Ende, die Schwerkraft am anderen. Es war wie ein Kampf zwischen Titanen mit dem hilflosen Jupitus in der Mitte.

Der Sturm entriss ihm die Kiste mit dem Atomium, Jupitus schrie und fluchte aus vollem Hals, dann war sie weg, vom Tornado vernichtet. Mit letzter Kraft hielt er sich noch an den Seilen fest. Plötzlich ließ der Sog von ihm ab. Jupitus krachte wie ein Stein aufs Deck, und das, was vom Mast noch übrig war, auf ihn drauf.

Bleich vor Schreck starrten Charlie und Nathan auf den Knoten aus Holz, Seilen und Gliedmaßen. Eines von Jupitus' Beinen ragte in einem unnatürlichen Winkel daraus hervor. Sie eilten zu ihm und fanden seine Augen geschlossen. Er schien nicht mehr zu atmen.

Jake saß in einer Ecke von Gallianas Salon und knabberte gerade an einem Croissant mit Mandelfüllung, als die Nachricht aus dem Jahr 27 sie erreichte. Er trug seine Schuluniform, der hässliche Stoff juckte entsetzlich wie immer. Die samtweiche Kniehose, die er hier am Nullpunkt getragen hatte, war ihm inzwischen tausendmal lieber, und er entwickelte beinahe so etwas wie Verständnis für Nathans Modefimmel.

In dreißig Minuten würden sie sich auf die Fahrt zurück nach London machen. Rose hatte eilig noch ein Abschiedsfrühstück organisiert. Es war eine eher förmliche Angelegenheit, die Anwesenden machten höflich Small Talk, während allerlei Leckereien herumgereicht wurden. Rose, Alan und Miriam trugen wieder ihre modernen Alltagsklamotten: Alan seine Lieblingscordhose, Miriam einen weiten Wollpullover. Neben der Ottomane, auf der sie es sich bequem gemacht hatten, stand der vertraute rote Koffer, den Jake in seinem ersten Zimmer hier auf Mont-Saint-Michel entdeckt hatte.

Auch Signor Gondolfino und Nathans Eltern waren gekommen, außer ihnen noch eine Handvoll andere. Oceane Noire hatte sich wegen einer angeblichen Migräne entschuldigen lassen, was den Geschichtshütern die Gelegenheit gab, ordentlich über sie und ihr lächerliches Schoßtier zu lästern. Jake hatte niemandem von der nächtlichen Begegnung mit den beiden erzählt, und jetzt, da er Mont-Saint-Michel verließ, sah er keine Notwendigkeit mehr dazu.

Er schaute sich im Salon um. Nach seiner Rückkehr aus Köln hatte er hier mit Rose und Galliana bei einer Tasse Tee gesessen und fasziniert die Gegenstände in den Glasvitrinen bewundert. Sie stammten aus allen erdenklichen Epochen, Saurierknochen waren ebenso darunter wie seltene Uhren und antike Jadefiguren. Rose hatte nicht lockergelassen, bis Galliana ihre schimmernde Stradivari hervorgeholt und darauf eine Suite von Bach gespielt hatte. Galliana war eine ganz ausgezeichnete Geigerin, und trotzdem war es Jake beim Klang der Musik schwer ums Herz geworden: Philip hatte ebenfalls Geige gespielt, eine der vielen Fähigkeiten, die seinem Bruder einfach so zugeflogen waren.

Er sah die Geige auf dem Esstisch liegen und wandte den Blick ab. Er schaute lieber durch das große Fenster hinunter zum Pier, wo die *Escape* gerade klar zum Auslaufen gemacht wurde. Sie würden exakt zwei Wochen nach ihrer ursprünglichen Abfahrt wieder in London ankommen. Ende Februar also, kurz nach Ende des ersten Halbjahres. Die Vorstellung, wieder zur Schule zu gehen, war Jake absolut zuwider. Ständig musste er an Jupitus' Kommentar denken. »Vielleicht bleibst du ja lieber in London, an dieser langweiligen, drittklassigen Schule«, hatte er gesagt. »Stures Lernen tagaus, tagein, Geschichtsdaten und Formeln … Wozu? Um sinnlose Prüfungen zu bestehen? Einen höheren ›Bildungsweg‹ einzuschlagen, damit du einen geisttötenden Beruf ergreifen und ein langweiliges, bedeutungsloses Leben führen kannst, an dessen Ende ein ebenso bedeutungsloser Tod wartet?«

Jupitus' Worte machten Jake mehr zu schaffen denn je, und er überlegte gerade, was er seinen Freunden erzählen sollte, wenn die unvermeidliche Frage aufkam, was er die letzten beiden Wochen so getrieben hatte, als die Tür zum Salon aufflog.

Ein Mitarbeiter der Nachrichtenabteilung kam hereingestürmt und ging schnurstracks zu Galliana. Keuchend überreichte er ihr ein Stück Pergament.

Galliana setzte ihre Lesebrille auf.

»Was steht drin?«, fragte Rose. Galliana reichte ihr das Pergament, und Rose las vor: »›*Hippocampus* gesunken; Atomium verloren ...‹« Mit gerunzelter Stirn las sie weiter. »Um Himmels willen, das klingt alles andere als gut: ›Brauchen Verstärkung; Hafen von Messina; dringend.‹« Als sie bei der letzten Zeile angelangt war, begann ihre Unterlippe zu zittern. »›Jupitus' Zustand kritisch ...‹ – Kritisch?«, wiederholte sie.

Alan nahm ihr das Pergament aus der Hand, und Miriam schaute ihm über die Schulter. »Messina?«, fragte sie. »Was ist aus Vulcano geworden?«

Die anderen Frühstücksgäste waren genauso überfragt wie sie.

Mit einem Husten spuckte Jake das Stück Croissant aus, das er soeben hatte hinunterschlucken wollen. *Brauchen Verstärkung.* Es war nicht zu überhören gewesen. Am liebsten hätte er sich sofort freiwillig gemeldet, ließ aber lieber noch ein paar Momente verstreichen, bis alle die Nachricht verdaut hatten.

»Wie lauten Eure Anweisungen, Kommandantin?«, fragte der Nachrichtendienstler. »Soll ich eine Notfallbesprechung einberufen?«

Galliana ging in Gedanken die verschiedenen Möglichkeiten durch. »Das Problem ist die Entfernung«, sagte sie. »Das Jahr 27 nach Christus ist weit, wenn nicht ein junger Diamant dabei ist, der die anderen durch den Flux Temporum mitträgt.«

Ich bin ein Diamant, dachte Jake, *nehmt mich mit, und ich trage euch,* sagte aber nichts.

»Informiert Dr. Chatterju, dass er die Versuchskammer bereit machen soll. Alle infrage kommenden Agenten sollen sich in einer halben Stunde dort einfinden. Dann werden wir sehen, wessen Tatkraft stark genug ist.«

Je stärker seine Tatkraft war, desto weiter konnte ein Agent durch die Zeit reisen und sogar seine Begleiter mittragen, wie Jake wusste. Die Faustregel lautete: je jünger ein Agent, desto größer seine Kraft, und am stärksten von allen waren die sogenannten Diamanten. Die Bezeichnung rührte von den Formen, welche ein Agent sah, wenn er die Augen schloss. Jake sah Diamanten, wo andere nur Rechtecke oder sogar unregelmäßige, verschwommene Formen wahrnehmen konnten.

»Ich tue das nicht gern«, sagte Galliana zu Jakes Eltern, »aber es könnte sein, dass ich Euch bitten muss, Eure Reise noch einmal zu verschieben.« Jake jubilierte innerlich. »Ich würde Euch nicht als Rettungsteam einsetzen, aber wenn Ihr zumindest das Atomium überbringen könntet, wäre uns allen sehr geholfen.«

Alan und Miriam tauschten einen kurzen Blick. »Wir können sie wohl schlecht in Messina hängen lassen, oder?«, sagte Miriam schließlich ohne große Begeisterung und schaute besorgt zu Jake hinüber.

»Wenn mein Testergebnis positiv ausfällt, bin ich dabei!«, rief Rose.

»Gut«, erklärte Galliana und nahm die Lesebrille ab. »Dann sehen wir uns gleich unten. Ich muss erst noch in den Kommunikationsraum.«

Jake stand auf und wollte gerade mit Galliana sprechen, doch da war sie schon mit dem Mann aus der Nachrichtenabteilung verschwunden.

»Che drama!« Signor Gondolfino schüttelte den Kopf und lächelte Rose mitleidig an. »Schade um Euer schönes Frühstück.«

Jake konnte sich nicht länger zurückhalten. »Alan, Miriam? Sollte ich mich nicht auch testen lassen? Ich bin im Moment der einzige junge Diamant am Nullpunkt.«

Miriam schaute ihn wütend an. »Ganz bestimmt nicht«, sagte sie entschlossen. »Alan, erklär du's ihm.«

Alan zuckte die Achseln. »Deine Mutter hat recht. Das wäre keine gute Idee.«

Auch wenn die Chancen, dass Jake an einem Einsatz teilnehmen würde, gleich null waren, durfte er seine Eltern schließlich doch wenigstens zu den Tests begleiten: Mit lammfrommer Unschuldsmiene hatte er sie gefragt, ob sie vorhätten, einfach wieder zu verschwinden wie vor drei Wochen in London, woraufhin sie ein so schlechtes Gewissen bekamen, dass sie ihn mitnahmen. Allerdings hofften Alan und Miriam inständig, dass sie das Atomium nicht würden überbringen müssen.

Als sie in der Versuchskammer ankamen, hatte sich dort bereits eine kunterbunte Ansammlung von Agenten versammelt, alle in den illustren Kostümen ihrer Zeit. Einen der Männer erkannte Jake wieder. Er trug einen breitkrempigen Hut und lange Rüschenärmel, die ihn aussehen ließen wie einen Musketier. Bei seiner ersten Besprechung hatte Jake direkt neben ihm gesessen. Alle im Raum waren mindestens zehn Jahre älter als Jake. Truman Wylder, der gekommen war, um auf seine »alten Tage noch einmal sein Glück zu versuchen«, wie er es nannte, war beinahe viermal so alt. Alle schauten ernst, manche machten Dehnübungen, als würden sie sich auf ein Hundert-Meter-Finale vorbereiten.

Jake hatte die Versuchskammer erst einmal gesehen, und das war im Halbdunkel gewesen. Der Raum hatte eine sehr hohe Decke und war beinahe würfelförmig. An den Wänden hingen Teppiche, auf denen große Momente der Geschichte dargestellt waren: wichtige Schlachten und Krönungsfeiern, berühmte Schiffe, die auf Entdeckungsfahrt gingen. Im Zentrum stand eine Maschine, die aussah wie ein übergroßer Konstantor. In der Mitte der Anordnung befand sich eine halbkugelförmige Kapsel mit einem roten, samtgepolsterten Stuhl darin. Gehalten wurde die Kapsel von drei großen, konzentrischen und gegeneinander beweglichen Metallringen. Ganz am Rand stand ein Bedienpult mit einer Unmenge Schaltern und Hebeln, daneben ein Regal mit Messgeräten und Flaschen, die eine farbige Flüssigkeit enthielten. Dr. Chatterju, der einen weißen Laborkittel über seinen Kaftan gestreift hatte, war gerade dabei, in einem Glaskolben eine Tinktur anzusetzen, während sein Assistent Amrit die Lager und Gelenke an den Metallringen überprüfte.

Nach einer Weile kam Galliana herein, begleitet von ihrer Windhündin Olivia. »Aufgemerkt, meine Damen und Herren. Ich habe für den Test ein extrem weit zurückliegendes Datum gewählt, weiter noch als das Jahr 27. Die Testbedingungen werden für alle die gleichen sein. Doktor Chatterju, ist der Atomium-Ersatz bereit?«

Chatterju nickte. »Die Teilnehmer sollen sich fertig machen.« Er hielt den Glaskolben in die Höhe und inspizierte ihn ein letztes Mal. Jake sah die lumineszierende violette Flüssigkeit darin. Sie dampfte. Mit funkelnden Augen ließ der Wissenschaftler den Blick über die versammelten Geschichtshüter schweifen. »Wer möchte als Erster?«

Der geckenhafte Musketier trat einen Schritt vor und lüpfte den Hut.

Galliana nickte. »Ich danke Euch, Monsieur Belverre. Wenn Ihr zum Pult kommen würdet …«

Gebannt beobachtete Jake, wie Belverre den Atomium-Ersatz trank und es sich in dem roten Sitz unter der gläsernen Halbkugel bequem machte. Amrit fixierte die Gurte, mit denen der Proband gesichert wurde, und setzte ihm eine Hornbrille mit schwarzen Gläsern auf.

»Gute Reise«, sagte Doktor Chatterju lächelnd und legte einen goldenen Hebel um.

Die drei Metallringe begannen sich ganz langsam um die Glaskuppel in der Mitte zu drehen und nahmen schnell Fahrt auf. Schon nach wenigen Sekunden waren sie kaum noch zu erkennen, und Jake sah, wie Belverres Kopf und Hände zuckten, als würde er träumen.

»Was passiert da gerade?«, flüsterte Jake Rose zu.

»Irgendwelches hoch technisches, wissenschaftliches Zeug, mit dem sie unsere Tatkraft testen. Mehr weiß ich auch nicht.«

Dr. Chatterju, der direkt neben ihnen stand, trat hinzu, um Licht in die Angelegenheit zu bringen. »Die violette Flüssigkeit ist der Atomium-Ersatz«, erklärte er. »Es hat beinahe dieselbe Wirkung und versetzt den Probanden in einen Zustand, als würde er in der Zeit zurückreisen. Die Maschine und ihre drei Ringe simulieren die Auswirkungen des Flux Temporum. Wenn alles vorüber ist, schildert der Proband, was er während des Testlaufs gesehen hat. Anhand der Genauigkeit der Schilderungen können wir seine Tatkraft messen.«

»Die Genauigkeit seiner Schilderungen?«, wiederholte Jake.

»Manche schildern die Reise, als hätten sie sie tatsächlich unternommen, andere sehen unterwegs überhaupt nichts.«

»Und wieder andere verschwinden einfach«, warf Rose heiter ein. »Erinnert Ihr Euch noch, wie Oceane Noires Tante versehentlich echtes Atomium verabreicht wurde? Sie wurde ins Jahr 606 katapultiert, als Mont-Saint-Michel von plündernden Westfranken heimgesucht wurde!«

»Ich war damals nur Assistent, und das Ganze war nicht meine Schuld«, kommentierte Chatterju mit einem verschmitzten Grinsen. »Aber ich werde nie Oceanes Gesichtsausdruck vergessen, nachdem wir ihre Tante zurückgeholt hatten.«

Nach ein paar Sekunden wurden die Ringe wieder langsamer und blieben schließlich ganz stehen. Amrit löste Belverres Gurte und half ihm aus seinem Sitz. Schwankend und mit glasigen

Augen setzte sich der Musketier in einen bereitgestellten Stuhl. Chatterju stellte ihm eine Reihe von Fragen und notierte Belverres Antworten sorgfältig.

Amrit wollte gerade Rose in dem Sitz festgurten, als Oceane Noire hereingeplatzt kam und Jake mit ihrem breiten Reifrock beinahe über den Haufen rannte. »*Je viens de recevoir les nouvelles tragiques*, ich habe die tragischen Nachrichten eben erst erhalten«, keuchte sie und warf sich dramatisch vor Galliana in Pose. »Mein armer Jupitus. Ich muss zu ihm – *tout de suite*!« Oceane fragte erst gar nicht, schob Rose beiseite und quetschte sich samt Reifrock in den Stuhl.

Galliana schüttelte nur den Kopf und bedeutete Amrit, sie festzugurten.

Die Ringe begannen sich zu drehen, und Rose flüsterte Jake mit einem Augenzwinkern zu: »Mit ein bisschen Glück sind wir sie gleich los, so wie damals ihre Tante.«

Anschließend ging es der Reihe nach weiter, und irgendwann waren alle Agenten getestet. Nach jeder Befragung hatte Chatterju Galliana den ermittelten Wert mitgeteilt, und ihre Miene hatte sich zusehends verfinstert. Die Mittagsstunde war bereits vorüber, als Galliana mit ernster Stimme verkündete: »Leider hat nur eine einzige Probandin bestanden. Ihr wart nahe dran, Miriam, aber für diese Distanz reicht es leider nicht ganz. Womit uns nichts anderes übrig bleibt, als fürs Erste nur Rose Djones für den Einsatz im Tyrrhenischen Meer zu benennen. Sie kann mit den Schiffen dieser Epoche ausgezeichnet umgehen.«

»*C'est ridicule!*«, ereiferte sich Oceane. »Es muss ein Fehler vorliegen. Meine Schilderungen waren glasklar!«

Galliana war von den Anstrengungen dieses langen Vormittags erkennbar erschöpft, und jetzt platzte ihr der Kragen. »Mademoiselle, Euer Ergebnis war das schlechteste von allen. Ende der Diskussion«, gab sie ohne Umschweife zurück.

»Und meines? Nur so aus Interesse ...«, warf Alan ein.

»Euch steckt vermutlich die letzte Reise noch in den Knochen. Leider war auch Euer Wert eher niedrig«, erwiderte die Kommandantin zögerlich.

Alans Kiefer klappte nach unten. Jake hatte seinen Vater selten so vor den Kopf gestoßen gesehen. Er tat ihm aufrichtig leid.

»Wie Ihr alle wisst, geht kein Agent jemals allein auf eine Zeitreise, egal, wie routinemäßig der Einsatz auch sein mag. Also werden wir den Kreis der Bewerber erweitern müssen. Ich hoffe, innerhalb der nächsten vierundzwanzig Stunden weitere Agenten nach Mont-Saint-Michel beordern zu können, um sie zu testen.«

»Kommandantin«, rief Jake und trat vor. »Wie Ihr selbst soeben sagtet, ist dieser Einsatz ebenso routinemäßig wie dringend. Ich schlage deshalb vor, Ihr erweitert den Bewerberkreis zunächst um *mich*. Es könnte allen Beteiligten eine Menge Zeit sparen.«

Manchmal sagte Jakes Vater Dinge, die er eigentlich gar nicht sagen wollte, so als hätte seine Zunge sich verselbstständigt, und dies war eine solche Gelegenheit: »Nun kommt schon, Kommandantin«, platzte Alan heraus. »Gebt ihm eine Chance!«

»Alan!« Miriam boxte ihn leicht in die Rippen. »Wie oft haben wir das jetzt schon besprochen!«

»Ich will es wenigstens probieren«, beharrte Jake. »Ich verstehe ja, dass du Angst um mich hast. Ich weiß, ich muss noch eine Menge lernen, um ein echter Geschichtshüter zu werden, aber das kann ich nur, wenn ich auch die Gelegenheit dazu bekomme! Was soll ich bei meinen Noten später auch anderes …?«

»Wie bitte?«, fiel Miriam ihm ins Wort. »Dein letzter Geografie-Aufsatz war der beste der ganzen Klasse! Und in Geschichte bist du einsame Spitze.«

»Red keinen Unsinn, Mutter. Du hast den Aufsatz gar nicht zu Ende gelesen, weil er so langweilig war. Außerdem: Wenn es irgendetwas in meinem Leben gibt, das ich wirklich will, dann ist es, für diese fantastische Organisation zu arbeiten. Ich will es, ich kann es, und ich *werde* es.«

Miriam schwieg einen Moment, dann erklärte sie mit einem Seufzen: »Ich bin ja nur deine Mutter, was hab ich schon zu sagen …«

Jake küsste sie auf die Wange und wandte sich an die Kommandantin.

Galliana musterte ihn ernst, dann nickte sie. »Ich verspreche nichts. Wir werden Euch testen, Agent Djones, mehr nicht. Dr. Chatterju …«

»Ich danke Euch, Kommandantin.« Mit einem strahlenden Lächeln auf den Lippen ließ Jake sich als Letzter eine Dosis von der dampfenden violetten Flüssigkeit verabreichen.

»Ich hatte sie schon vorbereitet, nur für den Fall«, flüsterte Chatterju ihm verschmitzt ins Ohr.

Jake grinste und trank das Zeug in einem Schluck. Er hatte denselben Motorölgeschmack erwartet wie bei echtem Atomium, doch diese Flüssigkeit, so giftig sie auch aussah, schmeckte angenehm nach Zitrone und Honig. Ohne auf Amrit zu warten, sprang Jake in den Sitz, setzte die Brille auf und gurtete sich fest.

Amrit überprüfe noch einmal alles, dann trat er zurück und schloss die Glaskuppel über Jake.

Die geschwärzten Brillengläser waren auf der Innenseite verspiegelt, und Jake sah darin seine eigenen tiefbraunen Augen. Er hörte das leise Brausen, mit dem die Metallringe beschleunigten, und spürte eine kühle Brise im Gesicht. Dann wurden seine Lider plötzlich tonnenschwer. Gerade als er fürchtete, er würde jeden Moment einschlafen, wurde es auf einmal hell: Von gleißendem Sonnenlicht geblendet, sah Jake sich um.

7

Neuanfang

Jake stand auf weichem Sand unter einem Dach aus Palmenblättern. Es war drückend heiß oder fühlte sich zumindest so an – er war nicht sicher, ob es nicht eine Illusion war. Er ging zum Rand des Palmenhains und sah vor sich einen weitläufigen Palastkomplex aus niedrigen Gebäuden, die durch schattige Säulengänge miteinander verbunden waren. Darum herum standen weitere Palmenhaine, die roten Wände der Palastbauten hoben sich leuchtend vom tiefblauen Himmel ab. Ansonsten sah er nichts als Wüste: eine endlose Weite sanft wogender Dünen, die sich schimmernd bis zum Horizont hinzogen.

Er hörte ein Kreischen und fuhr herum. Hinter ihm erhob sich ein Vogel aus den Palmen und schwebte über Jakes Kopf hinweg hinaus in die Wüste. Das Tier war wunderschön, wie ein Edelstein funkelte das smaragdgrüne Gefieder der weit ausgebreiteten Schwingen im Sonnenlicht. Jake verfolgte die Flugbahn eine Weile. Da entdeckte er in der Ferne drei verschwommene Silhouetten. Die Luft flimmerte so stark in der Hitze, dass er zunächst nichts Genaues erkennen konnte. Nach und nach nahmen drei in etwa rechtwinklige Dreiecke Gestalt an, eines davon ein wenig kleiner als die anderen.

»Die Pyramiden von Gizeh …!«, murmelte er verblüfft. Fasziniert betrachtete er die altehrwürdigen Bauwerke, die sich erhaben gen Himmel reckten, noch vollkommen unbefleckt von der Moderne. Sein Herz jubelte. »Euch wollte ich schon immer mal sehen …«, flüsterte er.

Die Hitze brannte auf seiner Haut wie Feuer, seine Kehle war staubtrocken. Jake brauchte Wasser, und er ging los. Für einen Beobachter war sein Anblick wohl das Ungewöhnlichste an der ganzen Szene: ein vierzehnjähriger Junge in Schuluniform, der mit nichts als seinem Schatten als Begleiter hinaus in den glühend heißen Sand marschierte.

Er erreichte den Eingang des Palasts, ein bestimmt fünf Meter hohes, mit Silbernieten beschlagenes Tor, auf dessen beiden Seiten je eine golden schimmernde Statue mit menschlichem Körper und Tierkopf stand. Die Arme hatten sie gebieterisch vor der Brust verschränkt, und beide hielten sie ein Zepter in der Hand. Jake legte den Kopf in den Nacken und blinzelte hinauf zu ihren langen Schnauzen und spitzen Ohren. Er reichte den Statuen nicht einmal bis zu den Knien.

Jake drückte das Tor auf und trat in den kühlen Innenhof. Über einen breiten, mit Marmor gepflasterten Weg ging er bis in das geräumige Atrium. Bis jetzt hatte er derartige Bauwerke nur als Ruinen gesehen, die, wie die Bezeichnung schon andeutete, stets grau und verfallen gewesen waren. Doch das hier war etwas ganz anderes. Die Säulen zu beiden Seiten waren in allen Farben des Regenbogens bemalt: Karminrot, Orange, Zitronengelb, Smaragdgrün, Indigoblau und Violett. Die Wände dahinter waren über und über mit detailreichen Hieroglyphen verziert, mit Vögeln, Käfern, Sternen, Monden und allerlei anderen Dingen. Und es gab jede Menge Katzen, die im Schatten dösten. Eine öffnete halb die Augen, begutachtete den Neuankömmling ohne großes Interesse, rekelte sich kurz und schlief dann weiter.

In der Mitte des Atriums befand sich ein quadratischer Teich, an dessen Rand Räucherschalen standen. Der Duft von Jasmin hing in der Luft. Erleichtert lief Jake zu dem Teich, um endlich seinen Durst zu stillen – doch das Wasser war wie alles andere nur Illusion.

Enttäuscht sah Jake sich weiter um. Er entdeckte einen niedrigen Tisch mit mehreren Pergamentrollen darauf. Eine davon war ausgerollt und an den Ecken mit Steinen beschwert. Es war eine Karte – mit Sicherheit die älteste, die er je zu Gesicht bekommen hatte. Sie zeigte den Lauf des Nils und die kleinen Siedlungen an seinen Ufern. Jake wollte sie gerade zur Hand nehmen, als er aus einem der Säulengänge Schritte hörte, die schnell näher kamen.

Er fuhr herum und sah einen Trupp Wachsoldaten. Ihre Haut war dunkel, ihre Bewegungen kraftvoll und elegant. Sie trugen lederne Brustharnische und Krummsäbel, die Helme auf ihren Köpfen waren aus Bronze. Einer der Soldaten schaute direkt in seine Richtung, schien Jake aber nicht zu bemerken. Anscheinend war er unsichtbar, dennoch zog er sich vorsichtshalber hinter eine der Säulen zurück.

Da näherten sich weitere Schritte, leiser diesmal, und die Soldaten nahmen Haltung an. Fünf junge Frauen in weißen Faltengewändern kamen hereingeschwebt wie Elfen aus einem Märchen. Ihre Gürtel und der Halsschmuck waren genauso bunt wie die bemalten Säulen. Die Letzte in der Gruppe war eindeutig die Anführerin. Als sie das Atrium erreichte, verneigten sich die Soldaten ehrerbietig vor ihr. Sie war kleiner und zierlicher als die anderen vier, strahlte aber eine Macht und Autorität aus, die weit jenseits aller körperlichen Merkmale lag. Barfuß trat sie an den Tisch und betrachtete die Karte. Ohne aufzublicken, sagte sie etwas zu ihrem Gefolge. Ihre Stimme und die fremdartigen Worte klangen in Jakes Ohren wie der Gesang eines exotischen Vogels.

Neugierig trat er hinter der Säule hervor. Er wusste, ihm konnte nichts passieren – in Wirklichkeit saß er in einem Apparat mindestens zweitausend Jahre weit weg –, und doch flößte ihm diese Frau Respekt ein. Sie trug ein Diadem, das genauso aussah wie der Vogel, den er zuvor aus den Palmen hatte auffliegen sehen. Ihre Haut war so weiß wie der Marmor zu ihren Füßen, die Lippen kirschrot, die Augen tief und dunkel wie die See.

Jake war hin und weg von ihrem Anblick, da spürte er eine kühle Brise im Gesicht. Schemenhaft nahm er messingfarbene Ringe wahr, die mit rasender Geschwindigkeit rotierten. Die Augen der betörenden Frau verblassten, bis nur noch die glänzend schwarzen Pupillen übrig waren und schließlich ganz verschwanden.

Jake war wieder in der Testkammer. Alle schauten ihn erwartungsvoll an.

»Alles in Ordnung, Jake?«, fragte Miriam. »Du hast so stark gezittert.«

Jake nickte benommen. Er war gedanklich immer noch halb in dem sonnendurchfluteten Palast im alten Ägypten und musste sich erst wieder an die düstere Kammer mit den dunklen Wandteppichen gewöhnen.

Amrit machte die Gurte los und half Jake aus der Kanzel, Doktor Chatterju kam mit seinem Notizheft angelaufen. Er blickte Jake durch seine Nickelbrille an und bestürmte ihn mit allerlei Fragen.

Jake beschrieb alles bis ins kleinste Detail: von den Palmen über den smaragdgrünen Vogel bis hin zu dem Palast mit Atrium und Teich, der Karte auf dem Tisch und den fünf Frauen.

»Du hast sie gesehen?«, rief Alan begeistert, als Jake die Pyramiden erwähnte. »Das hat noch niemand geschafft!«

Je genauer er die Szene schilderte, desto stiller wurde es in der Versuchskammer.

»C'est impossible!«, schnaubte Oceane, als Jake auch noch den Kopfschmuck der wunderschönen Frau beschrieb.

Chatterju hatte alle Mühe mitzukommen, so schnell sprudelten die Worte aus Jake heraus. Nach einer Weile legte er mit einem Kopfschütteln den Stift weg. Die versammelten Agenten schauten Jake beeindruckt an.

»Und?«, fragte Jake. »Hab ich bestanden?«

Galliana seufzte schwer, und ihr Blick wanderte zu Miriam.

Es war Alan, der als Erster das Wort ergriff: »Ob du bestanden hast? Es ist unglaublich! Nicht einmal Nathan Wylder sieht bei einem vergleichbaren Test so viel wie du.« Er wandte sich an Miriam. »Unser Sohn ist ein Abenteurer, ein Draufgänger durch und durch! Das und nichts anderes ist seine Bestimmung.«

Miriam starrte ihn an wie versteinert.

»Mein Glückwunsch, Agent Djones«, unterbrach Galliana das eisige Schweigen. »Ihr wart gerade im Jahr 1350 vor Christus. Eure Schilderungen lassen keinen Zweifel, dass Ihr die Strecke tatsächlich zurücklegen könntet, auch wenn ein echter Zeitsprung über diese Distanz natürlich um einiges unangenehmer wäre. Ihr verfügt zweifellos über außergewöhnliches Talent.«

Oceane hatte endgültig genug. »Ich muss Josephine füttern. Die Ärmste muss schon halb am Verhungern sein«, erklärte sie und stolzierte schnaubend davon. Niemand beachtete sie.

»1350 vor Christus? Ich dachte, es wären gerade mal ein bisschen über zweitausend Jahre gewesen …«

»Es waren 3170, um genau zu sein«, erwiderte Galliana. »Außer Euch und Rose hat niemand mehr als ein paar vage Umrisse gesehen.«

»Und wer war die Prinzessin in dem Palast?«, fragte Jake. »Doch nicht etwa …?«

»Aber ja! Ich hatte das zweifelhafte Vergnügen, ihre Bekanntschaft zu machen. Eine charmante Frau, aber giftig und hinterlistig wie eine Schlange.«

»Kleopatra …«, stammelte Jake.

»Nicht doch, die glücklicherweise nicht. Es war Nofretete, die Ihr gesehen habt.«

Auch gut, dachte Jake und blickte Galliana erwartungsvoll an.

»Heißt das nun, dass Rose und ich auf diesen Einsatz geschickt werden?«

Einen Moment lang kehrte wieder Stille ein, und schließlich zuckte Miriam die Achseln. Sie wusste, es war zwecklos. »Mit Philip war es dasselbe«, sagte sie leise. »Ihre Gabe ist einfach zu stark.«

Weniger als eine Stunde später fand Jake sich mit Rose und Signor Gondolfino in der Kostümschneiderei ein. Eine Tunika und Ledersandalen hatte er schon. Jetzt war Gondolfino damit beschäftigt, die leuchtend weiße Toga an Jakes Maße anzupassen.

»Wir werden einen jungen Senator aus Euch machen, Agent Djones. Ich sagte es bereits, und ich wiederhole mich gern: *Bel viso* – was für ein Gesicht Ihr habt!« Seine alten Augen funkelten. Er steckte die Toga mit einer goldenen Nadel an der Vorderseite zusammen und trat einen Schritt zurück. »Wunderbar, ganz wunderbar«, hauchte er begeistert. »Jetzt brauchen wir noch ein Schwert, das einem jungen Edelmann wie Euch angemessen ist.« Er wollte gerade zu einem Tisch hinübergehen, auf dem eine Auswahl römischer Kurzschwerter bereitlag, da fasste Jake ihn am Arm.

»Kann ich nicht *das* mitnehmen?«, fragte er und hielt den Degen hoch, den Nathan ihm gegeben hatte.

Gondolfino rückte sein Monokel zurecht und beäugte den Drachenkopf. »Nun, das Stück stammt zwar eindeutig aus einer anderen Epoche, aber mit ein bisschen gutem Willen … könnte man es als ein Gladius Hispanicus durchgehen lassen. In Ordnung.«

Strahlend gurtete Jake sich die Waffe um.

»Molto galante!« Gondolfino nickte euphorisch, und Jake war selbst überrascht von dem jungen Römer, der ihn da mit blitzenden Augen aus dem Spiegel anschaute.

Eine Ebene höher auf der Kostümgalerie passte ein mürrischer alter Kauz in kariertem Jackett und Kniehose Rose eine römische Stola an. Die Frisur hatte er ihr bereits hochgesteckt und mit reichlich Juwelen versehen. Er zog den Gürtel um Roses Hüfte fest und hob den Blick.

»Fast ein bisschen gewagt, findet Ihr nicht?«, fragte Rose und streckte verschmitzt ein Bein durch den Schlitz an der Vorderseite ihres Gewands. Die Stola betonte in der Tat äußerst geschickt ihre großzügig gerundete Figur.

»Ein Wunder in wollüstigen Falten!«, rief der Kostümschneider, mit einem Mal gar nicht mehr so unnahbar, und warf begeistert die Hände in die Luft.

Nachdem die Kostüme fertig waren, eilten die beiden Agenten hinunter in die Waffenkammer. Doktor Chatterju hatte sie gebeten, vor dem Auslaufen noch kurz dort vorbeizuschauen, und erwartete sie bereits.

»Ich habe hier etwas, das ich Euch gern mitgeben würde«, rief er ihnen entgegen und hielt einen Gürtel hoch. »Es ist ein Prototyp, gebaut nach Nathan Wylders persönlichem Entwurf. Monatelang lag er mir damit in den Ohren, und ich möchte Euch bitten, ihn zu übergeben, jetzt, da er endlich fertig ist.«

»Ein Prototyp von einem Gürtel?«, fragte Jake verdutzt. Er hatte eine große messingfarbene Schnalle in der Form eines Löwenkopfs. In den Augenhöhlen funkelten ein grüner und ein blauer Edelstein, in die das Emblem der Geschichtshüter – eine Sanduhr, die von zwei Planeten umkreist wurde – graviert war.

»Nicht ganz«, erwiderte Chatterju mit einem geheimnisvollen Lächeln. »Seht her.« Er schob Jake behutsam beiseite, richtete die Schnalle auf die Decke und drückte auf den blauen Edelstein. Mit einem leisen Zischen kam ein Miniaturpfeil aus dem Maul des Löwen geschossen und bohrte sich mit einem dumpfen *Plopp!* in einen der Deckenbalken. An dem Pfeil war ein dünner, hochfester Draht angebracht.

»Amrit, wärst du so nett?« Der Junge kam herbeigeeilt, und Chatterju befestigte den Gurt um dessen Hüfte. Dann drückte er auf den grünen Edelstein. Mit einem Ruck wurde Amrit vom Boden gerissen und sauste hinauf Richtung Decke. Chatterjus Neffe grinste von einem Ohr bis zum anderen, selbst dann noch, als er sich am Deckenbalken den Kopf stieß.

»Ein genialer Entwurf, das muss ich Mister Wylder lassen«, kommentierte Chatterju. »Genauso simpel wie wirkungsvoll. Das Gerät würde sogar Heinrich den Achten tragen«, verkündete er stolz.

Amrit drückte ein zweites Mal auf den grünen Edelstein und ließ sich wieder herunter. Der Draht wurde eingerollt, dann überreichte Chatterju Rose den Gürtel. Endlich war alles bereit, und sie konnten ablegen.

Auf dem Weg aus der Waffenkammer hinaus bemerkte Jake eine Bewegung im Augenwinkel. Er blickte weiter stur geradeaus und tat, als hätte er nichts bemerkt, doch die ausladenden Krinolinen ließen keinen Zweifel: Oceane Noire hatte sich an der Wand hinter einer Rüstung versteckt und alles genau beobachtet.

»Du schickst uns doch eine Meslith-Nachricht, sobald du angekommen bist?«, sagte Miriam, als sie gerade den Kai erreichten. Es war ein sonniger Nachmittag, und eine kleine Gruppe hatte sich eingefunden, um die beiden Agenten zu verabschieden – darunter auch Dora und Felson.

»Mach ich«, erwiderte Jake knapp.

»Und wenn ihr den Horizontpunkt erreicht, hältst du mir Rose gut fest, verstanden? Dreitausend Jahre Zeitsprung in der Versuchskammer sind etwas anderes als der echte Flux Temporum. Das erste Mal, als ich so weit zurückreiste, bin ich fast ins Koma gefallen.«

»Stimmt«, sagte Alan nachdenklich. »Da half nur noch Mund-zu-Mund-Beatmung.« Er legte seiner Frau einen Arm um die Schulter. »Was gar nicht mal so unangenehm war …«

»Hab verstanden«, erklärte Jake und warf seinen Seesack

aufs Deck des vor Anker liegenden Schiffes. Er las die verblassten Goldlettern am Bug: *Avatara*. Jake hatte die byzantinische Dau schon einmal gesehen – Topaz hatte sie ihm gezeigt, als sie gemeinsam den geheimen Hafen im Inneren der Insel besichtigt hatten. Die *Avatara* sah der *Hippocampus* gar nicht unähnlich, war aber viel kleiner, vielleicht so groß wie ein Fischerboot. Auf dem blässlich braunen Segel prangte in matt schimmernder Goldfarbe ein Dreizack.

»Ich hab ein bisschen Reiseproviant für euch gemacht«, verkündete Miriam strahlend und gab Jake einen Korb mit mehreren zugedeckten Schüsseln darin. »Ihr müsst die Sachen nur warm machen. Ich glaube, diesmal sind mir die Rezepte besonders gut gelungen«, fügte sie stolz hinzu. Ihre Augen wurden feucht. »Du siehst umwerfend aus, Jake. Findest du nicht, Alan?«

Alan umarmte Jake. »Wir sind so stolz auf dich«, flüsterte er ihm ins Ohr.

»Ich muss euch noch was sagen, bevor wir ablegen«, flüsterte er zurück und blickte die beiden an. »Habt ein Auge auf Oceane Noire. Ich traue ihr nicht. Jemand hat uns in Stockholm verraten. Könnte sein, dass sie es war.«

In diesem Moment tauchte Oceane mit ihrem Fächer in der Hand an der Brüstung des Schlosses auf.

»Madame Noire eine Doppelagentin?« Miriam musste lachen. »Das wäre ihr viel zu viel Arbeit.«

Jake ließ nicht locker. »Vor zwei Tagen habe ich sie mitten in der Nacht im Archiv gesehen.«

»Im Archiv?« Miriam runzelte die Stirn. »Und was hast *du* dort getrieben, mitten in der Nacht?«

Jake zuckte die Achseln. »Ist eine lange Geschichte. Ich werd sie euch ein anderes Mal erzählen. Aber Oceane hat sich reichlich seltsam benommen. Sie hatte ein ledergebundenes Buch dabei mit einer Palme auf dem Buchrücken.«

»Sich nachts mit einem Buch in der Hand im Archiv herumzutreiben ist noch kein Verbrechen, werter Sohn«, widersprach Miriam.

»Es ist ihr heruntergefallen, und sie ist richtig in Panik ausgebrochen, als ich es aufhob«, beharrte Jake. »Als ob sie was zu verbergen hätte. Und gerade eben in der Rüstkammer hat sie uns von einem Versteck aus beobachtet.« Er legte seiner Mutter eine Hand auf die Schulter. »Versprich mir, dass du meine Worte beherzigst. Bitte.«

»In Ordnung«, erwiderte Miriam. »Wenn du meinst, dass es wichtig ist …«

Galliana hielt eine kleine Rede und übergab Rose das Atomium. »Schütz es mit deinem Leben«, flüsterte sie ihrer Freundin ins Ohr. »Unsere Lage ist dramatisch.«

Rose legte die Schatulle vorsichtig in ihren bis oben hin gefüllten Schulterbeutel. Die Tasche war natürlich nicht gerade passend für das antike Rom, aber sie war nun mal Roses Talisman. Der Beutel musste mit, selbst ins Jahr 27, und Galliana ließ Rose gewähren.

Alle verabschiedeten sich voneinander, und Jake ging gerade die Planke hinauf, als Felson hechelnd angelaufen kam. Jake streichelte ihm über den vernarbten Schädel. »Bin bald wieder da. Mum und Dad werden sich inzwischen um dich kümmern – und natürlich deine neue Freundin Dora.«

Die Elefantendame hob den Rüssel und stieß ein leises Trompeten aus.

Als sie endlich an Bord der *Avatara* waren, machte Jake das Segel klar, und Rose stellte sich ans Ruder. »Robust und schnell – auf solchen Schiffen bin ich damals immer am liebsten gefahren«, verkündete sie begeistert, und sie legten ab.

Jake schaute zu, wie die Silhouetten am Pier immer kleiner wurden. Miriam war nur noch ein winziger Punkt am Horizont, aber er sah sie immer noch winken, bis Mont-Saint-Michel im Dunst über dem Ärmelkanal verschwand.

Das Segel blähte sich, und der Wind zerzauste Jakes Haar. Er dachte an die Abenteuer, die ihnen bevorstanden. »Ein großartiges Gefühl, oder?«, rief er zu Rose hinüber. »Wie ein Neuanfang!«

Rose nickte und versuchte, ihre Angst zu verbergen. Natürlich freute auch sie sich, aber egal, wie oft sie schon ohne Zwischenfälle durch die Zeit gereist war, und egal, wie sehr sie sich gut zuredete: Die Aussicht auf einen Zeitsprung von knapp zweitausend Jahren erfüllte sie mit tiefer Furcht.

Und diesmal war die Furcht begründet.

8

Kurs auf die Antike

Die Stunde, nachdem er das Atomium genommen hatte, war eine der schlimmsten und zugleich interessantesten in Jakes Leben. Rose reichte ihm mit zitternder Hand seine Dosis und gab ihm noch einmal den warnenden Hinweis, dass jeder Zeitsprung anders verlief. »Es gibt so unglaublich viele Variablen«, sagte sie geheimnisvoll, »und je weiter zurück in der Zeit die Reise geht, desto mehr werden es.« Und tatsächlich: Obwohl Jake bereits zum sechsten Mal ein paar Tropfen der grässlichen Flüssigkeit schluckte, war auch diese Reise einzigartig.

Wie gewöhnlich begann sein Kopf nach wenigen Minuten wie wild zu pochen. Dann wurde es Jake schwindelig, und er wusste kaum noch, wo oben und unten war. Das Rauschen der Wellen kam von ganz weit weg, alles um ihn herum verblasste bis zur Unkenntlichkeit – sogar Rose. Das war zwar nicht angenehm, aber Jake kannte den Zustand bereits. Viel schlimmer waren die Visionen, die er diesmal hatte. Normalerweise begannen sie erst beim Eintritt in den Horizontpunkt. Jake hatte Momentaufnahmen der Geschichte gesehen, im Mondlicht schimmernde Burgen, halb fertiggestellte Kathedralen und dergleichen, aber diesmal kamen die Bilder sofort. Sie blieben auch viel länger, und was er sah, war furchtbar.

Anfangs hörte er nur Geräusche, die er nicht gleich zuordnen konnte. Schließlich stellten sie sich als das Schnauben von Pferden und Klirren von Schwertern heraus. Er hörte Glocken, die Sturm läuteten, und Schreie von irgendwoher – zunächst nur aus einer Kehle, dann von einer ganzen Menschenmasse. Wie Bakterien in einer Petrischale wucherte der Lärm, bis er sich in konkreten Bildern manifestierte: Jake sah blutige Schlachtszenen, einstürzende Paläste, Feuersbrünste und verheerende Erdbeben. Er sah Reiter eine Zitadelle erstürmen und eine Gruppe Frauen, die unter panischem Geschrei versuchten, sich an das Ufer eines blutroten Flusses zu retten. Eine Gruppe Delinquenten, die mit Säcken über den Köpfen zu einem Galgen geführt wurden, während um sie herum der Schnee auf eine winterliche Stadt fiel. Zwei riesige Heere, die in einem Tal aufeinander zustürmten. Der Schlachtenlärm war so laut, dass Jake sich die Ohren zuhielt, während Bilder von sinkenden Schiffen und Bergen von Leichen auf ihn einstürmten.

Nach einer schieren Ewigkeit ließen die Visionen endlich nach, und Jake fand sich an Bord der *Avatara* wieder. Um ihn herum waren nur der Wind und das gekräuselte Meer. Er setzte sich auf. Nachdem der Schwindel etwas nachgelassen hatte, ging er los, um nach Rose zu sehen. Er schaute hinüber zur Pinne, doch Rose war nicht mehr da, das Ruder ein Spielzeug der Wellen. Beunruhigt blickte er sich um, konnte Rose aber nirgendwo entdecken. Die Ringe des Konstantors hatten sich schon fast in dieselbe Ebene gedreht – sie würden jeden Moment den Horizontpunkt erreichen.

»Rose!«, rief er und rannte zum Heck. »Rose, wo steckst du, verdammt?« Jake schaute hinunter auf die Wellen. War es wirklich möglich? Konnte Rose tatsächlich über Bord gefallen sein? Wenn ja, musste er es wissen, bevor die *Avatara* von dem Zeitstrudel erfasst wurde.

Jake hatte keine Ahnung, wie lange er in der grässlichen Atomiumstarre verharrt hatte, und beschloss, unten in den Kabinen nachzusehen. Er rannte die Treppe hinunter, konnte zunächst aber auch dort niemanden entdecken. Eine nach der anderen riss er die Kajütentüren auf, bis er schließlich aus einer Ecke ein Stöhnen hörte. Da: Unter einer Decke ragte eine Sandale hervor.

»Rose, was ist los mit dir?«, rief Jake und rannte zu dem Bett.

Rose schien ihn nicht wahrzunehmen. Sie war voll und ganz in ihrer eigenen Welt, hielt ihren Umhängebeutel fest an die Brust gepresst und wälzte sich wie im Fieber hin und her.

»Rose, wach auf! Wir sind gleich am Horizontpunkt!«

Endlich schaute sie ihn mit glasigen Augen an. »Er liebt mich, weißt du …«, murmelte sie. »Jupitus Cole liebt mich. Und trotzdem heiratet er Oceane …«

»Rose, wir haben jetzt keine Zeit für so was«, fuhr Jake sie an und versuchte, sie auf die Beine zu ziehen.

»Ich hab geglaubt, ich würde ihn gar nicht lieben«, stammelte sie weiter, »aber jetzt bin ich mir gar nicht mehr so sicher …«

Jake fragte sich, ob Rose vielleicht betrunken war. Er ließ den Blick durch die Kabine schweifen, um zu sehen, ob irgendwo eine leere Flasche herumlag. Dann aber fiel ihm wieder ein, was für eine peinliche Vorstellung er selbst gegeben hatte, als er ins Venedig des Jahres 1506 gereist war: Er war im Kreuzschritt durch die Kombüse der *Campana* getanzt, und danach war er Topaz um den Hals gefallen. Ganz nüchtern hatte er damals bestimmt auch nicht gewirkt. Da kam ihm eine Idee. Er lief zurück an Deck, holte einen Eimer voll Wasser und schüttete es Rose mitten ins Gesicht. Charlie hatte damals bei ihm das Gleiche gemacht, und es hatte Wunder gewirkt. Leider ging der Plan nicht auf: Rose schaute ihn nur kurz entsetzt an, dann trat sie wieder weg.

»Rose?« Jake packte sie bei den Schultern und schüttelte sie durch, aber es war zwecklos.

»Sieht ganz so aus, als würde mir nichts anderes übrig bleiben«, sagte Jake zu sich selbst. »So schwer kann es ja nicht sein. Wenn die es können, kann ich es auch …«

Er stürmte die Treppe hinauf und ans Heck zu der immer noch wild hin und her pendelnden Ruderpinne. Die Ringe des Konstantors hatten sich mittlerweile wieder ein kleines Stück voneinander entfernt – sie waren vom Kurs abgekommen.

Verdammt! Bloß das nicht. Jake packte die Pinne mit beiden Händen und zog mit aller Kraft daran, bis die *Avatara* endlich herumschwenkte und die Ringe sich wieder aufeinander zubewegten.

»Zehn, neun, acht …«, zählte Jake, und das Schiff begann zu zittern. *Es muss jeden Moment so weit sein.* Er war noch nicht einmal bei drei angelangt, da geschah es: Ein Wirbelwind erfasste Jake, Farben blitzten auf, dann wurde es schlagartig totenstill. Diamanten stoben in alle Richtungen, und Jake schoss wie eine Rakete in den Himmel. So schlimm die Visionen und die Übelkeit von vorhin gewesen waren, so herrlich war das, was er jetzt erlebte. Es war pure Magie. Lautlos und elegant wie ein Pfeil durchbrach er die Wolkendecke, das Blau der Atmosphäre wurde immer dunkler und die Erde unter ihm immer kleiner, bis er sie schließlich ganz sehen konnte. Um ihn herum erstreckte sich das endlose Schwarz des Weltalls mit seinen funkelnden Sternen, und ein Gefühl unendlicher Freiheit erfüllte Jake. Er blickte hinunter auf die sanft schimmernde Kugel und begriff mit einer Klarheit wie nie zuvor, dass dies die Bühne war, auf der sich jeder einzelne Moment der Menschheitsgeschichte abspielte. Vom heutigen London, in dem er aufgewachsen war, über die winzige Insel Mont-Saint-Michel bis hin zum Italien des sechzehnten Jahrhunderts und weit darüber hinaus. Dem großartigen antiken Rom, zu dem sie unterwegs waren, den Phöniziern, den Assyrern, den frühen Hochkulturen der Chinesen und Ägypter. Alle Epochen mit ihrer Kunst, ihren Erfindungen, ihren Entdeckern, Künstlern, Herrschern und Eroberern. Diesen Moment, die Erkenntnis und die Kraft, die darin lagen, würde Jake nie wieder vergessen.

Jakes Alter Ego hatte den Scheitelpunkt der Flugbahn erreicht und jagte wieder auf die Erde zu. Er sah den afrikanischen und den europäischen Kontinent, dazwischen das Mittelmeer, auf das er zuraste wie ein Komet. Dann entdeckte er die *Avatara*, mutterseelenallein in den funkelnden Wellen. Er sah sich selbst, wie er mit der Toga bekleidet am Ruder stand, und endlich auch Rose, die benommen an Deck torkelte. Ein letzter lautloser Knall, dann war Jake wieder in seinem Körper.

Er blickte sich um und musste wegen des grellen Lichts die Augen zukneifen. Der Himmel sah hier ganz anders aus als am Nullpunkt und leuchtete in einem klaren Kobaltblau. Die Luft war frisch und warm.

Schwankend kam Rose auf ihn zu und fiel Jake um den Hals. »Wir haben's geschafft«, murmelte sie.

Jake blickte ihr in die glasigen Augen, dann brachen sie beide in schallendes Lachen aus.

Sie setzten Kurs auf Sizilien und segelten über die wunderbar sanften, glitzernden Wellen. Rose fühlte sich, als hätte sie den Kater ihres Lebens. »Als ich noch so jung war wie du, habe ich diese Trips auch besser weggesteckt«, erklärte sie. Jake schlug vor, das Ruder zu übernehmen, während Rose sich ein wenig ausruhte. Rose behauptete zwar, sie wäre viel zu aufgeregt, um auch nur ein Auge zuzutun, willigte aber ein. Sie hatte sich kaum auf dem Deck langgemacht und schnarchte schon so laut wie ein Nebelhorn.

Als der Tag sich allmählich dem Abend zuneigte, verkeilte Jake das Ruder und ging hinunter in die Kombüse. Er holte einen Tisch und zwei Stühle an Deck sowie Besteck und ein paar Kerzen, die er in einem Schrank gefunden hatte. Als er damit fertig war, wärmte er den Proviant auf, den Miriam ihnen mitgegeben hatte. Dann weckte er Rose.

Es dauerte eine Weile, bis sie richtig wach war. Als sie Jakes Tischarrangement erblickte, stiegen ihr Tränen in die Augen. »'tschuldigung«, stammelte sie und wühlte in ihrem Beutel nach einem Taschentuch. »Irgendwie nimmt mich das alles ganz schön mit …«

»Das ist in Anbetracht der Umstände nur allzu verständlich, Madame«, erwiderte Jake und schob Roses Stuhl zurecht wie ein Kellner in einem Luxusrestaurant. »Die Köchin hat mir versichert, sie habe sich mit dem Menü des heutigen Abends selbst übertroffen«, erklärte er und verteilte die Speisen auf die Teller.

Einen Moment lang starrte Rose verblüfft auf die verbrannten Brocken, die Jake ihr servierte, dann lächelte sie gerührt. »Die Zubereitung braucht wohl noch etwas Übung, aber ich bin sicher, das Rezept ist ganz vorzüglich.« Unverdrossen stieß sie ihre Gabel in einen der schwarzen Klumpen und schlang ihn in einem Stück hinunter.

Sie aßen mit großem Appetit und aller gebotenen Vorsicht. Vor jedem Bissen tauschten sie sich darüber aus, was sie wohl diesmal erwarten würde.

»Geröstete Nüsse? Gebratener Speck?«, fragte Jake. »Oder ist das jetzt wirklich Grillkohle?«

Rose wurde von einem so heftigen Lachanfall gepackt, dass sie aufstehen und am Bug ein paar Mal tief durchatmen musste, um wieder Luft zu bekommen.

»Ein ganz köstlicher Brotauflauf, ein bisschen kross gebacken vielleicht«, sagte sie, nachdem sie sich wieder gesetzt hatte. Sie hob ihr Glas. »Auf alle, die heute leider nicht hier sein können, und ganz besonders auf unsere geschätzte Freundin und Hobby-Sterneköchin Miriam Djones!«

»Auf Miriam Djones und die Geschichtshüter!«, rief Jake und leerte sein Glas in einem Zug.

Die Nacht brach herein, und die Sterne zogen glitzernd am Firmament herauf. Rose schloss die Augen und genoss die warme Brise auf ihrem Gesicht. Sie erzählte Jake von früheren Einsätzen, vor allem von einer Expedition ins tibetische Hochland zu Zeiten des indischen Großkönigs Kanischka und davon, wie sie sich im Inkareich in einen Bauern verliebt hatte. Er hatte in den fruchtbaren Ebenen unterhalb der sagenhaften Stadt Machu Picchu gelebt. »Es ist natürlich bescheuert, sich in den Bewohner einer anderen Epoche zu verlieben«, sinnierte sie mit einem Seufzen. »Man kann ihn schließlich schlecht mitnehmen. Es war schon schwer genug, ihm zu erklären, dass ich auf der anderen Seite der Erdkugel lebe, und dann auch noch am anderen Ende der Zeit ...«

Die kleine Anekdote erinnerte Jake daran, was Rose zuvor im Delirium über Jupitus gesagt hatte: »Ich hab geglaubt, ich würde ihn gar nicht lieben, aber jetzt bin ich mir da nicht mehr so sicher.« Er wollte sie nicht in Verlegenheit bringen und weiter nachbohren. Dennoch hätte er zu gern gewusst, ob es nur eine Auswirkung des Atomiums gewesen war oder ob es tatsächlich stimmte. Er blickte hinauf zu dem beruhigend am Himmel flimmernden Polarstern und dachte über seine eigenen Gefühle diesbezüglich nach. Bis vor einem Monat, als Topaz Saint Honoré mit ihrem bezaubernden Lächeln und den faszinierend indigoblauen Augen in sein Leben getreten war, hatte er keine Ahnung gehabt, wie Verliebtsein sich anfühlte. Es schien ihm nie der Mühe wert gewesen zu sein. All der Stress, all das Herzblut, wozu? Doch jetzt sah er die Sache anders. Allein weil Topaz existierte, wollte er besser sein in allem, was er tat. Er wollte ein furchtloser Held sein, ein Teufelskerl, am besten gleich der Retter der Menschheit.

Retter der Menschheit? Jake schüttelte den Kopf. *Woher hab ich bloß all diese Gedanken auf einmal?*

Bei Anbruch des nächsten Tages sah Jake Land am Horizont. »Rose!«, rief er zu seiner Tante hinüber, die sich mit ihrem Umhängebeutel als Kissen unter einer Decke zusammengerollt hatte.

»Schon da?«, fragte sie verschlafen. »Ich muss wohl wieder eingenickt sein.«

Jake konnte sich ein kleines Lächeln nicht verkneifen: Rose

hatte die ganze Nacht über geschlafen wie ein Stein. Die Zeitreise hatte sie offensichtlich viel Kraft gekostet.

Wie in Zeitlupe richtete Rose sich auf. Die Korkenzieherlocken standen ihr in allen Richtungen vom Kopf ab, und sie blinzelte in die aufgehende Sonne. In dem Leuchtturm direkt voraus brannte noch Feuer, und sie erkannte vage die Umrisse der Küstenstadt daneben. Dahinter erhob sich ein Vulkankegel, der rot im Sonnenaufgang schimmerte. »Der Ätna im Morgenlicht. Ein Anblick für die Ewigkeit«, sagte sie verträumt. Dann kramte sie eine Weile in ihrem Beutel und zog einen kleinen Spiegel hervor. »Rose Djones im Morgenlicht ...«, kommentierte sie mit einem Schmunzeln. »Der Zahn der Zeit hat schon ordentlich an dir genagt.«

Jake steuerte die *Avatara* auf den Hafen von Messina zu. Eine Galeere kam ihnen entgegen, und er bewunderte den perfekten Gleichtakt, in dem die zwei Dutzend Ruder das Schiff mit atemberaubender Geschwindigkeit an der *Avatara* vorbeipeitschten. An Deck herrschte reger Betrieb. Einige der bärtigen Männer an Bord trugen Brustharnische, die im Licht der Sonne funkelten. Sie schienen zur persönlichen Leibwache des Pärchens zu gehören, das es sich am Heck der Galeere auf einem großen, samtgepolsterten Diwan bequem gemacht hatte. Ein Diener wedelte ihnen mit einem großen Pfauenfedernfächer kühle Luft zu. Der Mann trug eine leuchtend weiße Toga und hatte walnussbraune Haut. Seine Begleiterin war blass wie Daunenfedern. Eine Hand auf den Hals gelegt, schaute sie mit verkniffenem Mund hinaus aufs Meer.

»Salvete, amici!«, rief Rose gut gelaunt hinüber, und einer der Soldaten, ein besonders muskulöser und gut aussehender Mann, zwinkerte ihr lächelnd zu. Das Pärchen auf dem Diwan hingegen tat, als hätten sie nichts bemerkt.

»Falls du bis jetzt geglaubt haben solltest, dass Oceane Noire die Überheblichkeit in Person ist«, raunte Rose Jake zu, »dann solltest du erst mal die alten Römer kennenlernen. Aber wer kann's ihnen schon verdenken? Sie waren die Ersten, die zu ihrer Zeit praktisch die gesamte damals bekannte Welt beherrschten.«

Sie fuhren an dem Leuchtturm vorbei, und Jake schaute dem Rauch hinterher, der von dem darin brennenden Holzfeuer aufstieg. Dann kam der Hafen in Sicht. Er war eine nicht gerade geordnete Ansammlung weißer Häuser mit Terrakotta-Dächern, die sich bis in die angrenzenden Hügel ausdehnte. Dazwischen wuchsen in kleinen Grüppchen Zypressen und Palmen. Im Hafenbecken tummelten sich Schiffe aller Größen und Typen, legten an oder setzten Segel, löschten ihre Ladung und verstauten unter dem lauten Geschrei des Viehs und der Hafenarbeiter neue an Bord.

»Wenn alles nach Plan läuft«, sagte Rose, »warten die anderen schon auf uns. Lass mich mal ans Ruder. Schau du inzwischen, ob du sie irgendwo entdeckst. Ich muss üben. Einparken war schon immer mein größtes Problem.«

Jake ging zum Bug und hielt Ausschau nach seinen Freunden. Er konnte es kaum erwarten, sie wiederzusehen. Zwar kannte er Nathan und Charlie erst seit ein paar Wochen, aber es kam ihm bereits wie eine Ewigkeit vor: Wenn man bereit ist, sein Leben für jemanden zu riskieren, und der andere für einen dasselbe tun würde, schafft das Freundschaftsbande, wie sie unter normaleren Umständen nicht möglich wären.

Der Anblick Messinas und der in den Strahlen der morgendlichen Mittelmeersonne leuchtenden Tuniken ließ Jakes Hände feucht werden. Er kniff die Augen zusammen und suchte nach zwei braunen Haarschöpfen: der eine wild und zerzaust, der andere gepflegt und mindestens eine halbe Elle über dem anderen. Selbst über den Anblick von Jupitus' Hakennase hätte er sich gefreut. Da entdeckte Jake einen Papagei in der Menge, und sein Herz machte einen Sprung. Doch er hatte sich zu früh gefreut: Der Vogel saß auf der Schulter eines alten Fischers, der gerade mit einem Messer seinen letzten Fang entschuppte.

Rose kämpfte inzwischen mit dem Ruder und streifte auf

dem Weg zum Pier beinahe jedes Schiff, das ihnen entgegenkam. Wie ein betrunkener Goldfisch schlingerte die *Avatara* auf die Anlegestelle zu, und Rose war so sehr damit beschäftigt, sich bei den aufgebrachten Kapitänen zu entschuldigen, dass die *Avatara* mit einiger Fahrt beinahe im Neunziggradwinkel gegen den gemauerten Steg krachte.

Jake sprang von Bord und machte die Seile fest.

»Schon irgendeine Spur von ihnen?«, fragte Rose.

Jake schüttelte den Kopf. »Ich mische mich mal unters Volk. Irgendwo müssen sie ja sein.« Er konnte es kaum erwarten, voll und ganz in diese faszinierende Welt einzutauchen.

»In Ordnung, aber geh nicht zu weit weg.«

Jake schlenderte am Pier entlang, genoss die Myriaden von neuen Eindrücken und Gerüchen, die auf ihn einstürmten. Bauern priesen Kisten voll Oliven, frisch geernteten Getreides und Fässer mit glitzerndem Honig an, Käufer feilschten hitzig um den Preis. Es gab Töpferwaren und sogar Glas, gegerbte Tierhäute, allerlei Stoffe und Pergament. An anderen Ständen wurden Farbpulver verkauft, aufgehäuft zu kleinen bunten Pyramiden. Die Farbpalette reichte von Purpurrot über gebranntes Umbra und Ultramarinblau bis hin zu Kadmiumgelb. Die reicheren Händler boten marmorne Mosaiksteine, Elfenbein, Bernstein und Gold in faustgroßen Klumpen an. Auch lebende Schafe, Ziegen und Hühner konnte man hier erstehen. Jake saugte alles in sich auf wie ein ausgetrockneter Schwamm.

Doch dann sah er etwas, das das verzückte Lächeln schlagartig von seinem Gesicht verschwinden ließ: In einem der Käfige waren keine Tiere, sondern Menschen. Statt Kleidung trugen sie nur ein paar Fetzen am Leib. Sie waren zusammengekettet, das Haar verfilzt und die Haut vollkommen verdreckt. Nackte Angst leuchtete aus ihren Augen. Neben dem Käfig stand ein schmerbäuchiger Mann mit schwarzen Zähnen und strähnigem grauem Haar. Mit der einen Hand hielt er ein Mädchen am Oberarm gepackt, während er mit der anderen die Angebote aus der Menge entgegennahm. Das Mädchen war noch nicht einmal in Jakes Alter.

»Sklaven?«, stammelte er. Das Erste, was Jake spürte, war Mitleid. Darauf folgte unbändige Wut. Als dann auch noch ein Mann dem Mädchen die Kiefer auseinanderdrückte und die Zähne inspizierte, als wäre sie ein Pferd, hatte er genug. Jake wollte gerade losstürmen, da sah er einen leuchtend bunten Papagei, der ihn von einem Fenstersims aus beobachtete. Diesmal gab es keinen Zweifel. »Mister Drake!«, rief er.

Der Papagei flog auf, sauste über Jakes Kopf hinweg und landete nicht allzu weit weg auf jemandes Schulter. Wenige Momente später tauchte Charlies Gesicht im Getümmel auf. Er kam auf Jake zu, Nathan an seiner Seite. Beide waren braun gebrannt von ihrem mittlerweile einwöchigen Aufenthalt im hochsommerlichen Sizilien.

Am liebsten hätte Jake sie lauthals begrüßt. Aber er wollte nicht zu viel Aufmerksamkeit erregen und wartete lieber geduldig. Umso überraschter war er, als Nathan und Charlie plötzlich in Laufschritt fielen und ihn in eine wilde Umarmung schlossen.

»Wie geht's dir, Jake?«, polterte Nathan. »Deine Ankunft hier ist die beste Nachricht seit Langem!«

»Tatsächlich?«, fragte Jake etwas überrumpelt.

»Und wie! Wenn du wüsstest, wie wir dich vermisst haben. Und wie du aussiehst …« Nathan streckte die Hand aus und befühlte den Stoff von Jakes Tunika. »Dachte ich's mir doch: ägyptische Baumwolle. Federleicht, strapazierfähig und absolut unwiderstehlich. Der alte Gondolfino muss dich wirklich ins Herz geschlossen haben. Wir haben euer Schiff von der Terrasse der Villa aus gesehen. Wollen wir?« Er blickte hinüber zur *Avatara*. »Uns bleibt nicht mehr viel Zeit …«

Jakes Augen wanderten zurück zu dem Sklavenhändler. Der fette Kloß löste gerade die Ketten des Mädchens und übergab es im Austausch für ein paar Goldmünzen an den Mann, der gerade ihre Zähne untersucht hatte.

»Kein angenehmer Anblick, ich weiß«, flüsterte Charlie und legte Jake eine Hand auf den Arm. »Aber wir sind hier in einer vollkommen anderen Zeit. Uns bleibt nichts anderes übrig, als uns damit abzufinden. Außerdem« – er deutete auf den Käufer – »sieht der Kerl einigermaßen anständig aus. Gut möglich, dass sie bei ihm besser dran ist als zuvor.«

Widerwillig folgte Jake den anderen zum Schiff.

Rose sprang freudig auf den Pier und lief ihnen entgegen. »Gott sei Dank ist Euch nichts passiert!«, rief sie und drückte beiden einen Schmatz auf die Wange.

Als Charlie dran war, drehte Mister Drake indigniert den Kopf weg.

»Wo ist der alte Miesepeter?«, fragte sie.

»Mister Cole residiert oben in der Villa«, brummte Nathan durch zusammengebissene Zähne, »und versucht, maximalen Profit aus seinem bedauernswerten Zustand zu schlagen.«

»Und wie sieht dieser bedauernswerte Zustand genau aus?«, hakte Rose nach.

»Das werdet Ihr noch früh genug erfahren. Wie es scheint, will er Euch als seine persönliche Krankenschwester hierbehalten, während wir drei nach Vulcano fahren.«

Nathan hatte tatsächlich »wir drei« gesagt. Das bedeutete: Jake gehörte offiziell zum Team. Keine Bewährungsproben mehr, keine halben Verantwortlichkeiten, sondern voller Geschichtshüterstatus!

»Was ist mit der *Hippocampus* passiert?«, fragte er.

Charlie schilderte in kurzen Worten, wie sie in den Sturm geraten und beinahe gesunken waren.

Rose schüttelte den Kopf. »Ach, du liebes bisschen. Hat denn keiner einen Blick in die Wetteraufzeichnungen geworfen?«

Nathan konnte sich die Gelegenheit nicht entgehen lassen. »Eine berechtigte Frage«, erwiderte er mit einem süffisanten Lächeln.

Charlie gab sich etwas diplomatischer: »Soweit ich herausfinden konnte, war Mister Cole während der Vorbereitungen für diesen Einsatz zu sehr mit anderen Dingen beschäftigt. Die Unterlassung ist also nicht ganz unverständlich …«

»Wie wunderbar!«, flötete Rose. »Nicht dass Ihr beinahe ertrunken wärt, natürlich«, fügte sie eilig hinzu. »Aber dass Mister Unfehlbar persönlich ein solcher Fehler unterläuft – einfach fabelhaft!«

»Wie dem auch sei«, fuhr Charlie fort, »es dauerte volle drei Tage, bis ich den Meslith-Schreiber unter Aufbringung all meiner Ingenieurskunst wieder repariert hatte. Deshalb haben wir so lange nichts von uns hören lassen. Noch überraschender ist jedoch, dass auch die *Hippocampus* bald wieder seetauglich sein wird.«

Nathan deutete auf einen Schuppen am Rand des Hafens. »Sie wird gerade dort drüben repariert. Das ist Eure zweite Aufgabe: Ihr müsst ein Auge auf die Arbeiter haben. Bis Ende der Woche müssen die Reparaturen abgeschlossen sein.«

»Klingt wie Urlaub«, erwiderte Rose fröhlich. »Und wo ist nun diese ominöse Villa?«

»Folgt einfach diesem Weg den Hügel hinauf.« Nathan deutete auf eine lange Treppe. »Es ist das Anwesen mit den Bougainvillea-Ranken am Eingang. Ich wünsche viel Vergnügen bei Eurem ›Urlaub‹.« Er wandte sich an Jake. »Bereit für einen neuen Einsatz, Agent Djones?«

»Und wie!« Noch bevor er wusste, was er tat, schlug Jake die Hacken zusammen und salutierte.

Charlie verdrehte die Augen. »Bestärk Nathan nicht auch noch in seinem Größenwahn«, flüsterte er Jake zu und warf seine Tasche aufs Deck der *Avatara*. »Er hält sich auch so schon für den Generalissimo höchstpersönlich.«

Bevor sich die Gruppe wieder trennte, holte Rose noch den Gürtel mit der Löwenkopfschnalle hervor, den Doktor Chatterju ihr gegeben hatte.

»Meine Erfindung, endlich! Chatterju ist ein Genie«,

rief Nathan begeistert und schnallte sich das Gerät um die Hüfte.

Die drei verabschiedeten sich von Rose und gingen an Bord der *Avatara*. Nathan steuerte das Schiff mit sicherer Hand durchs Hafengetümmel, und Charlie rollte die Seekarte aus. Nur Jake blickte seiner Tante hinterher, bis sie außer Sicht verschwand.

Rose erklomm die immer schmaler werdende Treppe. Immer tiefer führte sie in das drückend heiße Häuserlabyrinth hinein, bis weit oberhalb des Hafens die Luft endlich etwas auffrischte und der Lärm der Stadt leiser wurde. Aus den umliegenden Häusern hörte Rose Töpfe und Geschirr klappern, dann sah sie einen Torbogen mit einem pinkfarbenen Blütenkranz darum herum.

»Das sind ja endlich die Bougainvilleen«, schnaufte Rose und drückte auf die Messingklinke am Tor. Das Holz war schon sehr alt, selbst für das Jahr 27, und knarrte beim Öffnen. Dahinter erstreckte sich ein weitläufiger Garten, dessen halb verfallene Terrassen sich malerisch an den Hügel schmiegten. In mehreren Brunnen und von Blumen gesäumten Teichen plätscherte das Wasser. Die Villa selbst sah einigermaßen sympathisch aus, fand Rose, und der Ausblick auf den Hafen und das dahinterliegende kristallklare Meer war einfach atemberaubend.

Rose blickte sich um. »Jupitus? Steckst du hier irgendwo?«, sagte sie mehr zu sich selbst. Da sah sie im Schatten einer Säule eine reglose Gestalt in einer Art Liegestuhl. Ein Bein war von oben bis unten eingegipst, und das bisschen Haut, das noch hervorlugte, war gespensterweiß. Es konnte sich nur um Jupitus Cole handeln. Anscheinend schlief er. Rose wollte ihn nicht stören und schlich auf Zehenspitzen weiter.

»Ich kann dich hören, Rosalind«, murmelte Jupitus, ohne sie anzusehen. »Eine Herde Bisons würde auch nicht mehr Lärm veranstalten.«

Einen Moment lang war Rose fuchsteufelswild wegen der

taktlosen Bemerkung, doch dann rief sie sich ins Gedächtnis, wie elend Jupitus sich fühlen musste. »Du solltest etwas netter zu mir sein«, gab sie mit leicht gereiztem Unterton zurück. »Sonst wirst du dir dein Mittagessen selbst kochen müssen.«

Jupitus zuckte die Achseln, die Augen immer noch starr aufs Meer gerichtet. »Ich habe bereits gegessen.«

»Trotzdem. Bei deinem momentanen Zustand solltest du dir lieber nicht meinen Groll zuziehen.«

Bei diesen Worten blickte Jupitus schließlich doch auf. Mit einer eigenartigen Mischung aus Freude und Trauer sah er Rose in die Augen. Er lächelte sogar beinahe. »Das hochgesteckte Haar steht dir, Rosalind«, sagte er leise. »Sehr romantisch.«

Dann starrte er wieder auf die Wellen, die sich weit unterhalb kräuselten.

9

Die Schattenhand

Was weißt du über das Jahr 27 nach Christus?«, fragte Charlie.

»Das Übliche, schätze ich«, erwiderte Jake mit einem Achselzucken.

»Nicht allzu viel also, oder?«

Sie standen am Bug im Schatten des großen Segels und unterhielten sich. Nathan hatte wie üblich das Ruder übernommen und reckte den Kopf in die Sonne. Er hatte sich aus irgendeinem glänzenden Material – Gott allein wusste, woher er es hatte – eine Halskrause gebastelt, um seinen »Teint zu pflegen«, wie er es ausdrückte.

»Und wie steht's mit römischer Geschichte im Allgemeinen?«, bohrte Charlie weiter nach.

»Na ja, ich weiß ein bisschen über Julius Caesar. Er wurde ermordet.«

»Ja, von einer Gruppe Senatoren im Theater des Pompeius. Aber das liegt jetzt auch schon siebzig Jahre zurück. Weißt du auch, warum er ermordet wurde?«

Jake blickte einer imaginären Schwalbe hinterher. Charlie kannte sich in ziemlich vielen Dingen verdammt gut aus, und Jake lernte gern von ihm, aber seine schulmeisterliche Art ging ihm manchmal auf die Nerven. »Weil er sich zum alleinigen Herrscher aufschwingen wollte. König von ganz Rom wollte er werden.«

»Was du nicht sagst«, gab Jake zurück.

»Aber die Römer waren nicht gerade begeistert von der Vorstellung, einen neuen Alleinherrscher zu haben. Jahrhundertelang war Rom eine Republik gewesen, jedes Jahr wurde eine neue Regierung gewählt, und das sollte auch so bleiben. Deshalb haben sie sich Caesars mit dreiundzwanzig Messerstichen entledigt.« Jake strich sich mit dem ausgestreckten Zeigefinger quer über den Hals, worüber Mister Drake so erschrak, dass er von seiner Schulter aufflog und es sich stattdessen auf der Rah bequem machte. »Das Problem dabei: Caesar hatte bereits so viele Leute auf seine Seite gezogen, dass es zu spät war. Die meisten *wollten* einen König oder, besser gesagt: Kaiser, wie sie es am Ende nannten. Die Tage der Republik waren gezählt. Um es kurz zu machen: Es folgten siebzehn Jahre blutiger Bürgerkrieg, die Köpfe rollten reihenweise, bis Caesars Sohn Augustus schließlich der erste römische Kaiser wurde.«

»Ein fähiger Mann, dieser Augustus«, warf Nathan ein und rückte seinen Sonnenkragen zurecht.

»Das kann man wohl sagen«, stimmte Charlie zu. »Er hat das Römische Reich bis nach Ägypten und halb Nordafrika ausgedehnt. Im Osten kam er bis nach Mazedonien. Er ließ Hunderte von Straßen bauen, und auch die Hauptstadt hat er kräftig aufpoliert, sie ›von einer Stadt aus Ziegeln zu einer Stadt aus Marmor‹ gemacht, wie er es nannte.«

»Ist er immer noch Kaiser?«, fragte Jake.

»Vor dreizehn Jahren ist er gestorben«, erwiderte Charlie. »Sein Stiefsohn Tiberius sitzt jetzt auf dem Thron.«

»Kann's nicht ganz mit seinem Vater aufnehmen, dieser Tiberius«, meldete Nathan sich wieder zu Wort.

»Richtig. Er war ein brillanter Feldherr, aber auf den Kaiserposten war er nie scharf. Deshalb lebt er jetzt auch wie ein Einsiedler auf Capri.«

»Er lebt auf *Capri?*«, wiederholte Jake.

»Ja, du hast richtig gehört. Die Regierungsgeschäfte erledigt er mittels Briefverkehr. Lucius Seianus, ein alter Bekannter aus Armeezeiten, ist seine rechte Hand.«

»Aber täusch dich nicht, Jake.« Nathan ließ das Ruder los und breitete theatralisch die Arme aus. »Rom ist auf der Höhe seiner Macht, die Schatz- und Getreidekammern quellen nur so über, und die römischen Legionen sind überall!«

»Tut mir leid«, unterbrach Charlie und verdrehte die Augen. »Aber solange du diesen Kragen trägst, hört sich alles, was du sagst, wie Blech an.«

»Wie bitte?« Nathan schaute ihn empört an. »Soll ich etwa mit einem weißen Schwanenhals herumlaufen wie die Barbaren aus dem Norden? Schon mal was vom Körperkult der Römer gehört? Ganz zu schweigen von ihrer Etikette! Nur ein falsches Wort, nur einmal zum richtigen Anlass das falsche Gewand getragen, und du bist für den Rest deines Lebens das Gespött der Leute! Außerdem passt eine gewisse Bräune viel besser zu meiner Augenfarbe.« Nathan reckte das Kinn vor und drehte das Gesicht wieder in die Sonne.

»Sieh einer an: Der große Nathan Wylder hat Angst, er könnte zum Gespött der Leute werden …«, murmelte Charlie mit einem Kopfschütteln.

Jake musste grinsen. Er hatte die freundschaftlichen Wortgefechte zwischen den beiden vermisst. Jetzt war er glücklich und stolz zugleich, wieder mit ihnen vereint zu sein. Er schaute hinaus aufs Meer und dachte an die anstehende Aufgabe. Ihr Auftrag lautete, Topaz wiederzufinden. Zur freudigen Überraschung aller hatte sie sich nach ihrem Verschwinden endlich wieder gemeldet. Jetzt wussten sie zwar, wo sie steckte, aber der geheimnisvolle Zusatz »Folgt der Schattenhand« am Ende ihrer Meslith-Nachricht gab ihnen nach wie vor Rätsel auf.

Jakes Gedanken waren oft bei Topaz. Er sah ihr Lächeln vor sich, als wären sie sich erst gestern im Londoner Büro zum ersten Mal begegnet. Oder er erinnerte sich daran, wie sie in dem Dorf am Rhein so ausgelassen getanzt hatte. Dann wieder sah er sie von den Schatten der Vergangenheit bedrückt, in Grübeleien verloren, das Gesicht düster und unendlich traurig. Obwohl sie bereits als kleines Mädchen adoptiert worden und bei Nathans Eltern auf Mont Saint-Michel aufgewachsen war, hatten die ersten fünf Jahre tiefe Spuren in ihrer Seele hinterlassen. Immerhin stammte sie aus einer der finstersten Dynastien, die die Welt je gesehen hatte: Die grausame Agata Zeldt war ihre Mutter, Prinz Xander, der – glücklicherweise vergeblich – versucht hatte, die Renaissance zu verhindern, war ihr Onkel. Wie viel von diesem Blut wohl in ihren Adern floss?

Am frühen Nachmittag kam eine Insel in Sicht. »Das dürfte es sein!«, rief Charlie. »Vulcano, die südlichste der Äolischen Inseln.« Er holte sein Teleskop hervor, spähte kurz hindurch und reicht es Jake. Der war einigermaßen erstaunt über das, was er sah. Die Insel war gerade mal zehn Kilometer breit, vielleicht weniger. Menschliche Ansiedlungen konnte er bis auf die wenigen Häuser neben dem kleinen Hafen keine entdecken. Die Klippen ragten schroff auf, und die fruchtbare Vulkanerde darüber war so dicht bewaldet, dass die Insel aussah wie ein zu groß geratener, roh geschliffener Smaragd. Fragend blickte er Charlie an.

»In der Tat ein reichlich seltsames Domizil für unsere kleine Französin«, sagte Charlie. »Kaum bewohnt und bis auf die wenigen Minen vollkommen uninteressant. Nicht einmal der Vulkan ist zurzeit aktiv. Natürlich ranken sich allerlei Legenden um die Insel. In der Mythologie heißt es, der Krater würde direkt in die Schmiede des Vulcanus führen, in anderen Überlieferungen gilt er als Eingang zur Unterwelt.«

Bei dem Wort »Unterwelt« warf Nathan Charlie einen nervösen Blick zu.

Als die *Avatara* in die kleine Bucht einfuhr, bemerkte Jake einen säuerlich stechenden Geruch, der mit jedem Meter stärker wurde.

Nathan rümpfte die Nase. »Beim Jupiter«, brummte er. »Hast du schon wieder von den roten Linsen genascht, Charlie? Ich dachte, das Thema hätten wir oft genug besprochen.«

»Das ist Schwefel, du Idiot«, knurrte Charlie. »Eines der Mineralien, die hier abgebaut werden.« Er deutete auf Kisten voll giftig gelber Gesteinsbrocken, die am Ende des Piers aufgestapelt waren. »Neben Kohle«, fügte er hinzu und nickte in Richtung von ein paar bis oben hin gefüllten Loren.

Woher auch immer der Gestank kam, Nathan konnte ihn nicht ertragen. Er zog sein seidenes Taschentuch hervor und hielt es sich über die Nase.

Die *Avatara* hatte die Anlegestelle fast erreicht. Eine Handvoll griesgrämiger Minenarbeiter mit vom Kohlenstaub schwarz verschmierten Gesichtern beobachtete das Schiff aus zusammengekniffenen Augen.

»Fremde mögen sie hier wohl nicht so gern«, sagte Nathan durch sein Seidentuch hindurch.

Charlie ignorierte die Bemerkung und sprang auf den Steg.

Die vollkommen abgemagerten Arbeiter starrten ihn an, als würden sie ihn am liebsten zum Abendessen verspeisen, doch Charlie ließ sich nicht abschrecken. Er begrüßte sie freundlich und zeigte ihnen die Karte. Dann fragte er sie in fließendem Latein in aller Ausführlichkeit aus. Nach ein paar Minuten kam er zufrieden zurück.

»Wenn ich alles richtig verstanden habe, beziehen sich Topaz' Koordinaten auf einen kleinen Tempel, eine Stunde den Berg hinauf. Er ist seit Jahrzehnten verlassen und war ursprünglich Proserpina geweiht, der römischen Göttin der Unterwelt.« Wieder kam dieser ungewohnt unsichere Blick von Nathan. »Die Dame wird auch die ›Königin der Schatten‹ genannt, was in Zusammenhang mit Topaz' Postskriptum nicht uninteressant ist. Laut der römischen Mythologie wurde Proserpina von Pluto entführt, worüber sie so depressiv wurde, dass von ihren guten Eigenschaften bald nichts mehr übrig war und selbst ihre eigene Mutter sich von ihr abwandte.«

»Ja, hochinteressant«, schnitt Nathan ihm das Wort ab. »Warum haben die Kerle ständig die Köpfe geschüttelt, als du mit ihnen geredet hast?«

»Ach, das war wegen eines alten Aberglaubens, der besagt, in dem Tempel würden die Geister von Proserpinas Opfern umgehen.«

»Was? Kommt nicht infrage!« Nathan kreischte beinahe. »Du weißt genau: Mit Geistern, egal in welcher Form, will ich nichts zu tun haben!« Er zitterte sogar leicht. »Geht ihr beiden schön allein da rauf. Ich bewache inzwischen das Schiff. Wahrscheinlich kommt sowieso nichts dabei heraus. Warum sollte Topaz uns zu einem gottverlassenen Tempel mitten im Nirgendwo lotsen? Das ergibt keinen Sinn.«

»Genau deswegen sollten wir der Sache auf den Grund gehen«, blaffte Charlie zurück und zog seine Toga enger. »Und zwar mit vereinten Kräften, Agent Wylder. Kneifen gilt nicht!«

Kurz darauf eilten sie den steilen Pfad zu dem verlassenen Tempel hinauf, während Mister Drake an Bord der *Avatara* genüsslich sein Mittagessen verspeiste. Unter dem schattigen Blätterdach des Waldes war es angenehm kühl, und der würzige Duft von Pinien stieg ihnen in die Nase. Bis auf gelegentliches Vogelgezwitscher war alles ruhig. Wenn irgendwo ein Ast knackte, blieb Nathan jedes Mal wie angewurzelt stehen und drehte den Kopf in alle Richtungen auf der Suche nach dem Geist, der sich jeden Moment auf sie stürzen würde.

»Wenn ein Geist es auf uns abgesehen hätte«, erklärte Charlie genervt, »würden wir ihn wohl kaum kommen hören.«

»Vielen Dank auch«, schnaubte Nathan. »Du weißt, wie man seine Mitmenschen beruhigt.«

Irgendwann hörte der Wald auf. Der Pfad führte um eine

zackige Felsspitze herum, dann wurde das Terrain flacher. Der Boden zu ihren Füßen war schwarz, überall lagen riesige Brocken Vulkangestein herum, vor Unzeiten von Mutter Erde ausgespien. Dazwischen ragten ein paar verkrüppelte Bäume auf.

Eine unheimliche Stille lag über allem, und Nathan wurde noch angespannter. Als dann auch noch der Tempel in Sicht kam – ein halb verfallenes Säulenportal vor einem stockdunklen Torbogen –, wich alle Farbe aus seinem Gesicht.

»Tut mir leid, Freunde, aber es kann sich ja wohl nur um einen Irrtum handeln«, sagte er mit heiserer Stimme. »Am besten, wir überprüfen noch mal die Koordinaten, die Topaz uns geschickt hat ...«

Charlie ignorierte ihn und schritt unverdrossen auf den Eingang zu. Hinter dem Torbogen führten geborstene Steinstufen hinab ins Innere des Bergs.

»Und, siehst du schon was?«, rief Nathan aus sicherer Entfernung.

»Pst! Um etwas zu sehen, ist es hier drinnen zu finster. Aber ich höre was ...« Er legte eine Hand ans Ohr. »Eine Stimme ... Nein, mehrere ...«

»Wer? Wer spricht da?«

»Verlorene Seelen«, flüsterte Charlie. »Sie rufen mir etwas zu ...«

»Was? Was sagen sie?«

»Sie sagen: Nehmt euch in Acht vor dem Einen, der uns alle ins Verderben stürzen wird mit seiner Eitelkeit.«

Nathan schloss die Augen und konzentrierte sich. Er hörte nichts außer dem Wind, der leise um die Säulen pfiff.

»Dieser Mann, du erkennst ihn an der silbernen Krause um seinen Hals. Wir bitten dich, gütiger Wanderer, bringt uns den Kopf von Nathan Wylder, bevor es zu spät ...«

»Halt die Klappe, Charlie! Das ist ein Befehl. Jeder von uns hat seine geheimen Schwächen. Du kannst Ziegenkäse und

Unpünktlichkeit nicht ertragen, bei mir sind es eben Geister. Menschen haben ein Recht auf ihre Spleens!«

Jake musste sich ein Lachen verbeißen. »Warum gehen wir nicht alle zusammen rein?«, schlug er vor. »Ich nehm auch deine Hand, wenn du willst.« So richtig war auch ihm die Sache nicht geheuer: der Wind, das leise Pfeifen, die dunkle Treppe – all das war durchaus gespenstisch. Trotzdem, er schob alle Ängste beiseite und wollte gerade losgehen, da spürte er, wie Nathan tatsächlich seine Hand ergriff.

Charlie zog eine Fackel aus seinem Beutel. Kaum hatte er sie angezündet, riss Nathan sie ihm aus der Hand. »Danke«, sagte er. »Die nehme ich.«

Der Fels knirschte unter ihren Sandalen, als sie im flackernden Licht der Fackel die Stufen hinabstiegen. Es wurde schlagartig kälter, ein modriger Luftzug blies ihnen ins Gesicht. Schließlich hatten sie das Ende der Treppe erreicht, und vor ihnen öffnete sich eine Art Felsendom. Staunend blickten die drei sich um. Der Boden der unterirdischen Kammer war mit schwarzen Steinplatten ausgelegt. Die Decke war so hoch, dass sie sie nicht einmal sehen konnten – über ihnen gähnte eine unendliche schwarze Leere. Von der gegenüberliegenden Wand starrte sie eine überlebensgroße Skulptur an. Sie saß auf einem steinernen Thron und schaute Richtung Eingang, als würde sie ihn bewachen. Die leblosen Augen funkelten bedrohlich, und die Arme waren weit nach vorn gestreckt, bereit, jeden in Stücke zu reißen, der nahe genug herankam.

Nathan brach der kalte Schweiß aus, und selbst Charlies Puls beschleunigte sich. »Unsere gute alte Freundin Proserpina, nehme ich mal an«, sagte er mit nicht mehr als dem Anflug eines Zitterns in der Stimme.

Nathan hingegen stand da, als wäre er unter dem Medusenblick selbst zu Stein erstarrt. Nur die Finger schien er noch bewegen zu können, denn er drückte derart fest zu, dass Jakes Hand schmerzte.

Jake machte sich los und spähte in die Kammer. An den Seiten entdeckte er vier Nischen, in denen sich vier kleinere Statuen befanden. Was genau sie darstellten, konnte er nicht erkennen, aber im Vergleich zu ihrer großen Schwester wirkten sie geradezu zierlich. Von der unsichtbaren Decke hingen an langen Seilen zwei Laternen herab. Ansonsten war die Kammer leer.

Plötzlich kam von irgendwoher ein Scharren, und diesmal war es Jake, der vor Schreck zur Salzsäule erstarrte: Eine Ratte schoss quer durch den Raum und verschwand in einer der Nischen.

»Ich hasse diese Viecher«, murmelte Jake und ging nach vorn zu Charlie, der gerade die Statue auf dem Thron untersuchte.

»Das hier scheint eine Art Vorkammer zu sein«, sagte er und rieb sich das Kinn. »Folgt der Schattenhand … Was hat das zu bedeuten? Jake, mach mir mal eine Räuberleiter.«

Jake hob ihn ein Stück hoch, und Charlie nahm die Finger der geheimnisvollen Göttin in Augenschein. »Es muss etwas mit diesen Händen zu tun haben. Vielleicht gibt es irgendwo einen verborgenen Mechanismus.«

Nathan näherte sich vorsichtig der Nische, in der die Ratte verschwunden war. Wie ein Schwert hielt er die Fackel vor sich ausgestreckt und betrachtete angewidert das kleine Standbild. Die Figur war wunderschön gearbeitet, selbst die kleinsten Details waren minutiös nachgebildet. Was Nathan verstörte, war, *was* die Miniatur darstellte: eine halb verweste Leiche in einem geisterhaften Totengewand, aus deren Augenhöhlen bereits die Würmer krochen. Er wagte sich noch ein Stück näher heran, da hob die Statue ruckartig den Kopf.

Nathan stieß einen gellenden Schrei aus, die Fackel flog in hohem Bogen durch die Luft. Dann standen alle drei in stockdunkler Finsternis.

»Verdammt, Nathan! Was tust du da?«, fluchte Charlie.

»Sie hat sich bewegt!«, brüllte Nathan. »Ich schwöre, das Ding hat sich bewegt!«

Jake hatte gehört, wo die Fackel ungefähr aufgekommen sein musste. Vorsichtig setzte er Charlie auf dem Boden ab, tastete nach der Fackel und hob sie auf. Er zog die Feuersteine hervor, die Nathan ihm damals in Venedig gegeben hatte, und zündete die Fackel wieder an.

Nathan kauerte zitternd am Boden. »Seht ihr? Sie hat sich bewegt!«, rief er und deutete auf die Statue. »Vorhin hat sie noch nach unten geschaut, und jetzt starrt mich das Ding direkt an!«

So gern Charlie Nathan noch ein bisschen gefoppt hätte – er musste ihm leider recht geben. Sogar drei der Statuen hatten sich bewegt.

»Unglaublich«, stammelte er. »Vorhin hatten sie noch alle die Köpfe gesenkt, jetzt nur noch die hier.«

Da hob auch die vierte Miniatur mit einem Knirschen die schauerliche Totenfratze.

»Das war's«, schnaubte Nathan. »Ich bin hier raus. Und ihr kommt mit. Alle beide. Es muss noch einen anderen Eingang geben zu diesem … wohin auch immer wir wollen.«

»Ganz ruhig, Nathan«, beschwichtigte Charlie. »Genau zu diesem Zweck sind die Statuen doch da: Sie sollen die Leute abhalten. Deshalb auch die Geschichten, dass es hier angeblich spukt.« Charlie trat vor die Figur und tätschelte ihr freundschaftlich den Kopf. »Siehst du? Nur toter Stein! Was wir rausfinden müssen, ist, was dieses ›Folgt der Schattenhand‹ zu bedeuten hat.«

Da stieg ein lange vergessenes Bild aus Jakes Erinnerung auf. Eines Abends hatte sein Vater nach Feierabend versucht, zusätzliche Regalbretter in den Wandschrank auf dem Flur einzuziehen – mit dem Erfolg, dass er den Sicherungskasten anbohrte und sie alle im Dunkeln saßen. Miriam stellte Kerzen auf, und Jake und Philip vertrieben sich die Zeit, indem sie mit den Fingern Schattenbilder an die Wand warfen.

Jakes Blick wanderte hinüber zu Proserpinas Händen und dann hinauf zu den beiden Laternen an der Decke. Der Junge stellte sich unter die eine und hob die Fackel. Der Docht flackerte auf und brannte dann ruhig weiter, während Jake die zweite Laterne anzündete.

»Da«, sagte er. »Die Schattenhand.«

Die Schlagschatten der beiden Hände überlappten sich auf dem Boden der Kammer zu einem Finger, der auf einen ganz bestimmten Stein in der gegenüberliegenden Wand zeigte.

Jake ging hinüber, legte die Hände auf den Stein und schob. Sie hörten ein Knirschen wie zuvor von der kleinen Statue, nur viel lauter, dann hob sich der mittlere Teil der Wand und gab den Weg in einen Tunnel frei.

»Wenn er so weitermacht, sind wir bald arbeitslos«, meinte Charlie und klopfte Jake auf die Schulter. Selbst Nathan schien so beeindruckt, dass er seine Geisterangst vergaß.

Charlie verkeilte einen Stein in dem Mechanismus, damit der Durchgang sich nicht heimtückisch hinter ihnen schließen konnte, dann traten sie ein.

Der Gang war nicht sonderlich breit, dicke Spinnweben hingen von der Decke. Am anderen Ende stand in einem kaum wahrnehmbaren Lichthof eine gebeugte Gestalt.

»Das ist entweder ein weiteres Standbild oder jemand, der sich absolut still halten kann«, flüsterte Charlie.

»Danke für Eure stets hilfreichen Erläuterungen, Agent Chieverley«, erwiderte Nathan.

»Kommt schon, gehen wir weiter«, drängte Jake. Er hatte das starke Gefühl, dass Topaz nicht mehr weit sein konnte, und wollte keine Zeit mehr verlieren.

»Vorsicht!«, brüllte Charlie und hielt ihn an der Schulter fest. »Sieh dir das an.« Er deutete auf einen steinernen Hundekopf mit weit aufgerissenem Maul, der aus der Tunnelwand ragte.

»Da ist noch einer«, sagte Jake und zeigte auf die Wand gegenüber. »Und oben an der Decke hängt ein dritter.«

Charlie schlug sich auf die Stirn. »Natürlich!«, rief er. »Zerberus, der dreiköpfige Hund, der den Eingang zur Unterwelt bewacht. Wie das mythologische Vorbild dürfte auch dieses Exemplar hier eher mit Vorsicht zu genießen sein. Schauen wir uns lieber mal den Rachen an.«

Sie reckten die Köpfe und lugten in den dunklen Schlund an der Decke: Statt einer Zunge schimmerte dort eine metallene Pfeilspitze.

Charlie nahm seinen Umhang ab und knotete ihn zusammen. Dann fasste er das Knäuel am äußersten Ende und streckte vorsichtig den Arm vor. Als der Umhang sich genau zwischen den drei Hundeköpfen befand, ertönte ein *Pling!,* begleitet von einem Windhauch, und der Umhang fiel zu Boden. Drei Pfeile ragten daraus hervor. Kopfschüttelnd hob Charlie ihn auf, zog die Pfeile heraus und entrollte den durchlöcherten Umhang. »Wär das nichts für dich, Nathan? Fetzen-Look im alten Rom?«

Nathan verdrehte die Augen. »Du magst dich mit Geschichte und dergleichen auskennen, aber von Mode hast du keine Ahnung. Feinstes Tuch, mutwillig in Stücke gerissen? Wo bleibt da das schöpferische Element, der Esprit? Trag du den Umhang doch, wenn du willst. Bleibt dir ohnehin nichts anderes übrig.«

Jake überließ die beiden sich selbst und ging auf die gebeugte Gestalt am Ende des Tunnels zu. Charlies erster Tipp erwies sich als der richtige: Es handelte sich um eine weitere Statue, diesmal jedoch aus Holz, nicht aus Stein. Sie stellte einen greisen Mann in einem hölzernen Boot dar. Das ausgezehrte, halb von einer Kapuze verdeckte Gesicht erweckte in Jake die Erinnerung an mittelalterliche Heiligenfiguren. Wie ein Bettler streckte die Gestalt ihm eine faltige Hand entgegen. Zu beiden Seiten des Boots zog sich ein Kanal, der links und rechts zwischen den dunklen Felsen verschwand. Offensichtlich war er erst kürzlich trockengelegt worden, denn hier und da sah Jake noch ein paar Pfützen im Licht seiner Fackel schimmern.

»Und da hätten wir dann auch Charon, den Fährmann in die Unterwelt«, erklärte Charlie, der von hinten herangekommen war. »Die Erbauer des Tempels haben wirklich an alles gedacht.

Nur mit dem Styx hätten sie sich mehr Mühe geben können ...« Er deutete auf die kümmerlichen Pfützen. »Seht mal hier, ein Schlitz in der Handfläche. Ihr wisst doch sicher, dass die Seelen der Toten Charon bezahlen mussten, bevor er sie über den Fluss brachte? Wer kein Geld dabeihatte, musste ewig in der Hölle schmoren.«

»Ewig in der Hölle schmoren?«, wiederholte Nathan. »Irgendwie erinnert mich das an unseren letzten gemeinsamen Einsatz, als du unbedingt ...«

Charlie ignorierte die Bemerkung und zog eine Goldmünze aus seinem Beutel.

»Warte!«, rief Nathan erschrocken. »Das hier ist eine vollkommen neue Situation. Wir müssen zuerst die Lage analysieren. Erst dann können wir die richtige Entscheidung über unser weiteres Vorgehen treffen.«

»Zu spät«, erwiderte Charlie mit gespieltem Bedauern und steckte die Münze in den Schlitz.

Mit einem Geräusch wie von einer Murmelbahn rollte das Geldstück durch den hohlen Arm der Statue und schlug mit einem dumpfen *Plopp!* auf dem Boden des Bootes auf.

Zunächst passierte gar nichts. Nach einer Weile hörten sie irgendwo in der Ferne Wasser rauschen. Das Geräusch schien tief aus dem Inneren des Berges zu kommen, näherte sich aber schnell, und ein erstes Rinnsal floss bereits durch den Kanal. Es schwoll immer mehr an und hob Charons Kahn vom Boden des zuvor ausgetrockneten Flusses.

»Schnell!«, rief Charlie. »Alle Mann an Bord, bevor die Flut das Boot mitreißt.«

Jake hielt sich an der Hand des Fährmanns fest und folgte Charlie. Nur Nathan blieb, die Arme vor der Brust verschränkt, stur am Ufer stehen.

»Tststs, ihr scheint vergessen zu haben, dass ich hier das Kommando führe«, erklärte er. »Und ich sage: zuerst die Lageanalyse! Wir wissen nicht mal, wohin dieser Fluss führt.«

Doch es war zwecklos. Das Boot begann bereits vom Ufer wegzutreiben, und Nathan blieb nichts anderes übrig, als im letzten Moment noch hinterherzuspringen. »Vollkommen unprofessionell«, schimpfte er. Da erfasste sie auch schon die Strömung, und der Kahn nahm rasant Fahrt auf.

Wild schlingernd schossen sie dahin. Die drei Agenten schrien, mal aus Verzückung, mal aus purer Angst, so schnell ging es hinab in den gähnenden Schlund des Berges. An einer Stelle flachte der Fluss ein wenig ab, und sie konnten kurz verschnaufen, dann folgte eine letzte steile Abfahrt, und der Vulkan spie das Fährboot wie einen Kirschkern ins Freie.

Mit einem lauten Klatschen landete das Boot in einem Wasserloch. Zur Rechten führte eine in den Stein gehauene Treppe nach oben ins Sonnenlicht. Die drei Agenten stiegen hinauf und sahen sich um. Es schien, als hätten sie tatsächlich den Fluss zur Unterwelt überquert, denn was sie um sich herum erblickten, konnte nichts anderes sein als das Paradies.

10

Die Hydra

Golden glitzerndes Sonnenlicht ergoss sich über einen saftig grünen Taleinschnitt, der auf einer Seite von schroffen Klippen begrenzt war, unter denen sich das unendliche Blau des Meeres erstreckte. In der Mitte standen luxuriöse Häuser, dazwischen erstreckten sich bunte Blumen- und Palmengärten, weite Wiesen und durch Säulengänge verbundene Terrassen mit Brunnen. Auf einer kleinen Erhebung direkt vor der Klippe thronte eine Villa aus weißem Marmor.

Überall herrschte reges Treiben. Junge Männer, von der Sonne gebräunt, drahtig und durchtrainiert wie Olympioniken, übten sich in den verschiedensten Kampfkünsten. In einer kleinen Sandarena kämpften zwei von ihnen mit dem Schwert. Selbst aus der Entfernung war deutlich zu erkennen, dass dies kein Übungskampf war. Die Kämpfer brüllten und schlugen aufeinander ein, als ginge es um nicht weniger als Leben und Tod. Andere boxten, schossen mit Pfeil und Bogen oder rangen. Die, die gerade nicht trainierten, saßen auf Bänken und sahen aufmerksam zu.

Gärtner und Diener, alle in sackartige braune Gewänder gehüllt, rannten umher und erledigten ihre tägliche Fron.

Schweigend betrachteten die Agenten die Szene. Nach einer

Weile schlichen sie zu einem Gebäude am Rand der Ansiedlung und versteckten sich in einem kleinen Palmengestrüpp. Jake hielt angestrengt Ausschau nach Topaz.

»Nettes Feriencamp«, kommentierte Nathan, als der unterlegene Schwertkämpfer blutverschmiert und leblos aus der Arena geschleift wurde.

»Und einen Streichelzoo haben sie auch«, flüsterte Charlie und deutete auf eine riesige steinerne Vogelvoliere, auf deren Kuppel ein in Bronze gegossener Raubvogel mit weit ausgebreiteten Schwingen thronte. Die Steinkonstruktion an sich war schon eindrucksvoll genug, doch noch beeindruckender waren die Vögel darin.

»Geier«, erklärte Charlie, »aber keine gewöhnlichen, wenn mich nicht alles täuscht. Sie sehen aus, als wären sie mit *Polemaetus bellicosus* gekreuzt, dem afrikanischen Kampfadler. Einem der aggressivsten Raubvögel überhaupt. Solche haben wir doch schon einmal gesehen, nicht wahr, Nathan?«

»Und ob.« Nathan legte die Stirn in Falten. »Sie sind Agata Zeldts Lieblingshaustiere. Und die weiße Marmorvilla dort drüben ist ebenfalls ganz nach ihrem Geschmack. Kommandantin Goethe dürfte richtig vermutet haben: Das hier ist Agatas neues Versteck.«

Und wieder fiel dieser Name: Agata Zeldt – die Schwester des dunklen Prinzen Xander Zeldt, die grausamste Frau, die die Welt je gesehen hatte, und nebenbei auch noch Topaz' Mutter, auch wenn Topaz sich längst von ihr losgesagt hatte. Jake wurde flau im Magen. Die Zeldts waren der erbittertste Feind der Geschichtshüter; allein der Name jagte vielen Agenten Angst ein. Ihr Stammvater Rasmus Zeldt war ein Zeitgenosse Sejanus Poppoloes gewesen. Sie hatten den Geheimdienst mehr oder weniger zusammen gegründet, doch irgendwann war Rasmus größenwahnsinnig geworden. Er sagte sich von der Organisation los und rief sich selbst zum König aus – nicht nur über die ganze Welt, sondern auch über die *Zeit*.

Dann, viele Generationen später, tauchte König Sigvard auf und erklärte der Geschichte den Krieg. Sein Ziel war es, die Menschheit in ewige Finsternis zu stürzen. Um das nötige Handwerkszeug zu erlernen, reiste er quer durch die Zeit, verfolgte alle großen Kriege und Massaker aus nächster Nähe, um mit dem erworbenen Wissen die Vergangenheit in Schutt und Asche zu legen und ewiges Chaos heraufzubeschwören. Als er unerwartet während eines Feldzugs in Mesopotamien ums Leben kam, verfolgten seine Kinder Xander und Agata seine Ziele mit sogar noch größerem Eifer weiter. Sigvards zweiter Sohn Alric war damals schon seit Jahrzehnten verschollen gewesen.

Seither waren die Geschichtshüter mit nichts anderem beschäftigt, als einen teuflischen Plan nach dem anderen zu vereiteln, bis die Zeldts vor drei Jahren – in etwa zu der Zeit von Philips Verschwinden – komplett von der Bühne verschwanden. Dann war Xander unvermittelt wieder aufgetaucht und bei einem Brand an Bord seines Flaggschiffs *Lindwurm* grässlich zugerichtet worden. Seitdem war er wieder spurlos verschwunden. Jetzt schien seine Schwester Agata das Familiengeschäft übernommen zu haben.

»Dann kann Topaz auch nicht mehr weit sein«, überlegte Jake. »Ich schlage vor, wir …«

»Achtung, Feind hört mit«, sagte Charlie durch zusammengebissene Zähne und deutete mit dem Kinn auf zwei Sklaven in braunen Tuniken, die über eine Treppe in ihre Richtung kamen.

Geduckt zogen sich die drei Agenten auf die andere Seite des Gebäudes zurück und spähten durch eine Maueröffnung ins Innere: Es war eine Wäscherei. Überall standen Körbe voll schmutziger Kleidung, auf Leinen hingen Tischdecken, Laken und dergleichen zum Trocknen, in Wandregalen lagen die sauberen Gewänder feinsäuberlich aufgestapelt.

Die beiden Sklaven eilten hinein, klemmten sich jeder einen Stapel sauberer Tuniken unter den Arm und verschwanden wieder.

»Denkt ihr gerade dasselbe wie ich?«, fragte Nathan und sprang auf das Fenstersims. Er streckte kurz den Kopf nach drinnen, um sicherzugehen, dass niemand mehr in der Wäscherei war. Dann kletterte er hinein und kam mit drei Sklaventuniken zurück.

»Seht Euch das an.« Er deutete auf die Stickerei an der Vorderseite, die einen Geier mit gespreizten Klauen darstellte. Darüber thronte der Buchstabe A. »A für Agata. Was meint Ihr, Agent Chieverley?«

Charlie nickte.

»Normalerweise nicht ganz mein Stil«, seufzte Nathan, nachdem er das Gewand gewechselt hatte, und zupfte pikiert den groben Stoff zurecht, damit er das Schwert an seiner Hüfte möglichst gut verbarg. »Charlie, gib mir mal deinen durchlöcherten Umhang. Vielleicht sieht er zusammen mit diesem braunen Sack ja gar nicht so …«, sprach er weiter und hielt mitten im Satz inne. »Agent Chieverley, was ist das, das Ihr da am Leib tragt?«, fragte er und deutete auf Charlies Unterhose.

Charlie hatte vergeblich versucht, sie vor den Blicken der beiden anderen zu verbergen. »Du meinst die Stickereien darauf?«, fragte er zurück. »Das sind Aristoteles, Archimedes, Cicero und so weiter. Meine Lieblingsgelehrten aus der Antike. Hätte auch nicht erwartet, dass du sie erkennst …«

Sie hatten sich gerade fertig umgezogen, da kam ein stämmiger Kerl mit pockennarbigem Gesicht auf sie zugestapft und brüllte etwas auf Latein.

Jakes blieb beinahe das Herz stehen. Er fürchtete, die Suche nach Topaz wäre vorbei, noch bevor sie richtig begonnen hatte. Doch dann sah er, wie Charlie sich vor dem Mann verneigte und höflich etwas erwiderte.

Der Kerl nickte grimmig, dann rannte er schon wieder die Treppe hinunter zur nächsten Gruppe Sklaven, um sie anzutreiben.

»Wir sollen die Eimer da drüben sofort ins Laboratorium

bringen«, übersetzte Charlie, sobald der Aufseher außer Hörweite war.

Jake drehte sich zu den Eimern um und betrachtete den Inhalt: Es waren die gleichen giftig gelben Klumpen, wie er sie am Hafen gesehen hatte.

»Ganz nebenbei ließ der freundliche Herr durchblicken, dass die ›Magistra‹ im Moment nicht in ihrer Villa weilt, was ein gutes oder schlechtes Zeichen sein kann. Wir werden sehen. Aber jetzt bringen wir besser schnell die Eimer weg, bevor wir noch auffallen.«

Jake nahm einen in jede Hand. Sofort stieg ihm der stechende Schwefelgeruch in die Nase, und er musste würgen.

»Welches Haus könnte das Laboratorium sein?«, fragte Nathan mit angehaltener Luft.

»Wahrscheinlich das da.« Jake deutete mit dem Kinn auf ein sechseckiges Gebäude, zu dem zwei andere Sklaven ebenfalls mit Eimern in den Händen unterwegs waren.

Der Weg dorthin führte sie an der Voliere vorbei. Es war gerade Fütterungszeit. Ein Mann schaufelte riesige Klumpen rohes Fleisch auf eine Rutsche, von wo sie hinunter in den Käfig plumpsten. Jeder der Geier war fast so groß wie ein ausgewachsener Mensch. Wie im Blutrausch stürzten sie sich auf das Futter und zerfetzten es mit Klauen und Schnäbeln.

»Was wollen die mit dem ganzen Schwefel?«, fragte Nathan weiter. »Irgendwelche Vorschläge, Charlie?«

Charlie zuckte die Achseln (so gut das mit den schweren Eimern in der Hand eben ging). »Mit Schwefel lässt sich alles Mögliche herstellen: Medizin, Pflanzenschutzmittel, Gummi, Papier, Säure …«

Eine Gruppe erschöpfter Krieger kam ihnen blutverschmiert vom letzten Kampf entgegen. Aus dem Augenwinkel inspizierte Jake ihre Rüstung: braune Lederharnische mit Federschmuck auf den Schultern. Auch die Rückseiten der Stiefel zierte ein Federkamm. Um den Raubvogel-Look komplett zu machen, trugen sie bronzene Gesichtsmasken mit geschlitzten Augen und einem Nasenpanzer in Form eines Adlerschnabels, die sie jetzt, nachdem der Kampf vorbei war, in die Stirn geschoben hatten.

Mit gesenkten Häuptern gingen die drei Agenten an ihnen vorbei, doch Jake sah, wie einer der jungen Gladiatoren – ein besonders muskulöser Kerl mit kantigem Gesicht und einem Grübchen im Kinn – sie aus zusammengekniffenen Augen musterte. Jake drehte vorsichtshalber den Kopf weg und hielt weiter Ausschau nach Topaz.

In dem sechseckigen Gebäude war es dunkel und kühl. Ein widerlicher Gestank lag in der Luft – nicht nur der nach Schwefel, sondern noch ein anderer, nach etwas Fauligem. Auf einer Werkbank standen zwischen Waagen, Glaskolben und glänzenden Messingwerkzeugen mehrere kleine Behälter mit verschiedenfarbigen Flüssigkeiten und Pulvern.

»Schätze, der liebliche Duft kommt von dort drüben«, sagte Nathan und zeigte auf badewannengroße Blumentöpfe mit bizarr aussehenden Blumen darin. Sie bestanden nur aus einer einzigen Blüte, die dafür mannshoch war. Im Zentrum ragte der bleiche, zungenartige Fruchtknoten auf.

»Amorphophallus titanum«, erläutere Charlie mit einem Nicken. »Oder ›Leichenblume‹, wie sie wegen des bezaubernden Verwesungsgeruchs auch genannt wird. Ihr Magen ist groß genug, um kleine Säugetiere zu verdauen. Sie hat wirklich einen ausgefallenen Geschmack, diese Agata.«

In diesem Moment kam ein hoch aufgeschossener Mann mit knochigem Gesicht und geflochtenem Bart herein. Er ging zu der Werkbank und fing an, in einem Mörser etwas zu zerstampfen. Als er die drei bemerkte, bedeutete er ihnen mit einer stummen Geste, die Eimer mit dem Schwefel in eine Ecke zu stellen, in der bereits mehrere Kisten mit schwarzen Klumpen standen. Was Jakes besondere Aufmerksamkeit erregte, waren jedoch die sechseckigen Behälter daneben. Sie hatten dieselbe Form wie das Gebäude und waren randvoll mit einem schwarzen Pulver gefüllt. Jake hätte den Inhalt gern genauer untersucht, doch da klatschte der bärtige Mann ungeduldig in die Hände, um ihnen zu zeigen, dass sie hier nicht länger gebraucht wurden.

Es blieb ihnen nichts anderes übrig, als zu gehorchen. Sie verließen das Laboratorium und schauten hinüber zur Hauptvilla. Emsig wie Bienen gingen die Sklaven dort durch eine Nebentür ein und aus.

»Die Gelegenheit ist günstig, jetzt, da wir schon so nahe dran sind«, flüsterte Nathan. »Es muss so aussehen, als hätten wir dort irgendwas zu erledigen. Einen Botengang vielleicht.« Er atmete kurz durch. »Also los!«

Schnell, aber nicht zu hastig, legten sie die etwa fünfzig Meter zurück und schlüpften durch den Eingang. Sie überprüften, ob jemand sie beobachtete, dann bogen sie von dem düsteren Dienstbotengang in einen langen Flur ab, der zum Zentrum des Komplexes führte, wo sich der Innenhof befinden musste. Dort angelangt bestaunte Jake kurz die breite Treppe vor dem Marmorbrunnen des Atriums, da klopfte Nathan ihm auch schon auf die Schulter. »Da lang«, zischte er. »Zu den Privatgemächern.«

Ohne sich umzusehen, eilten sie eine Treppe hinauf, ohne die beiden Gestalten zu bemerken, die sie von einer Ecke des Innenhofes aus beobachteten.

Oben angekommen lockerte Nathan das Schwert an seinem Gürtel und schlich zu einer Tür. Er öffnete sie einen Spaltbreit und schlüpfte lautlos hinein. Keine zwei Sekunden später winkte er die anderen herein.

Als Jake den großen Schminktisch vor der Wand sah, hoffte er schon, dass sie Topaz nun endlich gefunden hatten, doch Charlie deutete stumm auf ein überlebensgroßes Geierfresko an der Decke. Je mehr sie sich umsahen, desto mehr Geier entdeckten sie: an Möbeln, Wänden und Leuchtern, auf dem Wandspiegel und selbst auf den Döschen, die auf dem Schminktisch standen.

»Agatas Ankleidezimmer«, flüsterte Nathan und ging mit gezücktem Schwert ins angrenzende Schlafzimmer. In der Mitte stand ein riesiges Himmelbett, auf das durch die großen glaslosen Fensteröffnungen das warme Nachmittagslicht fiel. Es war niemand da, aber alles deutete darauf hin, dass das Bett erst kürzlich benutzt worden war: Die Laken lagen frisch abgezogen auf dem Boden und warteten darauf, in die Wäscherei gebracht zu werden. An der Wand stand eine Kommode mit geöffneten Schubladen – sie waren leer.

Nathan schnippte mit den Fingern. »Jake, halt du an der Tür Wache«, befahl er und lief ans Fenster. Er streckte den Kopf über das Sims und warf einen kurzen Blick auf die senkrechten Klippen direkt darunter. »Oh, oh«, murmelte er. »Falls wir hier schnell verschwinden müssen, dann besser nicht durchs Fenster …«

Charlie untersuchte inzwischen die Landkarte, die auf einem Sekretär ausgebreitet lag. Sie zeigte alle damals bekannten Kontinente, etwas eigenwillig geformt, aber erkennbar: Europa, Afrika und Asien. Eine große Fläche, die vom Atlantik über den gesamten Mittelmeerraum bis hinunter nach Nordafrika und zum Persischen Golf reichte, war rot eingefärbt.

»Die momentane Ausdehnung des Römischen Reichs?«, fragte Nathan und stellte sich neben Charlie.

»Mehr oder weniger«, antwortete er. »Aber unsere Freundin Agata scheint bald Anspruch auf die Gebiete erheben zu wollen.« Er deutete auf das mit einem geschwungenen A geschmückte Geiersymbol auf jedem einzelnen Land.

Jake behielt unterdessen den Flur im Auge. Da sich nichts tat, drehte er sich kurz um und inspizierte noch einmal das Ankleidezimmer. Ihm fiel ein einzelner Pergamentbogen auf, der auf dem Boden lag. Jake macht zwei schnelle Schritte, hob ihn auf und kehrte wieder auf seinen Posten zurück. Das Pergament sah aus wie das Deckblatt eines Manuskripts: »Zähler« stand mit Tusche darauf geschrieben, darunter waren mit Goldfarbe sieben Eier gemalt.

»Jungs«, flüsterte er in Richtung des Schlafzimmers und hielt das Pergament hoch. »Was glaubt ihr, hat das zu bedeuten?«

Es kam keine Antwort.

»Nathan? Charlie?«, wisperte er noch einmal.

Die beiden hörten ihn nicht. Sie hatten etwas entdeckt, das ihre Aufmerksamkeit voll und ganz im Bann hielt.

»Siehst du dasselbe wie ich?«, fragte Nathan und deutete auf ein Gemälde in einer Wandnische. Es war das Porträt eines jungen Mannes. Mit arrogant geschwellter Brust stand er da, das blonde Haar glatt und schimmernd wie feinste chinesische Seide.

»Der Leopard!«, keuchte Charlie.

II

Vertreibung aus dem Paradies

Jake schluckte unwillkürlich, als er den Namen hörte. Der Leopard – der arrogante Schnösel mit der öligen Stimme, der ihnen in der Stockholmer Oper aufgelauert hatte. Dessen Komplizen Jake fatalerweise für den eigenen verschollenen Bruder gehalten hatte. Der Mann, der ihnen das so dringend benötigte Atomium gestohlen hatte.

Jake reckte den Hals. Selbst von der Tür aus war das überhebliche Lächeln auf dem Porträt unverkennbar.

»Das ist jetzt aber wirklich ein bisschen zu viel des Guten«, schnaubte Nathan, als er in der Wandnische daneben ein zweites Porträt entdeckte. »Was hat meine Schwester mit diesem Idioten zu tun?«

Jake traute seinen Ohren nicht, als er Nathans Worte hörte. Er musste es mit eigenen Augen sehen, um es zu glauben, und lief hinüber ins Schlafzimmer. Die zwei Gestalten, die kurz darauf die Treppe heraufkamen, bemerkte er nicht.

Jake fiel aus allen Wolken, als er das Porträt erblickte. Der sphinxartige Gesichtsausdruck, die indigoblauen Augen, die wallenden blonden Locken – die junge Frau auf dem Bild war eindeutig Topaz. Sie hatte sogar denselben verzweifelten Blick wie vor wenigen Wochen auf der *Lindwurm*. Doch das

Schlimmste war: Die beiden sahen sich auch noch verblüffend ähnlich. Der Leopard – oder *Leopardo,* wie die Bildunterschrift lautete – hatte den gleichen Mund, die gleichen hohen Wangenknochen. Selbst die Augenfarbe war gleich.

Jake wollte die Antwort gar nicht wissen, aber er musste einfach fragen: »Sind sie irgendwie … verwandt?«

Charlie blickte Nathan fragend an. »Was meinst du? Könnte sie einen Bruder haben, von dem wir nichts wissen?«

Nathan sagte nichts. Mit angespanntem Kiefer starrte er die beiden Bilder an.

Für Charlie schien das Antwort genug zu sein. »Ich spreche es ja nur ungern an«, begann er, »aber könnte es sein, dass sie es war, die ihn auf die Spur der Isaksens gesetzt hat? Von der Übergabe in der Oper konnte sie nichts wissen, aber trotzdem ist es ein ungewöhnlicher Zufall: *Sie* verschwindet, und *er* taucht plötzlich in Stockholm auf.«

»Charlie, der Schwefel drüben im Labor hat dir offensichtlich das Gehirn vernebelt«, knurrte Nathan. »Die Zeldts wissen seit Jahrhunderten, dass die Isaksens unser Atomium herstellen. Außerdem würde Topaz niemals ein solches Geheimnis ausplaudern. Nicht einmal unter Folter.«

»Omittite arma!«, brüllte eine Stimme hinter ihnen.

Wie vom Donner gerührt, fuhren die Agenten herum: Zwei der grimmigen Gladiatoren, denen sie zuvor begegnet waren, standen mit gezogenen Schwertern im Durchgang zum Ankleidezimmer. Binnen einem Wimpernschlag hatten auch die Geschichtshüter ihre Waffen gezogen, nur Jake verfing sich mit der Schwerthand in seiner labberigen Sklaventunika.

»Omittite arma!«, wiederholte der eine.

»Keine Aufregung, meine Herren«, sagte Nathan ruhig. »Ich verstehe ja: Ihr wollt unsere Waffen. Aber ich möchte doch um etwas mehr Höflichkeit bitten. Immerhin lernen wir uns gerade erst kennen.«

Die beiden Porträts in ihrem Rücken klappten zur Seite, und

sechs weitere Soldaten kamen durch die dahinter verborgenen Geheimtüren hereingestürmt.

Jake fuhr herum, das Schwert immer noch in seine Tunika verknotet, und wusste nicht, auf wen er sich als Erstes stürzen sollte.

Charlie, der den Porträts am nächsten gestanden hatte, war bereits überwältigt, Nathan hingegen kämpfte wie ein Samurai und wehrte Hieb um Hieb ab, aber es waren einfach zu viele Gegner. Irgendwann stand er stocksteif da, während vier Klingen gleichzeitig auf seinen Kehlkopf zeigten und nur darauf warteten zuzustoßen.

»Ich würde mir wirklich etwas bessere Manieren auf Seiten unserer Gastgeber wünschen«, sagte er mit einem Achselzucken und ließ das Schwert sinken, gab die Waffe aber nicht heraus. »Einfach so unangekündigt hereinzuplatzen.«

Einer der Soldaten schlug ihm mit der flachen Seite der Klinge auf die Fingerknöchel, und Nathans Schwert fiel klappernd zu Boden.

Endlich hatte Jake die Schwerthand aus seiner Tunika befreit. Es war zwar aussichtslos, aber er konnte sich nicht einfach kampflos ergeben. Grimmig richtete er die Waffe auf die Angreifer und ging rückwärts Richtung Ausgang. Als er etwas Spitzes im Rücken spürte, blieb er stehen. Er drehte sich vorsichtig um und sah sich einem weiteren Neuankömmling gegenüber. Es war der junge Soldat mit dem kantigen Gesicht und dem Grübchen im Kinn, der sie zuvor so seltsam angestarrt hatte.

Jake sprang zurück und stieß gleichzeitig mit seiner Klinge zu, doch der Legionär packte einfach mit seiner Pranke Jakes Handgelenk und entwand ihm das Schwert. Dann wurden die drei Agenten zusammengetrieben und abgeführt.

Jake wäre am liebsten im Boden versunken. Er hatte schon wieder versagt. Wäre er auf seinem Posten geblieben, hätten sie vielleicht fliehen können.

Als sie über die Treppe nach unten gingen, brüllte der Legionär am Ende der Kolonne plötzlich etwas, und seine Kameraden fuhren erschrocken herum. Mit einer blitzschnellen Bewegung stieß er Jake zur Seite und rammte dem Soldaten direkt vor ihm die Faust gegen den Kiefer.

Die Augen seines Kameraden weiteten sich ungläubig, dann fiel er bewusstlos hintenüber und riss den Rest des Trupps mit. Wild fluchend purzelten sie wie Dominosteine die Stufen hinunter, Knöchel brachen, Schädel schlugen gegen Geländer und Marmorwände.

»Freunde Topaz?«, fragte der Meuterer und hob die Waffen der Agenten auf, die die Legionäre bei ihrem Sturz hatten fallen lassen.

Jake und Nathan waren immer noch zu verdutzt, nur Charlie reichte ihrem Retter dankbar die Hand.

»Lucius Titus«, sagte der und ließ mit einem breiten Lächeln die weißen Zähne aufblitzen. »Ich habe Euch gewartet«, erklärte er mit starkem Akzent und gab ihnen die Schwerter zurück. »Folgt mir. Es ist wenig Zeit.«

»Wo ist Topaz?«, rief Jake.

»Schnell, keine Zeit jetzt«, gab Lucius zurück und verschwand um eine Ecke.

»Wie war noch mal sein Name?«, fragte Nathan, ohne sich von der Stelle zu rühren. »Ich traue dem Kerl nicht.«

»Lucius Titus?«, erwiderte Charlie mit einem Achselzucken.

Die Soldaten hatten sich inzwischen wieder hochgerappelt. Der Anführer rieb sich mit der einen Hand den blutenden Kopf, während er mit der anderen Hand nach seiner Alarmpfeife tastete, da kam schon der nächste Trupp angestürmt.

»Ich denke, fürs Erste sind wir bei ihm besser dran«, sagte Charlie und folgte Lucius um die Ecke.

Der erwartete sie bereits. »Schnell jetzt!«, rief er und schob sie durch eine Tür in ein weiteres, etwas kleineres Schlafzimmer. Als endlich alle drinnen waren, verriegelte er die Tür mit den neben ihr angebrachten Bolzen und lief zu einer Kommode. Er holte zwei Seile aus der obersten Schublade und knotete die Enden an der Eisenstange in dem glaslosen Fensterrahmen fest.

»Wo ist Topaz?«, wiederholte Jake.

»Ihr müsst verstehen, der junge Mann hier – eigentlich wir alle hätten das eine oder andere mit der Dame zu besprechen«, erläuterte Nathan höflich.

»Weg«, antwortete Lucius. »Mit Frau Magistra.«

»Frau Magistra?«, wiederholte Nathan kopfschüttelnd. »Diese Zeldts und ihre albernen Titel.«

»Wohin?«, bohrte Jake weiter nach, und ein leichtes Zittern stahl sich in seine Stimme.

Lucius überprüfte noch einmal die Knoten und warf ein Seilende aus dem Fenster.

Nathan räusperte sich. »Ähm, Verzeihung, werter Unbekannter, aber was genau tut Ihr da?«

»Einziger Weg nach draußen.« Lucius deutete auf die Klippen unterhalb.

Die Soldaten hatten inzwischen die Tür erreicht und machten sich daran, sie aufzubrechen.

»Oder lieber bleiben und kämpfen?«, fragte Lucius grinsend.

Charlie streckte den Kopf aus dem Fenster und schaute missmutig nach unten.

»Wasser tief«, versicherte Lucius ihm mit einem Schulterklopfen. »Kein Problem, selbst wenn fallen.«

Jake war immer noch mit wichtigeren Dingen als einer möglichen Flucht beschäftigt. Auf einem Stuhl hatte er ein hellblaues Kleid mit goldenen Stickereien an Kragen und Ärmeln entdeckt, das ganz und gar nicht in diese Epoche passte. »I-ich kenne dieses Kleid«, stammelte er. »Topaz hat es getragen, als ich sie das letzte Mal gesehen habe. Ist das hier ihr Zimmer?« Da fiel ihm eine dicke, im Boden verankerte Kette mit einem eisernen Fußring daran auf. »Wurde sie hier gefangen gehalten?«, fragte er. »Ich muss es wissen!«

»Topaz nicht mehr hier«, beharrte Lucius und warf auch das zweite Seil nach unten. »In Herculaneum.«

»Herculaneum?«, wiederholte Jake.

»Eine kleine Stadt auf dem Festland«, erklärte Charlie. »Gleich nördlich von Pompeji. Hat eine unfassbar gut sortierte Bibliothek.«

»Was hat Topaz denn in einer Bibliothek zu suchen?« Jake wollte einfach nicht lockerlassen, doch das Pochen wurde immer lauter, und der obere Türbolzen begann bereits, aus der Wand zu brechen.

»Könnten wir die Diskussion vielleicht auf später verschieben?«, meinte Charlie und sprang auf das Fenstersims. »Wollen wir, Jake?« Er ergriff ein Seil und reichte Jake das andere.

Jake folgte seinem Beispiel und blickte nach unten. »Das kann unmöglich euer Ernst sein!«, rief er. Bei Klippen dieser Höhe hatte er schon Probleme, nur nach unten zu schauen. Von ungesichertem Abseilen ganz zu schweigen.

»Lass dir ruhig Zeit. Kein Grund zur Eile«, kommentierte Nathan, als der untere Bolzen mit einem Klirren aus der Verankerung riss.

Jake atmete einmal tief durch und schwang sich über das Sims. Die Beine gestreckt gegen die Wand abgestützt, ließ er sich Stück für Stück hinab. An einer Stelle mit bröseligem Putz rutschte sein Fuß ab, und Jake pendelte gefährlich nach rechts. Genau in diesem Moment hängte sich Nathan über ihm ebenfalls mit vollem Gewicht ins Seil, und der plötzliche Ruck riss ihn wieder in die Gegenrichtung.

Jake schloss die Augen. Ihm blieb nichts anderes übrig, als sich so gut festzuhalten, wie er nur konnte, und sich Zentimeter für Zentimeter weiterzuarbeiten.

Charlie hatte am anderen Seil ähnliche Probleme, als Lucius ihm folgte. Da ertönte von oben ein Knall. Die Türriegel hatten endgültig nachgegeben und waren aus der Wand gebrochen. Zehn Bronzemasken mit Adlerschnäbeln tauchten im Fenster über ihnen auf. Die Soldaten sahen die Seile, warfen einen kurzen Blick nach unten und nahmen ihre Bogen vom Rücken.

»Treffen uns unten!«, rief Lucius und ließ das Seil los.

Mit offenstehendem Mund beobachtete Charlie, wie Lucius sich von der Wand abstieß und die Arme ausbreitete wie ein Vogel. Auf halbem Weg zum Wasser machte er einen Salto, dann streckte er den Körper zu einer perfekten Geraden und tauchte exakt im Neunziggradwinkel in die Wellen. Kaum ein Spritzer flog auf.

»Soll er doch, der Angeber. Ich mach's lieber auf die altmodische Art«, murmelte Jake und ließ das Seil etwas schneller durch die Hände laufen. Da sauste mit einem Pfeifen auch schon der erste Pfeil über seinen Kopf hinweg, und seine Finger wurden schnell heißer.

Auch Nathan hatte Einwände gegen Lucius' Showeinlage. »Nur ein einziger lausiger Salto? Nicht mal mit einer läppischen Schraube dazu? So ein Anfänger!«, schnaubte er verächtlich und sprang. Der Absprung glückte noch einigermaßen, doch als er nach der Schraube auch noch einen zweiten Salto dranhängte, verpasste er den richtigen Winkel und schlug mit einem lauten Klatschen auf die Wellen.

Charlie verzog das Gesicht, als würde er die Schmerzen des Aufpralls am eigenen Leib spüren.

Inzwischen regneten die Pfeile nur so auf sie herab, und zwei der Soldaten machten sich mit ihren Schwertern an den Seilen zu schaffen – den beiden Agenten blieb nichts anderes übrig, als ebenfalls zu springen.

»Ich zähle bis drei!«, rief Charlie und zog den Kopf ein, um einem weiteren Geschoss auszuweichen. »Dann lassen wir gleichzeitig los!«

Jakes Nackenhaare stellten sich auf, aber er nickte.

»Du musst dich möglichst gerade in der Luft halten! Eins, zwei« – Jake schloss die Augen – »drei!« – und ließ los.

Er spürte ein Kitzeln entlang der Wirbelsäule. Bunte Lichtpunkte tanzten vor seinen Augen, ein Pfeil flog wie in Zeitlupe wenige Zentimeter vor seiner Nase vorbei. Dann erfasste ihn die Schwerkraft, und die Wellen weit unterhalb kamen wie mit Lichtgeschwindigkeit näher. Als Jake aufschlug, war sein erster Gedanke: Das ist kein Wasser, das ist Beton. Dann kam der Schmerz, und alles wurde still. Um ihn herum war nur noch kaltes blaues Wasser. Weit oben schimmerte ein Lichtpunkt. Jake schwamm darauf zu.

Als er keuchend die Wasseroberfläche durchbrach, ging um ihn herum ein weiterer Pfeilregen nieder, und er hörte Nathans Stimme.

»Hierher!«, brüllte er und deutete auf den Eingang zu einer Grotte. »Unser Schutzengel meint, wir können durch die Grotte bis zum Hafen schwimmen.«

Lucius hielt sich mit einer Hand an den Felsen fest und winkte Jake zu. »Weiter, Freund!«, rief er mit einem Lächeln, das in der Zeit, aus der die drei Agenten kamen, zu einer Zahnpastareklame gepasst hätte.

Die von der Decke der Grotte hängenden Stalaktiten ließen den Eingang aussehen wie ein Haifischmaul. *Immer noch besser als Pfeile*, dachte Jake und schwamm los.

Charlie folgte ihm. Er war der schlechteste Schwimmer der drei und schluckte jede Menge Wasser, konnte aber mithalten.

»Topaz mir erzählen, ihr kommen«, erklärte Lucius. »Ich drei Tage warten und euch helfen.«

»Sehr freundlich von dir«, erwiderte Nathan mit einem schwer zu deutenden Lächeln.

»Wie kommt es, dass du Englisch sprichst?«, fragte Charlie, der Mühe hatte, seinen Mund weit genug über Wasser zu halten.

»Wir alle lernen Englisch. Die Magistra befehlen. Außerdem« – wieder ließ er sein makelloses Gebiss aufblitzen – »Topaz mir geben Extraunterricht.«

Jake blickte ihn mit zusammengekniffenen Augen an. War da ein gewisser anzüglicher Unterton in Lucius' Stimme gewesen?

Aber vielleicht veränderte auch das Geräusch der Wellen oder der Hall in der Grotte deren Klang.

»Du stehst in den Diensten der Magistra?«, bohrte Charlie weiter.

»Nicht mehr.«

»Und in welchem Verhältnis stehst du zu Topaz?«, fragte Nathan mit durchdringendem Blick.

»Du schwimmst gut!«, sagte Lucius, als hätte er die Frage nicht gehört.

»Klar bin ich ein guter Schwimmer, sonst hätte ich wohl kaum all die Pokale gewonnen«, erwiderte Nathan und unterstrich seine Worte mit ein paar Kraulzügen in atemberaubendem Tempo.

Lucius lachte, dass es von den Wänden widerhallte. »Und du sehr stolz!«, rief er, als Nathan sich aus einigen Metern Entfernung wieder nach ihnen umblickte.

Nachdem das Echo seiner dröhnenden Stimme verebbt war, hörten sie klatschende Ruderschläge vom Eingang der Grotte – ein Boot mit spitz zulaufendem Bug hatte die Verfolgung aufgenommen. Die Adlermasken der Soldaten schimmerten im Licht der glitzernden Wellen.

»Die Hydra nie aufgeben«, erklärte Lucius und beschleunigte seine Schwimmzüge. »Wir kämpfen bis zum Tod!«

»Die Hydra?«, fragte Charlie schnaufend. »Sind das deine Freunde, deren Bekanntschaft wir oben in der Villa gemacht haben?«

»Jetzt nicht mehr«, antwortete Lucius.

»Netter Name für Agatas Privatarmee«, warf Jake ein. »Wir können nur hoffen, dass ihnen nicht auch für jeden abgeschlagenen Kopf zwei neue nachwachsen …«

Da schlugen auch schon die nächsten Geschosse um sie herum ein. *Pila* diesmal – Wurfspieße –, wie Charlie erklärte, und *spicula* – etwas größere Speere.

Endlich kam am Ende der Grotte der Hafen in Sicht. Die

vier legten einen Endspurt ein, kletterten aus dem Wasser und rannten über die glitschigen Felsen zu dem hölzernen Anleger, an dem die *Avatara* vertäut lag.

Mister Drake saß auf der Rah und begrüßte sie mit freudigem Flügelschlagen.

»Das euer Schiff?«, fragte Lucius enttäuscht. »*Exigua est* … so klein.«

»Was will der Typ eigentlich?«, fragte Nathan kopfschüttelnd. »Hat er vielleicht ein Luftkissenboot erwartet? Alle Mann an Bord – wir legen ab!«

Jake und Charlie liefen gerade die Planke entlang an Deck, da segelte Lucius mit einem weiteren Salto über ihre Köpfe hinweg und kam mit einer zirkusreifen Verbeugung vor ihnen auf.

Inzwischen hatten auch ihre Verfolger den Ausgang der Grotte erreicht und feuerten eine weitere Salve Wurfgeschosse auf sie ab. An der Einfahrt der Bucht tauchten drei weitere Schiffe voll Soldaten auf.

»Verdammt. Sieht aus, dass wir umzingelt!«, rief Lucius.

Nathan zog die Laufplanke ein und rannte an die Ruderpinne. »Du magst zwar aussehen wie Herkules, aber wir sind auch schon ein paar Jahre in diesem Geschäft. Unser Schiff ist klein, aber die Extraausstattung hat's in sich. Festhalten!« Nathan warf die Schiffsschraube an und gab volle Fahrt voraus. Durch den Ruck verlor Lucius das Gleichgewicht und wäre beinahe über Bord gefallen.

Eine Gruppe Fischer, die am Strand ihre Netze flickten, beobachtete mit großen Augen, wie die *Avatara*, eine riesige Bugwelle vor sich herschiebend, durch die Bucht pflügte und an den drei Verfolgerschiffen vorbei hinaus aufs offene Meer schoss.

Lucius hielt sich zitternd am Deckrand fest. »M-m-magicus …«, stammelte er.

»Was sagt er?«, fragte Jake.

»Er glaubt, es wäre Zauberei«, übersetzte Charlie.

»Wahrscheinlich denkt er, Neptun persönlich würde uns

schieben«, fügte Nathan hinzu. »Wie du siehst, bist du nicht unser einziger mächtiger Verbündeter, oh Herkules!«, rief er zu Lucius hinüber.

Als Vulcano hinter ihnen schon beinahe im Dunst verschwand, drosselte Nathan die Maschinen und berief eine Besprechung ein.

»Topaz ist also mit hundertprozentiger Sicherheit in Herculaneum?«, fragte er Lucius.

Lucius nickte. »Seit zwei Tagen. Mit der Magistra und Leopardo.«

»Da du ihn erwähnst: Wer genau ist dieser Leopardo eigentlich?«

»Bruder von Topaz«, erwiderte Lucius zu Jakes Entsetzen. »Halbbruder«, fügte er hinzu. »Sie sich hassen.«

»Weshalb sind sie nach Herculaneum gefahren?«

»Die Magis…«

»Könnten wir uns darauf einigen, sie einfach Agata zu nennen?«, fiel Nathan ihm ins Wort. »Ihr Europäer geht mir auf die Nerven mit euren Titeln.«

Lucius warf ihm einen eisigen Blick zu. »Die Magistra bekommt … *sarcina, quid dico?* … Paket.«

»Ein Paket! Was für ein Paket?«, fragte Nathan.

Lucius zuckte die Achseln.

»Glaubst du, es ist das Atomium?«, fragte er Charlie, der nun seinerseits die Achseln zuckte.

»Wo findet die Übergabe statt?«, setzte Nathan das Verhör fort.

»Im *theatrum*. Theater.«

»In einem Theater?«, schnaubte Nathan. »Jetzt wird's langsam lächerlich.«

»Glaubt mir, glaubt mir nicht.« Lucius hob die Hände. »Ich sage Wahrheit.«

»Nun«, ließ Charlie sich vernehmen, »es gibt tatsächlich ein Theater in Herculaneum. Es ist genauso berühmt wie die Bibliothek.« Er wandte sich an Lucius. »Es gibt etwas, das ich dich fragen muss: Warum hilfst du uns?«

»Ich helfe euch, ihr helft Topaz.«

Jake hatte eine dunkle Vorahnung. »Und warum willst du Topaz helfen?«, fragte er.

Lucius' Mundwinkel schnellten nach oben. »Ich sie liebe.«

Die drei Worte trafen Jake wie ein Vorschlaghammer, doch es kam noch schlimmer.

»Und sie liebt mich.«

Nathan schien genauso wenig erfreut über diese Neuigkeiten wie Jake. »Moment mal«, sagte er und baute sich vor Lucius auf. »Die Dame, von der du sprichst, ist meine Schwester. Was hast du mit ihr zu schaffen? Wie alt bist du überhaupt?«

»Siebzehn«, antwortete Lucius mit stolz geschwellter Brust. Damit war er der Älteste von ihnen allen.

»Zu alt für sie«, erwiderte Nathan.

Lucius ließ sich nicht einschüchtern. »Mir egal, was du denken«, sagte er und reckte das Kinn vor.

Aufgeplustert wie Kampfhähne standen die beiden voreinander. Die Luft zwischen ihnen knisterte.

»Ich riskieren Leben für euch«, schäumte Lucius und deutete auf Vulcano. »Mein altes Leben weg. Ich jetzt *reus*, Verbrecher. *Me quaerent.* Sie werden mich jagen.« Er stellte sich so dicht vor Nathan, dass sich ihre Nasenspitzen beinahe berührten.

»Bleib mal auf dem Teppich, Kumpel«, erwiderte Nathan und wich keinen Millimeter zurück. »Es war schließlich deine Entscheidung.«

»Und du auch, Nathan«, mischte Charlie sich ein und schob die beiden Kontrahenten auseinander. »Beruhigen wir uns erst mal alle. Es gibt keinen Grund zu streiten.« Er beugte sich an Nathans Ohr. »Topaz hat dafür gesorgt, dass er uns hilft, und das ist alles, was im Moment zählt. Bring ihn nicht gegen uns auf.« Charlie wandte sich wieder an Lucius. »Es war sehr freundlich von dir, uns zur Seite zu stehen, egal aus welchem Grund.

Gibt es sonst noch irgendetwas, das du uns von Topaz erzählen kannst?«

Lucius zögerte einen Moment, dann lockerte er seinen Harnisch und zog etwas darunter hervor. »Das von Topaz«, sagte er und drückte Charlie einen kleinen Umschlag in die Hand.

Die drei Agenten blickten einander verdutzt an. »Du hast es die ganze Zeit über bei dir gehabt?«, fragte Nathan. »Warum hast du es uns nicht gleich gegeben?«

»Ich geben es jetzt!«, blaffte Lucius zurück und drehte sich kopfschüttelnd weg.

Charlie öffnete den Umschlag und zog eine kleine Wachstafel daraus hervor. Darauf stand eine Nachricht, offensichtlich in großer Eile hingekritzelt. »Treffpunkt neun Uhr, Iden des Mai, Pons Fabricius …«, las er vor und schluckte. »Code Purpur.«

Nathan inspizierte die Wachstafel. »Es ist ihre Handschrift, ohne Zweifel …«, murmelte er. »Iden des Mai. Am Fünfzehnten also, das ist übermorgen. Ist dieser Pons Fabricius auch in Herculaneum?«

»Negativ«, antwortete Charlie und kratzte sich am Kopf. »Pons Fabricius ist eine der ältesten und berühmtesten Brücken der Welt. Sie überquert den Tiber. Im Stadtzentrum von Rom.«

»Rom!« Nathan warf die Hände in die Luft und wandte sich mit funkelnden Augen an Lucius. »Du hast behauptet, sie wäre in Herculaneum!«

»Sie so zu mir gesagt!«, knurrte Lucius und ballte die Fäuste.

»Ganz ruhig, ihr beiden.« Charlie ging ein zweites Mal dazwischen. »Wahrscheinlich ist sie zuerst nach Herculaneum und von da aus weiter nach Rom. Wäre nicht unlogisch, denn von hier aus gesehen liegt Herculaneum auf halbem Weg dorthin. Unser Ziel liegt also nördlich von hier, so oder so. Die Details können wir nach dem Abendessen besprechen. Ich gehe in die Kombüse und koche uns erst mal was. Nach der ganzen Aufregung kann ich eine kleine Stärkung gut brauchen.«

Nach einem kurzen Moment eisigen Schweigens nickten alle,

und Charlie verschwand, ein kleines Liedchen pfeifend, unter Deck. Mister Drake, dem die Stimmung an Deck ebenfalls nicht zu behagen schien, folgte ihm. Nathan ging zurück an die Ruderpinne, Jake verzog sich nach achtern, und Lucius baute sich am Bug auf – ein jeder, um seinen eigenen düsteren Gedanken nachzuhängen.

Missmutig beobachtete Jake den Sonnenuntergang über dem Tyrrhenischen Meer und blickte sich ab und zu verstohlen nach seinem Rivalen um. Lucius war nicht nur drei Jahre älter als er, er war auch noch ein Bild von einem Mann. Und was noch erschwerend hinzukam: Der Kerl war wahrscheinlich auch noch in Ordnung, sonst würde Topaz sich wohl kaum für ihn interessieren. Er gestand es sich nur ungern ein, aber in diesem Brautwettbewerb standen seine Chancen denkbar schlecht.

Kurze Zeit später kam Charlie mit einem voll beladenen Tablett an Deck zurück. »Eine kleine kulinarische Rundreise durch den Mittelmeerraum«, verkündete er stolz und stellte das Tablett ab. »Oliventapenade, Joghurt mit frischen Feigen, Chicorée- und Rucolasalat, Kichererbsenfalafel und frisches Roggenbrot, das ich heute Morgen in Messina gekauft habe.«

Eigentlich war Jake der Appetit vergangen, aber Charlies Kochkünste waren wie immer unwiderstehlich, und schon bald ertappte er sich dabei, wie er mit den anderen um die letzten Krümel des köstlichen Abendessens stritt.

Als sie alles restlos verputzt hatten, ging Charlie noch einmal nach unten und holte die Nachspeise. »Und zum Schluss noch eine kleine Eigenkreation: Dattelsoufflé mit Mohn«, sagte er und verteilte die Teller.

Alle schaufelten kräftig in sich hinein, und Lucius schien es besonders gut zu schmecken. Eine Weile herrschte beinahe Frieden in der Viererrunde.

»Wer von euch ist Iake?«, fragte Lucius noch im Kauen.

»Jake, wolltest du wohl sagen. Das bin ich«, antwortete Jake.

»Hat dir Topaz eine Nachricht mitgegeben? Für mich, meine ich?«

»Nein.« Lucius schüttelte den Kopf und stopfte sich den nächsten Bissen in den Mund. »Die Magistra sagen, du Feind Nummer eins. Ich überrascht. Ich hatte jemand mehr« – er streckte die Hand aus und befühlte Jakes Bizeps – »*infigo, athletico* erwartet.«

Jake überging die Beleidigung und konzentrierte sich auf den weit interessanteren Teil von Lucius' Aussage. »Feind Nummer eins? Ich?«, wiederholte er. »Wie meinst du das?«

»Du machen den Bruder der Magistra blind, Prinz Xander Zeldt. Gold auf deinen Kopf ausgesetzt. Und jetzt auf meinen wahrscheinlich auch«, fügte er mit einem Lachen hinzu, aber keiner der Agenten stimmte mit ein.

»Zeldt ist blind?«, fragte Jake wie benommen.

»Nie wieder kann sehen. Wahrscheinlich.« Lucius zuckte die Achseln und verschlang das letzte Stück Dattelsoufflé. »Er zu einem besonderen Arzt gegangen.«

Jake musste das Gehörte erst einmal verdauen. Das letzte Mal hatte er Topaz' teuflischen Onkel und Erzfeind der Geschichtshüter an Bord der *Lindwurm* gesehen, während seines kolossal fehlgeschlagenen Rettungsversuchs. Jake war überwältigt worden, und Topaz hatte schließlich *ihn* gerettet, indem sie Zeldts Trophäenvitrine zum Explodieren brachte. Jake hatte nicht gewusst, dass Xander dabei das Augenlicht verloren hatte, aber er war auch nicht sonderlich betrübt darüber. Geschah diesem skrupellosen Kerl nur recht, nachdem er versucht hatte, die Beulenpest über Europa zu bringen. Was Jake beunruhigte, war die Nachricht, dass ein Preis auf seinen Kopf ausgesetzt war.

»Mach dir keine Sorgen, Jake«, warf Charlie ein. »Diese Ehre wurde uns allen schon einmal zuteil, und wir leben immer noch. Sieh es einfach als Kompliment.« Er wandte sich an Lucius. »Weißt du auch, wo sich dieser Arzt aufhalten könnte?«

»Eine Stadt mit Namen …« – Lucius kramte in seinem Gedächtnis – »… Vindobona?«

»Das ist der römische Name für Wien«, flüsterte Charlie den anderen zu. »Wahrscheinlich ist er ins neunzehnte Jahrhundert gereist, die Zeit, in der die Augenchirurgie dort gerade ihre Anfänge nahm. Zumindest sind wir ihn fürs Erste los.«

»Und hat er diese Teufelin Mina Schlitz mitgenommen?«, fragte Nathan.

Noch so ein Name, mit dem Jake keine guten Erinnerungen verband: Mina war Zeldts rechte Hand und eine eiskalte Killerin. Das Einzige an ihr, das entfernt auf menschliche Regungen hindeutete, war die Tatsache, dass sie sich ein Schoßtier gehalten hatte. Eine Schlange. Aber die war an Bord der *Lindwurm* verbrannt, während Zeldt sein Augenlicht verlor.

Lucius wusste sofort, wen Nathan meinte, und bejahte die Frage. »Sie und die Magistra sich nicht mögen.«

»Kann ich mir gut vorstellen«, kommentierte Nathan. »Pest und Cholera zusammen, da stiehlt nur einer dem anderen die Show.«

Schließlich wandten die Agenten sich der Frage zu, wohin sie als Erstes fahren sollten: nach Herculaneum oder nach Rom. Jake wollte sofort nach Rom, um dort nach Topaz zu suchen, doch Charlie wandte ein, dass bis zu dem vereinbarten Treffen noch eineinhalb Tage Zeit blieben. Da Herculaneum ohnehin auf dem Weg lag, konnten sie genauso gut einen Zwischenstopp einlegen und sehen, ob sich nicht etwas über das geheimnisvolle Paket in Erfahrung bringen ließ, das Agata im dortigen Theater in Empfang genommen hatte.

Nachdem diese Frage geklärt war, übernahm Charlie mit Mister Drake auf der Schulter den Posten des Steuermanns. Er liebte es, nachts übers Meer zu fahren. Nathan und Jake machten es sich unterdessen an Deck bequem und warteten in der angenehm warmen Abendbrise auf den Sternenaufgang.

Lucius war am Bug bereits eingeschlafen. Mit flackernden Lidern und zuckenden Armen kämpfte er im Traum gegen unsichtbare Feinde.

Jake und Nathan beobachteten ihn schweigend. »Ich glaube nicht, dass Topaz sich ernsthaft in ihn verliebt hat«, sagte Nathan schließlich. »Sie ist nicht der Typ.«

Mehrere Minuten vergingen, dann fügte er in ungewohnt ernstem Ton hinzu: »Versteh mich nicht falsch, Jake. Ich liebe meine Schwester, aber sie ist das komplizierteste Wesen, das auf Gottes Erden wandelt. Ich möchte, dass du das weißt.«

Jake lächelte: Sein Freund hatte ihm soeben eine gut gemeinte Warnung mit auf den Weg gegeben. Er nickte Nathan kurz zu, sagte aber nichts.

In vollkommener Stille segelte die *Avatara* Richtung Norden in die Nacht.

12

Die Hexe mit dem Flammenhaar

Drei schwarze Kutschen fuhren in einem Konvoi ratternd über eine Schotterstraße. Davorgespannt waren vier schwarze Hengste, temperamentvolle Warmblüter mit wilden Augen und schnaubenden Nüstern. Ihr Fell schimmerte dunkel im Mondlicht, unter ihren Hufen bebte die Erde.

Ein einsamer Wachmann an einem Dorftor beobachtete zunächst verschlafen und schließlich mit wachsender Panik, wie der Konvoi auf ihn zupreschte. Peitschen knallten, Steine spritzten, dann donnerte der Tross mit nicht mehr als einer Armeslänge Abstand an ihm vorbei. Eingehüllt von einer Staubwolke, stand er da und blickte zitternd den Kutschen hinterher, die schon den nächsten Hügel hinaufrasten, der dahinter gelegenen Stadt entgegen.

Mit halsbrecherischer Geschwindigkeit bahnte sich die Kolonne einen Weg durch die engen unbeleuchteten Straßen. Was im Weg gestanden hätte, egal ob Mensch oder Tier, wäre rücksichtslos überfahren worden, so schnell fegten die Kutschen dahin. Endlich rasten sie einen letzten Anstieg hinauf und unter einem Torbogen hindurch in den Innenhof einer prächtigen Villa. Die beiden mit einem Raubvogelemblem verzierten Torflügel schlossen sich krachend hinter ihnen, und der Tross kam zum Stehen. Sie waren am Ziel.

Einen Moment lang war nichts zu hören außer dem Schnauben der Pferde, dann ertönte das Getrappel von heraneilenden Soldaten. Sie stellten sich in gerader Linie vor den Kutschen auf und salutierten.

Zwei Männer in hellbraunen Harnischen mit Federn auf den Schultern sprangen vom Kutschbock und öffneten die Tür der ersten Kutsche. Sie klappten die Stufe herunter, dann traten sie ein paar Schritte zurück und neigten ehrerbietig das Haupt.

Als Erstes kam ein hochgewachsener junger Mann aus der Kutsche gestiegen. Auch er trug die Rüstung der Hydra, doch bei ihm waren Harnisch, Stiefel und Helm mit feinem Gold geschmückt. Das seidige und vollkommen glatte blonde Haar reichte hinunter bis zu seinem Leopardenfellumhang. Er lächelte.

Beinahe schwebend stieg er die Stufe hinab, zog die Handschuhe aus und neigte ebenfalls das Haupt, als der zweite Fahrgast wie ein Phantom aus der Kabine trat. Es war eine Frau von gebieterischer Körperhaltung, fast ebenso groß wie er selbst, bekleidet mit einem schillernd schwarzen Schultertuch, das ihr alabasterweißes, von flammend rotem Haar umrahmtes Gesicht halb verdeckte. Ihre Erscheinung war so furchterregend, dass selbst die eigenen Soldaten vor ihr zitterten. Instinktiv standen sie noch gerader, auch wenn das kaum möglich war. In ihren Gesichtern spiegelte sich nackte Angst.

Die Frau legte dem Offizier, der nicht nur ihr Sohn, sondern auch Oberbefehlshaber ihrer Truppen war, eine Hand auf die Schulter, flüsterte ihm etwas ins Ohr und wandte sich der Villa zu.

Leopardo ging zur zweiten Kutsche. Er öffnete die Tür und sagte etwas zu dem gänzlich von einem Kapuzenmantel verhüllten Fahrgast.

Der dickliche Mann stieg aus und ließ den müden Blick

durch den Innenhof schweifen, während Leopardo weiter zur dritten Kutsche ging. Sie war mit schweren Schlössern verriegelt. Zufrieden spähte er durch das vergitterte Fenster und bellte einen Befehl.

Agata Zeldt schritt unterdessen durch lange, von Fackeln beleuchtete Säulengänge ins Herz der palastartigen Villa. Jeder, an dem sie vorbeikam, blieb wie erstarrt stehen und senkte furchtsam das Haupt vor der Fürstin der Finsternis. Lautlos schwang die mit Elfenbein verzierte Doppeltür am Ende des Säulengangs auf und gab den Blick frei auf die dahinterliegende Halle, die zu beiden Seiten von Feuerschalen schwach erhellt wurde. In der Mitte der Halle stand ein gigantischer Käfig mit zwei voneinander getrennten Abteilen. In dem einen befand sich ein an einen Pfahl geketteter Gefangener. Er war muskulös und trug die stolze Uniform der Hydra, doch bot er nach Tagen der Gefangenschaft und den vielen Misshandlungen einen jämmerlichen Anblick. Als Agata hereinkam, hob er kurz den Kopf.

Agata erwiderte den Blick nicht und trat wortlos vor den anderen Teil des Käfigs, in dem drei riesenhafte Vögel – die Verschlagensten und Grausamsten ihrer eigens gezüchteten Art – sie mit schauerlichem Gekrächze begrüßten.

Mit einem gütigen Lächeln streckte sie die blassen Hände zwischen den Gitterstäben hindurch.

Sofort kamen die Vögel angehüpft und liebkosten mit den rasiermesserscharfen Schnäbeln ihre Finger.

Agata stieß einen verzückten Seufzer aus, und der Schleier vor ihrem Gesicht blähte sich ein Stück. Dann klatschte sie in die Hände.

Durch eine kleine Tür in der Seitenwand kam der Vogelpfleger angelaufen, ein stämmiger Mann mit plumpen Fingern, über dessen rundlichem Bauch sich eine blutverschmierte Lederschürze spannte. Er hatte einen Korb mit vergittertem Deckel unterm Arm und reichte ihn seiner Herrin.

Agata begutachtete den Inhalt: Ratten, Mäuse, kleine Schlangen und riesige Käfer wanden sich darin oder kletterten übereinander. Ohne Zögern griff Agata hinein, zog an dem dicken haarlosen Schwanz eine der Ratten heraus und hielt sie in den Käfig.

Mit einem einzigen Bissen riss der erste Vogel dem Nager den Kopf ab. Der zweite tat sich an den Eingeweiden gütlich, die nach und nach aus dem kopflosen Rumpf zu Boden fielen, wo der dritte sie gierig aufpickte.

»Meine armen Kleinen, ihr seid ja kurz vor dem Verhungern«, gurrte Agata. »Aber seid unbesorgt. Das Abendessen wartet schon.«

Sie zog den Schleier vom Gesicht und wandte sich dem Gefangenen im anderen Teil des Käfigs zu.

Als der Mann ihr Gesicht sah, zuckte er zusammen, als hätte er Medusa persönlich vor sich.

Auf den ersten Blick war Agata durchaus schön. Sie hatte ein stolzes Gesicht mit einer hohen Stirn, doch je genauer man hinsah, desto beunruhigender wurde der Anblick. Irgendetwas stimme nicht. Nase, Augen, Mund und Kinn waren wohlgeformt und gut proportioniert – trotzdem passten sie nicht recht zusammen. Ihr Gesicht sah aus, als wäre es aus Einzelteilen zusammengesetzt wie bei einem weiblichen Frankenstein-Geschöpf. Ihr Alter war undefinierbar. Wie ihr Bruder mochte sie vierzig oder sechzig sein, vielleicht auch noch älter. Die unnatürlich straff gespannte, faltenlose Haut war blass und durchschimmernd wie Alabaster. Darunter zeichneten sich dünne Venen ab. Agatas eines Auge war blau, das andere schiefergrau und leicht trüb. Am auffallendsten jedoch war das dichte Haar, trocken und rot wie Kupferdraht.

»Du weißt, weshalb du hier bist?«, fragte sie.

»Nein, Magistra«, erwiderte der Gefangene mit zitternder Stimme.

Die Tür flog auf. Leopardo kam herein und stellte sich neben seine Mutter.

Agata holte ein Bündel Schriftrollen aus den Falten ihres Umhangs hervor. »Dies sind die letzten Briefe, die du mir überbrachtest. Drei kaiserliche Mitteilungen aus Capri, bestimmt für den Senat in Rom, und zwei dazugehörige Antworten, bestimmt für Tiberius. Fünf Briefe zusammen.«

»Das ist richtig, Magistra. Wie üblich habe ich sie im Hafen von Surrentum abgefangen und ausgetauscht.«

»Und was ist mit den restlichen?«

»Das waren alle, Magistra. Mehr gab es nicht«, beteuerte der Soldat. Schweißperlen bildeten sich auf seiner Stirn.

Agata blickte ihn mit kalten Augen an und ließ sich von Leopardo ein weiteres Pergamentbündel reichen. Als er es sah, begann der Gefangene am ganzen Leib zu zittern.

»Mein Sohn hat diese hier« – sie deutete auf das Bündel in ihren Händen – »auf halbem Weg nach Rom abgefangen. Sie stammen von Tiberius persönlich. Hätten sie ihre Adressaten erreicht, wären all unsere Mühen umsonst gewesen.«

»I-ich weiß nicht, wie das passieren konnte«, stotterte der Soldat. »Der Hafen wurde rund um die Uhr von zehn meiner besten Leute bewacht.«

Die Vögel im anderen Teil des Käfigs wurden allmählich unruhig. Ihr Gekrächze wurde von Sekunde zu Sekunde schriller. In Erwartung des versprochenen Abendessens spähten sie durch die Gitterstäbe hinüber zu dem Gefangenen und schlugen aufgeregt mit den mächtigen Schwingen.

»Wir werden Geschichte schreiben, eine *neue* Geschichte«, gurrte Agata. »Du hast es deiner eigenen Inkompetenz zuzuschreiben, dass du sie nicht mehr erleben wirst.« Sie nickte Leopardo zu.

Ihr Sohn legte einen Hebel um, und das Trenngitter zwischen den beiden Käfigabteilen glitt rasselnd zur Seite.

Die Geier erhoben sich sofort in die Luft und stürzten sich auf den in wilder Panik aufschreienden Soldaten. Er zerrte und riss an seinen Ketten, aber es gab kein Entrinnen.

Agata öffnete verzückt den Mund, und Leopardo legte ihr von hinten freudig die Hände auf die Schultern. Das Geschrei der Vögel und das des Gefangenen vermischten sich zu einer dämonischen Kakofonie, ein einzelner Blutspritzer flog zwischen den Gitterstäben hindurch und landete auf Agatas kalkweißer Wange. Ein wohliger Schauer durchzuckte sie. Nach etwa einer Minute waren die Schreie des Mannes verstummt, nur noch das Krächzen der Geier war zu hören und das Geräusch zerreißenden Fleisches.

Es war vorbei, und das Entzücken wich aus Agatas Gesicht.

Leopardo küsste sie auf den Scheitel. »Sei nicht traurig, Mutter«, sagte er. »Das Schönste kommt erst noch.«

Obwohl er den Anblick von Blut, Knochen und Eingeweiden durchaus gewohnt war, musste der Vogelpfleger die Augen abwenden, als er jetzt den Käfig betrat.

Jake spürte eine Hand an der Schulter und wachte auf. Er hob den Kopf von dem Seil, das er als Kissen benutzt hatte, und schlug die Decke zurück.

Charlie beugte sich mit Mister Drake auf der Schulter über ihn. »Ich dachte, das könnte dich interessieren.« Er flüsterte, um Nathan und Lucius nicht zu wecken. Er konnte es erwarten, bis die beiden wieder zu streiten anfingen.

Jake setzte sich auf. Zu seiner Rechten sah er das italienische Festland mit einem schmalen Streifen Rosa darüber.

»Er sieht ein bisschen unheimlich aus in diesem Licht, finde ich«, sprach Charlie weiter und deutete auf eine kegelförmige Erhebung. »Das ist der Vesuv. Die Stadt an seinem Fuß ist das alte Pompeji.«

Nach und nach konnte Jake die Umrisse einer Stadtmauer erkennen, die sich vom Meer die Bergflanke hinauf erstreckte. Er kannte die Geschichte vom Untergang Pompejis, wusste aber nicht mehr genau, wann sich die Tragödie zugetragen hatte. Halb erwartete er, die Stadt in Ruinen liegen zu sehen, doch dann konnte er auch Straßen und Menschen ausmachen, die zu dieser frühen Stunde bereits ihren Erledigungen nachgingen.

»Den ahnungslosen Bürgern bleiben noch zweiundfünfzig Jahre, bis die Katastrophe über sie hereinbricht und der Vulkan alles vernichtet: das Forum, die Theater, die Stadien, Tempel und Paläste … Alles weg«, erklärte Charlie düster.

»Wie ist das genau passiert?«, fragte Jake. »Ich meine: Wie *wird* es passieren?«

»An einem Augusttag des Jahres 79 nach Christus, nach achthundert Jahren Tiefschlaf, wird der Vesuv regelrecht explodieren. Zuerst erhebt sich eine Aschewolke kilometerhoch in die Luft und verdunkelt tagelang die Sonne. Einige fliehen, aber die meisten bleiben. Dann folgt eine zweite Eruption, Asche regnet mit Gestein vermischt vom Himmel und türmt sich meterhoch in den Straßen. Wer das überlebt hat, kommt nicht mehr weit, denn auf den todbringenden schwarzen Regen folgt der pyroklastische Strom: Unmengen von Lava und giftigen Gasen, die mit mehreren Hundert Kilometern pro Stunde die Hänge des Vesuv hinab- und über die Stadt hinwegwalzen. Alles, womit sie in Berührung kommen, zerfällt in einer Stichflamme zu einem Häufchen Asche.« Charlie schnippte mit den Fingern, und Mister Drake fiel vor Schreck beinahe von seiner Schulter.

Jake blickte zurück zur Küste, sah die Krone der hohen Stadtmauer im ersten Sonnenlicht erstrahlen und dachte an das entsetzliche Schicksal, das die Bewohner ereilen würde. Er tröstete sich mit dem Gedanken, dass ihnen bis dahin immerhin noch mehr als ein halbes Jahrhundert blieb.

»Dort drüben« – Charlie deutete auf eine kleine Halbinsel – »ganz am Ende der Bucht von Neapel liegt Misenum. Die römische Flotte ist dort stationiert. Es hat eine Weile gedauert, bis sie richtig losgelegt haben, aber jetzt ist ihre Flotte die größte, die die Welt bisher gesehen hat. Ein beeindruckender Anblick.« Charlie zog sein Teleskop hervor und reichte es Jake.

Er zog es auseinander und richtete es auf die kleine Landzunge. Zunächst erkannte Jake nur vage geometrische Muster, die er nach und nach als Anlegeplätze und Dutzende von Galeeren identifizierte. Die vor Anker liegende Flotte sah aus, als wäre sie selbst eine kleine Stadt.

Da unterbrachen Lucius' Schreie unsanft die morgendliche Stille. *»Bellum parate!«,* rief er im Schlaf. *»Ferte milites!«* Er lag auf dem Rücken und schlug immer wieder mit den Fäusten aufs Deck. Gegner um Gegner streckte er im Traum nieder, bis Nathan nach ein paar Minuten in einen seidenen Morgenrock gekleidet an Deck kam.

»Ich dachte, *ich* hätte heute Nacht schlecht geträumt«, krächzte er heiser und schob sich die Schlafmaske in die Stirn. »Aber es war kein Traum: Der Kerl ist immer noch da.« Nathan stieß Lucius mit dem Pantoffel in die Rippen. »Wach auf, Lucy. Sonst verschläfst du noch den Latrinendienst.«

»Um Himmels willen, Nathan«, fuhr Charlie ihn an, während Lucius verdutzt die Augen öffnete. »Er hat dir nichts getan. Lass ihn gefälligst in Ruhe.«

Da erblickte auch Nathan die Stadt am Fuß des Vesuv und senkte den Kopf. »Armes Pompeji«, murmelte er und ging zurück unter Deck.

Wenig später erreichten sie den kleinen Hafen von Herculaneum, nur wenige Kilometer von Pompeji entfernt. Charlie steuerte die *Avatara* zum Kai und erklärte Jake, dass auch diese Stadt vom Vesuv zerstört werden würde, wenn auch nicht so restlos wie Pompeji.

Lucius, der gerade sein Schwert polierte, horchte auf. »Von was ihr reden?«, fragte er.

Die Geschichtshüter hatten strikte Anweisung, sich nicht in den Verlauf der Geschichte einzumischen, aber Charlie konnte einfach nicht anders, als Lucius zu warnen. Er machte ihm weis, dass er ein besonders feines Gespür für gefährliche Vulkane habe und dass dem Vesuv nicht zu trauen sei. Wenn Lucius sich also eines Tages einen Altersruhesitz suchen wolle, dann besser woanders.

Der Römer musterte ihn misstrauisch, aber Jake hatte den Eindruck, dass er den Rat beherzigen würde.

In diesem Moment kam Nathan mit einem Bündel Kleidung unter dem Arm zurück an Deck. »Du ziehst dich besser um«, sagte er und warf Lucius die Sachen zu.

Lucius beäugte das Geschenk argwöhnisch.

»Schau nicht so angewidert«, blaffte Nathan. »Das ist erlesenste Qualität. Sieht hundertmal besser aus als die komische Federtracht, die du immer noch am Leib trägst, und ist weniger auffällig.«

Nathan hatte sich für ein paar Gladiatorenstiefel und eine enge Lederweste über seiner Tunika entschieden. Er schaute verstohlen zu Jake hinüber. »Sei ehrlich«, flüsterte er, »sehen meine Arme darin muskulöser aus?«

»Deine was …?«, gab Jake verwundert zurück. »Ach so. Ja, durchaus, aber findest du nicht, dass das Ding ein bisschen eng für dich ist?« Die Weste schnürte Nathan derart ein, dass es aussah, als könnte er darin kaum atmen. Dafür traten die Adern an seinen Armen pulsierend hervor.

»Ganz und gar nicht«, erwiderte Nathan und zupfte die Falten der Tunika darunter zurecht. »Und was ist mit den Stiefeln?«, erkundigte er sich weiter. »Geballte Männlichkeit, oder?«

»Absolut«, antwortete Jake mit einem Nicken, um weiteren Diskussionen aus dem Weg zu gehen.

»Ich habe keine Lust, dass unser Herkules hier mir ständig die Schau stiehlt«, erklärte Nathan und deutete mit dem Kinn in Lucius' Richtung.

Sie legten an und machten sich auf den Weg zum Theater. Jake fiel sofort auf, dass Herculaneum um einiges reicher war als Messina. Die Straßen waren breit, alles glänzte in weißem Marmor, und die Leute auf der Straße waren in blitzsaubere Gewänder gekleidet.

»Das ist hier so eine Art Badevorort für den römischen Adel«, erklärte Charlie.

Lucius war vollkommen überwältigt von all dem Reichtum. Als drei junge Frauen in wallenden seidenen Togen ihn unter langen Wimpern verführerisch anblinzelten, blickte er verschämt zu Boden.

Nathan ergriff sofort die Gelegenheit und streckte mit einem strahlenden Lächeln die Brust vor, doch die drei Damen ignorierten ihn.

»Könnte es sein, dass sie mich tatsächlich nicht gesehen haben?«, fragte er Jake im Flüsterton.

Als zwei weitere Grazien sich näherten, spannte er die Bizepse an und ließ die dunklen Augen blitzen, aber auch diese beiden interessierten sich nur für Lucius.

»Irgendetwas an dem Licht hier scheint meinen Teint unvorteilhaft zur Geltung zu bringen«, beschwerte Nathan sich und zupfte wiederholt an seiner Lederweste. »Anders kann ich mir diese Ignoranz nicht erklären. Ich meine, was hat der hier« – er deutete mit dem Daumen verstohlen auf Lucius – »schon zu bieten außer Muskeln? Ich dagegen habe alles: einen gesunden Geist *und* einen gesunden Körper, Manieren, Bildung …«

Jake inspizierte demonstrativ die Figuren an einem Brunnen, an dem sie gerade vorüberkamen, und Nathan verstummte. Schließlich erreichten sie das Theater.

»Es ist erst neun Uhr morgens«, erklärte Charlie, »also dürfte hier alles noch tote Hose sein.«

Sie schritten durch einen der Torbogen an der Fassade und folgten einem düsteren Treppenaufgang hinauf zu den Zuschauerrängen. Der Ausblick, der sich ihnen von dort oben bot, war fantastisch. In einem großen Halbkreis spannten sich die steinernen Sitzreihen vom einen Ende der Bühne zum anderen, die Rückwand aus weißem Marmor war mit Säulen und mehreren Statuen geschmückt. Drei Durchgänge führten in den Bereich hinter der Bühne. Die eigentliche Überraschung jedoch war, dass bereits reger Betrieb herrschte: Etwa zwanzig Schauspieler, Masken mit hängenden Mündern vorm Gesicht, tummelten sich auf der Bühne. In den ersten Sitzreihen lümmelten in allen möglichen und unmöglichen Posen mindestens genauso viele Zuschauer.

»Scheint sich um eine Probe zu handeln«, flüsterte Charlie ehrfürchtig.

Die beiden Hauptdarsteller in der Mitte, ein dürrer Mann und eine korpulente Frau, sprachen ihren Text, und der Chor unterstrich das Gesagte mit expressiven Verrenkungen.

»Dem dargestellten Wechselbad der Gefühle nach zu urteilen, scheint es sich um ein Coming-of-Age-Drama zu handeln«, kommentierte Nathan. Lucius, der hartgesottene Kämpfer, rümpfte verächtlich die Nase. Ihm war die Darbietung offensichtlich zu gefühlslastig.

Plötzlich brüllte die dickliche Dame auf der Bühne ihren Widerpart aus vollem Hals an. Jake nahm an, es wäre Teil des Stücks – bis sie sich die Maske vom Gesicht riss, sie demonstrativ zertrat und sich dann auf ihren Partner stürzte. Lucius' Naserümpfen wich blankem Entsetzen, als er feststellte, dass es sich bei der Dame in Wahrheit um einen bärtigen Mann mittleren Alters handelte. Der Chor versuchte, die beiden zu trennen, aber ohne Erfolg, und schließlich wurde auch noch das Publikum in die wilde Schlägerei verwickelt. Der Tumult beruhigte sich erst, als der Schauspieler mit dem Bart mit einem letzten wilden Fluch wütend hinter die Bühne stampfte.

Jake und Nathan schauten Charlie fragend an. »Mein Latein ist eigentlich ganz hervorragend«, erklärte Nathan, »aber ich fürchte, das war selbst für mich zu schnell.«

Charlie musste sich selbst erst einen Reim auf das Geschehene machen. Dann erklärte er, bei dem aufgebrachten Schauspieler habe es sich wohl um den *histrio primus* gehandelt – den Star des Ensembles. Sein ursprünglicher Partner, der bis zum Vortag die Rolle des Ehemannes in dem Stück übernommen hatte, war wegen einer dringenden Angelegenheit unvermittelt abgereist. Der dürre Kerl, der für ihn eingesprungen war, sei – so der *histrio primus* – der Rolle nicht würdig.

»Eine dringende Angelegenheit? Gestern?«, fragte Jake.

»Ich bin nicht ganz sicher«, erwiderte Charlie, »aber es scheint, als wäre er mit einer rothaarigen Dame abgereist. Ich schlage vor, wir gehen zu den Schauspielerumkleiden und sehen, ob sich dort Näheres in Erfahrung bringen lässt.«

Auf der Bühne ging es immer noch so hitzig zu, dass keiner bemerkte, wie die vier sich an ihnen vorbeischlichen. Sie waren kaum hinter den Kulissen angekommen, da hörten sie auch schon wieder das wilde Gezeter des aufgebrachten *histrio primus.* Sie folgten der Stimme bis in einen der Ankleideräume, wo sich der Mann gerade umzog.

Charlie strich sich die Frisur glatt, dann traten sie ein, und Charlie bat um ein kurzes Gespräch »unter Kollegen«. Zunächst musste auch er eine donnernde Tirade über sich ergehen lassen, doch als er wortreich versicherte, dass er die Probe verfolgt und ganz und gar seiner Meinung sei, beruhigte sich der echauffierte Künstler etwas. Er neigte herablassend den Kopf und stellte sich als Fico Mirabilis vor, den unglaublichen Fico. Es folgte weiteres Geschimpfe darüber, wie schwer es heutzutage sei, ein klassisches griechisches Drama (bei dem Wort »klassisch« trat eine Träne in Ficos Augen) auf die Bühne zu bringen. Die vulgären Spiele in Rom seien der Untergang der Kultur, die Theaterkunst sei vom Aussterben bedroht, es gehe nur noch um reißerische Unterhaltung, möglichst viele gut zahlende Zuschauer und so weiter …

Charlie nickte verständnisvoll und schaute dabei so betroffen drein, dass Jake sich schon fragte, welcher der beiden der begabtere Schauspieler war. Als Fico endlich zum Ende seines Klagelieds gekommen war, fragte Charlie ihn nach der eiligen Abreise seines ursprünglichen Bühnenpartners.

Zuerst zornig, dann verächtlich und schließlich zutiefst besorgt schilderte Fico, was vorgefallen war. Mindestens zweimal erwähnte er den Namen Agata und spuckte dabei aus.

Charlie bedankte sich mit einer tiefen Verbeugung. »Ich denke, die Informationen dürften reichen«, sagte er an seine Begleiter gewandt und verabschiedete sich.

Auf dem Weg zurück zum Hafen gab Charlie den Inhalt des Gesprächs wieder: »Wie es scheint, handelte es sich bei dem ›Paket‹, das Agata hier in Empfang nahm, um Ficos Schauspielerkollegen«, verkündete er nicht ohne Stolz auf seine Lateinkenntnisse. »Der Ärger fing schon vor einigen Monaten an, als eine arrogante Rothaarige namens Agata Zeldt in der Stadt auftauchte und nach einer Aufführung an Austerio herantrat, der mit Fico im nächsten Stück hätte spielen sollen. Sie bat Austerio, ihrem Ensemble beizutreten, und bot ihm eine beträchtliche Menge Geld. Sie würde ihn in Rom ganz groß rausbringen, versprach sie. Austerio weigerte sich jedoch standhaft, Fico Genaueres zu sagen. Dann verschwand Agata wieder, und Fico glaubte, die Sache hätte sich erledigt, bis sie gestern Abend unvermittelt auftauchte und Austerio mitnahm. Fico platzte vor Neid. Er sagte, wenn einer der beiden Ruhm und Schauspielerehren verdient hätte, dann er. Austerio ist sein ärgster Rivale, aber auch sein ältester Freund, müsst ihr wissen, und jetzt macht Fico sich die schlimmsten Sorgen, weil ihm irgendetwas an der Sache nicht geheuer vorkommt.«

»Verzeihung, Agent Chieverley, sagtet Ihr nicht, wir hätten alle Informationen, die wir brauchen?«, fragte Nathan mit einer nach oben gezogenen Augenbraue. »Vielleicht ist mir ja etwas entgangen, aber ich sehe nicht, wie Agata die Weltherrschaft erringen will, indem sie zweitklassige Schauspieler rekrutiert.«

»Und was ist mit Topaz?«, warf Jake ein. »War sie auch dabei?«

»Nein«, sagte Charlie bedeutungsschwanger und blieb stehen. »Ihre einzige Begleitung war ein groß gewachsener junger Mann mit schulterlangem blondem Haar.«

»Dann nichts wie weg hier«, erwiderte Jake. »Uns bleiben weniger als vierundzwanzig Stunden bis zu dem vereinbarten Treffen.«

Sie liefen im Stechschritt zur *Avatara* und setzten sofort Segel. Als sie an Misenum vorbeikamen, bestaunte Jake die dort vor Anker liegende Flotte. Er zählte allein fünfundzwanzig große Kriegsgaleeren mit Rammsporn und drei Ruderdecks, dazu noch viele kleinere Schiffe der unterschiedlichsten Typen, die er nicht benennen konnte. Als sie weit genug vom Hafen entfernt waren, warfen sie den Dampfkessel an und erreichten am späten Nachmittag Ostia.

»Näher kommen wir auf dem Seeweg nicht an Rom heran«, erklärte Charlie und steuerte auf den Hafen zu. »Wir haben noch zwanzig Meilen Landstraße zurückzulegen, was im ersten Jahrhundert nach Christus eine beachtliche Strecke ist. Ich schlage vor, wir gehen zum Forum und sehen uns dort nach einer Transportmöglichkeit um.«

»Vielleicht könnten wir zuerst einen kleinen Imbiss zu uns nehmen«, widersprach Nathan und schaute gierig auf ein paar kleine Geschäfte neben dem Kai. »Das da drüben sieht mir ganz nach einem Eisstand aus. Wusste gar nicht, dass Speiseeis schon erfunden ist. Andererseits sind wir hier ja an der italienischen Riviera ...«

»Ich fürchte, Ihr irrt Euch, Agent Wylder«, seufzte Charlie. »Ihr könnt natürlich vor den Kaiser treten und ihn bitten, eine Expedition auszuschicken, um Euch aus den Apenninen etwas Schnee zu holen ... Aber was wir da drüben sehen, ist *pepones et melones*, kaltes Melonenkompott mit Maisstärke. Nicht unschmackhaft und außerdem die einzige Erfrischung, die wir hier bekommen werden.«

Sie legten an und marschierten schnurstracks auf den kleinen Stand zu, als ein bis oben hin mit tönernen Amphoren beladener Pferdekarren schlingernd auf sie zugejagt kam. Er verfehlte sie um Haaresbreite und krachte gegen eine Mauer.

Lucius knöpfte sich wütend das alte Männlein vor, das an den Zügeln saß. Es entbrannte ein hitziger Streit, an dem sich mit wildem Knurren und Gebell auch der Hund des Fahrers beteiligte. Jake wollte schon dazwischengehen, bevor Lucius dem tattrigen Greis noch aus Versehen alle Knochen brach, aber da rief Charlie plötzlich: »Du meine Güte, ist der Mann etwa blind?«

Jake sah genauer hin. Tatsächlich: Der Wagenlenker schaute eindeutig in die falsche Richtung, während er sich wortreich zur Wehr setzte.

»Ein blinder Kutscher darf hier fahren?«, fragte Nathan kopfschüttelnd. »Die Welt ist verrückt geworden …«

Lucius beruhigte sich schließlich. Der Karren fuhr ratternd weiter, und die vier konnten endlich ihren Imbiss holen. Er schmeckte ganz vorzüglich, und während Jake daran kaute, beobachtete er, wie zwei Galeeren unter kräftigen Ruderschlägen den Hafen verließen. Sie waren kaum hundert Meter weit entfernt, als sie die großen Segel setzten und in Richtung Südwesten abdrehten. Jake fragte sich, in welchen Teil des riesigen Römischen Reiches sie wohl unterwegs sein mochten.

»Die Hauptstadt ist nicht mehr weit«, erklärte Charlie und deutete auf die Galeeren. »Entsprechend hoch ist die Militärpräsenz hier.« Er überlegte kurz. »Eigentlich ist sie überall im Römischen Reich hoch«, fügte er hinzu.

Plötzlich plusterte Mister Drake angriffslustig das Gefieder.

»Was hast du denn, Kleiner?«, fragte Charlie.

»Was er hat? Schau mal rüber zum Hafen!«, keuchte Jake.

Ein Trupp Soldaten in Lederharnischen mit Federn auf den Schultern und bronzenen Vogelmasken kam im Laufschritt in ihre Richtung.

»Die Hydra!«, rief Nathan. »Woher kommen die auf einmal? Sie schneiden uns von der *Avatara* ab!« Er hatte kaum zu Ende gesprochen, da durchschlug ein Pfeil die Melonen-Mais-Erfrischung in seiner Hand, und alles spritzte auf Nathans Weste.

»Jetzt reicht's!«, rief er entrüstet, aber schon sahen sie aus der Gegenrichtung weitere Soldaten heraneilen.

»Kopf runter!«, brüllte Jake, als die nächste Salve auf sie niederging. Die Einheimischen stoben in wilder Panik auseinander, und Mister Drake verkroch sich unter Charlies Toga.

»Da lang!«, bellte Nathan und rannte auf ein Gebäude mit einem ausladenden Eingangsportal zu. Mit hallenden Schritten liefen sie zwischen den Säulen hindurch, und Nathan riss die schwere Eingangstür auf. Leider verfing sich seine Weste am Türknauf, und als er weiterlaufen wollte, wurde er ruckartig nach hinten gerissen. Seine Füße wirbelten hoch in die Luft, er schlug flach auf den Rücken und schlitterte mehrere Meter über den nassen Steinboden im Inneren.

»Verfluchtes Ding!«, schimpfte er und zog die Weste wieder gerade, dann blickte er auf.

Vierzig Augenpaare starrten ungehalten zurück, alles Männer, die meisten davon alt und allesamt nackt. Einige planschten oder schwammen in dem großen Becken in der Mitte des Raums, andere lagen auf Handtüchern am Rand.

»Verzeihung, edle Herren«, sagte Nathan höflich und senkte verschämt den Blick. »Ich bitte, die kleine Störung zu entschuldigen.« Dann eilte er den anderen hinterher.

Da flog die Eingangstür schon wieder auf, und sechs Soldaten kamen mit gezogenen Schwertern hereingestürmt.

Die Saunagäste sprangen von ihren Handtüchern auf und flohen an die gegenüberliegende Wand. Wer im Becken war, tauchte unter.

»Schwerter?«, rief Nathan mit einem erfreuten Lächeln. »Das sieht mir schon eher nach einem mannhaften Wettstreit aus als diese feigen Pfeile!«

Die Geschichtshüter zogen ihre Waffen, aber Lucius schüttelte den Kopf. »Besser kein Nahkampf: Sie haben Gift am Arm, und ihr geht schlafen.«

Nathan und Jake blickten einander verwirrt an. Da deutete

Charlie auf die eigenartig geformten silbernen Armreifen der Soldaten. »Ich glaube, er meint, diese Dinger sind keine Schmuckstücke, sondern enthalten irgendein Betäubungsmittel.«

»Das ist nun wieder ganz und gar nicht sportlich«, beschwerte sich Nathan. »Weshalb sind uns die nicht schon beim ersten Mal aufgefallen?«

»Im Lager wir sie nicht tragen«, erklärte Lucius. »Aber draußen immer.«

»Zu schade, dass du deinen ausgerechnet heute nicht dabeihast«, erwiderte Nathan, dann rannten sie durch die nächste Tür in einen angrenzenden Flur.

Die Soldaten preschten vor und schubsten die zitternden Badegäste beiseite, die wie Dominosteine in das Becken fielen.

Der nächste Raum, den die Agenten erreichten, war die *palaestra*, die der körperlichen Ertüchtigung diente. Männer trainierten dort mit Gewichten und allerlei anderem Gerät.

»Verzeihung«, sagte Jake, entriss einem der Athleten dessen Hantel und warf sie in Richtung der Tür, durch die sie gerade gekommen waren. Die anderen folgten seinem Beispiel, packten Sandsäcke, Disken und kleine Marmorbüsten, die in den Wandnischen standen, und schleuderten sie ihren Verfolgern entgegen. Manche trafen ihr Ziel, aber der größte Teil des Sperrfeuers zerschellte wirkungslos auf den Steinfliesen.

Sie hasteten weiter durch das Labyrinth aus Gängen und Treppen und erreichten eine mit lieblichen Blumenmotiven verzierte Tür. Eine Matrone in einem weißen, kittelartigen Gewand stellte sich ihnen entgegen. »*Vires interdicti sunt!*«, keifte sie mit vor der Brust verschränkten Armen.

»Was sagt sie?«, fragte Jake, während sie an ihr vorbeihasteten.

»Für Männer verboten«, übersetzte Charlie mit einem Achselzucken.

Sie rissen die Tür auf, und der Duft von teuren Ölen und Räucherwerk schlug ihnen entgegen. Eine ältere Frau, die sich gerade massieren ließ, hob empört den Kopf.

»Wunderschönen guten Nachmittag, meine Dame – ach, was rede ich: Göttin!«, flötete Nathan, als er die hübsche Masseurin erblickte.

Charlie rollte die Augen, entriss der Masseurin die Karaffe mit dem Massageöl und schnupperte daran. »Lavendel und Neroli. Es gibt nichts Besseres für die Haut, das muss ich den Römern lassen.« Er lief zurück zum Eingang und leerte den Inhalt über die Fliesen.

Sein Plan ging auf: Die Soldaten hatten kaum den Fuß über die Schwelle gesetzt, da rutschten sie weg wie auf Schmierseife, schlitterten und fielen in alle Richtungen.

Nathan tat ein Übriges und trat eine der Räucherschalen um, woraufhin sich das Öl sofort entzündete und die Federn an den Stiefeln ihrer Verfolger Feuer fingen. »Herzlichen Dank auch«, sagte er und zwinkerte seiner Göttin zu, die ihn verängstigt und entzückt zugleich anblickte. »Ich hatte schon an mir und meiner Wirkung auf das andere Geschlecht gezweifelt, doch wie ich an Euren Augen ablesen kann, vollkommen zu Unrecht.«

»Woher hat er nur all diesen Schwachsinn?«, schnaubte Charlie genervt, aber keiner seiner Begleiter reagierte. Stattdessen rannten sie weiter auf das angrenzende Atrium zu.

»Da drüben!«, rief Charlie und deutete auf eine große fensterartige Öffnung in Kopfhöhe.

Lucius stellte sich davor und machte eine Räuberleiter für Charlie. Nathan folgte seinem Beispiel und machte dasselbe für Jake. Charlie war bereits auf der anderen Seite hinuntergesprungen, doch Jake wollte warten, bis Nathan ihm gefolgt war, damit er Lucius als Letzten heraufziehen konnte.

»Nach dir«, meinte Nathan zu Lucius.

Der ließ sich das nicht zweimal sagen und sprang mit einem Salto über das Sims.

Nathan beobachtete die Einlage naserümpfend und versuchte, Lucius mit einem Handstandüberschlag zu übertrumpfen, aber seine ölverschmierten Hände rutschten auf dem glatten Stein ab, und er krachte rücklings wieder zu Boden.

Jake hörte, wie ihre Verfolger aufholten.

»Hier!«, brüllte er und streckte Nathan die Hand entgegen, doch der war immer noch so benommen von seinem Sturz, dass er ihn nur verständnislos anschielte.

»Nathan!«, wiederholte Jake.

Der Amerikaner blickte sich verwirrt um. »Ich wusste gar nicht, dass ich eine Massage gebucht hatte. Oder war es Aromatherapie?«

»Wartet auf uns!«, rief Jake den anderen zu, sprang vom Sims und packte seinen Freund am Kragen. »Nathan!«, brüllte er ihm ins Gesicht und ließ eine schallende Ohrfeige folgen. Sie hatte den gewünschten Effekt: Nathan blickte ihn einen Sekundenbruchteil lang verdutzt an, dann kehrte neben seinem Bewusstsein auch der Überlebensinstinkt zurück. Um durchs Fenster zu klettern, blieb nicht mehr genug Zeit, also rannten sie in einen der abzweigenden Gänge. Zwei Soldaten waren ihnen dicht auf den Fersen.

Vor ihnen befand sich eine weitere Tür, an deren Rändern Dampf austrat. Jake riss sie auf. Hitze und Feuchtigkeit schlugen ihnen entgegen wie eine Wand, und Jake bekam kaum Luft. Sie waren in einem großen Raum mit Kuppeldecke, konnten wegen der dichten Dampfschwaden aber kaum etwas erkennen. Die Arme nach vorn ausgestreckt, tasteten sie sich vor, vorbei an den nichts ahnenden Badegästen.

Die Tür ging ein zweites Mal auf, und zwei bullige Gestalten kamen mit gezückten Schwertern herein. Sie blickten suchend von links nach rechts, sahen aber genauso wenig wie die beiden Agenten.

»Wie lautet dein Vorschlag?«, flüsterte Nathan Jake zu, während sie sich rückwärts an die gegenüberliegende Wand zurückzogen.

Da entdeckte Jake drei steinerne Gitter im Boden, durch die

der Dampf in den Raum stieg. Er hatte seinem Vater einmal geholfen, im Haus eines berühmten Regisseurs ein Dampfbad einzurichten (Alan hatte damals behauptet, dies wäre der erhoffte Wendepunkt in seiner Klempnerkarriere, aber wie üblich hatte das Ganze im Desaster und mit einer Schadenersatzklage geendet.), und jetzt kam ihm eine Idee.

»Schieb den hier über das Gitter direkt vor deinen Füßen. Er muss es komplett verdecken«, sagte er zu Nathan und deutete auf einen großen Wassertrog.

Nathan befolgte die Anweisung, während Jake mit einem anderen Trog das zweite Dampfgitter versperrte. »Und jetzt gib mir deine Weste.«

»Wie bitte?«, fragte Nathan. »Meine Gladiatorenjacke?«

»Gib sie mir einfach. Das Ding behindert dich sowieso nur.«

Nathan zog widerwillig die Weste aus, und Jake verstopfte damit das mittlere Gitter. Die Luft in dem Dampfbad wurde schnell klarer.

»Jetzt geh hinter dem Wassertrog in Deckung. Auf mein Zeichen ziehst du die Weste vom Gitter«, flüsterte Jake und zog sein Schwert.

»Hier!«, rief er den beiden Hydra zu.

Die Soldaten schauten verdutzt in seine Richtung und stürmten vor.

»Jetzt!«, schrie Jake und machte einen Satz nach hinten.

Nathan zog die Weste weg, und eine kochend heiße Fontäne schoss den Angreifern ins Gesicht. Sie brüllten auf vor Schmerz, doch als die beiden Agenten an ihnen vorbei zur Ausgangstür rannten, gelang es dem einen Hydra, Jake am Arm zu packen. Jake trat ihm gegen die Kniescheibe, und der Kerl sackte zusammen, konnte aber noch im Fallen einen Knopf an seinem silbernen Armreif drücken. Eine kleine penetrant stinkende Wolke breitete sich aus. Es war derselbe Geruch wie der der Blumen in dem Labor auf Vulcano.

Jakes Nase und Rachen brannten höllisch, und er musste

würgen. Das wäre für sich genommen noch nicht besonders schlimm gewesen, doch der Würgereiz wurde zu einem Krampf, und Jake bekam keine Luft mehr. Um ihn herum schien es dunkel zu werden, er sah nur noch verschwommen, als würde er jeden Moment das Bewusstsein verlieren. Er sah den Boden schon näher kommen, da packten ihn Nathans Hände und schleiften ihn mit.

Die nächsten Minuten zogen an Jake vorbei wie im Fiebertraum. Entfernt registrierte er, wie er durch endlose Gänge schließlich hinaus ins Sonnenlicht stolperte. Er hörte Schreie und Fußgetrampel, sah für Sekundenbruchteile Charlies Gesicht, dann das von Lucius. Er wurde auf einen Karren gehoben, und sie fuhren los. Noch mehr Geschrei, dann verlor er das Bewusstsein.

13

Die Ewige Stadt

Jake erwachte mit einem lieblichen Duft in der Nase. Sein Schädel pochte, und er spürte immer noch die Nachwirkungen des Hydra-Gifts – ganz ähnlich wie damals in London, als er von Jupitus Cole entführt worden war –, aber der Geruch von frischen Rosen belebte seine Lebensgeister sofort.

Er öffnete die schweren Lider und fand sich auf der Ladefläche eines Karrens wieder, der ratternd über eine Landstraße in Latium fuhr. Die Sonne versank gerade hinterm Horizont, Lucius schlief friedlich neben ihm, und um sich herum sah er zahllose Terrakottavasen, die ihm irgendwie bekannt vorkamen. Sie waren es auch, aus denen der angenehme Duft kam.

»Alles wieder in Ordnung?«, fragte Nathan.

Jake nickte. Das bisschen Kopfweh war nicht der Rede wert.

»Potentes Schlafmittel, das sie dir da verabreicht haben«, meinte Nathan und reichte ihm einen Becher Wasser. »Ich wäre um ein Haar auch umgekippt. Die Hydra scheinen immun dagegen zu sein.«

Jake nahm einen großen Schluck. Als er gerade fragen wollte, woher sie den Karren hatten, kam ein Hund von der vorderen Sitzbank auf ihn zugesprungen und leckte ihm übers Gesicht. Jake erkannte das Tier sofort: Es gehörte dem alten Mann, der sie in Ostia beinahe überfahren hätte. Er hob den Kopf und sah den Besitzer vorn neben Charlie sitzen. Charlie hielt die Zügel in der Hand, und die beiden unterhielten sich lachend. Mister Drake saß zufrieden auf Charlies Schulter und schaute hinaus in die Abenddämmerung.

»Charlie hat einen Deal mit ihm ausgehandelt«, erklärte Nathan. »Der alte Gaius nimmt uns mit nach Rom, und wir sorgen dafür, dass er unterwegs nicht ständig irgendwo gegen fährt.«

Jake betrachtete das freundliche, von tiefen Falten durchzogene Gesicht des alten Mannes.

»Seine Geschichte ist wirklich berührend«, fuhr Nathan fort. »Gaius war Schreiner in einem kleinen Dorf südlich von Ostia. Er hat Boote gebaut, Häuser, alles. Dann wurde seine Frau schwer krank, und er verlor das Augenlicht. Seine Frau ist immer noch bettlägerig, und er kann nicht mehr als Schreiner arbeiten. Wovon sollen die beiden leben? Da kam Gaius eine Idee: Sehen konnte er nicht mehr, aber riechen, und das umso besser. Also hat er sich darauf verlegt, aus den wilden Blumen und Kräutern der Region Parfüm zu destillieren. Er wollte sie an das Badehaus in Ostia verkaufen, in das wir hineingeplatzt sind. Aber der Halsabschneider von Besitzer hat versucht, den blinden Greis übers Ohr zu hauen, und der alte Gaius hat beschlossen, seine Ware stattdessen lieber in der Ewigen Stadt anzupreisen.« Nathan schüttelte die kastanienbraunen Locken und blickte Jake Beifall heischend an. »Bei der Ewigen Stadt handelt es sich natürlich um Rom.«

»Was ist mit der *Avatara*?«, fragte Jake.

»Die Hydra haben sie beschlagnahmt«, antwortete Nathan. »Wir scheinen die Kerle zwar endgültig abgehängt zu haben, aber halt lieber die Augen offen, nur für den Fall der Fälle. Ansonsten bleibt uns nichts anderes übrig, als zu hoffen, dass sie das Büro in Rom noch nicht entdeckt haben und es dort einen funktionierenden Meslith-Schreiber gibt. Bis dahin: Mach's dir ruhig bequem, wir fahren noch die ganze Nacht durch.«

Jake betrachtete Gaius' Hund, der den Kopf auf Lucius' Brust gelegt hatte und ihn freundlich anblinzelte. Erst jetzt merkte er, wie sehr er Felson vermisste. Jakes Gedanken wanderten weiter zu seinen Eltern und der undurchschaubaren Oceane Noire und schließlich zu Topaz. Er hoffte inständig, dass er sie in Rom endlich wiedersehen würde. Ob sie es zum vereinbarten Treffpunkt schaffen würde? In welcher Verfassung sie wohl war? Dunkle Gedanken stiegen in ihm auf, und Jake beschloss, sich erst wieder den Kopf darüber zu zerbrechen, wenn sie in Rom waren.

»Rom …«, flüsterte er. »Wir fahren ins alte Rom.« Erst jetzt, da sie beinahe dort waren, konnte Jake es so richtig begreifen. Die berühmte Stadt in einer Zeit zu sehen, als die antiken Gebäude noch intakt waren und keine Ruinen, sich unter ihren Bürgern zu bewegen, eine der berühmtesten Zivilisationen der Geschichte aus nächster Nähe zu erleben … Es war wie ein Wunder.

Das alte Zugpferd mühte sich einen Hügel hinauf, und wenig später erreichten sie das dahinterliegende weite Tal. Kilometerweit erstreckte sich die Straße in einer schnurgeraden Linie vor ihnen. Begleitet vom Konzert der Zikaden fuhren sie in die Nacht. Charlie, Nathan und Jake wechselten sich an den Zügeln ab, der Duft von wilden Kräutern lag in der angenehm warmen Luft, und ein heller, zu drei Vierteln voller Mond strahlte hell am Firmament – es war wie ein Märchen aus Tausendundeiner Nacht. Auf halber Strecke machten sie halt, füllten die Wasservorräte und das Öl der Lampen auf und tauschten das Pferd aus. Charlie versicherte dem gähnenden Tavernenwirt, dass Gaius den alten Gaul über alles liebte und ihn garantiert auf dem Rückweg wieder zurücktauschen würde. Dann setzten sie die Reise unverzüglich fort, denn sie hatten noch ein ganzes Stück vor sich.

Ab und zu kam ihnen unterwegs ein anderes Gespann entgegen. Es dauerte jedes Mal eine halbe Ewigkeit, bis sie auf gleicher Höhe waren. Jake döste vor sich hin, lauschte eine Weile dem

Klappern der Ladung auf dem anderen Gespann und schlief wieder ein. Nur einmal, als er ein charakteristisches metallisches Klirren hörte, hob er neugierig den Kopf. Der Fahrer des ihnen entgegenkommenden Wagens trug die Tracht der Mauren. Jake nickte ihm zu, und nach einem prüfenden Blick erwiderte der Mann die Geste. Seine Fracht – Teller, Becher und kleine Figuren aus Kupfer, Silber und Zinn – schimmerte im Mondlicht. Es war wie eine Begegnung außerhalb von Raum und Zeit, und Jake spürte einen eigenartigen Stich im Herzen.

»Ich habe Krabben gekauft!«, rief Rose zur Villa hinauf und stieß mit dem Fuß die Gartentür hinter sich zu. »Ach, du meine Güte, was ist denn das?«, keuchte sie, als sie die Hunderte von Kerzen und Laternen erblickte, die Jupitus über die Terrassen verteilt hatte. »Ich wollte zwar keine lebenden«, fuhr sie fort und blickte unsicher auf den Inhalt ihres Korbes, »aber mein Latein ist wohl etwas eingerostet … Jupitus, bist du hier irgendwo?«

Jupitus hob müde den Arm.

»Nette Beleuchtung«, kommentierte Rose und ging hinüber zu seinem Liegestuhl. »Gibt es irgendwas zu feiern?«

»Durchaus nicht«, erwiderte Jupitus kühl. »Ich will nur etwas sehen, wenn ich mich von diesem verfluchten Stuhl fortbewegen muss. Es sei denn, du möchtest, dass ich mir das andere Bein auch noch breche.«

»Damit ich doppelt so viel Arbeit mit dir habe?«, gab Rose lachend zurück. »Bloß nicht.« Sie griff vorsichtig in den Einkaufskorb. »Wie du weißt, gibt es nicht viel unter der Sonne, vor dem ich mich fürchte, aber mit Krabbelgetier hatte ich schon immer meine Proble… Autsch!« Sie zog ruckartig die Hand zurück. Die Krabbe, die sich darin verbissen hatte, ließ los und landete auf Jupitus' Brust.

»Weg, weg da!«, japste Jupitus entsetzt und versetzte ihr einen Schlag mit dem Handrücken. Das Tier plumpste auf den Rasen und rannte im Zickzack über die Terrasse.

»Bleib gefälligst da!«, rief Rose und nahm die Verfolgung auf.

Jupitus beobachtete die wilde Jagd zunächst irritiert und dann mit wachsendem Vergnügen: Rose konnte das flüchtige Abendessen zwar stellen, doch jedes Mal, wenn sie versuchte, danach zu greifen, bekam sie die kräftigen Zangen zu spüren, und das Ganze ging wieder von vorn los. Als die Krabbe schließlich einen rettenden Teich vor einem Brunnen erreichte und hineinsprang, hielt Jupitus sich den Bauch vor Lachen.

»Lass die arme Kreatur laufen«, rief er Rose zu. »Sie hat sich ihre Freiheit redlich verdient. Außerdem hat sie es geschafft, mein tristes Dasein wenigstens für ein paar Sekunden erträglich zu machen.«

»Pass auf, dass du den Bogen nicht überspannst, Mister Cole!«, gab Rose gereizt zurück und stapfte zu seiner Liege. »Du bist ein unerträglicher, undankbarer Flegel. Sieh dir das an!« Sie hielt ihre Finger hoch, und Jupitus sah im Schein der Kerzen die vielen roten Striemen und Schnitte in der Haut. »Geschieht dir nur recht. Das war's dann wohl mit dem Abendessen.«

»Kein Abendessen?«, fragte Jupitus bestürzt.

»Nein. Bist du taub? Und Geschichte gibt es heute auch keine.«

»Dann werden wir wohl auf Plan B zurückgreifen müssen«, erklärte er mit samtweicher Stimme und deutete auf einen Tisch, der halb unter der Bougainvillea verborgen war.

Rose sah genauer hin und traute ihren Augen nicht: Auf dem Tisch war ein regelrechtes Galadiner mit gegrilltem Fisch, frischen Salaten und Bratenaufschnitt vorbereitet. Und nicht nur das Essen war exquisit, auch an Festbesteck und Blumen hatte Jupitus gedacht.

Roses Wut schmolz dahin wie Schokoladeneis in der Mittagssonne. »Wie in aller Welt hast du das hinbekommen?«

»Nicht schlecht für einen undankbaren alten Miesepeter, nicht wahr?«, erwiderte Jupitus mit einem Zwinkern.

In diesem Moment begann die Kristallantenne des Meslith-

Schreibers auf dem Beistelltisch zu knistern. Das Lächeln auf Jupitus' Gesicht verschwand. »Nicht schon wieder«, seufzte er.

»Wer ist es?«, fragte Rose.

»Zweifellos meine reizende Verlobte«, erwiderte er durch zusammengebissene Zähne.

»Dann wird es wohl wichtig sein«, sagte Rose und machte Anstalten, das Kommuniqué zu lesen.

»Finger weg!«, bellte Jupitus, wurde aber gleich wieder sanfter. »Bitte«, fügte er hinzu, zog die Decke unter seinem gebrochenen Bein hervor und warf sie über den Schreiber. Er lächelte Rose an und bedeutete ihr, sich zu setzen. »Essen wir erst einmal in Ruhe …«

In einer anderen Ecke Europas, tausend Kilometer und noch mehr Jahre von Messina entfernt, stand Alan an der Tür zu Oceane Noires Suite Wache. Mit dem einen Auge behielt er den kerzenbeleuchteten Flur im Blick, mit dem anderen seine Frau, die mit einer Laterne in der Hand die Suite durchsuchte. »Und, hast du schon was?«, flüsterte er.

»Bis jetzt noch nicht. Nur jede Menge kitschiger Porträts Ihrer Majestät«, antwortete sie kichernd.

Jakes Eltern befolgten die Bitte ihres Sohnes, Oceanes Quartier nach verräterischen Hinweisen zu durchsuchen, vor allem nach einem Buch mit einer Palme auf dem Ledereinband – dem Buch, das sie in jener Nacht im Archiv nach Josephine geworfen hatte.

Miriam ließ den Blick durch die opulenten Räumlichkeiten schweifen. Der Einrichtungsstil erinnerte sie an das Schloss von Versailles. Vor den mit Seide tapezierten Wänden standen vornehme Chaiselongues, daneben mit echtem Blattgold verzierte Cafétischchen, und überall hingen Ölgemälde von Oceane in »historischen« Kostümen: als ägyptische Königin, griechische Göttin, türkische Blumenverkäuferin und so weiter. Miriam musste sich mit aller Macht zusammenreißen, um nicht lauthals loszuprusten. Nur eines der Bilder erregte ihre besondere Aufmerksamkeit.

»Diese lächerliche aufgeblasene Matrone …«, schnaubte sie und betrachtete Oceane als geheimnisvolle orientalische Prinzessin zurechtgemacht. Von Palmen umringt, stand sie in einem weiten Palastgarten, daneben ihr Diener und Gärtner, der eindeutig eine weniger blasse und etwas attraktivere Version von Jupitus Cole war.

»Es kommt jemand!«, rief Alan von der Tür.

Miriam wirbelte erschrocken herum und stieß dabei das Bild mit dem Ellbogen an, sodass es verrutschte. Sie wollte es schnell wieder gerade rücken, da fiel ihr etwas auf: Die Ecke eines kleinen in die Wand eingelassenen Türchens lugte hinter dem Bilderrahmen hervor. Neben dem Türchen hing ein winzig kleiner Schlüssel. Kurz entschlossen schob Miriam das Bild noch ein Stück weiter zur Seite, steckte den Schlüssel ins Schloss und öffnete das Türchen. Dahinter befand sich ein mit purpurroter Seide ausgekleideter Tresor. Er war leer. Hastig klappte Miriam ihn wieder zu, hängte den Schlüssel zurück und rückte das Bild gerade.

»Zu spät, sie kommt schon die Treppe rauf!«, zischte Alan. »Schnell, versteck dich irgendwo.« Alan schlüpfte hinaus auf den Gang, zog lautlos die Tür hinter sich zu und konnte sich gerade noch rechtzeitig hinter die nächste Ecke retten.

Oceane kam mit Josephine im Schlepptau den Flur entlang und betrat missmutig ihre Suite. Wegen der ausladenden Krinolinen musste sie sich im Krebsgang durch die Tür schieben, aber sie war ohnehin zu sehr mit ihren Gedanken beschäftigt, um zu bemerken, wie Miriam hinter einem Paravent verschwand. Schnurstracks ging sie zu dem Bild mit dem Wandtresor, schob es beiseite und legte ein Buch in das Geheimfach – ein Buch, in dessen Rücken eine Palme geprägt war.

Mit wachsender Unruhe beobachtete Miriam, wie Josephine

unterdessen direkt auf den Wandschirm zugetappt kam. Da ertönte ein Klopfen.

»Mademoiselle Noire, dürfte ich kurz mit Euch sprechen?« Es war Alans Stimme.

Oceane riss die Tür auf. *»Qu'est-ce que vous voulez?«*, fauchte sie ihn an.

»Es scheint, dass genau unter Eurem Badezimmer Wasser von der Decke tropft, Mademoiselle. Ob ich wohl einen kurzen Blick hineinwerfen dürfte?«, fragte Alan mit einem verkrampften Lächeln.

Oceane verzog irritiert die Mundwinkel. »Zufällig habe ich gerade eine Migräne, wie die Medizingeschichte sie noch nie gesehen hat«, erklärte sie verärgert. *»Depêchez-vous!«*

»Wenn Ihr es mir wenigstens zeigen würdet? Es dauert nur zehn Sekunden.« Alan ließ nicht locker – er musste Miriam eine Gelegenheit zur Flucht verschaffen.

Oceane brummte irgendetwas und führte ihn ins Badezimmer.

Miriam sprang hinter dem Wandschirm hervor und eilte auf die Tür zu. In diesem Moment brüllte Josephine aus vollem Hals los.

»Halt die Klappe, du blödes Pelztier!«, fluchte Oceane aus dem Badezimmer, und die Löwin verstummte.

Mit pochendem Herzen schlüpfte Miriam auf den Flur und schloss die Tür hinter sich.

Zehn Minuten später lagen Alan und Miriam bequem ausgestreckt auf ihrem Bett und überlegten, wie sie an das Buch in dem Tresor herankommen konnten. Welches Geheimnis es wohl bergen mochte?

Kurz vor Anbruch der Dämmerung wurde der Verkehr immer dichter. Andere Straßen mündeten auf die ihre ein, die allmählich zu einer Hauptverkehrsader anwuchs. Händler und Bauern fuhren mit Kutschen und Pritschenwagen neben, vor und hinter ihnen, und Charlie beschrieb dem begeisterten Gaius das geschäftige Treiben. Jake konnte es kaum erwarten, die Stadt der Städte endlich mit eigenen Augen zu sehen. Auch Lucius war aufgewacht, reckte die muskulösen Glieder und blickte sich staunend um.

Doch dann kam, was kommen musste: Nachdem es schon eine ganze Weile nur stockend weitergegangen war, kam der Verkehr schließlich ganz zum Erliegen. Ein paar Hundert Meter weiter vorn war ein Wagen unter der Last der tonnenschweren Marmorblöcke auf der Ladefläche zusammengebrochen, und jetzt blockierte die Fracht die Straße auf voller Breite. Ein heftiger Streit brach aus, sogar Schwerter wurden gezogen, aber schließlich beruhigten sich alle, ohne dass es zu einem Blutvergießen gekommen war. Dennoch dauerte es fast volle zwei Stunden, bis der Weg wieder freigeräumt war, und als sie endlich weiterfahren konnten, war es schon weit nach acht Uhr. *Wenn wir bloß Topaz nicht verpassen,* dachte Jake.

Nach und nach tauchten die ersten Gebäude in der staubigen Hitze am Straßenrand auf, zuerst nur vereinzelt, dann immer mehr. Als sie an einem Stand mit Essen und einfachem Haushaltsbedarf vorbeikamen, hob Lucius ruckartig den Kopf.

»Du Geld?«, fragte er Nathan.

Zögernd zog Nathan einen klimpernden Beutel aus feinem Rehleder hervor.

Lucius schnappte sich eine Kupfermünze, sprang vom Wagen und kaufte davon eine Flasche mit einer bräunlichen Flüssigkeit darin.

»Keine Ursache«, stammelte Nathan, als Lucius wortlos die Flasche entkorkte und einen kräftigen Schluck daraus nahm.

Lucius verzog den Mund und wischte sich mit dem Handrücken die Lippen ab. »Ihr alle trinken«, sagte er und reichte die Flasche weiter.

»Was ist das?«, fragte Nathan misstrauisch.

»Essig.«

Der Amerikaner hob abwehrend die Hände. »Nein, danke. Ich habe gerade keinen Durst.« Im Flüsterton sagte er zu den anderen: »Er mag ja ein guter Kämpfer sein, aber ich glaube, er hat sie nicht alle.«

Doch Lucius ließ nicht locker. »Trink!«, wiederholte er. »Essig Gift der Hydra aufhält. Ihr alle trinkt.«

Charlie begriff als Erster. »Ich glaube, er meint, es macht immun gegen das Schlafgas, das Jake abbekommen hat. Ich schätze, wir tun besser, was er sagt.« Er griff nach der Flasche und nahm einen kräftigen Schluck.

Nathan und Jake folgten widerwillig seinem Beispiel. Jake konnte Essig nicht ausstehen, nicht einmal im Salat, und hatte alle Mühe, das säuerliche Zeug im Magen zu behalten.

»Einmal trinken gut für drei Stunden«, erklärte Lucius. »Dann wieder müsst trinken. Nur so ihr sicher.«

»Ich liebe diesen Job«, seufzte Nathan.

Sie fuhren weiter, und Jake bestaunte begeistert die neue Umgebung. Doch schon bald wurde seine Hochstimmung gedämpft: Zu beiden Seiten der Straße ragten hässliche vierstöckige Mietskasernen auf. Dicht an dicht standen sie, die Gassen dazwischen dunkel und eng. Einmal sah er, wie ein dürres Ärmchen durch eines der viel zu kleinen Fenster den Inhalt eines Nachttopfs auf die ohnehin schon verdreckte Straße leerte. Rotgesichtige Gestalten schliefen in den Hauseingängen den Rausch der letzten Nacht aus, abgemagerte Katzen und Hunde wühlten in den Abfallhaufen nach Resten. Der Gestank von fauligem Essen, Schweiß und Urin hing in der Luft. Die Menschen, die hier leben mussten, taten ihm aufrichtig leid. Es war nicht ganz das Rom, das Jake sich vorgestellt hatte.

»Warte, bis wir zwischen den beiden Hügeln da vorn durch sind«, sagte Charlie, der Jake die Enttäuschung ansah. »Das sind der Caelius und der Aventinus. Dahinter erwartet uns eine andere Welt.«

Charlie hatte nicht übertrieben: Fünf Minuten später breitete sich vor ihnen eine Stadt aus, deren Tempel, Villen, Plätze und Arenen ihnen allen den Atem verschlugen. Selbst Nathan war so überwältigt, dass er zu Abwechslung die Klappe hielt.

Charlie ließ die anderen eine Weile staunen, dann sagte er in feierlichem Ton: »Was wir hier sehen, ist nichts weniger als die Wiege unserer modernen westlichen Zivilisation, die erste echte Metropole der Welt! Der Einfluss, den Rom auf den späteren Verlauf der Geschichte haben wird, ist so allumfassend, dass wir ihn schon gar nicht mehr wahrnehmen.«

»Das wird immer behauptet«, meldete Nathan sich nun doch zu Wort. »Aber wenn ich darüber nachdenke, fällt mir nicht viel ein, was wir den alten Römern zu verdanken hätten. Außer der Erfindung des Lockeneisens vielleicht.«

Charlie lief puterrot an, und er ratterte los wie ein Maschinengewehr: »Nun, da hätten wir das Bildungssystem, die moderne Verwaltung, sanitäre Einrichtungen, künstliche Bewässerung, eine wahre Revolution in der Stadtplanung und der Gesetzgebung …«

»Das schon, aber sonst?«, unterbrach Nathan und zwinkerte Jake zu.

»Unsere Sprache wurde maßgeblich von ihnen beeinflusst. Sie haben uns das Alphabet gebracht, die öffentliche Ordnung, wie wir sie heute kennen, das Wohlfahrtssystem, von Wasser angetriebene Mühlen, den Kalender, Fensterglas, öffentlich zugängliche Bibliotheken, Zement, jede Menge Obst- und Gemüsesorten …« Charlie musste kurz verschnaufen, bevor er weitersprechen konnte. »Am Ende ist das Römische Reich zwar zerfallen, aber sein Vermächtnis lebt bis heute weiter, Agent Wylder, in beinahe jedem Winkel des Planeten: von Mont-Saint-Michel bis nach London, Paris und Washing…«

»Immer wieder erheiternd, wie leicht sich der gute alte Charlie auf die Palme bringen lässt!«, prustete Nathan und klopfte ihm auf die Schulter. »Ich verehre das alte Rom genauso wie du, mein Bester. Man braucht nur hinzusehen: Das ist wahre Pracht ohne falsche Zurückhaltung, ganz nach meinem kultivierten Geschmack!«

»Was ist das da drüben?«, fragte Jake, um das Gespräch in eine andere Richtung zu lenken, bevor die beiden sich doch noch ernsthaft in die Haare kriegten. Er deutete auf ein gigantisches Stadion in dem Talkessel unterhalb. Es war über einen halben Kilometer lang, zu beiden Seiten von hohen Säulengängen eingefasst, und die steinernen Zuschauerränge stellten alles in den Schatten, was Jake je gesehen hatte.

Nathan verstummte abrupt, und seine Kinnlade klappte nach unten. »Unglaublich …«, stammelte er. »Bis jetzt habe ich ihn immer nur in Illustrationen gesehen oder als Ruine. Aber das hier, meine Herren, ist das Original: der weltberühmte Circus Maximus.«

»Circus Maximus?«, wiederholte Lucius ehrfürchtig. »Herrlich.«

»Das größte Stadion, das je gebaut wurde«, sprach Nathan weiter, »mit Platz für über einhundertfünfzigtausend Zuschauer. Am berühmtesten sind natürlich die Wagenrennen, aber hier findet alles Mögliche statt: Gladiatorenkämpfe, Triumphzüge, Leichtathletikwettbewerbe und sogar Hetzjagden auf wilde Tiere. Signor Gondolfino hat mir erzählt, wie hier einmal vor seinen Augen dreiundsechzig Leoparden und neunundachtzig Bären erlegt wurden.«

»Bei allem Respekt gegenüber unserem allseits geschätzten Kostümschneider«, unterbrach Charlie, »aber Signor Gondolfino übertreibt manchmal. Zumindest die Zahlen würde ich bezweifeln. Außerdem läuft uns die Zeit davon. Pons Fabricius ist dort drüben« – er deutete in Richtung Norden auf eine Windung des Tiber –, »und wir haben schon kurz vor neun. Ich schlage vor, wir beeilen uns.«

Es war noch ein ganzes Stück bis zu der Brücke. Jake konnte sie im morgendlichen Dunst gerade so erkennen. Sie führte zu einer Insel in der Mitte des Flusses. Auf der anderen

Seite verband eine zweite Brücke die Insel mit den Feldern am Westufer.

Nathan ließ die Zügel schnalzen, und sie tauchten ein ins Getümmel der pulsierenden Stadt. Der Lärm, der ihnen entgegenschlug, war ohrenbetäubend. Hufe klapperten, Wagenräder ratterten, jeder einzelne der eine Million Bürger Roms schien auf den Beinen zu sein. Es gab so viel zu sehen, dass Jake gar nicht wusste, wo er anfangen sollte. Überall rannten Leute umher: Handwerker mit Taschen voll Werkzeug auf dem Weg zum nächsten Auftrag, Trauben von Kindern auf dem Weg zur Schule, feine Damen gingen mit Sonnenschirmen spazieren, Legionäre in Kettenhemden strömten aus den Kasernen, und dazwischen tummelte sich allerlei Getier. Schafe und Kühe wurden zum Markt getrieben, Maultiere und Esel schleppten riesige Körbe mit Waren, Hunde spielten unbeaufsichtigt auf der Straße, gingen brav an der Seite ihres Herrn oder saßen gähnend auf einem schattigen Plätzchen.

Die meisten Leute trugen einfache braune Leinengewänder, aber hier und da stach Jake eine leuchtend weiße Toga mit purpurfarbenem Saum ins Auge, deren Träger sich mit geschäftiger Miene durch die Menge schob. Einer dieser hochrangigen Beamten – oder was auch immer er sein mochte – war umringt von bewaffneten Leibwächtern, die alles, was im Weg stand, rücksichtslos zur Seite stießen. Eine ganze Traube Lakaien folgte ihm wie eine Herde dem Leithammel und buhlte um seine Aufmerksamkeit.

Manche Adlige vermieden das unangenehme Gewühl, indem sie sich auf weich gepolsterten Sänften tragen ließen. Jake sah eine dünnlippige Frau, die nur hin und wieder den Kopf zwischen den seidenen Vorhängen ihrer Sänfte hervorstreckte und einen Befehl bellte oder mit einer Peitsche nach den Trägern schlug.

Geschäfte und Werkstätten aller Art säumten die Straße. Die meisten waren nicht mehr als eine Mauernische in einem

Haus mit einem handgemalten Schild davor. Jake sah Huf- und Goldschmiede, Steinmetze und Tischler, Blumenverkäufer, Obsthändler, Bäcker und Imker, die ihren Honig verkauften. Irgendwo dazwischen entdeckte er eine Art Apotheke, deren Inhaber in einem Mörser Kräuter zerstampfte. Gleich daneben befand sich eine Schreibstube, in der drei Gestalten über kleine Tischchen gebeugt Dokumente auf Pergament kopierten. Es gab Sandalenmacher, Lampenmacher, Schlosser und Töpfer. Selbst einen Barbier konnte Jake bei der Arbeit beobachten. Zwischen bemalten und mit Blumengirlanden verzierten Wänden ließen die Damen der Gesellschaft sich von ihm die neueste Frisur machen oder eine Ölpackung fürs Gesicht verabreichen. Eine Frau berichtete flüsternd und von theatralischen Gesten begleitet den neuesten Tratsch, während die anderen ehrfürchtig an ihren Lippen hingen. Irgendwie schien sich gar nicht so viel verändert zu haben seit dem Jahr 27, dachte Jake.

Nathan steuerte den Wagen weiter durch das Straßenlabyrinth, bis der Weg schließlich so eng und der Verkehr so dicht wurde, dass Charlie vorschlug, zu Fuß weiterzugehen. Es war bereits kurz nach neun, und die Zeit drängte. Die Agenten bedankten sich bei Gaius und verabschiedeten sich mit einer kurzen Umarmung. Nur Charlie begleitete ihn noch bis zum Forum Boarium, wo er Gaius beim Standaufbauen helfen wollte, bevor er wieder zu den anderen stieß.

Jake, Nathan und Lucius gingen im Eilschritt los zum vereinbarten Treffpunkt. Jake war aufgeregter denn je. Wenn alles nach Plan lief, würde er in wenigen Minuten endlich Topaz wiedersehen. Die Aussicht ließ ihm seltsam bang ums Herz werden. Immer schneller liefen sie, bis sie endlich durch ein altes Stadttor ans Ufer des Tiber gelangten.

»Da drüben!«, rief Jake. Er deutete auf eine Brücke, die sich bis hinüber zu der Insel in der Mitte spannte, und wollte sofort loslaufen.

»Langsam, Jake. Immer schön langsam«, befahl Nathan. »Wir müssen kühlen Kopf bewahren. Könnte immer noch sein, dass es sich um eine Falle handelt.«

Jake gehorchte widerwillig, und sie suchten den Treffpunkt zunächst nach potenziellen Hinterhalten ab. Das Areal war reichlich unübersichtlich, denn auch hier rannte eine Unzahl von Menschen geschäftig hin und her oder versammelte sich in dicken Trauben um die Jongleure, Feuerschlucker und Wahrsager.

Jake kniff die Augen zusammen: An der Brüstung des Pons Fabricius stand mit dem Rücken zu ihnen eine junge Frau. Unter ihrem seidenen Kapuzenumhang lugten honigfarbene Locken hervor. Das musste sie sein. Jakes Mund wurde staubtrocken, und er ging zu der Brüstung.

»Topaz?«, fragte er.

Die junge Frau wandte sich um, und Jakes Herz blieb beinahe stehen: Das Gesicht und die hellen Augen, die ihn fragend anschauten, hatten so rein gar nichts von Topaz' geheimnisvoller Tiefe. Sie war es nicht. Er lächelte verlegen und drehte sich wortlos wieder weg.

Nathan eilte heran und warf ihm einen vorwurfsvollen Blick zu, aber Jake war viel zu sehr damit beschäftigt, weiter nach Topaz zu suchen, um ihn auch nur zu bemerken. Es dauerte jedoch nicht lange, bis er sich eingestehen musste, dass sie nicht hier war.

Frustriert lehnten die drei sich ans Geländer und hoben jedes Mal verstohlen den Kopf, wenn eine junge Frau vorbeikam. Nach einer Stunde begannen erste Zweifel an ihnen zu nagen. Jake versuchte zwar, sich nichts anmerken zu lassen, aber sein Blick wurde immer leerer.

Die Stimmung hob sich noch einmal kurz, als Charlie mit ein paar Erfrischungen und einem heiteren Bericht davon, wie Gaius' Parfüme bereits der Renner auf dem Markt waren, wieder zu ihnen stieß. Dann wandte er sich mit leuchtenden Augen der Tiberinsel zu und erzählte, wie sie der Legende nach entstanden war:

»Vor fünfhundert Jahren«, verkündete er stolz, »warfen die Römer hier die Leiche des verhassten letzten Königs Tarquinius Superbus in den Fluss. Im Lauf der Zeit sammelte sich so viel Schlamm und Sediment um den Toten, dass sich eine Insel bildete. Findet ihr nicht, dass sie aussieht wie ein Schiff?«

Lucius starrte Charlie an, als hätte er den Verstand verloren, aber Jake wusste sofort, was er meinte: Das eine Ende der Tiberinsel lief spitz zu wie ein Schiffsbug, in der Mitte ragte ein Obelisk auf wie ein Mast, und am gegenüberliegenden Ende stand ein Tempel wie die Kapitänskajüte am Heck großer Segelschiffe.

»Das ist natürlich kein Zufall«, flüsterte Charlie geheimnisvoll.

»Natürlich nicht«, brummte Nathan. »Sonst hätte Agent Chieverley ja gar nichts zu erzählen.«

»Denk du, was du willst, Nathan«, erwiderte Charlie, »aber es stimmt. Sie wurde zu Ehren Äskulaps, des griechischen Gottes der Heilkunst, eigens so zurechtgemacht. Im Jahr 293 vor Christus wütete in Rom eine fürchterliche Seuche, und man schickte per Schiff eine Gesandtschaft nach Griechenland zum Tempel des Äskulap, um sich seines Beistands zu versichern. Als sie zurückkehrten, brachten sie eine heilige Schlange mit, die den Heilgott symbolisierte. Sie hatte sich um den Mast geschlungen, doch als das Schiff auf Höhe der Insel war, sprang sie von Bord und schwamm hinüber. Das war natürlich ein untrügliches Zeichen, dass der Äskulaptempel genau hier errichtet werden musste. Und dort steht er bis heute – auf einer Insel, die aussieht wie das Schiff, mit dem die Schlange damals gekommen ist …« Charlies Stimme bebte, so berührt war er von der Poesie der Geschichte.

»Faszinierend, wirklich«, kommentierte Nathan. »Ich frage mich manchmal, ob du nicht eher zum Fremdenführer geboren bist als zum Geheimagenten.«

Charlie verdrehte nur die Augen und murmelte etwas von Philistern.

Die Stunden vergingen, und gegen Mittag wurde die Hitze unerträglich. Nathan, der seinen mittlerweile perfekten Teint nicht ruinieren wollte, zog kurz entschlossen los und kam mit einem rosafarbenen Sonnenschirm mit Quasten zurück. »Andere hatten sie nicht mehr«, rechtfertigte er den Kauf mit einem Achselzucken und spannte den Schirm auf.

Topaz war immer noch nicht aufgetaucht. Jake hockte regungslos auf dem Brückengeländer und brütete vor sich hin, und die anderen wurden allmählich unruhig. Schließlich hielt Lucius das tatenlose Warten nicht mehr aus und ließ sich von einer Seherin die Zukunft vorhersagen. Die Prophezeiung, dass er sein Leben als Schafhirte in Germanien beenden würde, hob seine Laune kein bisschen. Nathan kam unterdessen auf die Idee, sich zur Zerstreuung ein Porträt malen zu lassen. Der angesprochene Künstler machte ein Gesicht, als wäre die Aufgabe unter seiner Würde, willigte aber ein. Natürlich war am Ende keiner der beiden zufrieden. Nathan beschwerte sich in grauenhaftem Küchenlatein, dass seine »männlich-mystische Aura« auf dem Gemälde kein bisschen rüberkomme, und es folgten wechselseitige Beschimpfungen, die darin gipfelten, dass der Maler das Porträt in den Tiber warf. »Schlimmer als meine Schwester, diese Römer«, schimpfte Nathan und kehrte missmutig zu den anderen zurück.

Die Sonne ging allmählich unter, die Schausteller am Pons Fabricius packten einer nach dem anderen ihre Sachen zusammen, und der Fußgängerverkehr auf der Brücke ging merklich zurück. Es wurde dunkel, die Stadt verschwamm zu einem Lichtermeer aus flackernden Kerzen, Fackeln und Laternen. Da fasste Charlie sich ein Herz und sprach endlich aus, was keiner zu sagen wagte: »Ich denke, wir haben lange genug gewartet. Topaz wird nicht mehr auftauchen. Ich schlage vor, wir gehen zum hiesigen Geheimdienstbüro. Vielleicht hat sie dort eine

Nachricht für uns hinterlassen. Zumindest könnten wir Kontakt mit dem Hauptquartier aufnehmen und versuchen, Agata Zeldt zu lokalisieren. Irgendwelche Einwände?«

Nathan und Lucius rappelten sich lustlos hoch, doch Jake rührt sich nicht von der Stelle. »Ich bleibe hier«, murmelte er nur.

»Keine gute Idee«, widersprach Nathan entschieden. »Rom kann verdammt gefährlich sein. Nachts tummeln sich hier jede Menge Banditen auf den Straßen.«

»Banditen?« Jake blickte kurz auf. »Mir egal. Geht ihr nur zum Büro. Ich warte hier auf Topaz.«

Nathan und Charlie blickten einander fragend an.

»Ich auch bleibe«, erklärte Lucius. »Banditen mir machen keine Angst. Ich zertreten mit dem kleinen Finger. Ihr gehen, Iake und ich bleiben hier.«

Jake überlegte kurz, was ihm unangenehmer war: die Möglichkeit, von Straßenräubern überfallen zu werden, oder die Aussicht auf Lucius' Gesellschaft, fügte sich aber in sein Schicksal und kam mit den anderen beiden Agenten überein, sich am nächsten Morgen wieder hier zu treffen.

Es dauerte eine Weile, bis Lucius und Jake die ersten Worte wechselten. Anfangs lächelten sie nur hin und wieder verlegen, aber nachdem vom Fluss her ein frischer Wind aufgekommen war, der die Hitze des Tages verscheuchte, tauschten sie immerhin kurze Kommentare über das Wetter aus. Schließlich erbot sich Lucius, zu Jakes Unterhaltung Vogelstimmen zu imitieren. Jake hörte interessiert zu, stellte aber schnell fest, dass sie sich kaum voneinander unterschieden. Trotzdem nickte er anerkennend, und Lucius gab stolz eine nach der anderen zum Besten.

Dann und wann hörten sie Schritte irgendwo in der Dunkelheit und griffen nach ihren Schwertern, sahen aber weder Topaz noch irgendwelche Banditen. Schließlich senkte sich eine bleierne Stille über die beiden, lediglich unterbrochen vom Heulen eines Straßenköters oder einem einsamen Glockenläuten.

Gegen Mitternacht erreichte die Stimmung ihren Tiefpunkt. Beide froren, und Jake beschloss, ein bisschen mehr über seinen Begleiter herauszufinden. »Wolltest du eigentlich schon immer Soldat werden?«, fragte er, weil ihm nichts Besseres einfiel.

Lucius blickte ihn aus schmalen Augen an. »Nein«, antwortete er schroff. Es folgte eisiges Schweigen, dann fügte er hinzu: »Mein Vater Schreiner. Hat Schiffe gebaut. Ich denken, ich einmal dasselbe tun.«

»Dein Vater war Schiffsbauer? Toll!« Endlich hatten sie ein Thema gefunden.

»Toll?«, wiederholte Lucius mit bissigem Unterton. »Du wohl wissen gar nichts.«

Jake schaute ihn verdutzt an. Selbst in der Dunkelheit konnte er den mörderischen Ausdruck in Lucius' Augen sehen, also hielt er fürs Erste lieber die Klappe. Als er es nicht länger aushielt, fragte er vorsichtig: »Dein Vater, ist er immer noch …?«

»Meinen Vater seit sieben Jahren nicht gesehen«, knurrte Lucius. »Meine Mutter auch nicht.« Er würdigte Jake keines einzigen Blickes mehr und starrte seine auf dem Schoß gefalteten Hände an.

Offensichtlich hatte Jake einen wunden Punkt erwischt. »Tut mir leid, ich wollte nicht …« Er verstummte und versuchte es mit einem neuen Anlauf. »Ich weiß, wie dir zumute sein muss. Ich habe meine Eltern auch mal …«

»Wir sprechen von andere Thema, verstanden?«, fuhr Lucius ihm über den Mund. Er zupfte seine Tunika zurecht, stand auf und ging ans andere Ende der Brücke.

Jake hätte ihm so gern erzählt, wie auch er seine Eltern verschollen geglaubt und sie dann wiedergefunden hatte. Er dachte, seine Geschichte könnte Lucius vielleicht Hoffnung geben. Außerdem hätte Jake gern seinen Kummer wegen seines vermissten Bruders mit jemandem geteilt. Irgendwie ärgerte ihn Lucius' Reaktion. Der Kerl benahm sich, als wäre er der Einzige auf der Welt, dem jemals Leid widerfahren war.

Von da an kam das Gespräch erst recht nicht mehr in Gang. Beide waren müde und überreizt. Jake lehnte den Kopf gegen das steinerne Geländer und schloss die Augen. Gerade als er dachte, er könnte an diesem Ort nie und nimmer ein Auge zutun, schlief er ein.

14

Begegnung im Morgengrauen

Jake hörte Schritte und schreckte hoch. Sein Nacken war steif, die Kehle staubtrocken. Die Sonne erhob sich gerade erst über die Hügel Roms, schmale Lichtstreifen drangen zwischen den Häusern hindurch und schmerzten in seinen Augen. Er konnte gerade so die Umrisse der Gestalt in Helm und Harnisch erkennen, die aus dem Stadttor mit entschlossenem Schritt auf die Brücke zukam.

»Lucius!«, wisperte Jake.

Der ehemalige Kämpfer der Hydra war sofort wach. Er musterte den herannahenden Fremden für den Bruchteil einer Sekunde, dann sprang er auf, das Schwert bereit.

Als Jake die Federn auf den Schultern des Fremden bemerkte, zog auch er seine Waffe. »Sollen wir lieber weglaufen?«, fragte er und sah sich schon nach dem besten Fluchtweg um.

»Wir zwei, er einer«, gab Lucius knurrend zurück, holte mit einer Hand die Essigflasche unter seinem Umhang hervor und entkorkte sie mit den Zähnen. Er nahm einen Schluck, dann reichte er sie Jake.

Etwas Ringförmiges baumelte am Unterarm des Soldaten. *Wahrscheinlich eine dieser verfluchten silbernen Giftspritzen*, dachte Jake und fragte sich, was Lucius vorhatte. Es konnten jederzeit noch mehr Soldaten kommen, und zwar nicht nur durch das Stadttor, sondern auch von der anderen Seite der Brücke … Er schielte über das Geländer hinunter zum Fluss. Eine Flucht durch den Tiber schied aus: Die Brücke war viel zu hoch, das schäumende Wasser darunter viel zu schnell.

Der Soldat kam mit unvermindertem Tempo auf sie zu. Das Geräusch seiner Stiefel hallte durch die morgendliche Stille, die bronzene Vogelmaske funkelte bedrohlich im ersten Sonnenlicht.

»Nicht bewegen«, zischte Lucius. Breitbeinig und mit erhobenem Schwert stand er da, bereit, jeden Moment zuzustoßen, aber der Fremde ließ sich nicht beeindrucken.

Jake stellte sich dicht neben Lucius und ging in Kampfstellung.

Weniger als zwei Meter vor ihnen blieb die maskierte Gestalt stehen. Keiner rührte sich. Wie Statuen standen die drei sich in der Mitte der Brücke gegenüber. Ein Schwarm Kiebitze sauste flatternd über ihre Köpfe hinweg, ansonsten war alles totenstill.

Jake betrachtete verstohlen das Armband ihres Gegenübers. Statt glänzend silbern war es stumpf anthrazitfarben – eine eiserne Handfessel, um die ein Stück Kette gewickelt war.

Der Fremde schob die Maske in die Stirn, und seine goldenen Locken fielen herab.

Jake wäre beinahe in Ohnmacht gefallen. »Topaz!«, rief er erleichtert.

»*Je savais que tu attendrais*. Ich wusste, dass du warten würdest«, erwiderte Topaz mit einem freudigen Jauchzen und schloss Jake in eine stürmische Umarmung. »Es ist so schön, dich zu sehen. Ich war mir nicht sicher, ob ihr es schaffen würdet. Tut mir leid, dass ich so spät dran bin, aber ich konnte nicht früher weg.« Sie hielt ihn weiter fest umschlungen und wechselte einen kurzen Blick mit Lucius.

Jakes Zunge war wie gelähmt. »Ja, doch«, sagte er mit einem Räuspern. »Nathan und Charlie sind auch hier. Sie sind zum

Büro …« Er brachte kaum ein Wort heraus, so überwältigt war er von Topaz' freudiger Begrüßung – vor allem nach der eher unterkühlten Begegnung auf der *Lindwurm*. Außerdem hatte sie zu Jakes Entzücken zuerst ihn begrüßt und nicht Lucius. Das tat sie erst jetzt.

»Das letzte Mal, als ich Jake gesehen habe, ist er den ganzen Rhein hinaufgefahren, um mich zu retten«, erklärte sie Lucius. »Dann hat er sich an Bord des Schiffes geschlichen, auf dem ich gefangen gehalten wurde. *C'est le garçon le plus courageux que je connais*. Er ist der waghalsigste Kerl, den ich kenne.« Sie strich ihm über die Wange. »Und wenn er so rot wird wie jetzt, finde ich ihn einfach nur putzig.«

Lucius legte die Arme um Topaz' Hüfte und hob sie hoch. Das Rot auf Jakes Wangen vertiefte sich noch.

»Arrête«, sagte sie und schlang lachend die Arme um seinen Hals. *»Lâche-moi.«* Lucius setzte sie sanft wieder ab, und Topaz flüsterte ihm zärtlich ins Ohr: »Ich bin so glücklich, dass dir nichts passiert ist.«

Jakes Träume zerplatzten wie eine Seifenblase. Topaz und Lucius waren ein Liebespaar, das war nicht zu übersehen; er kam sich vor wie ein Vollidiot, weil er jemals etwas anderes geglaubt hatte.

Endlich ließ Topaz von ihrem Geliebten ab und wurde wieder ernst. Sie schaute sich prüfend um, ob niemand sie beobachtete. »Schnell. Wir haben nicht viel Zeit, und hier ist es nicht sicher. Folgt mir«, sagte sie und ging in Richtung der Insel los. »Im Äskulaptempel können wir offen reden. Dann muss ich zurück, bevor jemand etwas merkt. Wie ihr seht« – sie deutete auf ihren gefiederten Harnisch –, »musste ich einige Vorkehrungen treffen, um aus der Villa rauszukommen.« Topaz klopfte auf die Schulterteile ihres Brustpanzers. Es klang hohl. »Ich weiß nicht, wie ihr Männer es schafft, den ganzen Tag dieses breite Kreuz mit euch herumzuschleppen. Wir Frauen sind so viel schmaler gebaut als ihr.«

Lucius ließ geschmeichelt die Oberarmmuskeln spielen und nahm Topaz' Hand.

Jake trottete niedergeschlagen hinterher.

Topaz führte sie durch ein dichtes Baumgestrüpp und über den kleinen Platz mit dem Obelisken. Jake bestaunte kurz die Hieroglyphen darauf, dann erreichten sie das Säulenportal des Tempels. Topaz blickte sich ein letztes Mal in alle Richtungen um, dann schlüpften sie hinein.

Drinnen war alles düster. Ein paar glimmende Kohlen in Räucherschalen und die fahlen Sonnenstrahlen, die durch die hohen Fenster drangen, waren die einzige Beleuchtung. Nachdem Jakes Augen sich an das Zwielicht gewöhnt hatten, sah er, dass sie nicht allein waren: Überall lagen Menschen auf dem Steinboden, dazwischen schlichen schweigend ein paar Pflegerinnen umher.

»Die Kranken kommen hierher, weil der Tempel der einzig sichere Ort für sie ist«, erklärte Topaz flüsternd.

Eine der Pflegerinnen kam an ihnen vorbei. Im Schummerlicht sah sie in dem langen weißen Gewand aus wie ein Engel. Topaz nickte ihr wohlwollend zu, und die Frau antwortete mit einem warmen Lächeln.

Jakes Blick wanderte die Reihen der Patienten entlang. Manche zitterten, andere krümmten sich vor Schmerzen, und einer erregte seine ganz besondere Aufmerksamkeit: Er war jünger als Jake und hatte nur noch ein Bein. Von Fieberkrämpfen geschüttelt, wälzte er sich hin und her.

Topaz ging weiter zur dunkelsten Ecke des Raums. »*Écoutez*, hört genau zu«, sagte sie und wickelte vorsichtig die Kette von ihrem schmerzenden Handgelenk. »Ich habe nicht viel Zeit, deshalb werde ich euch jetzt so kurz wie möglich erklären, was ihr tun müsst. Agata, meine sogenannte Mutter, hat angefangen, mir zumindest ein kleines bisschen zu vertrauen, und es ist *absolument imperatif* – es ist von allergrößter Wichtigkeit –, dass das auch so bleibt. Habt ihr das verstanden?«

Jake und Lucius nickten.

»Sie plant etwas, das sie ›das Ende der Ordnung‹ nennt. Und wenn Agata sich einmal etwas in den Kopf gesetzt hat, führt sie es auch durch. ›Ende der Ordnung‹ klingt für mich, als hätte sie diesmal etwas richtig Großes vor, und …«

»Topaz, dein Handgelenk«, unterbrach Jake, als er die roten Striemen sah, die die Metallfessel in Topaz' Unterarm geschnitten hatte. »Dann hält sie dich tatsächlich in Ketten, wie ich es mir auf Vulcano gedacht habe. Sagtest du nicht gerade, sie würde dir vertrauen?«

»Ich sagte, sie hat *angefangen,* mir zu vertrauen«, korrigierte Topaz. »Und das ist mehr, als ich zu hoffen gewagt hatte. Jake, du weißt, dass ich die meiste Zeit meines Lebens von ihr getrennt war und bei ihren größten Feinden aufgewachsen bin. Es ist mir gelungen, sie davon zu überzeugen, dass ich mich gegen meine Stiefeltern und die Geschichtshüter gewendet habe. *Que je cherche la puissance noire.* Dass ich mich auf die Seite der dunklen Macht geschlagen habe.« Sie atmete tief durch und blickte fragend zu Lucius hinüber, ob er auch alles verstanden hatte. Dann hielt sie mit einem sarkastischen Lächeln die Kette hoch. »Aber wie du siehst, habe ich einen Weg gefunden, die Dinger loszuwerden, wenn es sein muss.«

Jake erwiderte nichts. Er wollte es nicht zugeben, aber irgendwie machte ihm die Topaz Angst, die da vor ihm stand. Sie hatte sich verändert, die Warmherzigkeit der Begrüßung auf der Brücke hin oder her. Topaz war viel härter geworden seit ihrer ersten Begegnung in London. Ihr Gesicht sah entschlossener aus, ja, sie wirkte gerissener. Jake konnte nicht anders, als sich heimlich zu fragen, ob sie nicht versuchte, das Vertrauen ihrer Mutter zurückzugewinnen, weil das Blut der Zeldts auch in ihr die dunkle Seite geweckt hatte.

»Zurück zum Ausgangspunkt«, unterbrach Topaz seine Gedanken. »Bis jetzt konnte ich nur so viel über Agatas Pläne herausfinden: Der erste Schlag wird morgen stattfinden.« Sie zögerte einen Moment, und ihre Miene verfinsterte sich. »Den Auftakt soll ein *caedes publica,* ein Mord in aller Öffentlichkeit bilden.«

»Ein Mord in aller Öffentlichkeit?«, wiederholte Jake. Ein kalter Schauer lief ihm über den Rücken.

»Ich weiß nicht, wer das Opfer sein wird, genauso wenig wie ich mir vorstellen kann, wie ein einziger Mord das Ende der Ordnung einläuten soll, aber ich habe dieses *caedes publica* so oft gehört – es *muss* irgendetwas damit zu tun haben.«

Jake nickte ernst.

»Ihr müsst mehr darüber herausfinden, und hier sind eure Instruktionen: In Agatas Villa befindet sich ein geheimer Kontrollraum. Ich brauche wohl nicht eigens zu betonen, dass er schwer bewacht wird und es praktisch unmöglich ist, unautorisiert hineinzugelangen. Ich habe es zweimal versucht, und beide Male hätte ich mir dabei um ein Haar den Hals gebrochen. Es ist allein einfach nicht zu schaffen. Aber heute Abend veranstaltet sie einen Maskenball, und ihr werdet alle hingehen. Verkleidet euch gut, vor allem du, Lucius. Agata würde dich zwar nicht erkennen – sie nimmt ihre Soldaten nur als gesichtslose Befehlsempfänger wahr –, aber es könnte sein, dass sie zur Verstärkung weitere Hydra aus Vulcano kommen lässt.« Topaz zog drei Pergamentbogen unter ihrem Harnisch hervor. Sie deutete auf den ersten. »Das sind die Namen, unter denen ihr euch anmelden müsst. Sie stehen zwar nicht auf der Gästeliste, aber sie sind absolut glaubwürdig. Niemand wird irgendwelche Fragen stellen.«

Auf der nächsten Rolle befand sich eine grob mit der Hand skizzierte Karte. »Das hier ist die Villa, sie liegt an der Südwestflanke des Palatin. Und das« – Topaz gab Jake die dritte Rolle – »ist der Grundriss der Villa. Das Fest findet im Stadion im Herzen des Komplexes statt. Agatas Kontrollraum befindet sich unter dieser Kuppel hier. Der Zugang von außen ist nur über die Dächer möglich.«

Jake und Lucius wechselten einen kurzen Blick.

»Es wird ein großes Festbankett geben, danach folgen die *ludi sanguini*, die Blutspiele, wie meine Mutter es nennt. Ich kann euch nicht sagen, wann der geeignete Moment da sein wird, aber wenn die Gelegenheit günstig ist, geht zu der verborgenen Tür hinter der Saturnstatue am Nordende der Arena. Dort werdet ihr das hier brauchen.« Topaz gab Jake einen kleinen bronzenen Schlüssel. »Hinter der Tür führt eine Treppe hinauf zur Dachterrasse. Von dort könnt ihr über die Dächer der anderen Gebäude bis zur Kuppel des Kontrollraums klettern. In der Mitte befindet sich ein offenes Oberlicht, durch das ihr hineinkönnt. Zum Springen ist es zu hoch, deshalb müsst ihr alle zusammen gehen. Ihr werdet euch gegenseitig abseilen müssen.«

»Wonach suchen wir?«, fragte Lucius. Die Art des Einsatzes war absolut neu für ihn.

»Was immer ihr findet. Ich tappe noch vollkommen im Dunkeln. Als Erstes müssen wir etwas über diesen geplanten öffentlichen Mord in Erfahrung bringen und darüber, weshalb Agata alles darangesetzt hat, diesen Schauspieler aus Herculaneum – Austerio heißt er, glaube ich – nach Rom zu locken. Vielleicht hat es etwas mit dem Mord zu tun.«

»Ich habe einmal ein Buch gelesen«, warf Jake ein, »in dem Spione einen Schauspieler engagierten, um den Inhalt von Geheimdokumenten auswendig zu lernen. Damit sie sie nicht stehlen mussten, meine ich. Vielleicht braucht Agata ihn zu einem ähnlichen Zweck.«

»Möglich«, erwiderte Topaz. »Ich habe ihn nur kurz von der Kutsche aus gesehen, als Agata ihn in Herculaneum abgeholt hat. Nachdem wir in Rom angekommen waren, wurde er sofort in einen anderen Teil der Villa gebracht. Seitdem habe ich ihn nicht mehr zu Gesicht bekommen.« Topaz blickte mit gerunzelter Stirn zur Decke hinauf. Die Sonne stand jetzt merklich höher, Staub tanzte in den hellen Lichtkegeln, die durch die Fenster ins Innere drangen. »Der Morgen bricht an. Ich muss los«, sagte sie und wickelte die Kette wieder um ihr Handgelenk. »Nur eines noch: Ihr werdet euch heute Abend auf keinen Fall anmerken lassen, dass ihr mich kennt. Ihr dürft nicht mit mir sprechen, mich nicht einmal ansehen. Habt ihr das verstanden?«

Jake nickte, doch Lucius rührte sich nicht. »Wenn ich dich heute Abend nicht einmal ansehen«, sagte er mit einem verschmitzten Lächeln, »dann ich dich wenigstens jetzt küssen.«

Topaz schüttelte den Kopf, aber als Lucius sie in die Arme schloss, schmolz sie regelrecht dahin. Statt die Knutscherei mit anzusehen, studierte Jake lieber die nicht vorhandenen Bodenmosaiken. Schließlich riss er die beiden mit einem leicht gereizten Hüsteln aus ihrem Liebestaumel. »Eine letzte Frage noch: Wer kommt sonst noch zu dem Kostümball?«

Endlich ließen die beiden voneinander ab. Topaz brachte mit einem Räuspern ihre zerzausten Haare wieder in Ordnung. »Ich nenne sie die *milliardaires affamés*, die hungrigen Milliardäre«, antwortete sie. »Hochgestellte Persönlichkeiten aus dem ganzen Reich, Kaufleute, Advokaten, Generäle. Menschen, die eines gemeinsam haben neben ihrem sagenhaften Reichtum: den Hunger nach noch mehr Reichtum, egal, welche Mittel sie dafür einsetzen müssen. Es ist unfassbar. Agata lebt erst seit drei Jahren in Rom, aber in dieser Stadt voller Snobs hat sich niemand je gefragt, woher sie plötzlich kam und weshalb. Wie aus dem Nichts ist sie mit einer Wagenladung voll Gold aufgetaucht und hat alles darangesetzt, die große Villa neben dem Kaisersitz auf dem Palatin zu bekommen. Den alten römischen Adligen, der seit Jahrzehnten dort lebte, hat sie einfach mit einer astronomisch hohen Summe rausgekauft.«

»Und niemand wurde misstrauisch?«, fragte Jake.

»Nein, und das aus dem simplen Grund, dass sie die Reichste von allen ist. Reicher als der Teufel, wie die Leute hier sagen. Und grausamer«, fügte Topaz mit finsterem Blick hinzu. »Aber jetzt muss ich wirklich los.«

Als sie an den Kranken vorbei zurück zum Eingang gingen,

begannen die Pflegerinnen gerade, Brot und Wasser an ihre Patienten zu verteilen. Unvermittelt blieb Topaz stehen. Sie nahm das goldene Kettchen von ihrem Hals und beugte sich hinunter zu dem einbeinigen Jungen, den Jake zuvor gesehen hatte. Sie flüsterte ihm etwas ins Ohr, legte die Kette in seine kraftlose Hand und schloss seine Finger darum. Dann verließen sie den Tempel, und Topaz verabschiedete sich eilig. »Denkt daran«, rief sie ihnen noch im Gehen zu, »ihr kennt mich nicht!« Dann setzte sie die Maske wieder auf und verschwand über den Pons Fabricius durch das Stadttor.

Eine halbe Stunde später tauchte Charlie am vereinbarten Treffpunkt auf, und Jake berichtete ihm kurz, was sie von Topaz erfahren hatten. Er erzählte von dem geplanten Mord und zeigte Charlie die drei Pergamentbogen.

»Ich kenne dieses Gebäude«, sagte Charlie nachdenklich, als er den Grundriss der Villa sah. »Ich habe es mir während meiner vorbereitenden Recherchen angesehen. Es ist das größte Privatanwesen der ganzen Stadt, hat sogar ein eigenes kleines Stadion. Am besten, wir gehen sofort zurück ins Büro. Es ist Zeit, unsere eigenen Pläne zu schmieden. Allerdings scheint der hiesige Stützpunkt schon länger nicht mehr benutzt worden zu sein«, fügte er ein wenig verlegen hinzu. »Allerlei Krabbelgetier hatte sich dort eingenistet. Als ich ging, war Nathan immer noch mit Saubermachen beschäftigt.«

Er führte sie durch schmale Gassen einige Häuserblocks entlang, dann bogen sie auf einen großen Platz ein. »Das Forum Romanum«, erklärte Charlie feierlich und deutete auf die beeindruckenden Bauten. »Zentrum des Reichs, Sitz der Regierung und der Gerichtsbarkeit.«

Jake und Lucius blickten sich staunend um. Manche der Gebäude waren flach und wirkten beinahe gedrungen, andere ragten majestätisch auf, aber alle waren sie aus dem für die Ewige Stadt typischen weißen Marmor. Die Menschen, die sich auf dem Forum Romanum tummelten, gehörten offensichtlich zur Oberschicht und trugen Togen, die im morgendlichen Sonnenlicht genauso weiß schimmerten wie der Marmor des Platzes.

»Und das da drüben ist der Palatin, auf dem jetzt auch unsere allseits verehrte Agata residiert.« Charlie deutete auf einen Hügel in südlicher Richtung. Reihe um Reihe prächtiger Villen säumte die steile Flanke. »Wenn man die Luxuswohnsitze so betrachtet, leuchtet sofort ein, wie aus ›Palatin‹ unser heutiges Wort ›Palast‹ entstehen konnte, findet ihr nicht?«, fragte er. »Wie dem auch sei«, sprach Charlie weiter, nachdem keiner der beiden reagierte, »das da drüben ist das Senatsgebäude, die *Curia Iulia.* Caesar hat sie 44 vor Christus bauen lassen, als er auf dem Höhepunkt seiner Macht war. Sie ist die Urmutter aller europäischen Parlamente und Tagungsort des römischen Senats. Alle Gesetze werden hier verabschiedet.«

Jake war überrascht, dass ausgerechnet dieses Machtzentrum eines der unscheinbarsten Gebäude auf dem ganzen Platz war: mehr oder weniger würfelförmig mit ein paar Säulen davor, mehr nicht. Die erste Sitzung des Tages schien gerade vorüber zu sein, denn eine Gruppe Senatoren kam eifrig diskutierend die Eingangstreppe herunter.

Jakes Blick wanderte weiter zu einem lang gestreckten zweistöckigen Gebäude aus rötlichem Stein, an dessen Vorderseite sich eine ganze Reihe *tabernae* befand – kleinere Geschäfte, in denen Gold und andere wertvolle Metalle gehandelt wurden. Jake beobachtete einen buckligen Mann, der mit verkniffenem Gesicht kleine silbrig schimmernde Klumpen auf eine Balkenwaage legte.

»Und hier hätten wir die *Basilica Aemilia*«, erläuterte Charlie, während sie schon die Stufen zum Eingang hinaufgingen. Drinnen war es kühl wie in einer Kathedrale. Charlie deutete auf das Mittelschiff. »Bei der *Basilica Aemilia* handelt es ich allerdings nicht um eine Kirche, wie ihr seht, sondern um ein überdachtes Markt- und Geschäftszentrum. Gewerbetreibende aller Couleur kommen hierher, Pfandleiher, Advokaten, Makler und dergleichen. Hier herrscht ein ständiges Kommen und Gehen, was auch der Grund dafür ist, dass unser Geheimdienst sein Büro hier hat.«

Er führte die beiden zu einer dunklen Nische hinter zwei Säulen, blickte kurz über die Schulter und drückte mit dem Fuß gegen einen Stein knapp über dem Boden.

Jake kniff die Augen zusammen und sah das in hauchdünnen Linien in den Stein geritzte Emblem der Geschichtshüter.

Ein leises *Klick* ertönte, und die Rückwand der Nische schwang zurück. Charlie schob die beiden in die dunkle Kammer dahinter, streckte noch einmal den Kopf nach draußen, um sich zu versichern, dass niemand ihnen folgte, dann schloss er die Geheimtür.

Jake sah sich um. Die Kammer erinnerte ihn an das Londoner Büro. Auch hier führten alte Steinstufen nach unten, und auch hier waren die Wände mit Darstellungen wichtiger historischer Ereignisse verziert (wenn auch als Mosaiken ausgeführt und nicht in Öl), und wie damals in London spürte Jake beim Anblick der Bilder ein eigenartiges Kitzeln im Nacken.

»Warum wurde das Büro schon so lange nicht mehr benutzt?«, fragte er Charlie flüsternd, damit Lucius nichts mitbekam.

»Je weiter man in der Zeit zurückgeht«, antwortete Charlie leise, »desto weniger Agenten findet man vor Ort, weil nur wenige so große Zeitsprünge machen können. Unsere kleine Zentrale hier dient eher als Unterschlupf denn als Büro.«

Am Ende der Treppe befand sich eine weitere Tür. Charlie klopfte in einem bestimmten Rhythmus dagegen.

»Charlie?«, kam eine Stimme von der anderen Seite.

»Der und kein anderer.«

Ein Schlüssel wurde herumgedreht, und die Tür schwang auf.

»Habt ihr sie gefunden? Ist sie bei euch?«, platzte Nathan heraus. Vor lauter Aufregung hatte er ganz vergessen, dass er noch die Schürze anhatte und einen Staubwedel in der Hand hielt.

»Sie ist am Leben, und es geht ihr gut. Mach dir keine Sorgen«, antwortete Charlie. »Und heute Abend haben wir unseren ersten Einsatz hier.«

»Perfekt«, erwiderte Nathan. »Sehr gute Arbeit!«

Der große, mit dunklem Holz getäfelte Raum bildete einen angenehmen Gegensatz zu dem strengen weißen Marmor der Stadt, und Jake fühlte sich sofort zu Hause. Wie in London standen überall Tische mit Landkarten und Globen darauf, an den Wänden erstreckten sich Regale mit Büchern aus den verschiedensten Zeitaltern.

Nathan lauschte aufmerksam Jakes Bericht von der Begegnung mit Topaz, fragte hin und wieder nach und studierte die Karte, die Topaz ihm gegeben hatte. Als Nathans Wissensdurst befriedigt war, führte Charlie Jake zu zwei Stockbetten in einer Ecke. »Du kannst deine Sachen hier ablegen«, sagte er. »Das Bett neben der Neptunstatue ist deins.«

Jake bestaunte die wunderschöne Alabasterfigur. Sie stellte den bärtigen Meeresgott dar, wie er die Wellen bezähmte. Ein wahres Prachtexemplar antiker Bildhauerkunst hatten die Geschichtshüter sich da in ihre römische Dependance gestellt. Neben den Stockbetten entdeckte er ein in den Boden eingelassenes Metallgitter mit einem Vorhängeschloss davor. Darunter konnte er vage einen gemauerten Tunnel erkennen, und er hörte das Geräusch fließenden Wassers. »Was ist das für ein Kanal?«, fragte er und tippte mit dem Fuß auf das Gitter.

»Das ist die *Aqua Virgo*, einer der elf Aquädukte, die Rom mit Trinkwasser versorgen. Agrippa hat sie im Jahr 19 bauen lassen. Sie führt vom zehn Kilometer entfernten Collartina größtenteils unterirdisch bis zu den nach ihm benannten Thermen hier ganz in der Nähe. Ist ganz praktisch« – Charlie deutete auf den Eimer, der neben dem Gitter stand –, »wenn man mal Durst hat.«

Lucius sah sich mit offenem Mund um. Die meisten der Gegenstände in dem Raum hatte er noch nie zuvor gesehen. »Was ist das?«, fragte er und deutete auf einen Globus.

»Das … ähm«, antwortete Charlie, »ist eine experimentelle Landkarte.« Das Thema Zeitreisen und andere unangenehme Fragen wollte er lieber vermeiden, weshalb er Lucius ohne weitere Ausführungen zum frisch gedeckten Frühstückstisch führte. »Während ihr weg wart, habe ich eine kleine Stärkung für euch vorbereitet: Hirsebrei mit frisch gekochtem Kompott. War eine ganz schöne Herausforderung, das Rezept in diesem uralten Lehmofen einigermaßen hinzukriegen …«

Nachdem sie alle gegessen hatten und Lucius eingeschlafen war, setzten die drei Agenten sich über Topaz' Karte zusammen und studierten die ledergebundenen Annalen in den Regalen, vor allem die zum vergangenen Jahrzehnt. Sie brachten so manches Interessante über den exzentrischen Tiberius in Erfahrung: Als junger Mann hatte er einiges militärisches Geschick bewiesen und große Teile Germaniens sowie die südöstlichen Provinzen Dalmatia und Pannonia erobert. An das Leben als Kaiser konnte er sich jedoch nie recht gewöhnen und noch viel weniger an seine Residenz in der größten Stadt der Welt, weshalb er sich immer wieder nach Rhodos verdrückte – sehr zum Ärger seiner Senatoren. Je älter Tiberius wurde, desto verschrobener wurde er, und vor eineinhalb Jahren hatte er Rom endgültig den Rücken gekehrt. Seither regierte er das Reich über seinen Präfekten Seianus von der kleinen Insel Capri aus.

»Was mir Sorgen bereitet«, murmelte Charlie und klappte das Buch zu, in dem er gerade gelesen hatte, »ist die Tatsache, dass Seianus sich im Moment ebenfalls nicht in der Stadt aufhält. Er ist auf einem Staatsbesuch an der Ostgrenze und wird erst in einigen Wochen zurückkehren. Die sechshundert Senatoren sind zwar alle hier, aber im Grunde ist Rom im Moment führungslos. Gutes Timing, das muss ich Agata lassen …«

Nachdem sie alle notwendigen Vorbereitungen getroffen hatten, fragte Nathan, ob irgendjemand etwas dagegen hätte, wenn er ein bisschen shoppen ginge. »Das ist *die* Gelegenheit, ein paar Nachforschungen über die römische Mode zur Zeit der Antike anzustellen und diese gefährliche Wissenslücke ein für alle Mal zu schließen«, rechtfertigte er seinen Antrag.

Niemand hatte einen Einwand, und Nathan eilte sofort los. Etwa eine Stunde später kam er mit mehreren bis zum Platzen gefüllten Leinensäcken unter den Armen zurück. »Eine Sternstunde der Materialkunde!«, rief er mit leuchtenden Augen. »Ich sage nur eins: Hanf. Ihr glaubt nicht, was die römischen Schneider aus dem hässlichen Zeug alles zaubern können.« Zur Demonstration zog er ein braunes jackenartiges Obergewand aus einem der Beutel. »Ein bisschen kratzig zwar, aber der Schnitt ist so was von chic … Am anderen Ende der Skala hätten wir das hier: Muschelseide. Einfach unfassbar. Sie wird aus dem Sekret der *Pinna nobilis* gewonnen, der seltensten Muschelart im ganzen Mittelmeer. Weicher als Wolken, dieses Material.« Er bestand darauf, dass Jake und Charlie den Stoff befühlten, dann zeigte Nathan ihnen noch seine nagelneuen Schlangenlederstiefel sowie etwa zwei Kilo Halsketten und anderen Schmuck, den er als »die Krönung der Männlichkeit« bezeichnete.

Nachdem sie alles pflichtschuldig bestaunt hatten, machten Charlie und Jake sich auf, Masken für den abendlichen Ball zu besorgen. Auf dem Weg vom Pons Fabricius war Jake in einer Seitenstraße ein entsprechendes Geschäft aufgefallen, und er übernahm die Führung. Die meisten der feilgebotenen Masken stellten lachende oder weinende Gesichter dar, wie die Schauspieler in Herculaneum sie getragen hatten, aber es gab auch ausgefallenere. Schließlich kehrten sie mit einer ganzen Kollektion in ihr Versteck zurück. Trotzdem – wie konnte es auch anders sein? – wollten Nathan und Lucius unbedingt dieselbe haben. Sie stellte – und auch das war keine Überraschung – einen grimmigen Krieger dar. Ein hitziger Streit entbrannte, und als er gerade zu eskalieren drohte, kam Charlie die rettende Idee.

»Findest du nicht, dass das Dunkelbraun der Maske deinen Teint ein wenig blass aussehen lässt?«, fragte er.

Nathan blickte ihn einen Moment lang entsetzt an, dankte Charlie dann für den Hinweis und griff sich eine andere.

Nachdem das geklärt war, zogen sie ihre besten Gewänder an – Togen mit Kapuzen, wie auch die jungen Adligen der Stadt sie trugen – und versteckten ihre Waffen zwischen den Stofffalten. Nathan und Jake wickelten sich die Seile um den Bauch, die sie später brauchen würden, und alle nahmen einen Schluck von dem verhassten Essig. Schließlich füllte Charlie für Mister Drake noch eine Handvoll Nüsse in eine Schale, dann gingen sie nach oben. An der Geheimtür angekommen, überprüfte Nathan durch ein verstecktes Guckloch, ob die Luft rein war, betätigte einen Hebel, und sie schlüpften nach draußen.

Die Basilica war inzwischen halb leer. Nur noch vereinzelt standen ein paar Kaufleute in kleinen Trauben zusammen. Auf einem Podium schwang ein rotgesichtiger Mann vor einem skeptischen Publikum eine laute Rede. Anscheinend hatte er sich zuvor etwas zu viel Mut angetrunken, denn gerade als die Agenten hinaus aufs Forum Romanum traten, fiel der Mann mit einem lauten Rülpsen vornüber zwischen seine Zuhörer.

Draußen dämmerte es bereits. Die Villen am Hang des Palatin schimmerten rosafarben im Sonnenuntergang. Eine davon war ihr Ziel. Entschlossenen Schrittes zogen die vier los, jeder allein mit seinen Gedanken darüber, was sie in Agatas Domizil erwarten mochte.

15

Bankett des Grauens

Jake und sein Team folgten dem steilen Pfad, der vom Forum Romanum hinauf zu dem riesigen Villenkomplex führte, den Agata Zeldt jetzt ihr Zuhause nannte. Kurz bevor sie das Plateau erreichten, wurde der Weg merklich flacher und bog schließlich auf eine breite, von luxuriösen Anwesen gesäumte Straße ein. Die Luft hier oben war um einiges frischer, und es duftete angenehm nach Pinien. Sie befanden sich mitten in der besten und teuersten Wohngegend Roms. Der Lärm und die Hektik der Stadt waren weit weg. Nur dann und wann drängten gedämpfte Gesprächsfetzen an ihre Ohren, oder sie hörten das Plätschern eines Brunnens von irgendwo hinter den hohen Mauern der Prachtvillen. Gelegentlich wurden sie von einer Kutsche überholt, oder der Wind trug das Schnaufen der Sänftenträger heran, die ihre illustren Herren zu Agatas Fest trugen. Als sie in Sichtweite des schwer bewachten Torbogens vor Agatas Anwesen kamen, blieb Nathan im Schatten einer Baumgruppe stehen.

»Besser, wir teilen uns in zwei Gruppen auf«, flüsterte er. »Dann erregen wir weniger Aufmerksamkeit. Lucius und ich gehen zuerst, ihr beiden folgt in einer Viertelstunde. Viel Glück.« Er atmete einmal tief durch und ließ die Fingerknöchel knacken. Lucius machte dasselbe, dann marschierten sie los.

Jake und Charlie beobachteten, wie sie unter den finsteren Blicken eines Wachsoldaten dem Diener am Eingang ihre falschen Namen nannten und schließlich eingelassen wurden. Um sich die verbleibende Zeit zu vertreiben, gingen sie noch ein Stückchen weiter bis zu einer Stelle, von der sie den Circus Maximus sehen konnten. Jake war sprachlos: Der weiße Sand der Rennbahn schimmerte wie überirdisch im Mondlicht, als wäre der Circus Maximus das Stadion der Götter selbst.

Es schien eine Art Training stattzufinden. Zwei Streitwagen rasten Runde um Runde über die Bahn, und ein Assistent rief von der Seite Anweisungen.

»Morgen ist ein großes Rennen«, erklärte Charlie. »Eines der wichtigsten im ganzen Jahr. Die halbe Stadt wird da sein.«

Neben der Stimme des Assistenten hörte Jake noch ein anderes Geräusch. Es war eher ein Brüllen, aber er konnte nicht genau sagen, woher es kam.

»Wilde Tiere«, erläuterte Charlie, als er Jakes fragenden Blick bemerkte. Er deutete auf die Insel in der Mitte, die die Rennbahn in zwei Spuren teilte. »Sie halten sie dort unter der *spina* in großen Gehegen: Bären, Tiger und sogar Nashörner. Exotische Biester aus allen Ecken der Welt, die sie vor den Rennen in einer Art Triumphzug durch die Arena führen.«

Jake sah genauer hin und entdeckte Arbeiter, die auf der *spina* eine hölzerne Tribüne errichteten. »Sollen das zusätzliche Zuschauerränge werden?«, fragte er. »Ich meine, einhundertfünfzigtausend Sitzplätze sind doch eigentlich schon eine ganze Menge …«

»Aber ja. Nur die Crème de la Crème Roms darf dort in der Mitte sitzen, sprich: die Senatoren. Das Ganze hat natürlich Symbolcharakter: Im Zentrum des Geschehens thronen sie über Mensch und Tier, damit auch jeder weiß, wer hier das Sagen hat. Diese Sitte ist allerdings neu. Früher saßen sie immer neben der *pulvinar* – der Kaiserloge. Das ist das tempelartige Gebäude gegenüber mit der großen Terrasse davor.«

Ein weiteres Brüllen schallte durch die warme Nachtluft zu ihnen herüber, und Charlie blickte eine Weile nachdenklich auf die *spina*. »Es ist Zeit«, sagte er schließlich. »Gehen wir.«

Sie setzten ihre Masken auf – Jakes Mundwinkel zeigten steil nach oben, Charlies sah eher aus wie ein verwirrter Gelehrter – und gingen zum Tor.

Der Diener fragte nach ihren Namen, Charlie antwortete in akzentfreiem Latein, und sie wurden eingelassen. In einem der vielen vom Vorhof abzweigenden Säulengänge standen Sklaven mit gesenktem Haupt Spalier und markierten den Weg zu dem Areal, wo das Fest stattfand. Jake und Charlie liefen durch die schier endlosen Kolonnaden, bis sie schließlich wieder unter freiem Himmel standen.

Jake spürte, wie ihm kalter Schweiß auf die Stirn trat, als einhundert Masken sich neugierig in ihre Richtung drehten. Ohne jede Scham inspizierten Agatas Gäste die Neuankömmlinge, um sich schließlich wieder ihren Gesprächsrunden zuzuwenden.

Jake atmete erleichtert auf und ließ den Blick über den weiten Innenhof schweifen. Lang gestreckt und zu beiden Seiten von hohen Säulen eingefasst, sah er aus wie eine Miniaturversion des Circus Maximus, nur die *spina* in der Mitte fehlte. An deren Stelle führte eine Treppe hinunter zu einer Arena, die durch eine niedrige Mauer von den Zuschauerrängen abgegrenzt war. Die Fackeln in der Arena brannten bereits. *Hier werden dann wohl Agatas Blutspiele stattfinden,* dachte Jake und wandte sich wieder dem Innenhof zu. An den Seiten waren Tafeln mit seidenbezogenen Diwanen davor aufgestellt. Charlie hatte Jake bereits vorgewarnt, dass sie wohl im Liegen würden speisen müssen, wie es bei den reichen Römern Sitte war. Dahinter spielten, halb im Schatten der Kolonnaden verborgen, Musikanten auf Flöten, Lauten und Lyras, während ein Heer von Sklaven darauf wartete, von Agatas Gästen herumkommandiert zu werden.

»Sie mag krank sein«, kam eine Stimme von hinten, »aber sie hat mehr Geschmack, als ich dachte.« Es war Nathan, der ganz im Gegensatz zu Lucius das luxuriöse Ambiente sichtlich genoss. »Sie hat einen Sinn fürs Dramatische, das muss ich ihr lassen. Ich komme mir vor wie in einem *Grand Guignol,* eine durchaus angenehme Abwechslung nach Xanders Hang zum Düster-Mittelalterlichen.« Er hob seinen silbernen Trinkbecher. »Ihr müsst unbedingt den gekühlten Honigwein mit Wassermelone probieren. Ein Gedicht, sage ich euch, und genauso eiskalt wie das Herz unserer Gastgeberin.«

»Apropos Gastgeberin: Wurde sie schon irgendwo gesichtet?«, fragte Charlie.

»Oder Topaz?«, fügte Jake hinzu.

Nathan schüttelte den Kopf.

»Da drüben wäre zumindest die Saturnstatue mit der Geheimtür.« Charlie deutete in Richtung eines hohen Alabasterblocks, der einen grobschlächtigen bärtigen Mann mit einer Fackel in der Hand darstellte.

In diesem Moment schmetterte eine Fanfare los, und drei Gestalten traten von einem Trommelwirbel begleitet durch den großen Torbogen am gegenüberliegenden Ende. Alle hoben die Köpfe, es folgte spontaner Applaus.

Der Dreiergruppe voraus ging die Gastgeberin selbst in einem fantastischen Kostüm, das sie aussehen ließ wie ein dämonischer Paradiesvogel. Ein dunkles Federmieder schmiegte sich an ihren schlanken Körper, um den Hals trug sie einen Kragen aus schillernden Pfauenfedern, der das flammend rote Kopfhaar dramatisch betonte. Das Gesicht war halb von einer ultramarinblauen Maske verdeckt, die ihre dünnen blutleeren Lippen noch stärker hervortreten ließ.

»Mit diesem wilden Stilmix lehnt sie sich zwar ziemlich weit aus dem Fenster, aber das Ergebnis kann sich sehen lassen«, flüsterte Nathan nicht ohne Bewunderung.

»Wach auf, Nathan!« Charlie schnippte direkt vor seiner

Nase mit den Fingern. »Sie ist eine größenwahnsinnige Massenmörderin, die wie ihr Bruder der Geschichte den Krieg erklärt hat.«

Jake konzentrierte sich auf die beiden Gestalten hinter Agata. Der junge blonde Kerl mit der schwarz getupften Maske zu ihrer Linken konnte niemand anders sein als Leopardo. An einer Kette zog er die arme Topaz hinter sich her wie ein Zirkustier.

Lucius knurrte und machte Anstalten, nach seinem Schwert zu greifen, doch Nathan legte ihm eine Hand auf den Arm. »Du weißt, was sie zu dir und Jake gesagt hat«, flüsterte er. »Niemand darf merken, dass ihr euch kennt. Also halt dich auch dran.«

Jake dachte daran, wie wenig von dem lebhaften, fröhlichen Mädchen übrig war, das er in London kennengelernt hatte. Im Tempel auf der Tiberinsel war sie ihm so unglaublich hart erschienen, und jetzt, nicht einmal vierundzwanzig Stunden später, war sie nur noch ein Häufchen Elend.

Agata breitete majestätisch die Arme aus und sprach ein paar Worte auf Lateinisch, ihre Stimme dunkel und drohend wie ein Gewitter.

»Willkommen, verehrte Gäste, in meinem bescheidenen Heim«, übersetzte Charlie mit rollenden Augen, »macht es Euch bequem und genießt das kleine Bankett!« Dann klatschte Agata in die Hände.

»Das ist unsere Gelegenheit«, flüsterte Nathan. »Schnell, bevor alle sich gesetzt haben.«

Die Gäste machten es sich auf den Diwanen bequem, Heerscharen von Sklaven deckten die Tafeln, und die vier bewegten sich unauffällig zu der Statue. Sie hatten sie beinahe erreicht, als eine groß gewachsene Gestalt sich ihnen in den Weg stellte. Sie trug eine Leopardenmaske und zog an einer Kette die unglückliche Topaz hinter sich her.

»Sedete«, sagte der Mann und bedeutete ihnen, sich zu setzen. An der Tafel gleich neben ihnen waren noch Plätze frei, und den Agenten blieb nichts anderes übrig, als zu gehorchen.

Charlie verneigte sich höflich vor Leopardo, dann nahmen sie Platz.

Topaz' Halbbruder setzte sich ebenfalls, glücklicherweise mit dem Rücken zu ihnen, und Topaz warf Jake einen kurzen Blick zu – ob in Verbundenheit oder aus Furcht, hätte er nicht sagen können.

Jake musterte die anderen Gäste. Sie waren ein Haufen hochnäsiger Widerlinge, deren Lieblingsbeschäftigung ganz offensichtlich Essen und der neueste Gesellschaftsklatsch waren. Als die Teller aufgetragen wurden, schoben sie vorfreudig die Masken in die Stirn und blickten ihre neuen Tischgenossen neugierig an. Zögernd folgten Jake und die anderen ihrem Beispiel, versuchten aber, ihre Gesichter so gut wie möglich verborgen zu halten.

Über jeder Tafel hing ein kleiner Käfig, in dem ein leuchtend gelber Kanarienvogel fröhlich vor sich hin zwitscherte. Charlie streckte die Hand aus, um das possierliche Tierchen zu streicheln, aber der Vogel plusterte erbost das Gefieder auf und versuchte, ihn in den Finger zu picken. Charlie wandte sich enttäuscht ab. Jetzt kam ein Sklave mit einer Servierplatte heran und nannte den Namen der kulinarischen Köstlichkeit.

»Gebackene Flamingo-Schwanen-Überraschung …«, übersetzte Charlie angewidert.

Die Gäste jauchzten vor Entzücken, und Charlie traute seinen Augen kaum: Auf der Platte lagen zwei Vögel mit verbranntem Federkleid, die Hälse nach oben drapiert, sodass sie ein Herz bildeten und ihre Schnäbel sich wie zu einem Kuss berührten.

»Ich frage mich, wie die Überraschung erst aussieht«, flüsterte Nathan aus dem Mundwinkel, und seine Neugier wurde umgehend befriedigt: Der Sklave schnitt die gebratenen Tiere auf, und ein halbes Dutzend Nachtigallen erhob sich flatternd aus den ausgenommenen Vogelleibern in den Nachthimmel.

Lucius sprang – sehr zur Erheiterung ihrer Tischnachbarn – erschrocken auf, doch Nathan zog ihn sofort wieder zurück auf seinen Platz. Die verschreckten Vögel verschwanden unterdessen unter dem begeisterten Applaus der Gäste am nächtlichen Himmel.

»Unfassbar«, murmelte Charlie. »Die reinste Barbarei.«

Doch das war erst der Anfang. Speise um Speise wurde aufgetragen, eine schauerlicher als die andere: Turteltaubenragout und flambierter Strauß mit Granatapfel, als Beilage Qualle mit Eiern und roher Seeigel, als Nachtisch mit Sardinen gefüllter Aal. Lucius aß mit großem Appetit, und Nathan sah sich aus Konkurrenzgründen genötigt, dasselbe zu tun. Jake verzehrte widerwillig ein paar Happen, um keinen Verdacht zu erregen, doch Charlie brachte nicht einmal den Fisch hinunter, so entsetzt war er.

Das Festessen neigte sich schon dem Ende zu, als ein großer, schlaksiger Mann mit kantigem Gesicht und langem geflochtenem Bart durch den Torbogen am anderen Ende kam. Zielgerichtet ging er zwischen den Tafeln hindurch zu Agata, die ihn mit einem Nicken begrüßte und ihm etwas ins Ohr flüsterte.

Jake überlegte, wo er den Mann schon einmal gesehen hatte. »Das ist der Kerl aus dem Labor auf Vulcano«, sagte er leise.

Charlie blickte auf. »Wahrscheinlich ihr wissenschaftlicher Berater«, kommentierte er grimmig.

Als alle fertig gegessen hatten, wurden die Tafeln abgeräumt, und ein Mann mit einer roten Lockenperücke betrat die von Fackeln beleuchtete Arena. Er schien für das Unterhaltungsprogramm zuständig zu sein. Mit ausgebreiteten Armen stellte er sich in die Mitte der Arena und rief den versammelten Gästen mit heiserer Stimme etwas zu. Diesmal brauchte Charlie nicht erst zu übersetzen, denn der Inhalt der Worte wurde auch so klar, als die Gäste sich von ihren Diwanen erhoben und die Kanarienkäfige öffneten. Wie auf ein Kommando flogen die Vögel auf, sammelten sich zu einer Formation und kreisten einmal um die Arena. Schließlich ließ sich der ganze Schwarm auf dem Mann mit der Perücke nieder, sodass er selbst aussah wie ein übergroßer Kanari. Um das Bild perfekt zu machen, erhob er sich sodann vor den staunenden Augen der Zuschauer in die Luft, als könnte er tatsächlich fliegen. Jake konnte zwar den Hebemechanismus unter seinen Füßen erkennen, aber das Ganze wirkte so verblüffend echt, dass das gesamte Publikum begeistert aufsprang.

In diesem Moment wandte Topaz sich ihm ein zweites Mal zu und nickte kaum merklich. Jake hatte verstanden: jetzt oder nie.

Niemand bemerkte, wie die vier zwischen den Säulen verschwanden und zu der Saturnstatue schlichen. Sie fanden die Tür. Nathan holte den kleinen Schlüssel hervor, und im Handumdrehen waren sie drinnen.

Jake rollte das Seil von seinem Bauch ab und atmete ein paar Mal tief durch. Er hängte es sich über die Schulter, dann eilten sie im Laufschritt die schmale Wendeltreppe hinauf, bis sie eine zweite Tür erreichten.

Charlie drückte auf die Klinke, aber die Tür ließ sich nicht bewegen.

»Lass mich mal«, sagte Nathan, schob Charlie beiseite und versuchte es mit einem kräftigen Stoß mit der Schulter. Die Tür flog auf, und die Agenten traten hinaus ins Freie. Der Ausblick, der sich ihnen auf Rom und den kristallklaren Sternenhimmel bot, war atemberaubend. Die Stadt schien viel friedlicher als während des Tages, und die warme Brise, die mit einem leisen Flüstern über die Dachterrasse strich, verstärkte den Eindruck noch.

»Ich fasse es nicht«, sagte Charlie plötzlich und deutete auf eine blau und golden schimmernde Silhouette, die aussah wie eine übergroße Glühbirne. »Wenn das mal keine Montgolfiere ist …«

Die anderen drehten sich verblüfft um.

»Montgolfiere?«, überlegte Nathan. »Den Namen habe ich irgendwo schon mal gehört. Charlie, hilf mir …«

»Die Gebrüder Montgolfier gelten als die Erfinder des Heißluftballons«, erläuterte Charlie mit einem Seufzen. »Was nicht ganz stimmt, weil die Chinesen während der Zeit der Drei Reiche, also etwa im Jahr 200, schon mal was ganz Ähnliches gebaut hatten. Es gibt sogar Gerüchte, die Nazca in Peru wären damit noch viel früher dran gewesen, aber die offizielle Lehrmeinung lautet immer noch, dass der erste bemannte Ballonflug vier Jahre nach der Französischen Revolution im Oktober 1783 stattfand.« Er kratzte sich am Kopf. »Egal, welcher Version man nun Glauben schenkt, hier ist sie völlig fehl am Platz. Agata hat nicht den geringsten Respekt vor der Geschichte. Stellt euch mal eine Montgolfiere über dem antiken Rom vor!«

Jake fand das Bild eigentlich recht romantisch, wie dieses Wunder aus einer anderen Zeit vor den ungläubigen Augen der Römer über die antiken Bauten schwebte, sagte aber nichts.

Sie eilten weiter und suchten die umliegenden Dächer nach der Kuppel ab, die Topaz ihnen beschrieben hatte.

»Da drüben.« Jake deutete auf eine buckelförmige Erhebung ganz am anderen Ende des Villenkomplexes. »Sieht so aus, als ob wir erst mal ein Stück über die Dächer laufen müssten.«

Lautlos arbeiteten sie sich vor. Ein paar Mal mussten sie kehrtmachen und sich einen anderen Weg suchen, weil der Sprung zum nächsten Dach zu weit war, aber ihr Ziel rückte stetig näher. Kurz bevor sie es erreichten, kamen sie an einem vergitterten Oberlicht vorbei, aus dem ein Geräusch wie von mächtigen Vogelschwingen leise nach oben drang.

Neugierig beugte Jake sich darüber und spähte nach unten. Weit unterhalb sah er ein großes Gehege mit einem Pfosten in der Mitte. Vor dem Pfosten lag auf einem dunkelroten Teppich eine Kreatur mit eigenartig verrenkten Gliedern. Jake schaute genauer hin und erkannte mit Entsetzen, dass es sich bei der Kreatur nicht um ein Tier handelte, sondern um einen halb aufgefressenen Menschen. Der dunkelrote Teppich war getrocknetes Blut.

Da zerriss ein schauerliches Krächzen die Stille, und drei

Vögel, beinahe so groß wie Jake, warfen sich mit weit aufgerissenen Schnäbeln von unten gegen die Gitterstäbe.

Jake sprang entsetzt auf, taumelte rückwärts über die Dachschindeln und schlug der Länge nach hin. Wie Todesfeen reckten die grässlichen Geier ihre Hälse durch das Gitter und schnappten in seine Richtung.

»Was für putzige Haustiere«, kommentierte Nathan, der sich wegen des plötzlichen Lärms umgedreht hatte. »Daneben ist die Schlangengrube von Agatas Bruder ja der reinste Streichelzoo.«

Jake riss sich von dem entsetzlichen Anblick los und eilte den anderen hinterher.

Endlich sahen sie das würfelförmige Gebäude mit der flachen Kuppel, unter der sich Agatas geheimer Kontrollraum befinden musste. Es stand ganz am Rand des an dieser Stelle schroff abfallenden Palatin. Die wenigen winzigen Fenster in den dicken Mauern waren allesamt vergittert, und die angrenzenden Häuser hielten respektvoll drei Meter Abstand.

Nathan robbte an den Rand des vor ihnen gähnenden Abgrunds und spähte hinunter. Zwei Soldaten standen vor der massiven Eingangstür Wache. Topaz hatte nicht übertrieben: wenn es einen Weg hinein gab, dann nur durch das Oberlicht in der Kuppel.

Aber davor mussten sie heil das andere Dach erreichen.

»Ich springe als Erster«, flüsterte Nathan und stand auf. Er nahm einen kurzen Anlauf, drückte sich kraftvoll ab und landete lautlos wie eine Katze auf der anderen Seite. Vorsichtig blickte er zurück über den Rand. Die Wachsoldaten unten unterhielten sich leise und hatten nicht das Geringste mitbekommen.

Lucius sprang als Nächster und rollte sich elegant ab. Bei ihm sah es aus, als wäre es ein Kinderspiel.

Charlie, der sich nichts aus derlei Showeinlagen machte, begnügte sich mit einem beherzten Sprung.

Dann war Jake an der Reihe. Ein ähnliches Schwindelgefühl wie bei ihrer Flucht aus der Villa auf Vulcano überkam ihn. Er ging ein paar Schritte zurück, atmete tief ein und rannte los. Jake hatte noch nicht einmal die Hälfte des Sprungs zurückgelegt, da ahnte er bereits, dass es schiefgehen würde. Gerade einmal mit den Zehen erreichte er die Kante des gegenüberliegenden Dachs und drohte mit rudernden Armen nach hinten in den Abgrund zu kippen. Da schoss Charlies Hand nach vorn, packte den Kragen seiner Tunika und zog ihn hinüber.

Staub und ein paar Bröckchen Putz rieselten hinunter in die Kluft, aber die Wachposten merkten nichts.

Auf Zehenspitzen schlichen sie weiter, schoben sich bäuchlings auf die Kuppel und lugten vorsichtig durch das Oberlicht. In der Mitte des achteckigen Raums darunter stand ein großer runder Tisch mit einer Karte darauf. Selbst aus dieser Höhe waren die Kontinente Europa, Afrika und Asien darauf zu erkennen. Vor den Wänden standen noch weitere Tische, auf denen sich Bücher, allerlei Diagramme und andere Unterlagen stapelten. Die Agenten warteten eine Weile, aber es schien niemand da zu sein.

»Diesmal gehe ich als Erster«, erklärte Jake. Nach der Beinahekatastrophe von gerade eben wollte er es möglichst schnell hinter sich bringen. »Im Abseilen bin ich Spezialist«, log er.

»Wenn du willst.« Nathan zuckte die Achseln. »Was soll schon schiefgehen?«

»Na ja«, meinte Charlie. »Er könnte abrutschen wie vorhin und mit einem Knall unten aufschlagen, den man bis hinüber zu Agatas Fest hört.«

Nathan verdrehte die Augen. »Das war rhetorisch gemeint, Charlie. Du musst nicht *jede* meiner Fragen beantworten.«

Jake befestigte das Seil um seine Hüfte, dann ließ Lucius, der – wie Nathan zähneknirschend zugeben musste – der Stärkste von ihnen war, ihn hinunter. Auf dem Weg nach unten fiel Jake die dunkelblaue Innenseite der Kuppel auf. Sie zeigte eine Sternenkarte mit einem Koordinatennetz aus feinen goldenen Linien. Noch viel erstaunlicher aber war die Karte direkt unter ihm: Als er seinen Fuß daraufsetzte, spürte er, dass sie nicht flach war, sondern ein Relief. Er landete genau auf Rom, auf einer Miniaturnachbildung des Circus Maximus.

Jake machte das Seil los und betrachtete die Karte genauer. Mit unfassbarer Detailtreue war die gesamte im Jahr 27 bekannte Welt dargestellt, und zwar nicht nur das Gelände mit Bergen, Tälern und Wäldern, sondern auch die historischen Wahrzeichen der Länder, von den ägyptischen Pyramiden bis hin zu den Steinkreisen der Britischen Inseln. Und noch etwas entdeckte Jake: Riesige Armeen von Miniatursoldaten bedeckten weite Teile der Kontinente, von den weißen Gipfeln der Alpen bis zu den Salzwüsten Persiens, von der Sahara bis zu den weiß überzuckerten Wäldern Skandinaviens. Und jeder einzelne dieser Soldaten trug die unverkennbare Uniform der Hydra.

Als auch die beiden anderen Agenten unten angekommen waren, rief Nathan zu Lucius hinauf: »Du bleibst oben für den Fall, dass wir hier schnell verschwinden müssen.«

»Alles, was du befehlen, oh Caesar«, gab Lucius sarkastisch zurück und machte es sich im Schneidersitz auf der Kuppel bequem.

»Mit halben Sachen gibt Agata sich offensichtlich nicht zufrieden«, erklärte Nathan, den Kopf immer noch in den Nacken gelegt, und deutete auf die Sternenkarte an der Decke. »Seht euch das an: Die Welt reicht ihr nicht. Sie will das ganze Universum.«

»Da muss ich dir ausnahmsweise sogar recht geben«, erwiderte Charlie und setzte seine Brille auf. »Das Sternbild des Skorpion hat sie nach sich selbst benannt, und der große Wagen soll in ihrer Welt anscheinend Leopardo heißen.«

Während des Abseilens hatte Jake sie gar nicht bemerkt, aber jetzt sah er die Namen, geschrieben in geschwungenen goldenen Lettern auf den nachtblauen Himmel. Und noch etwas fiel ihm auf: Unter einem dritten Sternbild war der Name übermalt, als sollte es ebenfalls umbenannt werden. Zweifellos nach Topaz, überlegte er.

Nathan und Charlie inspizierten unterdessen Agatas Weltkarte, vor allem die Armeen.

»Wenn sie nicht einen Weg gefunden hat, eine halbe Million Soldaten einfach aus dem Nichts herbeizuzaubern«, sagte Nathan, »wird sie wohl das Kommando über die römischen Legionen übernehmen müssen.«

»Von der Truppenstärke käme das ungefähr hin«, kommentierte Charlie.

»Wirklich?«, fragte Jake. »Wie groß sind denn die einzelnen Legionen, und wie viele gibt es insgesamt?«

»Keine Ahnung«, antwortete Charlie mit einem Achselzucken. »Aber ich würde sagen, in den letzten hundert Jahren ist die Stärke der römischen Armee mindestens um das Zehnfache angewachsen. Sie ist eine perfekte Kriegsmaschine. Keine andere Armee der Welt kann es mit ihr aufnehmen.«

»Er hat recht«, sagte Nathan und nahm einen der Miniatursoldaten in die Hand. »Man denke nur an die Griechen oder die Perser. Eine der größten Nationen der Welt, in einem einzigen Jahrzehnt ausgelöscht.«

»Ich habe nachgerechnet«, meldete Charlie sich wieder zu Wort. »Rom allein hat mindestens fünfundzwanzig Legionen, jede davon fünftausend Mann stark, dazu kommen noch die anderen Waffengattungen wie Reiterei und Seestreitmacht sowie die etwa dreihundert ausländischen Hilfsregimenter. Alles in allem macht das ungefähr vierhunderttausend Soldaten unter Waffen.«

»Genug also, um zunächst die gesamte westliche Welt zu unterwerfen und sich dann in aller Ruhe den Rest vorzunehmen«, kommentierte Nathan. »Wie heißt die Operation noch mal: das Ende der Ordnung? Mit dieser Streitmacht könnte sie's schaffen.«

»Aber wie will sie die gesamte römische Armee unter ihre Kontrolle bringen?«, überlegte Jake.

»Um diese Frage zu beantworten, sind wir hier«, erwiderte

Charlie. »Ein paar korrupte Beamte mit gebratenem Flamingo und gefülltem Aal zu bestechen dürfte kaum reichen.«

»Und die zweite große Frage lautet: Wer hat diese lächerlichen Uniformen entworfen?«, mischte Nathan sich wieder ein und hielt eine der Soldatenfiguren hoch. »Sie sind bestenfalls eine Karikatur. Wenn man schon die Weltherrschaft anstrebt, dann doch wenigstens mit Stil, oder nicht?«

Charlie riss ihm entnervt die Figur aus der Hand und stellte sie zurück. »Am besten«, sagte er, »hören wir auf zu reden und beginnen mit der Suche, bevor noch jemand kommt.«

Er und Jake nahmen sich die Papierstapel auf den Tischen vor und suchten nach Hinweisen auf dieses »Ende der Ordnung« und den *caedes publica*, den Topaz erwähnt hatte, während Nathan die angrenzenden Räume nach Austerio absuchte. Das Ergebnis war ernüchternd: Alles, was Nathan fand, waren leere Abstellkammern und Lagerräume. Die Tabellen und anderen Unterlagen, die Jake und Charlie durchgingen, sagten ihnen nicht das Geringste. Das Einzige, das Jake auffiel, war eine Zeichnung von sieben goldenen Eiern. Das Wort »Zähler« stand darunter geschrieben wie auf dem Pergamentfetzen, den er in Agatas Suite auf Vulcano gefunden hatte.

»Sagt dir das irgendwas?«, fragte er Nathan und zeigte ihm die Zeichnung.

Nathan schüttelte nur desinteressiert den Kopf und wandte sich dem großen Wandspiegel zu. »Seht euch das an!«, rief er begeistert. »Echtes Glas, auf der Rückseite mit Quecksilber bedampft. Woher sie den wohl hat?« Er bleckte die Zähne und betrachtete sein makelloses Gebiss.

Nach zwanzig weiteren Minuten ergebnislosen Suchens schallte ein schlecht imitierter Vogelruf vom Oberlicht zu ihnen herunter. »Jemand kommt«, flüsterte Lucius.

Gedämpfte Stimmen näherten sich, und wenige Augenblicke später wurde ein Schlüssel im Schloss der Eingangstür herumgedreht.

»Zieh die Seile rauf, schnell!«, rief Nathan Lucius zu. »Jake, Charlie, unter den Kartentisch mit euch.«

Zu dritt quetschen sie sich unter den Tisch, robbten bis zur Mitte und zogen ihre Dolche.

Die Tür ging auf, und sie hörten Schritte. Als sie sahen, dass es sich bei den ungebetenen Besuchern lediglich um zwei Sklaven mit Essentabletts handelte, atmeten sie erleichtert auf. Die beiden gingen zu einer Apparatur an der Wand und betätigten den Hebel daran. Ein Teil der Bodenfliesen glitt zur Seite und gab den Weg zu einer Treppe frei, die zu einem weiteren Raum unterhalb führte. Die Sklaven gingen hinunter, und wenige Augenblicke später hörten die Agenten eine Stimme, so gekünstelt und affektiert, dass es keinen Zweifel geben konnte, wem sie gehörte.

»Austerio«, flüsterte Jake.

Die Sklaven kamen ohne das Essen wieder zurück, gingen hinaus und verschlossen die Tür hinter sich. Den Zugang zu der verborgenen Treppe hatten sie offen gelassen.

Die Agenten krochen unter dem Kartentisch hervor und schlichen auf Zehenspitzen die Treppe hinunter bis zu einem roten Samtvorhang. Sie hörten, wie Austerio hinter dem Vorhang auf und ab ging und dabei immer wieder dieselben drei Worte wiederholte, jedes Mal mit leicht veränderter Betonung und Melodie: *»Veni, vidi, vici.«*

Der Ausspruch gehörte zu den wenigen Brocken Latein, die Jake kannte. *Ich kam, sah, siegte. Das hat Caesar jedes Mal nach einer gewonnenen Schlacht gesagt …*

Mit der Spitze seines Dolches schob Nathan den Vorhang ein Stück zur Seite, und die Agenten spähten durch den Spalt. Austerio war groß gewachsen und etwas beleibt; mit der purpurfarbenen Toga und dem Lorbeerkranz auf dem Kopf war er eine Respekt einflößende Erscheinung. Lediglich die Gesichtslockerungsübungen, die er vor dem Spiegel machte, und die halb abgenagte Flamingokeule in seiner Hand taten dem majestätischen Bild einen gewissen Abbruch. Jake und Nathan mussten sich ein Lachen verkneifen, nur Charlies Gesicht wurde mit einem Mal todernst. Jetzt, da er Austerio sah, wusste er, was Agata mit ihm vorhatte. Die Ähnlichkeit im Gesicht, die Toga und der Lorbeerkranz ließen keinen Zweifel.

»Tiberius«, murmelte er. »Er soll Tiberius spielen.«

»Was!«, fragte Nathan.

»Der Kaiser lebt zurückgezogen auf Capri, schon vergessen? Er hat sich in den letzten Jahren kaum in der Öffentlichkeit gezeigt, und dieser Austerio ist ihm wie aus dem Gesicht geschnitten.«

Nathan war so perplex, dass er seinen Dolch fallen ließ, und Austerio fuhr erschrocken herum. Als er die drei Eindringlinge und deren blitzende Waffen erblickte, schleuderte er seinen vermeintlichen Attentätern panisch die Flamingokeule entgegen, gefolgt von einem Teller und schließlich dem ganzen Tablett.

Die Agenten stürmten vor, und als Austerio einsah, dass ihn das kümmerliche Sperrfeuer nicht retten würde, sank er mit einem herzzerreißenden Wimmern auf die Knie.

Nathan bekam ihn endlich zu fassen und presste ihm eine Hand auf den Mund. »Schhh! Wir tun dir nichts«, flüsterte er dem Schauspieler ins Ohr. »Wir kommen als Freunde. *Amici sumus*. Du bist Austerio … *tu es Austerio, amicus Ficium* … Fico der Unglaubliche.«

Austerio wehrte sich nach Leibeskräften, doch als er den Namen seines Freundes und Kollegen hörte – oder seines größten Rivalen, je nachdem –, hielt er schlagartig still.

Nathan nahm zögernd die Hand von seinem Mund und ließ ihn los.

»Ich bin es, der unglaublich ist, nicht dieser erbärmliche Fico«, vermeldete Austerio entrüstet, stand auf und strich die Toga sowie das spärliche Kopfhaar glatt.

»Du sprichst unsere Sprache?«, fragte Charlie verblüfft.

»Selbstverständlich«, erwiderte Austerio. »Mein Talent ist unerschöpflich.«

Nathan nahm ein Buch zur Hand, das auf einem Beistelltisch lag. »Englisch-lateinisches Wörterbuch«, las er mit gerunzelter Stirn vor und schlug es auf. »Eine Ausgabe aus dem Jahr 1590. Dieser Zeit ein bisschen weit voraus, würde ich meinen«, sagte er leise zu den anderen und wandte sich dann wieder an Austerio. »Hat Agata dir gesagt, du sollst Englisch lernen? Wie lange arbeitest du schon für sie?«

Austerio musterte die drei Agenten eingehend, dann erwiderte er barsch: »Wie kommt ihr dazu, mir Fragen zu stellen? Wer seid ihr überhaupt, und was habt ihr hier zu suchen?«

Nathan und Charlie waren so überrumpelt von Austerios plötzlichem Gesinnungswandel, dass es ihnen vollkommen die Sprache verschlug. Da hatte Jake eine Idee. »Wir schreiben ein Gedicht, ein Epos«, versicherte er eifrig. »Über dich und deine Bühnenkunst!«

»Ein Epos?«, fragte Austerio interessiert.

»Aber ja! Wir sind deine glühendsten Anhänger«, erwiderte Jake mit einer tiefen Verbeugung. »Wir verfolgen deine Karriere schon seit Langem und mit ständig wachsender Begeisterung. In Herculaneum haben wir jede deiner Vorstellungen besucht. Haben wir doch, oder nicht?«

Charlie und Nathan nickten pflichtschuldig.

Austerio hatte angebissen. »Aber ihr seid doch noch Kinder«, erklärte er zunächst herablassend, setzte dann aber schnell hinzu: »Jede Vorstellung? Wirklich?«

»Wir haben dich in allen Klassikern gesehen, in den Werken des Plautus, Terenz …«

»Ihr habt mich den Phormio geben sehen? Den großen griechischen General?« Austerio strahlte.

»Du warst absolut umwerfend«, sagte Nathan ehrfürchtig. »Nach der Vorstellung hätte ich mich am liebsten selbst ins Schwert gestürzt.«

»Beim Jupiter! Wenn meine Komödien euch schon so berühren, dann solltet ihr mich erst einmal in einer Tragödie sehen!«

»Das werden wir, oh Meister. Das werden wir«, versicherte Nathan und legte sich eine Hand aufs Herz.

Austerio blickte zur Treppe, und sein Lächeln verschwand. *»Periculosus est hic«,* erklärte er ernst. »Es ist gefährlich hier. Wenn man euch entdeckt, werden sie euch für Spione halten. Wie seid ihr überhaupt hereingekommen?«

»Wir sind dir den ganzen Weg von Rom hierhergefolgt«, erklärte Jake. »Dann haben wir vor der Villa gewartet, bis sich eine günstige Gelegenheit bot. Wir mussten dich einfach sehen!«

Austerio seufzte zutiefst berührt. Jake glaubte sogar, eine Träne in seinem Augenwinkel zu erkennen.

»Bitte sag uns, was dich von Herculaneum weggelockt hat«, meldete sich nun auch Charlie zu Wort, um nicht alles den anderen zu überlassen. »Das Theater dort ist praktisch tot ohne dich, und das Rätselraten bringt uns beinahe um den Verstand.«

Zuerst wollte Austerio das Geheimnis nicht preisgeben, doch nachdem sie ihm genug Honig ums Maul geschmiert hatten, rückte er nach und nach mit der Sprache heraus. Er erzählte ihnen, wie er seiner großen Gönnerin Agata Zeldt vor einem halben Jahr das erste Mal begegnet sei, wie sie sein Talent bewundert, ihn in die teuersten Restaurants der Bucht von Neapel ausgeführt und ihn schließlich davon überzeugt habe, ihre Sprache zu lernen, damit sie ihn noch berühmter machen könne. Er berichtete von der Reise nach Rom in einer luxuriösen Kutsche und so weiter, bis Nathan ihn schließlich ungeduldig unterbrach.

»Das war bestimmt alles sehr aufregend«, sagte er, »aber weshalb bist du jetzt hier?«

Austerio warf den Kopf in den Nacken. »Um die Rolle meines Lebens zu spielen«, verkündete er. »Keinen Geringeren als Kaiser Tiberius selbst. Es geht um die Sicherheit des gesamten Römischen Reiches.«

»Hab ich's nicht gesagt?«, flüsterte Charlie.

»Ja, so ist es«, sprach der Schauspieler unbeirrt weiter. »Ich, der bescheidene Austerio, ein Junge aus einer Kleinstadt am Fuß des Apennin, werde meine göttliche Gabe einsetzen, um mein geliebtes Vaterland vor dem Untergang zu retten.«

»Dein Vaterland vor dem Untergang retten?«, wiederholte Charlie. »Wie meinst du das?«

Austerio beugte sich ganz dicht heran und flüsterte: »Es bricht mir das Herz, euch diese schlimme Kunde zu überbringen, aber eine landesweite Revolte steht kurz bevor. Blutig und grausam, zehnmal schlimmer noch als der Aufstand des Spartacus. Die Welt steht am Rande des Abgrunds!« Er hob die Hand. »Doch verzweifelt nicht, denn ich werde das Meine tun, um die Katastrophe doch noch abzuwenden.«

Als sie jedoch wissen wollten, wie die ihm zugedachte Rolle genau aussehen sollte, war Austerio überfragt. Er murmelte lediglich etwas in der Art wie: »Das Reich braucht seinen Kaiser«, dann verstummte er. Auch wer den Aufstand anführte, wusste er nicht.

Die Agenten wollten ihn noch mit einer ganzen Menge weiterer Fragen bestürmen, da ertönte eine Glocke.

»Es ist so weit«, keuchte Austerio. »Die vierte Stunde. Man wird mich jeden Moment holen«, erklärte er. »Geht, denn wenn sie euch hier finden, wird man keine Gnade mit euch haben.«

»Dich holen?«, fragte Nathan.

»Heute Abend habe ich meinen ersten Auftritt. Vor den Festgästen«, antwortete Austerio. »Als Generalprobe für morgen, sozusagen.«

»Was ist morgen?«, bohrte Nathan weiter.

»Ich werden zum ersten Mal vors Volk treten. Im Circus Maximus. Doch jetzt geht!« Er schob sie auf die Treppe zu. »Leopardo wird jeden Moment hier sein, und ich muss mich fertig machen.«

Als sie den Namen Leopardo hörten, hatten es auch die Agenten plötzlich eilig. Sie versicherten noch, dass sie die morgige Vorstellung auf keinen Fall verpassen würden, dann verabschiedeten sie sich und rannten die Stufen hinauf.

»Gebt gut auf euch acht, oh meine getreuen Bewunderer«, rief Austerio ihnen hinterher. »Ich tue zwar alles in meiner Macht Stehende, um das heraufziehende Unglück zu verhindern, aber in Rom ist im Moment niemand seines Lebens sicher!«

Oben stieß Charlie einen kurzen Pfiff aus, und Lucius ließ die Seile herunter. Nathan kletterte mit atemberaubender Geschwindigkeit hinauf, Charlie folgte kurz dahinter.

Jake konnte nicht anders, als diesen verschrobenen Besserwisser, der zwanzig Sprachen fließend beherrschte und sich mit Quantenphysik auskannte, für seine Fitness zu bewundern. Charlie mochte sich nicht so elegant bewegen wie Nathan, war aber kaum langsamer als er – und vor allem deutlich schneller als Jake, der gerade erst die Hälfte der Strecke zurückgelegt hatte, als die Tür zum Kontrollraum aufflog und Leopardo hereinkam.

16

Andromeda und das Seeungeheuer

Mit Entsetzen beobachteten Nathan, Charlie und Lucius, wie Jake hilflos an dem knarrenden Seil baumelte, während Leopardo den Raum betrat. Er schien Jake jedoch nicht zu bemerken, denn er lief direkt zur Treppe und rief nach Austerio.

Die Agenten atmeten auf und hofften, Leopardo würde hinuntergehen, und sie könnten Jake unbemerkt nach oben ziehen. Doch stattdessen stellte er sich vor den Wandspiegel und bewunderte wie Nathan zuvor sein Ebenbild, bis Austerio endlich heraufkam.

Der Schauspieler hatte kaum das Ende der Treppe erreicht, als er Jake und das Seil sah. Laut schnappte er nach Luft.

Jake zuckte zusammen und lockerte nur für einen Sekundenbruchteil seinen Griff, und schon rutschte er ab. Er packte mit aller Kraft zu. Der raue Hanf schnitt in seine Handflächen, aber er konnte den Sturz gerade noch rechtzeitig abfangen. Jetzt hing er noch weiter unten. Die Katastrophe schien unvermeidlich.

»Wie sehe ich denn aus?«, rief Austerio plötzlich und betrachtete schockiert sein Spiegelbild. »Ich sagte doch, diese Treppe ist zu steil. Bei jedem Schritt verrutscht irgendetwas. Seht Euch das an!« Er stellte sich neben Leopardo und bat ihn, seinen Lorbeerkranz zurechtzurücken.

Den Agenten fiel ein Stein vom Herzen. Lucius zog Jake nach oben, und dabei passierte es: Die Maske, die Jake unter seine Toga gesteckt hatte, rutschte heraus. Er versuchte noch, sie im Fallen mit einer Hand zu erwischen, aber es war zu spät.

Als Austerio aus dem Augenwinkel die Maske Richtung Boden trudeln sah, begann er sich lauthals über den Schnitt seiner Tunika zu beschweren.

Leopardo platzte der Kragen. Schnaubend wandte er sich zur Ausgangstür, und dabei entdeckte er die Maske auf den Fliesen. Er stutzte und hob sie auf. Sein Blick wanderte zu Austerio und dann hinauf zur Kuppel. Alles, was er dort sah, waren Agatas Sternenkarte und das leere Oberlicht. Jake, das Seil und die anderen Agenten waren weg. Leopardo öffnete irritiert die Ausgangstür und schob Austerio hinaus auf den Flur.

Vom Dach aus beobachteten die vier erleichtert, wie Leopardo und der Schauspieler über einen Innenhof zurück zu dem Bankett gingen. Eine Weile sagte keiner ein Wort, und schließlich flüsterte Charlie: »Austerio hat gesagt, im Circus Maximus hätte er seinen ersten öffentlichen Auftritt.«

»Yep. Das hat er gesagt.« Nathan nickte nachdenklich, dann wandte er sich an Jake. »Wie waren Topaz' Worte noch mal? Die ganze Operation würde mit einem Mord in der Öffentlichkeit beginnen?«

Jake überkam eine schreckliche Vorahnung. »Soll das … willst du damit sagen, Austerio wäre das Opfer?«, stammelte er.

»Nicht Austerio«, widersprach Nathan. »Tiberius.« Er zog die Augenbrauen nach oben. »Ich kenne mich natürlich nicht so gut mit römischer Geschichte aus wie du, Charlie, aber ist es nicht so, dass seit dem Spartacusaufstand alle Angst vor einer neuerlichen Rebellion haben?«

»Spartacus«, wiederholte Lucius und horchte auf. »Ich habe von ihm gehört.«

»Er war Gladiator und hat die römischen Sklaven angestachelt, sich gegen ihre Herren zu erheben«, erklärte Nathan. »Ich kann mir kaum eine bessere Methode vorstellen, das Ende der Ordnung einzuläuten, als den Kaiser zu ermorden und es dann irgendwelchen Aufständischen anzuhängen, die es wahrscheinlich nicht einmal gibt. Im Handumdrehen würde Rom in einem blutigen Bürgerkrieg versinken. Es wäre das absolute Chaos.«

Charlie schüttelte den Kopf. »Deine Theorie ist nicht schlecht, Nathan, aber Tiberius ist nicht hier. Wenn Agata plant, was du sagst, wird sie Austerio umbringen müssen. Aber das ergibt keinen Sinn. Warum hätte sie ihm eigens Englisch beibringen sollen, wenn sie nicht noch mehr mit ihm vorhat?«

Nathan zuckte die Achseln. »Ich fürchte, die einfache Wahrheit ist: Wir wissen es nicht. Wir wissen lediglich, dass morgen im Circus Maximus etwas passieren wird. Deshalb schlage ich vor, wir kehren schnellstmöglich zum Büro zurück und überlegen uns, was wir dagegen unternehmen können.«

Sie kletterten über die Dächer zurück zu Agatas Terrasse, gingen die Treppe hinunter und horchten an der Geheimtür. Das Fest draußen war um einiges rauschender geworden, die Gäste betrunkener, die Musik lauter.

»Hier, setz die auf«, sagte Nathan zu Jake und reichte ihm seine Maske. »Verschwinden wir von hier, so schnell und unauffällig es geht«, fügte er im Flüsterton hinzu.

Alle nickten, nur Jake reagierte nicht. Er wollte Topaz nicht schon wieder in den Händen des Feindes zurücklassen.

Sie setzten ihre Masken auf, Nathan zog sich die Kapuze seiner Tunika tief ins Gesicht und legte die Hand auf den Türknauf. Gerade als er die Tür öffnen wollte, verstummte der Lärm draußen abrupt. Agata hielt eine kurze, belanglose Rede, aber als die Agenten die Schlussworte hörten, wurden sie doch neugierig:

»Salute imperatorem!«, rief Agata feierlich.

»Salve Caesar!«, schallte es von den Gästen zurück.

Nathan drückte die Tür einen Spaltbreit auf, und sie schlichen vorsichtig hinaus.

Beinahe alle Gäste waren begeistert von ihren Plätzen aufgesprungen – nur ein paar der Frauen lagen nach wie vor bequem ausgestreckt auf den Diwanen –, während Austerio als Kaiser Tiberius dem Volk seine Aufwartung machte. Würdevoll schritt er durch die Menge, nickte wohlwollend und hielt ab und zu einem ergebenen Bürger die mit schweren Juwelenringen geschmückte Hand zum Kuss hin.

Jake war überrascht. Er hatte erwartet, Austerio würde das dramatische Potenzial der Rolle voll ausschöpfen. Doch als er ihn jetzt sah, war er tief beeindruckt von der subtilen, vollkommen überzeugenden Darstellung.

Schließlich wurde der »Kaiser« zu einem Thron gleich neben Agatas geführt, und das Publikum setzte sich wieder. Da entdeckte Jake Topaz' leeren Platz. Sein Blick schoss von links nach rechts, über das gesamte Stadion – nichts. Sie war fort.

»Gehen wir«, flüsterte Nathan, der ihr Verschwinden ebenfalls bemerkt hatte. »Topaz weiß, wo wir sind, und wird Kontakt mit uns aufnehmen, falls nötig.«

Im Schatten der Säulen schlichen sie zum Ausgang. Sie hatten ihn beinahe erreicht, da setzte die Musik wieder ein. Hörner wurden geblasen, ein Trommelwirbel erschallte, und die Musikanten marschierten im Takt dazu zu der Arena in der Mitte des Stadions. Die Gäste begannen aufgeregt zu tuscheln.

Die Musik wurde noch lauter, und im Boden der Arena öffnete sich ein Spalt, ganz schmal zuerst, dann immer breiter. Ein zerklüfteter Fels, der aussah, als hätte ein Riese ihn aus einer Klippe gebrochen, erhob sich aus dem Schlitz. Darauf thronte, festgekettet und reglos wie ein Standbild aus der römischen Götterwelt, eine Nymphe, das Gesicht unter dem tropfnassen Haar verborgen.

Topaz, schoss es Jake in den Kopf. »Was haben sie mit ihr

vor?«, murmelte er entsetzt. Was sie gerade sahen, konnte nichts anderes sein als der Auftakt zu Agatas *ludi sanguini*.

»Komm jetzt.« Nathan zupfte unauffällig an Jakes Tunika. »Wir dürfen sie nicht einmal ansehen. Schon vergessen?«

Aber Jake hörte gar nicht hin und schüttelte Nathans Hand ab. Auch Lucius stand stocksteif da, den Blick auf den Felsen geheftet. Charlie machte ebenfalls keine Anstalten zu gehen. In Wahrheit konnte Nathan die drei nur zu gut verstehen: Ihre Pflicht lag zwar in der Erfüllung der Aufgaben, die die Geschichtshüter ihnen übertragen hatten, aber auch ihm war nicht egal, was die wahnsinnige Agata mit seiner Stiefschwester vorhatte.

Die Arena war jetzt mit sprudelndem Wasser überflutet, als würde es in dem kleinen künstlichen See von Fischen nur so wimmeln, und die Gäste reckten gespannt die Hälse – neugierig, was als Nächstes geschehen würde.

Jake sah, wie Agata die Maske abnahm, ein sadistisches Lächeln auf dem Gesicht. Leopardo stand hinter ihr. Er hatte ihr die Hände auf die Schultern gelegt und bebte geradezu vor freudiger Erwartung.

Die Hörner schmetterten immer noch lauter, der Trommelwirbel schwoll zu einem Donnern an, und Jake spürte, wie sich seine Nackenhaare aufstellten. Dann erhob sich, begleitet vom lauten Keuchen der Menge, ein grässliches Ungeheuer aus dem See, oder besser gesagt: ein riesenhafter Gladiator, der zurechtgemacht war wie ein Ungeheuer. Der glänzende Helm seiner Rüstung hatte die Form eines Haifischkopfs, und zwischen den weit aufgerissenen Kiefern sah man die grimmige Fratze des Kämpfers. Seine Unterarme waren so dick wie Baumstämme, und die enorme Brust wurde von einem Lederschuppenharnisch geschützt. Aus den Stulpen der Panzerhandschuhe ragten nadelspitze eiserne Dornen, die Rückseiten seiner Metallstiefel waren mit messerscharfen Klingen bewehrt. In den riesigen Händen hielt er ein Breitschwert und einen Dreizack.

Jakes Herz begann zu rasen. »Sie werden doch nicht etwa diesen Kerl auf sie loslassen?«, knurrte er durch zusammengebissene Zähne.

»Das ist alles nur Show«, versuchte Nathan ihn zu beruhigen. »So durchgeknallt Agata auch ist, ihrer eigenen Tochter würde sie niemals etwas zuleide tun«, sprach er weiter und wünschte, er würde selbst glauben, was er da sagte. Die Zeldts waren nicht ohne Grund berüchtigt für ihre Grausamkeit.

Die Musik erreichte ein dröhnendes Crescendo, und das »Ungeheuer« stieg mit rasselnder Rüstung aus dem See. Der Gladiator stellte sich auf die Mauer der Arena und reckte die Arme in die Luft. Die Musik verstummte, und er stieß einen Kriegsschrei aus, der so laut war, dass Jake sich die Ohren zuhalten musste. Ganz langsam wandte sich das Monster zu dem Felsen um.

Alle Blicke wanderten zu der immer noch regungslosen Topaz. Als würde sie gerade aus einer Betäubung erwachen, bewegte sie zuerst einen Arm, dann ein Bein und stand schließlich auf. Ein Schwert hing an ihrer Seite. Sie riss die Augen weit auf, hob die Waffe und stieß einen Schlachtruf aus, der dem ihres Gegners in nichts nachstand.

Die Menge jubelte begeistert, und alle sprangen auf. Selbst die Sklaven ließen alles stehen und liegen und schauten verstohlen zur Arena hinüber.

»Die beiden sind Andromeda und das Seeungeheuer«, stammelte Charlie.

»Wer?« Jake war abgestoßen und fasziniert zugleich.

»Der Legende nach hat Andromedas Mutter Kassiopeia, die Königin Äthiopiens, sich damit gebrüstet, dass sie schöner sei als die Töchter des Poseidon. Als Strafe hat der Meeresgott das Seeungeheuer Ketos geschickt. Andromeda wurde an einen Felsen gekettet und sollte dem Monster geopfert werden, um es zu besänftigen.«

»Was ist mit ihr passiert?«, fragte Jake mit geballten Fäusten.

Charlies Gesicht hellte sich wieder ein wenig auf. »Perseus

kam gerade von einem siegreichen Kampf gegen die Medusa zurück und hat sie gerettet.«

»Komm jetzt bloß nicht auf dumme Ideen, Jake«, flüsterte Nathan. »Perseus war eine Killermaschine, kein vierzehnjähriger Schüler aus Greenwich.«

In diesem Moment brach der Kampf los. Ketos sprang mit riesigen Schritten den Felsen hinauf und ließ sein Breitschwert auf Topaz niederfahren.

Mit einer blitzschnellen Bewegung wehrte Topaz den Hieb ab und versetzte Ketos einen krachenden Tritt gegen den Unterkiefer. Das Publikum schrie begeistert auf, als der Angreifer benommen zurücktaumelte, doch der Gladiator fing sich sofort wieder und griff erneut an. Schlag folgte auf Schlag, Topaz parierte, Stahl krachte Funken sprühend gegen Stahl, und das Wasser, das die beiden in ihrem wilden Kampf aufwirbelten, spritzte bis auf die Zuschauer. Topaz bewegte sich schnell und geschmeidig wie eine Katze, das Monster träge, aber dafür mit zehnfacher Kraft. Es holte zu einem mächtigen Hieb gegen ihren Unterschenkel aus, und Topaz sprang flink zur Seite, doch die Kette war zu kurz und riss sie von den Beinen.

Jake schrie entsetzt auf, als Topaz hinunter in den seichten See stürzte und Ketos hinterher, den Dreizack zum Stoß erhoben. Sie rollte sich zur Seite, um dem Angriff auszuweichen, aber eine Spitze streifte ihre Schulter, und das Wasser um Topaz färbte sich blutrot.

»Wir müssen eingreifen«, sagte Jake und wollte schon losrennen, doch Nathan hielt ihn zurück.

»Auf keinen Fall. Sie ist ihm hundertmal überlegen. Das Ganze ist nur zur Unterhaltung. Brot und Spiele, kapiert? Wir sind hier im alten Rom und nicht im zwanzigsten Jahrhundert, in dem du geboren wurdest.«

Topaz und das Seeungeheuer waren inzwischen wieder auf den Felsen hinaufgeklettert. Schnaufend standen sie sich gegenüber, keiner der beiden wich einen Millimeter zurück.

Das Publikum feuerte die ungleichen Kontrahenten lauthals an, Agatas Augen leuchteten verzückt, und Leopardo fuhr sich mit der Zunge über die Lippen.

Diesmal war es Topaz, die den ersten Angriff führte, und der Kampf entbrannte umso hitziger. Mit einem Sensenschlag erwischte sie ihren Gegner knapp unterhalb des Knies, die Klinge schnitt quietschend in den Metallschaft und blieb stecken. Topaz zog mit aller Kraft, um das Schwert wieder freizubekommen, doch als es endlich nachgab, verlor sie die Balance und stürzte hintenüber. Ketos hob den Arm und schleuderte seinen Dreizack hinterher, Topaz duckte sich. Das Wurfgeschoss sauste knapp über ihren Kopf hinweg und bohrte sich in den Oberschenkel eines Sklaven, der gebannt am Rand der Arena stand. Das Publikum lachte schallend auf, und Topaz blickte verwirrt über die Schulter.

Das war Ketos' Gelegenheit. Er preschte vor und hob das Schwert zum Todesstoß. Das Publikum hielt gebannt den Atem an.

Jake hatte endgültig genug. Er stieß Nathan zur Seite und sprang in die Arena. Mit einer schnellen Bewegung zog er seinen Dolch und versenkte ihn in Ketos' Oberschenkel. Topaz erkannte Jake unter seiner Maske nicht, und die Zuschauer schienen davon auszugehen, dass es sich bei dem dritten Kämpfer um keinen anderen als Perseus handeln konnte, der gekommen war, um Andromeda zu retten.

Brüllend zog Ketos den Dolch aus seinem Oberschenkel und schlug mit dem Schwert nach Jake, aber sein verletztes Bein knickte weg, und er wurde von der Wucht des eigenen Hiebes von den Beinen gerissen.

»Ich bin es!«, rief Jake Topaz zu und packte die Kette, mit der sie an den Felsen gefesselt war. »Wie geht das hier auf?«

»Hast du den Verstand verloren! Verschwinde, sofort!«

Jake beachtete sie nicht. »Wie geht diese verdammte Kette auf?«, brüllte er und zerrte an den Gliedern.

Charlie beobachtete mit vor Entsetzen geweiteten Augen die Szene in der Arena, während Nathan Lucius zurückhielt.

»Was tun wir jetzt?«, flüsterte er Charlie zu.

»Ich weiß es nicht.« Charlie deutete mit dem Kinn auf Agata und Leopardo, die das Geschehen zufrieden beobachteten. »Zumindest bis jetzt scheinen die beiden zu glauben, das gehöre alles noch zur Show.«

»Jake!«, rief Topaz, als Ketos plötzlich wieder hochkam. Er packte Jake von hinten an den Schultern und riss ihn herum. Dann legte er eine riesenhafte Hand um seinen Hals und hob ihn hoch. Unter dem Druck der entsetzlich starken Finger zersprang Jakes Maske und fiel zu Boden.

Leopardos Grinsen erstarrte, als er den jungen Agenten aus Stockholm wiedererkannte. Sofort suchte er mit den Augen das Publikum ab, und es dauerte nicht lange, bis er auch Nathan und Charlie entdeckt hatte. Seine Lippen begannen zu zittern, und er bleckte die weißen Zähne.

Dann geschah alles gleichzeitig. Jake hing, hilflos gefangen in der ausgestreckten Pranke des Gladiators, mit zappelnden Beinen in der Luft. Das Publikum raste. Topaz griff sich einen großen Stein und schleuderte ihn mit aller Kraft dem Monster gegen die Stirn. Die Augen des Gladiators rollten nach oben, dann ließ er Jake los und stürzte bewusstlos in den künstlichen See.

»*Periculum*! Gefahr!«, brüllte Leopardo. »Schützt den Kaiser!« Mit gezogenem Schwert rannte er mitten durch die Menge und hinein in die Arena. Die Gäste stürmten panisch zum Ausgang, und Agata erhob sich von ihrem Thron, das Gesicht rasend vor Zorn. Leopardo wollte sich auf Jake stürzen, aber jetzt sprang auch Nathan in die Arena und warf sich dazwischen.

»Das ganze elende Gewürm ist also hier«, knurrte Leopardo und richtete die Spitze seiner Klinge auf Nathan. »Ich wusste, dass wir meiner doppelzüngigen Schwester nicht trauen können.«

Wie ein entfesselter Dämon ging er auf Nathan los. Ihre Schwerter krachten klirrend aufeinander, und Leopardo versuchte, Nathan zu Boden zu drücken, doch Nathan hielt dagegen.

Jake beobachtete das Duell mit wachsendem Erstaunen. Er war immer wieder verblüfft, was für ein sensationeller Schwertkämpfer Nathan war. Er führte sich zwar manchmal auf wie ein aufgeblasener Geck, aber wenn es darauf ankam, war er ein furchterregender Gegner: schnell, beweglich und unglaublich stark – und bis zum Äußersten entschlossen. Doch Leopardo war ihm absolut ebenbürtig, wie sich zeigte: Den zweiten Schlag schätzte Nathan falsch ein, bekam sein Schwert nicht in die richtige Position, und unter der Wucht von Leopardos Angriff entglitt es seinem Griff.

Leopardo holte zum nächsten und tödlichen Hieb aus, da löste Topaz ihre Kette, schwang sie einmal über den Kopf und ließ sie wie eine Peitsche gegen Leopardos Gesicht krachen. Jake hörte ein Knacken und sah einen weißen Splitter ins Publikum segeln – es war einer von Leopardos Zähnen. Ihr Bruder starrte sie einen Moment lang ungläubig an, dann sank er auf die Knie und fiel kopfüber ins Wasser.

Erst jetzt reagierte Agata, so gelähmt war sie gewesen vor Wut. »Haltet sie!«, brüllte sie mit einer Stimme, die allen das Blut in den Adern gefrieren ließ, und stürzte vor.

Ohne auch nur einen Augenblick zu zögern, sprang Jake über die Mauer der Arena und stürmte ihr entgegen. »Du Monster!«, schrie er aus vollem Hals, als sie sich von Angesicht zu Angesicht gegenüberstanden, packte einen Weinkelch von einer der Tafeln und schüttete ihr den Inhalt ins Gesicht.

Agata blickte ihn verdutzt an, dann griff sie mit beiden Händen nach seiner Kehle und drückte zu. Jake tastete nach dem Tablett, das neben dem Kelch gestanden hatte. Teller und Besteck flogen, und er schlug es Agata seitlich gegen die Stirn. Agatas Kopf wurde herumgerissen, und sie ließ ihn los. Jake holte erneut aus; der zweite Treffer schickte Agata zu Boden. Über einem Haufen Scherben und halb abgenagter Vogelknochen brach sie zusammen. Jake wollte sie am Kragen wieder auf die Beine ziehen, aber Nathan riss ihn nach hinten. »Genug jetzt!«, bellte er, während die Wachen bereits durch das panische Publikum in ihre Richtung drängten.

»Hierher!«, rief Topaz und deutete auf einen Durchgang. Sie rannten los, und das Mädchen lotste sie über Treppen und Dienstbotengänge bis zu der riesigen Küche, wo die Sklaven zwischen Dampfwolken und begleitet von Geschirrgeklapper damit beschäftigt waren, die Spuren des Banketts zu beseitigen. Sie waren zu müde und erschöpft, um überhaupt Notiz von den Eindringlingen zu nehmen.

Der Hintereingang der Küche war offen, dahinter stand ein Pferdekarren. Ein Mann in einer Lederschürze wuchtete gerade eine Schweinehälfte herunter und schleppte sie in den Vorratsraum. Sobald er darin verschwunden war, sprang Nathan auf den Kutschbock.

»Alles aufsteigen!«, rief er und schnappte sich die Zügel.

Die anderen vier folgten, Charlie als Letzter. Der einzige Platz, der noch frei war, war der neben einem toten Eber. *»Enchanté«,* sagt er angewidert und wandte den Blick ab, dann rasten sie los. Als der Metzger wieder aus der Küche ins Freie trat, war der Wagen schon außer Sichtweite.

Schlingernd jagten sie um eine Kurve und erreichten den Vorhof der Villa, wo ihnen schon der nächste Trupp Hydra entgegengelaufen kam. Nathan ließ die Zügel schnalzen und steuerte die Pferde mitten hindurch. Die Soldaten sprangen zur Seite, doch einem von ihnen gelang es, sich mit einer Hand an der Seitenwand festzuhalten. Er zog sein Schwert und zog sich auf die Ladefläche.

»Verzeihung«, sagte Charlie und schob Topaz beiseite. Er packte den Eber an den langen Nackenhaaren und stieß ihn wie einen Rammbock mit der Schnauze voran in das verdutzte Gesicht des Hydra. Der Angreifer gab einen schmerzverzerrten Aufschrei von sich und ließ los.

»Es gibt Gelegenheiten«, sinnierte Charlie und wischte sich die Hände ab, »da kann selbst ich als strikter Vegetarier toten Tieren etwas abgewinnen.«

Sie waren gerade durch den Torbogen hindurch, als die Soldaten auch schon in einem Streitwagen die Verfolgung aufnahmen. In atemberaubendem Tempo jagte Nathan den klapprigen Metzgerkarren die Straße zum Forum Romanum hinunter, doch die Hydra kamen ständig näher. Nathan schwang die Peitsche und trieb die Pferde immer schneller an. Das Schlagloch direkt vor ihnen sah er erst, als es zu spät war. Der Wagen fuhr mitten hindurch und wurde ausgehebelt. Lucius, der ganz hinten neben Topaz gekauert hatte, flog wie von einem Katapult geschossen durch die Luft und schlug genau vor den Hufen der Verfolger auf die Straße.

Die anderen vier wandten entsetzt die Augen ab. Sie hörten nur, wie hinter ihnen eines der Pferde über Lucius stolperte, aus dem Tritt geriet und das zweite Zugtier mitriss. Eine Staubwolke wirbelte auf, Holz splitterte, und der Streitwagen kam abrupt zum Stehen.

»Wir müssen umkehren!«, rief Jake, der als Erster wagte, sich umzublicken. Er konnte Lucius gerade noch so in dem Knäuel aus Soldaten, Pferden und geborstenen Wagenrädern erkennen.

»Du hast hier gar nichts zu sagen!«, brüllte Nathan und trieb die Zugtiere weiter an. »Und zwar nie wieder, kapiert?« Jake hatte ihn noch nie so zornig gesehen.

Topaz saß da und zitterte. Sie war gelähmt vor Schock – und vor Wut auf Jake. Mit bebender Unterlippe beobachtete sie, wie die Soldaten den blutüberströmten Lucius in Ketten legten. Dann machte die Straße eine Kurve, und sie verloren Lucius aus dem Blick.

Jake begann ebenfalls zu zittern, und das aus tausenderlei Gründen. Am stärksten spürte er die unsägliche Schmach, ihm wurde regelrecht übel davon. Ein weiteres Mal hatte er alles vermasselt – und diesmal schlimmer denn je.

17

Lucius

S-s-sollten wir ihn nicht befreien?«, stammelte Jake. Im Büro des Geheimdienstes war es stockdunkel. Sie waren gerade erst angekommen, und Charlie zündete mit Mister Drake auf der Schulter ein paar Kerzen an.

Nathan fuhr herum. »Ich hab dir gesagt, du sollst dich ab jetzt gefälligst raushalten«, knurrte er. Eine halbe Stunde war seit ihrer Flucht aus Agatas Villa vergangen, aber Nathan war immer noch außer sich. »Hast du das jetzt begriffen?«

Jake nickte.

»Deine Waffe«, sagte Nathan in kaltem Befehlston.

Jake öffnete mit zitternden Fingern die Schnalle des Gürtels um seine Hüfte, und Nathan riss ihm den Degen aus der Hand. Der Moment, als er ihm am Pier von Mont-Saint-Michel die wunderschöne Waffe gegeben hatte, war einer der stolzesten in Jakes ganzem Leben gewesen. Jetzt fühlte es sich an, als wäre es niemals passiert. Als hätte er Nathans Freundschaft und Respekt für immer verloren.

»Und jetzt setz dich und halt die Klappe«, blaffte der Amerikaner und deutete auf Jakes Bett.

Jake gehorchte niedergeschlagen. Er hätte schreien oder weinen können oder beides zugleich. Aber das hätte alles nur noch schlimmer gemacht. Stattdessen verkroch er sich in die dunkelste Ecke, lehnte sich gegen die Wand und ließ den Kopf hängen.

Die anderen blickten ihm nicht einmal hinterher. Nathan ging irgendwelche Unterlagen durch, Topaz versorgte vor dem Spiegel ihre Wunden, und Charlie zündete noch mehr Kerzen an. Die Luft war zum Schneiden dick.

Nur Mister Drake drehte den Kopf und schaute in Jakes Richtung.

Jake blickte auf in der Hoffnung, dass ihm wenigstens ein letzter Freund geblieben war, aber der Papagei plusterte nur kurz das Gefieder auf und wandte sich ab.

Schließlich brach Nathan das eisige Schweigen. »Lucius Titus' Gefangennahme ist bedauerlich«, sagte er in ernstem Ton, »aber wir können keinen Rettungsversuch riskieren. Es ist zu gefährlich.« Er biss sich auf die Lippe, dann fügte er hinzu: »Und so, wie die Dinge stehen, ist Lucius mittlerweile vermutlich nicht mehr am Leben.«

Jakes Magen schlug einen Salto, und Topaz erstarrte vor dem Spiegel, sagte aber nichts.

»Ist jemand anderer Meinung?«, fragte Nathan leise.

Es dauerte eine ganze Weile, dann nickte zuerst Topaz und schließlich auch Charlie, der ihre Reaktion abgewartet hatte.

»Es ist tragisch, aber wir können nichts mehr daran ändern. Er war ein guter Kämpfer für eine gerechte Sache«, sagte Nathan würdevoll und senkte das Haupt.

Jake musste sich mit aller Kraft zusammenreißen, um nicht vom Bett aufzuspringen. Natürlich mussten sie versuchen, Lucius zu retten! Natürlich war er noch am Leben! Für Jake stand beides außer Frage, aber er wusste, er musste sich zurückhalten. Die Katastrophe war passiert, und er war schuld daran.

»Fassen wir also zusammen, was wir bisher über Agatas Pläne in Erfahrung gebracht haben«, sprach Nathan schließlich weiter. »Sie plant eine Operation, die sie ›das Ende der Ordnung‹

nennt. Der Auftakt dazu soll morgen im Circus Maximus stattfinden. Soweit wir wissen, soll jemand während der dort stattfindenden Spiele ermordet werden, und wir haben Grund zu der Annahme, dass es sich dabei um den falschen Tiberius handelt. Aller Wahrscheinlichkeit nach wird sie den Mord aufständischen Sklaven anhängen. Es wird zu öffentlichen Unruhen kommen, und Agata wird das allgemeine Chaos nutzen, um die Macht an sich zu reißen. Was sie letztendlich vorhat, ist, die Kontrolle über die römischen Legionen zu bekommen. Wie sie das genau anstellen will, wissen wir zwar nicht, aber ich brauche wohl niemandem zu sagen, was es bedeuten würde, falls ihr Plan gelingen sollte.« Alle schwiegen betreten, und Nathan fuhr fort. »Die größte Streitmacht, die die Welt bis jetzt gesehen hat, in den Händen einer der grausamsten Verbrecherinnen der Menschheitsgeschichte. Die Konsequenzen wären unvorstellbar.«

»An was für Konsequenzen hast du denn gedacht?«, fragte Charlie.

»Sie dürfte vorhaben, die Weltkarte nach ihrer Vorstellung neu zu gestalten, glaubst du nicht? Immerhin heißt die Operation das *Ende* der Ordnung. Klingt nicht gerade nach verlockenden Zukunftsaussichten.«

Charlie schüttelte nachdenklich den Kopf. »Wir müssen etwas übersehen haben«, murmelte er. »Falls das ihr Plan sein sollte, kann er so nicht funktionieren.« Er rückte seine Brille zurecht. »Zugegeben, der römische Kaiser ist momentan der mächtigste Mann der Welt. Noch nie zuvor hat ein einzelner Herrscher so viel Macht auf sich vereinigt. Seine Ermordung in aller Öffentlichkeit wäre eine Katastrophe, und es dürfte kein Problem für Agata sein, das Verbrechen anzuhängen, wem immer sie will. Doch damit hätte sie noch lange nicht das Oberkommando über Tiberius' Legionen. Dazu bräuchte sie den Rückhalt des Senats, und außerdem wäre der echte Kaiser immer noch nicht aus dem Weg geräumt.«

»Da bin ich mir nicht so sicher«, widersprach Nathan. »Vielleicht ist Tiberius ja bereits tot. Und was den Senat angeht: Wir wissen, wie reich Agata ist. Vielleicht hat sie die Senatoren einfach gekauft?«

»Möglich. Geld regiert die Welt, vor allem in dieser Stadt«, überlegte Charlie. »Aber sechshundert hochrangige Politiker zu bestechen, die nicht gerade am Hungertuch nagen, könnte selbst Agata Zeldts finanzielle Möglichkeiten übersteigen. Außerdem sind sie nicht alle korrupt.«

»Es besteht immer noch die Möglichkeit, dass sie auch für dieses Problem eine Lösung gefunden hat«, entgegnete Nathan unbeirrt. »Agatas Ressourcen sind unerschöpflich, vergiss das nicht. Außerdem ist das die einzige Theorie, die wir haben. Um ihre Pläne, wie auch immer sie im Detail aussehen mögen, zu durchkreuzen, können wir nur eines tun: Wir gehen morgen zum Circus Maximus und verhindern das Attentat.«

Charlie schien immer noch nicht überzeugt, aber er konnte Nathans Argumente auch nicht entkräften. Schließlich nickte er.

Jake hatte zwar seine Befehle befolgt und sich mucksmäuschenstill verhalten, aber die Stimmung im Raum war unverändert. Er kauerte wie ein reuiger Sünder auf seinem Bett, während Charlie, der beinahe umkam vor Hunger, sich eine Käseplatte zum Abendessen machte. Nathan und Topaz setzten sich zu ihm an den Tisch, sie studierten eine Karte des Circus Maximus und berieten über ihr Vorgehen am morgigen Tag. Jake blickte ab und zu hinüber und fing gelegentlich einen Gesprächsfetzen auf: »Die Kaiserloge ist dort drüben … Vor einem Rennen findet immer erst ein Triumphzug statt« und dergleichen, aber niemand bezog ihn mit ein. Charlie bot ihm nicht einmal etwas zu essen an. Jake fragte sich schon, ob die drei jemals wieder mit ihm sprechen würden.

Schließlich rollte Nathan die Karte zusammen und stand auf. Er schloss Topaz in eine innige Umarmung, und Jake hörte, wie er ihr ins Ohr flüsterte: »Ich werde immer für dich da sein. Immer.« Dann legte er Charlie eine Hand auf die Schulter und sagte: »Ein Gutes hat die Sache allerdings. Nachdem unsere Tarnung aufgeflogen ist, werden wir inkognito gehen müssen. Du hast doch deine Spezialausrüstung dabei, oder, alter Freund?«

»Die Bärte?« Charlies Gesicht hellte sich sofort auf. Er deutete auf den Lederbeutel an seinem Gürtel. »Ich gehe nie ohne auf einen Einsatz.«

Nathan streckte die Arme und ging gähnend zu seinem Bett. Charlie gab Mister Drake eine letzte Erdnuss, kraulte ihn kurz am Kopf und legte sich ebenfalls hin.

Topaz löschte unterdessen die Kerzen bis auf die auf dem Tisch. Sie legte etwas Käse und Brot auf einen Teller und brachte ihn Jake. »Hier«, sagte sie. »Iss.«

»Danke«, flüsterte Jake und stellte den Teller auf seinem Bett ab. »Topaz, ich weiß, es ist sinnlos, aber ich möchte dir sagen, wie unendlich leid mir alles tut. Du wirst mir wahrscheinlich nie verzeihen können, und ich verstehe dich …« Er blickte ihr fest in die Augen, aber Topaz' Gesicht blieb kalt und undurchdringlich. Jake ließ sich nicht beirren. »Ich bin sicher, Lucius wird es schaffen. Er ist mutig und schlau, und er kann kämpfen wie kein Zweiter. Ich bin überzeugt, er …«

»Tu comprends comme sa vie a été dûr?«, fiel Topaz ihm ins Wort, und ihre Stimme versagte beinahe dabei. »Weißt du überhaupt, wie hart sein ganzes Leben war? Weißt du, wie viel Schmerz er hat ertragen müssen?«

Jake dachte an die Nacht am Pons Fabricius zurück. »Er sagte, dass er seine Eltern schon seit sieben Jahren nicht mehr gesehen hat.«

»Und kennst du auch den Grund?«

Jake schüttelte den Kopf.

»Als er zehn Jahre alt war, haben Piraten ihr Schiff überfallen und seine Eltern entführt. Lucius' Familie war nie reich, sein

Vater war ein einfacher Bootsbauer, aber sie waren glücklich. Sie haben Lucius geliebt! Sie hatten alles gespart, und als sie genug Geld beisammenhatten, wollten sie nach Dalmatia gehen, um sich dort an der Küste ein kleines Häuschen zu bauen. Sie waren gerade erst drei Meilen gesegelt, da schlugen die Piraten zu. Lucius war schon damals ein unerschrockener Kämpfer und wehrte sich, so gut er konnte, aber … *mais c'était inutile*. Es war zwecklos. Er war nur ein Kind. Er wurde überwältigt und in Ketten gelegt. Von seinen Eltern und seinem kleinen Bruder hat er seitdem nie wieder etwas gehört.«

»Er hat einen Bruder?«, fragte Jake. »Das wusste ich nicht.«

»Im nächsten Hafen haben sie Lucius für zwei Kupfermünzen verkauft. Die nächsten fünf Jahre seines Lebens – *la reste de son enfance* – hat er in einer Silbermine verbracht. Jede Nacht ist er aufgewacht, weil er im Schlaf die Schreie seines kleinen Bruders hörte, als die Piraten ihn fortschleppten …«

Jetzt verstand Jake, weshalb Lucius nicht darüber hatte reden wollen. Er blickte Topaz voll Trauer an, sah die Tränen, die in ihren Augen schimmerten, und nahm ihre Hand.

Topaz reagierte nicht, zog die Hand aber auch nicht weg. »Als ich dann von meiner eigenen Mutter gefangen gehalten wurde, half er mir, wo er nur konnte, ohne Rücksicht auf seine eigene Sicherheit«, erzählte sie weiter. Die Tränen strömten jetzt nur so über ihr Gesicht. »Er war so ein wundervoller Mensch«, schluchzte sie. *»Un gars magnifique.«*

Charlie blickte kurz zu den beiden hinüber, sagte aber nichts.

Jake wollte Topaz in die Arme nehmen, doch sie wischte eilig die Tränen weg und ging zurück zu ihrem Bett. Am ganzen Körper zitternd, zog sie sich die Decke bis über den Kopf und drehte Jake den Rücken zu.

Jake fühlte sich vollkommen hilflos. Er hätte Topaz so gern gesagt, dass alles gut werden würde, aber er konnte es nicht. Nichts war gut. Lucius war nicht mehr da. Topaz' Mutter, die grausamste Frau, die je auf Erden gewandelt war, versuchte, die Welt zu unterjochen, und sie wussten nicht einmal, wie. Geschweige denn, wie sie sie aufhalten sollten.

Niedergeschlagen legte Jake sich auf sein Bett. Er machte sich nicht einmal die Mühe, sich auszuziehen, und starrte mit leerem Blick an die Decke.

18

Die geheime Kammer

Sie ist weg«, sagte Alan, sein Fernglas auf das in der Ferne immer kleiner werdende Boot gerichtet. Es war noch früh am Morgen auf Mont-Saint-Michel. Er und Miriam standen auf einem der windumtosten Türme des Schlosses und kämpften gähnend mit ihrer Müdigkeit.

Zwei Tage hatten sie darauf gewartet, dass Oceane ihre Suite lange genug verließ, damit sie sich das Buch mit dem Palmenrücken vornehmen konnten. Am Abend zuvor hatte Oceane angekündigt, sie wolle zum Festland fahren und Stoffe für ihr Hochzeitskleid aussuchen. Alan und Miriam waren um vier aufgestanden und hatten bei einer Kanne Kaffee die Vögel beobachtet, bis Oceane mit ihrem Schoßtier die Fähre bestieg. Das Schiff fuhr täglich. Die Geschichtshüter benutzten es meist, um auf dem Festland Lebensmittel zu kaufen.

»Endlich. Gehen wir«, sagte Miriam und machte sich auf den Weg zur Treppe. »Meine Zehen sind schon ganz steif gefroren.«

Klammheimlich schlichen sie zu Oceanes Luxussuite, schlüpften hinein und eilten schnurstracks zu dem Bild mit dem Wandtresor. Sie hatten sich schon gefragt, ob Oceane den Schlüssel vielleicht mitnehmen würde, aber er hing immer noch an dem kleinen Haken direkt neben dem Türchen. Erleichtert öffneten sie den Safe. Das Buch war ebenfalls noch da.

Miriam nahm es heraus und betrachtete den Einband. »Die Flora des Südchinesischen Meeres zwischen 700 und 1500«, las sie mit gerunzelter Stirn vor. »Klingt ja nicht besonders spannend. Es sei denn, man ist Gärtner und lebt zu dieser Zeit dort.« Sie reichte es Alan.

Alan öffnete das Schnappschloss an dem kleinen Riegel und klappte das Buch auf. »Das sieht doch schon viel interessanter aus!«, sagte er mit einem Lächeln. In die Seiten war ein Hohlraum geschnitten, in dem ein weiterer Schlüssel lag. Er war um einiges größer und aus Gold. Alan nahm ihn heraus. Der Griff war mit exotischen Schriftzeichen verziert. »Sieht aus wie Chinesisch. Kannst du was damit anfangen?«

Miriam zuckte die Achseln. »Asiatische Sprachen sind nicht gerade meine Stärke, wie du weißt, und deine auch nicht. Galliana könnte die Schriftzeichen bestimmt lesen. Aber für welches Schloss ist dieser Schlüssel?« Sie nahm Alan das Buch aus der Hand und inspizierte den Rücken. »In den Archiven befinden sich welche, die genauso aussehen. Dort ist Jake ja auch Oceane begegnet. Es muss eine Verbindung geben.«

Ohne weitere Diskussion steckten sie Buch und Schlüssel ein und gingen über Treppen, lange Flure und den Prunksaal hinunter in den Kommunikationsraum. Zwei Dechiffrierer saßen bereits vor den Meslith-Schreibern und entzifferten im Schein der flackernden Kerzenleuchter die hereinkommenden Nachrichten. Alan und Miriam sagten ihnen Guten Morgen und eilten weiter ins Archiv. Drinnen war es noch fast dunkel. Nur spärlich drang das erste Morgenlicht durch die Fenster.

»Dann wollen wir mal sehen …« Miriam suchte die langen Regalreihen ab. »Wetteraufzeichnungen, Gezeitentabellen, Sonnen- und Mondaufgänge … Ah, da wären wir: Flora und Fauna.« Sie trat vor das Regal und las die Schilder der Unterkategorien vor: »Flora … Mittelmeerraum, Nordeuropa, Nord-

und Südamerika, Australien, China … Südchinesisches Meer, endlich!« Es war die unterste Reihe, und Miriam musste sich hinknien, um die Schrift auf den Buchrücken erkennen zu können. »Jetzt wird's allmählich interessant: Diese Sektion geht genau von 700 bis 1500 …« Eines nach dem anderen zog sie die Bücher aus dem Regal, dann hielt sie plötzlich wie vom Donner gerührt inne. »Ich glaub's nicht!«

Alan kniete sich neben sie und betrachtete das leere Regal. Er staunte nicht schlecht, als er das Schlüsselloch mit dem goldenen Rahmenbeschlag sah. »Darf ich?«, fragte er und zog den gestohlenen Schlüssel hervor.

Miriam nickte und schaute ihm gespannt über die Schulter.

Alan drehte den Schlüssel. Mit einem Klicken schwang eine Sektion des Regals auf wie eine Tür. Dahinter führte ein niedriger Gang nach unten.

»Eine Geheimkammer!«, rief Miriam begeistert. »Das wird ja immer besser. Licht, wir brauchen Licht. Warte.« Sie sprang auf und lief zurück in den Kommunikationsraum. Beinahe wäre sie auf dem glatten Parkettboden ausgerutscht, so aufgeregt war sie. Wenige Augenblicke später kam Miriam mit einem Kerzenleuchter zurück – langsamer diesmal, um nicht hinzufallen und, vor allem, die Kerzen nicht zu löschen. Sie hielt ihn hoch, und die beiden gingen vorsichtig die Treppe hinunter.

»Um Himmels willen, Alan! Was hat das alles zu bedeuten?«, rief Miriam und sah sich erstaunt um. Die Kammer war winzig, hatte nicht ein einziges Fenster und bot gerade genug Platz für einen kleinen Schreibtisch mit Globus und ein Bücherregal. Auf dem Tisch stand ein Meslith-Schreiber, daneben stapelten sich bis zum Bersten gefüllte Ordner. Die Wände waren regelrecht tapeziert mit Land- und Seekarten. »Hier ist China …«, sagte Miriam und deutete auf eine der Karten.

»Sieht aus wie das alte Kanton«, murmelte Alan.

»Und es ist alles auf Chinesisch.« Miriam schüttelte ungläubig den Kopf. »Die Bücher, die Karten, sogar die Beschriftung des Globus. Was in aller Welt hat unsere Oceane mit China zu schaffen, Alan?«

»Nicht nur Oceane«, erwiderte er und hielt ihr einen der Aktenordner hin. »Das ist Jupitus' Handschrift, keine Frage.« In schön geschwungenen Lettern stand darauf:

Korrespondenz zu:
Operation schwarzer Lotus
Streng geheim

Alan klappte den Deckel auf. In dem Ordner befand sich ein Stapel Meslith-Kommuniqués, ebenfalls alle auf Chinesisch. »Das Pergament ist noch ganz frisch«, sagte er. »Die Nachrichten können noch nicht sehr alt sein.«

»Sieh dir mal die Initialen am Ende an!«, keuchte Miriam.

Jede Nachricht war mit XIX unterschrieben. Es waren die einzigen Buchstaben in lateinischer Schrift.

»Xi Xiang?«, murmelte Alan. »Das ist unmöglich!«

Sie kannten den Namen. So wie die Zeldts die Geißel der westlichen Hemisphäre waren, war Xi Xiang der erbittertste Feind der Geschichtshüter im Fernen Osten. Er war genauso blutrünstig wie exzentrisch, liebte den großen Auftritt und hatte eine geradezu groteske Vorliebe für Verkleidungen. Nicht selten gab er sich als einer seiner eigenen Sklaven aus oder trug zu seinen grausamen Feldzügen Fantasiekostüme, was nicht nur vollkommen geschmacklos, sondern auch absolut widersinnig war, denn Xi Xiangs Gesicht war unverwechselbar: Er hatte drei Augen. Das dritte saß missgebildet und mit halb geschlossenem Lid seitlich über der rechten Schläfe.

»Ich glaube, es ist besser, wir holen Galliana«, sagte Miriam.

Blass vor Bestürzung kam die Kommandantin noch im Morgenrock die Treppe herunter. Sie ließ den Blick kurz durch die geheime Kammer schweifen, nahm den Ordner und setzte sich damit an einen Tisch oben in der Bibliothek. Galliana zog ihre Brille hervor und überprüfte, ob es sich wirklich um Jupitus' Handschrift handelte, dann schlug sie den Deckel auf. Sie hatte kaum die ersten Zeilen gelesen, da wich auch das letzte bisschen Farbe aus ihrem Gesicht, und sie schlug entsetzt die Hände über dem Kopf zusammen. Atemlos ging sie Seite um Seite durch, ihre Augen rasten nur so über die Zeilen, dann klappte sie mit einem lauten Knall den Ordner zu. Mit zitternden Fingern nahm Galliana ihre Brille ab.

»Benachrichtigt Rose Djones. Sofort. Jupitus Cole muss unverzüglich in Gewahrsam genommen werden. In Ketten, wenn nötig. Wir müssen ihn verhören.« Sie blickte Miriam und Alan an. Keiner der beiden hatte sie je so aufgewühlt gesehen. »Es geht um Leben und Tod. Habt Ihr das verstanden? Um unser *aller* Leben.«

Drei Stunden waren seit seinem Gespräch mit Topaz vergangen, aber Jake war immer noch nicht eingeschlafen. Grässliche Bilder zogen vor seinem inneren Auge vorbei und ließen ihm keine Ruhe: der Kampf in Agatas Stadion, Lucius' Gefangennahme, Nathans Zorn, Topaz' Verzweiflung.

Und immer wieder musste er an Lucius' Familienschicksal denken. An den grausamen Piratenüberfall, an Lucius, wie er als Kind in den Silberminen geschuftet hatte. Dazwischen hörte er die Schreie seines kleinen Bruders, wie sie einsam über dem Meer verhallten ... »Er hat einen Bruder«, murmelte Jake. »Warum hat er mir das nicht gesagt?«

Was noch verschlimmernd hinzukam: Jake war sich nur allzu bewusst, dass er innerhalb von nur zwei Wochen zweimal grauenvoll versagt hatte. Schon der Verlust des dringend benötigten Atomiums in Stockholm war auf sein Konto gegangen, und jetzt auch noch das ...

Wieder und wieder schüttelte Jake den Kopf, als hätte er damit die düsteren Gedanken verscheuchen können. Aber es klappte nicht. Er wälzte sich hin und her, drehte sich auf den Rücken und dann wieder auf den Bauch, versuchte, sich auf die Kerze zu konzentrieren, die immer noch auf dem kleinen Tisch brannte, und einmal probierte er es sogar mit Schäfchenzählen. Nichts davon funktionierte. Er würde in dieser Nacht keinen Frieden mehr finden.

Da kam ihm ein Gedanke. Es war gefährlich, aber Jake wusste: Es war der einzige Ausweg aus seinem Dilemma.

Ich werde losgehen und Lucius suchen. Ich werde ihn finden und retten.

Jake vergrub den Kopf unterm Kissen. *Das ist Wahnsinn,* sagte er sich, aber der Gedanke hatte sich bereits in ihm festgesetzt. Es war der einzige Ausweg.

Schlimmer als sie ohnehin schon stehen, kann ich die Dinge nicht mehr machen, dachte er. *Selbst wenn Lucius bereits tot sein sollte, habe ich es wenigstens versucht. Wenn die anderen was merken, sage ich einfach, ich kann nicht schlafen und will mir ein bisschen die Beine vertreten.*

Er setzte sich auf, und noch bevor er richtig wusste, was er tat, schlich er schon auf Zehenspitzen zu dem kleinen Tischchen hinüber. Er nahm Papier und Feder zur Hand und schrieb: *Bin weg, die Dinge wieder in Ordnung bringen.* Er faltete den Zettel einmal in der Mitte und ließ ihn auf dem Tisch liegen. Dann stibitzte er sein Schwert zurück, gurtete es um und schlich zur Tür.

Niemand bekam etwas mit. Charlie und Topaz lagen reglos ausgestreckt in ihren Betten, Nathan trug wie immer seine seidene Augenmaske und murmelte in tiefem Schlaf.

Jake öffnete den Riegel und schlüpfte nach draußen. Der Luftzug, den die Tür beim Schließen verursachte, ließ die Kerze auf dem Tisch kurz aufflackern, und dann ging sie aus.

Jake stieg an den verblassten Mosaiken vorbei die Wendeltreppe hinauf und betrat durch die Geheimtür die Basilica Aemilia. Er war nicht allein: Hier und da schlief jemand auf einer ausgebreiteten Decke, die ersten Händler gingen bereits ihren Geschäften nach. Die Torbogen des Eingangsportals zeichneten sich im morgendlichen Licht ab, und Jake trat hinaus auf das Forum Romanum.

Wie unter einem grauen Schleier lag es beinahe menschenleer vor ihm. Das Gold der aufgehenden Sonne hatte den Platz noch nicht erreicht. Zwei Sklaven schrubbten auf den Knien die Stufen des Senatsgebäudes, während der Aufseher daneben sich noch den Schlaf aus den Augen rieb. Ein Advokat in einer weißen Toga diktierte seinem Sekretär im Gehen einen Brief. Seine eiligen Schritte hallten über den großen Platz wie das Ticken einer Uhr. Drei Damen huschten durch den Portikus des Gebäudes gegenüber. Sonst war niemand zu sehen.

Trotz der gefährlichen Aufgabe, die vor ihm lag, blieb Jake stehen und saugte den Moment in sich auf. Im frühen Morgenlicht sah das Forum sogar noch beeindruckender aus, der weiße Marmor noch imposanter. »Was für eine rätselhafte Stadt«, murmelte Jake. »Was für eine rätselhafte Welt.« Er schaute zu den Zypressen und Prachtvillen des Palatin hinauf. Agatas Anwesen war vom Forum aus nicht zu sehen. Vollkommen friedlich lag der Hügel da. Jake atmete tief durch und ging los.

Er lief am Tempel der Vesta vorbei und folgte dem steilen Pfad hinauf zur Hügelkuppe. Er hatte etwa ein Drittel des Weges geschafft und ging gerade zwischen den hohen Außenmauern zweier Villengrundstücke hindurch, als er merkte, dass jemand ihm folgte. Ganz deutlich hörte er das Schnaufen und die Schritte hinter sich. Der Verfolger stellte sich nicht gerade geschickt an. Jake drehte sich um und sah, wie der andere erschrocken hinter einen Busch sprang. Als Versteck hatte er sich ausgerechnet eine Dornenhecke ausgesucht, und ein leiser Aufschrei ertönte. Jake tat, als hätte er nichts bemerkt, und ging weiter. Der Weg führte eine kleine Treppe hinauf. Als er oben war, versteckte Jake sich im Schatten eines Torbogens, zog sein Schwert und wartete.

Der Verfolger kam bald in Sicht. Er war noch sehr jung, klein und dickleibig, das Gesicht im Schatten seiner Kapuze verborgen. Er atmete schwer und drehte verwirrt den Kopf von links nach rechts.

Irgendetwas an ihm kam Jake bekannt vor. Er wartete, bis der Bursche auf gleicher Höhe war, dann packte er ihn an seinem Umhang, riss ihn nach hinten und hielt ihm die Schwertklinge an den Hals.

»Nicht töten!«, rief der Junge und fuchtelte wild mit den speckigen Händen. »Bitte, töte mich nicht, Jake. Ich bin's doch!«

Die Stimme kam ihm bekannt vor, aber Jake konnte sie nicht gleich zuordnen. Er zog dem Kerl die Kapuze vom Kopf und drehte ihn herum. Jakes Kiefer klappte nach unten, als er die roten Wangen, die verschnupfte Nase und das wild vom Kopf abstehende helle Haar sah.

»Ich bin's, Caspar Isaksen!« Der Junge lächelte verlegen und nieste. Zur Begrüßung hielt er Jake die eine Hand hin, während er mit der anderen ein schon etwas zu oft benutztes Taschentuch aus den Falten seiner Toga zog und kräftig hineinschnäuzte. »Tut mir leid«, entschuldigte er sich, »aber der Pollenflug hier ist einfach mörderisch …« Er nieste noch ein zweites und drittes Mal, dass es nur so von den Wänden widerhallte.

»Caspar …«, wiederholte Jake verdattert. Es war der arme Junge, der in der Nacht, als Jake in Stockholm versagt hatte, von Leopardo angeschossen worden und um ein Haar im Hafenbecken ertrunken war. Die wilde Tirade, die Jake danach über sich hatte ergehen lassen müssen, klang ihm jetzt noch in den Ohren. »Ich hoffe, du hast wenigstens genug Verstand, um zu begreifen, was du angerichtet hast, du elender Verräter!«, hatte er Jake ins Gesicht gebrüllt. Und jetzt stand er vor ihm, Caspar Isaksen der Dritte, mitten im antiken Rom, in Toga, Umhang und Sandalen, seine Wangen röter denn je.

»W-was tust du hier?«, fragte Jake verwirrt.

»Gute Frage. Verrückt, nicht?« Caspar nickte und beugte sich ganz nahe an Jake heran. »Ob du's glaubst oder nicht, ich bin hier auf einem Einsatz! Streng geheim, versteht sich.«

»Ein Einsatz?«, wiederholte Jake. »Was für ein Einsatz?«

»Warte kurz ...« Caspar wühlte in dem Leinensack, der über seiner Schulter hing. »Ich muss nur nachsehen, ob das Sesambiskuit noch ganz ist. Du hast mich ganz schön durchgeschüttelt gerade eben.« Er zog ein krapfenähnliches, halb zerdrücktes Stück Gebäck aus seinem Beutel und stopfte es sich in den Mund. »Hmm, köftlich«, erklärte er unter lautem Schmatzen. »Könnte ef glatt auf die Lifte meiner Lieblingffpeifen faffen.« Endlich schluckte er. »Möchtest du auch eins?«

Jake schüttelte den Kopf. »Viel lieber würde ich wissen, was du hier machst. Hat dich das Hauptquartier geschickt?«

»Klar, natürlich.« Caspar nickte eifrig. »Kommandantin Goethe persönlich hat den Einsatzbefehl unterschrieben. Die Sache ist so geheim, dass nur sie selbst und mein Vater davon wissen ...«

Jake dachte an Caspars Vater – Caspar Jakob Isaksen –, der irgendwo in einem Geheimlabor in Nordschweden das Atomium herstellte. Seit Gründung des Geheimdienstes versorgten die Isaksens die Geschichtshüter mit der kostbaren Substanz.

»Und wie lautet dein Auftrag?«, hakte Jake nach.

»Wie ich schon sagte, die Sache unterliegt der unglaublich allerstrengsten Geheimhaltung. Andererseits sehe ich keinen Grund, warum ich es dir nicht erzählen sollte. Mir wurde gesagt, dass ich dich höchstwahrscheinlich hier treffen würde.« Caspar blickte misstrauisch über die Schulter und bedeutete Jake, näher heranzukommen. »Mein Befehl lautet, das Atomium zurückzuholen, das uns in Stockholm gestohlen wurde ... Ich bin sicher, du erinnerst dich«, fügte er mit spitzem Unterton hinzu.

Jake nickte betreten. »Ja ... und ich möchte dir noch einmal sagen, wie entsetzlich leid es mir tut«, erwiderte er todernst. »Dass ich dich in so schlimme Gefahr gebracht habe, dass ich alle in so schlimme Gefahr gebracht habe.« Ihm war unangenehm bewusst, dass er sich noch nie in seinem Leben so oft hatte entschuldigen müssen wie innerhalb der letzten zwei Wochen.

»Ach, Schwamm drüber«, meinte Caspar und klopfte ihm auf die Schulter. »Vergangen und vergessen. Du hast einfach getan, was dir das Richtige erschien. Aber jetzt zurück zu meinem Auftrag. Stell dir vor, meinem Vater ist es doch tatsächlich gelungen, das gestohlene Atomium aufzuspüren! Jede Charge, sagte er, hat eine ganz spezifische magnetische Signatur – ziemlich kompliziert und hoch wissenschaftlich das alles –, und die hat er zurückverfolgt bis zu den Zeitkoordinaten, an denen wir uns gerade befinden. Ich wurde ausgeschickt, um es zurückzuholen. Ich lief gerade zufällig über das Forum Romanum und überlegte, welche Schritte ich als Nächstes unternehmen sollte, da sah ich dich auf diesen Weg hier einbiegen. Ich war nicht sicher, ob ich dich ansprechen sollte, und deshalb bin ich dir erst einmal unauffällig gefolgt …«

»Und was für ein Glück, dass wir uns begegnet sind«, unterbrach Jake aufgeregt, »denn ich weiß, wo das Atomium sein muss! Der arrogante Schnösel, der es uns gestohlen hat, dieser Leopard, wie er sich nannte, hält sich in einer Villa hier oben auf dem Palatin auf. Weniger als eine halbe Meile von hier.«

»Tatsächlich?«

»Absolut. Wir waren schon dort, und ich gehe gerade ein zweites Mal hin.« Jake hielt inne und überlegte. »Wenn wir das Atomium finden wollen, sollten wir besser die anderen mitnehmen. Sie sind in unserem Unterschlupf unterhalb der Basilica Aemilia.«

»Wo, sagtest du, sind sie?«, fragte Caspar.

»Im Büro am Forum Romanum«, wiederholte Jake und deutete auf den Platz unterhalb. »Der Eingang befindet sich in der Basilica, er ist mit dem Emblem der Geschichtshüter gekennzeichnet … Alles in Ordnung, Caspar?«

Caspars Gesichtsausdruck hatte sich von einer Sekunde auf die andere vollkommen verändert. Er lächelte nicht mehr unsicher, sondern schaute Jake beinahe verachtend an. »Du kannst jetzt wieder die Klappe halten, Jake Djones«, sagte er mit einem höhnischen Grinsen.

»Was?«

»Du bist so bescheuert, dass ich es kaum glauben kann, obwohl ich es ja schon seit unserer ersten Begegnung wusste.«

Jake verstand gar nichts mehr.

»Hast du tatsächlich geglaubt, diese Begegnung wäre ein Zufall? Selten hat mich jemand so erheitert wie du, Jake.« Caspar kicherte wie verrückt. »Nicht du warst der Verräter in Stockholm, sondern ich! Natürlich war nicht abgesprochen, dass dieser Idiot von Leopardo mich tatsächlich anschießt.«

»Wovon redest du?«

Caspar zog grinsend einen silberfarbenen Armreif aus seinem Beutel hervor, und Jake trat erschrocken einen Schritt zurück.

»Du dummer, dummer Junge«, frotzelte Caspar und streckte das Betäubungsgerät vor. »Du bist tatsächlich kein bisschen schlauer als dein trotteliger Bruder.«

»Mein Bruder? Was weißt du über meinen Bruder?«

Caspar drückte auf einen Knopf, und Jake roch den entsetzlichen Gestank des Betäubungsgases. Er presste die Lippen zusammen, aber es war zu spät. Er spürte bereits das charakteristische Brennen am Gaumen. Jake hoffte, der Essig, den er letzte Nacht getrunken hatte, würde vielleicht noch wirken, aber es war zu lange her. Einmal trinken gut für drei Stunden, hatte Lucius gesagt. Ein stechender Schmerz fuhr von seiner Schädeldecke bis hinunter ins Steißbein. Jake spürte seinen Oberkörper nicht mehr, dann verlor er auch das Gefühl in Armen und Beinen. Er tastete noch nach seinem Schwert, konnte es aber nicht mehr greifen. Jake sank auf die Knie und hörte, wie Caspar einen lauten Pfiff ausstieß. Aus dem Augenwinkel sah er, wie acht Hydra herangeeilt kamen.

»Warum?«, brachte Jake gerade noch heraus, dann fiel er vornüber. Er drehte sich auf die Seite, aber das Gas hatte sein Hirn schon so benebelt, dass er kaum noch etwas mitbekam. Nur schemenhaft sah er, wie Caspar mit einem hysterischen Kichern ein weiteres seiner Sesambiskuits hinunterschlang, dann wurde alles um ihn herum schwarz. Er hörte die Stiefel der Soldaten und spürte, wie schwielige Hände ihn hochhoben. Dann wurde alles still.

Das Ende der Ordnung

»Katastrophen, Gräueltaten und Gemetzel. Wie wundervoll allein die Wörter klingen«, sagte eine volltönende weibliche Stimme.

»Das sind nicht nur deine Lieblings*wörter*, Mutter«, erwiderte jemand, offensichtlich ein Mann. »Es sind auch deine Lieblings*beschäftigungen*.«

»Du hast wie immer recht, mein Liebling«, antwortete die Frau.

»Ich finde Enthauptung am besten«, mischte sich nun eine dritte, wesentlich jüngere Stimme ein. »Es klingt so schön endgültig.«

Die Worte trieben durch Jakes Bewusstsein, als würde er träumen. Sie klangen nah und fern zugleich. Er konnte immer noch nichts sehen, aber er spürte etwas. Zum einen schmerzte sein ganzer Körper entsetzlich. Vor allem der Kopf fühlte sich an, als befände er sich in einem Schraubstock. Der Hall sagte ihm, dass er sich in einem großen Raum befand. Und es stank. Er saß auf einem Stuhl, die Hände auf den Rücken gefesselt. Kaltes Metall schnitt in seine Handgelenke. Er versuchte sich loszumachen, ließ es aber sofort wieder bleiben. Es tat einfach zu weh.

»Schaut mal, wer da gerade aufgewacht ist«, erklärte die dritte Stimme. Sie gehörte Caspar. »Müssen wir irgendwas tun?«

»Sei unbesorgt. Der geht nirgendwohin«, erwiderte der zweite Sprecher.

Auch ihn erkannte Jake jetzt. Leopardos leichter Akzent war unverkennbar.

Caspar, Leopardo. Jake versuchte einen klaren Gedanken zu fassen. Seine Erinnerung war verschwommen, aber nach und nach gelang es ihm, die Ereignisse auf dem Weg zum Palatin zu rekonstruieren. »Nicht du warst der Verräter in Stockholm, sondern ich!«, hatte der Schwede ihm höhnisch eröffnet. Der dickliche Tollpatsch hatte die ganze Zeit über auf Agatas Seite gestanden. Dabei stammte er aus einer Familie, deren Ruf in der langen Geschichte des Geheimdienstes immer über jeden Zweifel erhaben gewesen war. Es war passiert, was niemand je für möglich gehalten hätte: Ein Isaksen hatte sie verraten.

Und dann hatte Caspar Jakes Bruder erwähnt … Warum? Was wusste er über Philip? Hatte er ihn gesehen?

Ganz allmählich kehrte Jakes Sehvermögen zurück. Er konnte hell und dunkel unterscheiden, dann erkannte er vage Umrisse und schließlich die Personen, zu denen sie gehörten. Sein Stuhl stand an einer langen Tafel, die aus einem einzigen großen Marmorblock bestand. Am gegenüberliegenden Ende saß Agata Zeldt mit einem Falken auf der Schulter, neben ihr Leopardo und Caspar. Mit ihren rosigen Gesichtern und dem hellen Haar sahen die beiden aus wie gefallene Engel an der Seite ihrer dunklen Herrin.

Rechts von Jake blickten große Fenster hinaus auf einen Garten, in dem tropische Pflanzen wucherten. Zu seiner Linken befand sich eine Art Werkbank aus weißem Marmor, auf der seltsam aussehende Geräte standen.

Direkt vor seinen Geiselnehmern sah Jake eine Servierplatte, die offensichtlich der Ursprung des penetranten Geruchs war.

Leopardo streckte die Hand aus und griff sich einen der dampfenden »Leckerbissen« – ein längliches Ding von der Größe einer Banane, mit Kopf und einem haarlosen Schwanz daran. Als er den Mund öffnete, um herzhaft hineinzubeißen, sah Jake die Lücke, die Topaz ihm in der Nacht zuvor während des Kampfes in der Arena ins makellose Gebiss geschlagen hatte. Genüsslich kaute Leopardo auf dem Kopf der Ratte herum und spuckte kleine Knochensplitter aus. Caspar war bereits bei seiner fünften, während Agata einen Pfirsich in feine Streifen schnitt. Der Falke auf ihrer Schulter saß still wie eine Statue, nur die Klauen zuckten jedes Mal, wenn er mit starrem Blick die gebratenen Nager fixierte. Agata trug eine einfache schwarze Tunika, die die Blässe ihres Gesichts und das Feuerrot der Haare unterstrich. Sie blickte Jake lange und durchdringend an, bevor sie wieder etwas sagte.

»Die Geschichtshüter scheinen die Dinge etwas schleifen zu lassen«, erklärte sie amüsiert, »wenn das die Art von Agent ist, mit der sie glauben, mir zu Leibe rücken zu können. Ich habe schon Mäuse gesehen, die furchterregender aussahen.«

Leopardo kicherte, und sein junger Komplize lachte schallend.

Jake wollte Caspar ins Gesicht brüllen, was er von ihm hielt, aber als er den Mund öffnete, musste er feststellen, dass ihm seine Zunge noch nicht gehorchte. Es kamen nur ein paar unverständliche Laute heraus, begleitet von Speichelfäden, die ihm aus dem Mundwinkel rannen, was Caspar nur umso mehr amüsierte. Schließlich gelang es Jake, seine Gesichtsmuskeln halbwegs unter Kontrolle zu bringen. »Dein V-Vater«, brachte er heraus, »ist er auch ein V-Verräter?« Er wollte wissen, wie weit die Verschwörung reichte.

Caspars Lachen verstummte abrupt. »Mein Vater ist ein Idiot!«, schnaubte er. »Ein närrischer alter Trottel, der mich behandelt wie ein Kind. Was glaubst du, weshalb ich hier bin?«

»M-mehr bist du auch nicht«, erwiderte Jake. »Ein verzogener, nichtsnutziger kleiner Fettsack.« Jedes einzelne Wort brannte in seiner Kehle wie Feuer, aber das war Jake egal. »Wo ist Lucius?«

»Der hirnlose Muskelprotz?«, fragte Leopardo süffisant. »Das wirst du noch früh genug erfahren.«

»Genau.« Caspar schluckte den Rest der gebratenen Ratte hinunter und wischte sich den Mund am Ärmel ab. »Sehr bald schon werdet ihr beiden nämlich zusammen sterben.«

Trotz seiner verzweifelten Lage war Jake erleichtert zu hören, dass Lucius noch am Leben war, denn es bedeutete, er hatte Topaz nicht umsonst Hoffnung gemacht. »Lieber mit ihm sterben als mit euch zusammen essen«, gab er zurück.

»Mach dir darüber mal keine Sorgen«, erwiderte Caspar grinsend. »Du musst nicht mit uns essen. Du bist es, der gegessen wird.«

Jake ignorierte seine Worte und konzentrierte sich auf Agata. »Und Ihr, Ihr seid noch verblendeter als Euer größenwahnsinniger Bruder!«

Leopardo blickte seine Mutter an, gespannt auf ihre Reaktion, doch Agata lächelte nur. »Ein so großes Kompliment hat mir schon lange niemand mehr gemacht«, gurrte sie und fuhr mit der Zungenspitze über das saftige Stück Pfirsich in ihren Fingern. »Auch wenn Xander sich natürlich nicht mit mir messen kann.«

»Verblendeter, weil Ihr noch weniger als er damals begreift, wie sinnlos Euer Vorhaben ist.«

Jetzt war es Agata, deren Lächeln abrupt verschwand. Der Falke auf ihrer Schulter drehte Jake den Kopf zu und riss den Schnabel auf.

»Absolut sinnlos!«, wiederholte Jake. Wäre er nicht ohnehin am Rand seiner Belastbarkeit gewesen – und wäre nicht gerade ein Todesurteil über ihn verhängt worden –, hätte Jake sich vielleicht zurückgehalten. Aber er hatte nichts mehr zu verlieren, und er wollte Agata treffen, wo es ihr am meisten wehtat: in ihrem Stolz. »Xander hatte wenigstens eine Vision. Ihr habt nichts.«

Agata explodierte. »Und ob ich eine Vision habe, du kleiner Emporkömmling!« Sie schlug auf den Tisch und sprang auf. Der Falke auf ihrer Schulter musste ein paar Mal mit den Flügeln schlagen, um nicht herunterzufallen. »Meine Vision ist größer, als du oder irgendjemand sich auch nur vorstellen kann. Die Welt wird mir gehören, und das schon sehr bald!«

Leopardo versuchte seine Mutter zu beruhigen, aber sie stieß ihn weg. Der Falke flog mit einem schrillen Kreischen auf, und Agata stürmte wutentbrannt auf Jake zu.

Ohne mit der Wimper zu zucken, blickte Jake ihr ins Gesicht. Er sah die feinen blauen Äderchen unter der blassen Haut, die gefährlich funkelnden dunklen Augen, die schmalen, blutleeren Lippen, und seine Hände zitterten, aber er ließ sich nicht einschüchtern.

Agata beugte sich ganz nahe heran, und Jake roch ihren fauligen Atem. »Schon morgen um diese Zeit«, flüsterte sie, »bin ich die mächtigste Herrscherin, die die Welt je gesehen hat. Ich, eine Frau, kein eingebildeter, nichtsnutziger Mann!«

In diesem Moment begriff Jake, dass es der Hass war, der Agata zerfraß. Nicht nur der Hass auf ihren Bruder, sondern auf alle Männer.

»Bring ihn her«, fauchte sie und ging zu dem zweiten Tisch.

Leopardo stand auf, löste mit einem vielsagenden Lächeln Jakes Handfesseln und zog ihn auf die Füße. Jakes Beine waren immer noch zittrig von den Nachwirkungen des Gases, und er konnte kaum stehen.

»Weißt du, was das ist?«, fragte Agata und deutete auf den Tisch.

Aus der Nähe war das Objekt unverkennbar: Es war ein Modell des Circus Maximus, um einiges größer als die Miniatur im Kontrollraum und bis ins Letzte detailliert.

»Dies ist das größte Stadion, das je gebaut wurde.« Agata legte die langen dünnen Finger auf das Modell. »Ein ganz außerordentliches Bauwerk, findest du nicht?« Sie deutete auf das *pulvinar*, die kaiserliche Loge, die Charlie ihm in der Nacht zuvor gezeigt hatte. »Von dort werde ich gemeinsam mit dem Kaiser das abendliche Unterhaltungsprogramm verfolgen.«

»Unterhaltungsprogramm!« Caspar bekam einen hysterischen Lachanfall wegen Agatas Wortwahl.

»Ich werde genüsslich zusehen, wie sämtliche Senatoren und Generäle Roms Platz nehmen«, sprach sie weiter und fuhr mit dem ausgestreckten Zeigefinger die *spina* entlang – die steinerne Insel in der Mitte der Arena. »Jeder einzelne der sechshundert *Männer*, die im Moment die Erde beherrschen, wird kommen, um das größte Rennen der Welt zu verfolgen. Wie der Rest des Publikums werden sie dem Schauspiel entgegeneifern, dem Drama« – sie beugte sich an Jakes Ohr, ihre Stimme war nur noch ein Flüstern – »dem Tod. Sie werden nicht enttäuscht sein.«

»Nein, ganz und gar nicht!«, rief Caspar begeistert.

»Denn ich habe etwas vorbereitet, eigens für sie, die sechshundert herausragendsten Bürger Roms.« Agata stieß einen leisen Pfiff aus und deutete auf ein weiteres Modell. Auch dieses erkannte Jake sofort. Es war ein sechseckiger, mit einem schwarzen Pulver gefüllter Container. Einen fast identischen hatte er in dem Labor auf Vulcano gesehen, nur ohne die vielen Röhrchen, Zahnräder und Hebel daran.

»Was du hier siehst, ist ein Modell des Prototyps«, erklärte Agata. »Ich werde es als Museumsstück für die Nachwelt erhalten. Die funktionstüchtigen Originale wurden letzte Nacht im Circus installiert. Aber seht« – Agata lächelte amüsiert – »er begreift nicht, wozu sie gut sind.« Sie legte Jake die knochige Hand unters Kinn und hob sein Gesicht an. »Das ist Schwarzpulver, du Dummerchen. Diese wunderbare Kombination aus Schwefel, Kohle und Kaliumnitrat, etwas aufgepeppt natürlich mit meiner eigenen Rezeptur. Eigentlich dauert es noch tausend Jahre, bis es erfunden wird, aber es wäre eine solche Verschwendung, diese wunderbare Entdeckung der Welt noch länger vorzuenthalten.«

Caspar lauschte fasziniert und schob sich eine weitere Ratte in den Mund.

»Und welcher Ort wäre besser geeignet, sie zu präsentieren – den Menschen der Antike zu zeigen, was moderne Vernichtungskraft ist –, als das größte Stadion der Welt mit seinen einhundertfünfzigtausend Zuschauern?« Agatas Augen leuchteten.

Jake setzte die Puzzleteile zusammen. Jetzt wusste er, was für Agata an der unscheinbaren Mittelmeerinsel Vulcano so interessant war: die Schwefel- und Kohlevorkommen. »Ihr wollt den Circus Maximus in die Luft sprengen?«, fragte er.

»Typisch Mann: absolut fantasielos«, erwiderte Agata lakonisch. »Wenn ich das ganze Stadion in die Luft jage, bleibt doch niemand mehr übrig, um das Schauspiel zu genießen!« Sie lachte schrill, Leopardo und Caspar fielen mit ein. »Nicht doch, nur eine kleine erlesene Gruppe wird ins Gras beißen.« Sie wandte sich wieder dem Modell des Circus Maximus zu und deutete auf die *spina*. »Und zwar jene, die dort sitzen …« Agata kam ganz dicht heran, ihr Blick bohrte sich in Jakes Augen. »Auf dem Höhepunkt des Rennens, sobald die Sieben fällt, wird ein Feuerball den Himmel über Rom erleuchten, wie die Welt ihn noch nicht gesehen hat, und die blutigste Revolte aller Zeiten wird losbrechen.«

»So wollt Ihr also die Senatoren loswerden …«, flüsterte Jake.

»Alle sturköpfigen, fantasielosen Bürokraten auf einen Schlag!«

»Und wer die Explosion überlebt, wird von den Bestien in den Käfigen unterhalb der *spina* in Stücke gerissen«, fügte Leopardo begeistert hinzu.

»Das größte Schauspiel der Welt!«, rief Agata berauscht, und Caspar rang hingerissen die Hände.

Agatas Stimme wurde wieder leiser. »Alle sterben bis auf einen. Der Kaiser wird errettet – nicht der echte natürlich. Tiberius wird auf Capri ermordet, und auch sein Handlanger Seianus wird eines unschönen Todes sterben. Der überlebende ›Kaiser‹ ist eine Marionette, *meine* Marionette. Nach dem tragischen Vorfall im Circus wird ›Tiberius‹ nach Rom zurückkehren, zu seinem Volk, um seine Legionen gegen die ›rebellischen Sklaven‹ zu entsenden, die das Blutbad angerichtet haben.« Agata ergriff die Hand ihres Sohnes. »Zu ihrer eigenen Sicherheit werden sich die Bürger Roms bereitwillig dem Kriegsrecht unterwerfen, und ich werde über sie herrschen.« Ihr Blick wurde eiskalt. »Bevor ich sie vernichte.«

Caspar kam herbeigelaufen und umfasste mit seinen knubbeligen Fingern Agatas und Leopardos Hand.

Wie in Trance sprach Agata weiter. »Ich werde das ganze Reich in Schutt und Asche legen, seine Literatur, die Bibliotheken und alles gesammelte Wissen vernichten. Gelehrte, Planer, Künstler und Architekten, sie alle werden geschlachtet. Stück für Stück werde ich Zivilisation und Kultur zerschmettern, bis nichts mehr übrig ist als Staub und Scherben. Dann ist die Welt mein, all ihre Reichtümer, all das Gold und Silber, Kupfer und Eisen und Salz und was von den jämmerlichen Massen noch übrig ist – kontrolliert und beherrscht von einer Frau.«

Das also war ihr größenwahnsinniger Plan. Agata hatte gar nicht vor, den falschen Kaiser zu ermorden. Sie wollte den kompletten Regierungsapparat um ihn herum auslöschen, die Senatoren und Generäle, die Rom geführt hatten, seit Tiberius sich nach Capri zurückgezogen hatte. Mit Austerio als Marionette und den geldgierigen Bankettgästen als Helfer würde sie die Macht an sich reißen und den grausamen Anschlag auf eine fiktive Sklavenrevolte schieben. Die Welt würde in Angst und Lähmung versinken und schließlich im Chaos. Und dann würde Agata das, was noch übrig war, in Stücke reißen. Ein für alle Mal würde sie das Vermächtnis Roms vernichten, das Charlie so beeindruckend geschildert hatte, als sie die Stadt erreichten: Alle Fortschritte im Regierungs-, Bildungs- und Verwaltungswesen, die Schrift, die erste Lingua franca, Kunst und Architektur, all das wäre verloren. Ein Zeitalter der Finsternis würde anbrechen.

»Und jetzt«, sagte Agata und zerzauste Jakes Haar, »ist es an der Zeit für dich zu sterben. Schafft ihn fort«, befahl sie und verließ den Raum.

Mit ihrem Falken auf der Schulter schritt Agata den Flur entlang, und Leopardo schubste Jake hinter ihr her. Caspar kam mit einem breiten Grinsen im Gesicht hinterdrein. Alle Sklaven, an denen sie vorbeikamen, blieben wie erstarrt stehen und senkten zitternd das Haupt vor ihrer Herrin.

Durch eine große Doppeltür gelangten sie in eine Halle, in der eine gigantisch große Vogelvoliere stand. Zuerst hörte Jake nur ein schauerliches Krächzen, dann sah er die drei riesenhaften Geier in dem Käfig. Es waren die blutrünstigen Bestien, die er in der Nacht zuvor durch das Oberlicht gesehen hatte. Erst jetzt wurde ihm klar, wie groß die Tiere in Wahrheit waren.

Als Agata an den Käfig trat, kamen sie sofort herbeigeflogen und pickten mit den Schnäbeln nach ihren in zärtlicher Zuneigung ausgestreckten Händen. Agata ließ sie gewähren, ignorierte den Schmerz und das Blut, das aus ihren Händen quoll. Der Falke jedoch zuckte erschrocken zusammen und grub die Klauen noch tiefer in ihre Schulter.

»Rein mit ihm«, sagte Agata, ohne sich umzudrehen.

Noch bevor Jake wusste, wie ihm geschah, wurde er auf den Käfig zugeschleift. Sein Herz schlug wie wild. In letzter Verzweiflung drehte er den Kopf und rief in Caspars Richtung: »Was weißt du über meinen Bruder!«

Der Junge lachte nur und beobachtete mit Genugtuung, wie Jake in die Voliere gestoßen wurde.

Mit einem Klirren fiel die schwere Eisentür ins Schloss, und Jake fuhr entsetzt herum, die Arme schützend über den Kopf erhoben. Erst als die Geier sich gegen das Gitter vor ihm warfen, begriff er, dass er sich in einem abgetrennten Teil des Käfigs befand – was sich zweifellos bald ändern würde. Wie benommen taumelte Jake ein paar Schritte zurück und stolperte über etwas. Er blickte auf den Boden und sah einen Haufen menschlicher Knochen dort liegen, abgenagt bis auf ein paar letzte Fetzen verwesenden Fleisches. Jake schauderte: Gestern, als er den grausigen Kadaver vom Dach aus gesehen hatte, war noch mehr übrig gewesen. Er beugte sich vornüber und hätte sich beinahe erbrochen – sehr zu Caspars Vergnügen, der strahlend in die Hände klatschte.

»Mach dir keine Sorgen, du bist auch bald dran«, sagte Agata und trat vor ihn ans Gitter. »Sobald wir vom Circus Maximus zurück sind … Und bis dahin werden meine Lieblinge hier so richtig hungrig sein.«

»Was wisst Ihr über das Schicksal meines Bruders?«, wiederholte Jake seine Frage, doch Agata ging ohne ein weiteres Wort hinaus.

»Euer Plan ist zum Scheitern verurteilt!«, rief Jake ihr hinterher. »Die anderen sind Euch um zehn Schritte voraus!«

Agata drehte sich noch einmal um. »Caspar hatte recht«, flüsterte sie mit eisiger Stimme. »Du bist noch dümmer, als du aussiehst. Dass das Büro irgendwo unter dem Forum Romanum ist, wussten wir bereits. Du warst es, der uns den genauen Ort verraten hat. Schon in weniger als zehn Minuten werden deine Mitstreiter allesamt tot sein – deine inkompetenten Freunde genauso wie diese undankbare Verräterin, die einmal meine Tochter war.«

Alle Furcht fiel von Jake ab, und eine eherne Ruhe machte sich in ihm breit. »Topaz war nie Eure Tochter«, erwiderte er. »Sie hat sich nur an Euch herangemacht, um Euch auszuspionieren. Das ist alles.«

Agata bleckte die Zähne vor Wut, und ihre Wangen röteten sich für einen winzig kleinen Moment. »Bereite dich auf den Tod vor, junger Narr«, zischte sie, nahm Leopardos Arm und schritt hinaus.

»Ich kann's kaum erwarten«, höhnte Caspar noch im Gehen. »Je dümmer das Opfer, desto schöner das Spektakel!« Dann schlug er die Tür hinter sich zu.

Jake war allein. Nur die Geier streckten gierig die Hälse zwischen den Gitterstäben hindurch und schnatterten aufgeregt, als wären sie schon dabei, die kommende Mahlzeit unter sich aufzuteilen.

»Ihr macht mir keine Angst!«, schrie Jake sie an. Das war gelogen, aber es half ihm ein bisschen über seine Furcht hinweg, und er probierte es gleich noch einmal. Diesmal brüllte er aus vollem Hals, und die Tiere flogen erschrocken auf, kehrten aber schon wenige Augenblicke später wieder an ihren alten Platz zurück.

»Gut gemacht, Iake«, krächzte eine Stimme vom anderen Ende seines Gefängnisses.

Jake fuhr herum. »Lucius …?« Erst jetzt sah er die zusammengekauerte Gestalt in der Ecke und ging darauf zu. Als Lucius den Kopf hob, blieb Jake erschrocken stehen. Der tapfere Kämpfer war nur noch ein Schatten seiner selbst, am ganzen Körper zerschunden und verschorft, das Gesicht grün und blau. Ein Auge war so stark zugeschwollen, dass es kaum noch als solches zu erkennen war.

»Was Nathan wohl sagen, wenn er mich so sehen?«, sagte Lucius mit einem gequälten Lächeln. »Endlich er der Hübschere von uns beiden, wie?«

Trotz ihrer verzweifelten Lage musste Jake lachen. Er beugte sich über den Kämpfer und umarmte ihn.

»Au! Rippe gebrochen …«, stöhnte Lucius.

»Oh, tut mir leid.« Jake setzte sich neben ihn. »Es ist so schön, dich zu sehen, lebendig und … beinahe wohlauf.«

Jetzt war es Lucius, der lachen musste.

Die Geier begannen wieder, sich gegen die Gitterstäbe zu werfen, und erinnerten die beiden an das unangenehme Schicksal, das sie erwartete.

»Seit Stunden ich plane, wie hier rauskommen, Iake«, sagte Lucius.

»Tatsächlich? Wie?«

Lucius schüttelte den Kopf. »Gibt keinen Weg. Außer wir gehen durch Mauern.«

»Dann sieht es wohl eher schlecht aus.«

»Ich nur haben das«, flüsterte Lucius und zog einen verbeulten silbernen Armreif aus seiner Tunika. Es war ein Betäubungsgerät der Hydra. »Einer der Wachen gestohlen. Leider fast leer.«

»Damit lässt sich auf jeden Fall was anfangen«, erwiderte Jake mit solchem Enthusiasmus, dass er selbst überrascht war. Es war das unverkennbare Merkmal der Familie Djones, dass sie erst im Angesicht der größten Gefahr zur Höchstform aufliefen. Er drehte das Armband in den Fingern hin und her, inspizierte das Ventil, durch das das Gas entwich, und schüttelte es vorsichtig neben seinem Ohr. Lucius hatte recht: Es befand sich noch eine winzige Menge des Betäubungsmittels darin.

»Wie sieht's mit Essig aus?«, fragte Jake.

Lucius öffnete einen Verschluss an dem Gerät, zog ein kleines Fläschchen daraus hervor und hielt es hoch. »Aber selbst wenn Vögel einschlafen, wir immer noch im Käfig«, brummte er.

Jake drehte den Kopf zu dem menschlichen Kadaver, doch Lucius hielt ihm eine Hand vors Gesicht. Ihre Lage war so aussichtslos, wie sie nur sein konnte: Sie saßen gefangen in einem Käfig, der sich in einem abgesperrten Areal in der Festung des Feindes befand, hatten keine Waffen, dafür drei der gefräßigsten Kreaturen, die man sich überhaupt nur vorstellen konnte, als Wächter. Ihre Chancen waren gleich null. Jake schloss die Augen und lehnte sich gegen das Gitter.

20

Tödliche Klauen

Als Topaz aufwachte, spürte sie sofort, dass etwas nicht stimmte. Nathan und Charlie schliefen noch tief und fest. Sie spähte über den Rand ihres Betts und sah, dass Jake nicht mehr da war. Topaz setzte sich auf und ließ den Blick durch den Raum wandern. Keine Spur von Jake. Lautlos ließ sie sich auf den Boden gleiten.

Mister Drake, der am Kopfende von Charlies Bett ein kleines Nickerchen hielt, öffnete ein Auge und beobachtete, wie Topaz zur Tür schlich.

Sie fand die Bolzen entriegelt und streckte den Kopf nach draußen. Nichts, lediglich ein warmer Wind blies ihr entgegen. Topaz wollte sich schon wieder ins Bett legen, als sie von oben ein Klopfen hörte. Jemand versuchte von der Basilica aus ins Büro zu gelangen.

Bestimmt ist es Jake. Er muss sich ausgesperrt haben, dachte Topaz und eilte barfuß die Treppen hinauf. Julius Caesar, in einem Wandmosaik dargestellt, wie er vor dem Senat sprach, blickte ihr sorgenvoll hinterher. Topaz hörte ein lautes Hämmern, dann noch eins und blieb stehen.

»Jake?«, rief sie nach oben. Schweigen. »Bist du das?« Immer noch keine Antwort. Sie blickte zurück, die Treppe hinunter, da brachen mit einem markerschütternden Schrei zwei Soldaten durch die splitternde Tür. Topaz fuhr herum und rannte los, eine Hand schoss nach vorn und packte den Zipfel ihres Morgenrocks. Sie machte sich los, rutschte auf den Steintreppen aus und fiel – wieder direkt unter Cäsars Blick – die Stufen hinunter. Aus dem Augenwinkel sah sie, wie noch mehr Soldaten hereingestürmt kamen, alle in gefiederten Harnischen und mit Vogelmasken über den Gesichtern. Schwerter klapperten, und Topaz stolperte Hals über Kopf durch die Tür zum Büro.

»Die Hydra sind hier!«, schrie sie.

Nathan und Charlie waren schon zuvor von dem Lärm hochgeschreckt und sprangen sofort auf die Füße. Die Hydra kamen die Treppe heruntergetrampelt, und Topaz schlug die Tür zu; einer der Angreifer verkeilte seinen Panzerhandschuh in dem Spalt. Die beiden anderen Agenten eilten ihr zu Hilfe, und gemeinsam hielten sie mit aller Kraft dagegen, bis sich der Handschuh unter dem Druck zu verformen begann. Es folgte ein Aufschrei, die Hand zog sich zurück, und sie verriegelten hastig die Tür.

Topaz griff sich die Essigflasche, nahm einen Schluck und reichte sie weiter an die anderen, während die Soldaten draußen gegen die zweite Tür anrannten. Die beiden Riegel würden sie nicht lange aufhalten. Schon nach wenigen Sekunden gab der erste bereits nach.

»Wir fliehen durch den Aquädukt«, rief Nathan, lief zu Jakes Bett – und fiel aus allen Wolken: Jake war nicht mehr da. »Wohin ist er?«, fragte er.

»Er war schon weg, als ich aufgewacht bin«, erwiderte Topaz.

»Weg?«, knurrte Nathan. »Wohin, verdammt?«

»Ich weiß es auch nicht«, fauchte Topaz ihn an. »Können wir das vielleicht auf später verschieben?«

Mister Drake war aufgeflogen und flatterte in wilder Panik durch das Büro. Nathan schob sein Bett beiseite und zog hinter einem losen Mauerstein einen Schlüssel hervor. Blitzschnell sperrte er damit das Schloss an dem in den Boden eingelassenen Gitter auf und hob es hoch. »Du zuerst!«, rief er seiner Schwester zu.

Doch Topaz rannte quer durch das Büro, klemmte sich den Meslith-Schreiber unter den Arm und lief dann hinüber zu dem Tisch, auf dem ihre Schwerter lagen. Erst jetzt entdeckte sie Jakes Nachricht. *Bin weg, die Dinge in Ordnung bringen,* las sie.

»Topaz! Komm jetzt!«, schrie Nathan.

Topaz steckte die Nachricht ein, lief hinüber zu dem offenen Kanalgitter und warf die Schwerter nach unten. Charlie half ihr mit einer Hand, damit sie mit dem Meslith-Schreiber unterm Arm hinunterklettern konnte, dann stand sie hüfttief in dem eiskalten, erstaunlich schnell fließenden Wasser. Ein aus Lehmziegeln gemauerter kreisrunder Tunnel erstreckte sich in beide Richtungen bis außer Sichtweite. Die Wände waren vom ständigen Strom des Wassers spiegelblank geschliffen. Topaz bückte sich und hob die Schwerter auf.

Das Hämmern an der Tür zum Büro wurde immer lauter. Der obere Bolzen platzte ab und flog wie ein Pfeil knapp an Mister Drake vorbei.

»Hierher, Kleiner. Schnell!«, rief Charlie, während er bereits auf dem Weg in den Tunnel war.

Im Sturzflug stieß der Papagei hinab auf seine Schulter und krallte sich fest. Da gab auch der zweite Bolzen nach, und die Wachen stürmten herein.

Nathan folgte Charlie und zog das Gitter hinter sich zu. Während er noch versuchte, das Schloss zu verriegeln, fuhr eine Klinge von oben herab, nur Zentimeter an Nathans Gesicht vorbei, und der Schlüssel entglitt seinem Griff.

Charlie konnte ihn gerade noch auffangen, bevor die Fluten des Kanals ihn mitgerissen hätten.

Topaz stocherte nun ihrerseits mit ihrem Schwert durch das Gitter nach oben, woraufhin die Soldaten eine Wolke Betäubungsgas zu ihnen hinunterbliesen.

Charlie hielt die Luft an und steckte den Schlüssel ins Schloss. Als er ihn gerade halb herumgedreht hatte, stießen vier Klingen gleichzeitig von oben auf ihn herab. Charlie ließ den Schlüssel los und duckte sich weg, und die Wachen zerrten am Gitter. Der plötzliche Ruck drehte den Schlüssel ganz herum, das Schloss schnappte zu, und der Schlüssel fiel ins Wasser.

»Nichts wie weg hier!«, rief Nathan.

»Am besten, wir laufen zur Agrippatherme«, sagte Charlie und watete los. »Von da ist es nicht weit zum Circus Maximus.«

Seit einer halben Stunde kauerte Jake nun schon vor dem Gitter und hielt sich wegen der immer schriller werdenden Schreie der Geier die Ohren zu. Da fiel ihm der Löwenkopf an seiner Gürtelschnalle auf. In seiner Verwirrung musste er statt seines Gürtels Nathans erwischt haben, als er sich aus dem Büro gestohlen hatte. Das Schwert hatten ihm die Hydra zwar abgenommen, aber den Gürtel mit der Spezialschnalle hatte er noch.

»Nathans Erfindung!«, rief er und sprang auf. »Das könnte die Rettung sein.« Er nahm den Gürtel ab und untersuchte die Schnalle. Doktor Chatterju hatte sie in der Testkammer am Nullpunkt vorgeführt. Die Miniaturwinde in dem Gerät war stark genug, um selbst Heinrich den Achten zu tragen, hatte Chatterju behauptet.

»Was ist los?«, fragte Lucius und schaute ihn fragend an.

Jake war zu aufgeregt, um etwas zu erwidern. Schnurstracks ging er zu dem Gitter, das sie von den Geiern trennte, und blickte hinauf zu dem Oberlicht, das er vorige Nacht entdeckt hatte.

»Genau wie ich es in Erinnerung hatte …«, flüsterte er mit funkelnden Augen. »Dort oben ist unser Ausgang!«

Lucius hob den Blick zur Decke, um zu sehen, von was Jake redete, konnte sich aber keinen Reim darauf machen.

»Die Frage ist nur, wie wir da hinkommen«, sprach Jake weiter, und seine Stimme überschlug sich beinahe. Aufgeregt ging er unter Lucius' fragendem Blick auf und ab und murmelte vor sich hin. Plötzlich schlug er sich mit der Faust in die Handfläche. »Das müsste funktionieren.«

»Was funktionieren, Iake?«

»Einer von uns beiden nimmt das Betäubungsgerät, und der andere macht die Tür zu dem Geierkäfig auf. Die gefräßigen Biester kommen angeflogen, wir betäuben sie« – Jake machte eine kleine Pantomime, wie die Vögel bewusstlos zu Boden sinken – »laufen rüber in ihren Käfig, schließen die Tür hinter uns und ziehen uns mit Doktor Chatterjus Wundergürtel hinauf zur Decke. Bleibt nur zu hoffen, dass noch genug Gas in dem Armband ist …«

Lucius blickte Jake an, als hätte er Sanskrit gesprochen. Es dauerte eine ganze Weile, bis Lucius nach vielen geduldigen Erklärungen und behelfsmäßigen Zeichnungen im Sand den Plan einigermaßen verstanden hatte. Doktor Chatterjus Miniaturwinde jedoch war Lucius' Zeit zu weit voraus. Er konnte sie gar nicht begreifen, doch Jake versicherte ihm, dass das Gerät das versprochene Wunder vollbringen würde.

Teils wegen Lucius' Verletzungen und teils, weil er etwas beweisen wollte, übernahm Jake die Rolle des Köders. Beide tranken ihre Ration Essig aus dem winzigen Fläschchen und gingen auf ihre Positionen: Lucius an der Tür, Jake in der Mitte des Käfigs, bewaffnet mit dem silbernen Armreif.

Die Geier spürten, dass etwas im Gange war, und flogen aufgeregt ans Gitter.

»Und denk dran, mindestens eine Minute lang die Luft anzuhalten. Ich bin nicht sicher, ob der Essig wirklich für uns beide gereicht hat«, sagte Jake und machte sich bereit.

»Bin nicht dumm. Aber was, wenn nicht genug Gas für die Geier?«, gab Lucius zurück.

Darauf hatte Jake auch keine Antwort. Sie waren unbewaffnet. Wenn sein Plan fehlschlug, würden sie bei lebendigem Leib in Stücke gerissen werden – aber dieses Schicksal wartete so oder so auf sie, wenn der Fluchtversuch fehlschlug. »Hör zu, Lucius«, sagte Jake mit fester Stimme. »In einer Stunde wird sich im Circus Maximus eine Katastrophe ereignen, schlimmer als du sie dir überhaupt vorstellen kannst. Wenn wir hier nicht rechtzeitig rauskommen und sie verhindern, bedeutet das das Ende der Welt, wie wir sie bisher kennen.« Er schnippte mit den Fingern. »Bumm! Ein einziger Knall, und alles ist weg!« Jake kam sich ein wenig vor wie Nathan wegen des Pathos, das er in seine Stimme gelegt hatte. Dennoch hatte er nicht übertrieben. Nur Jake kannte die Einzelheiten von Agatas Plan. Er *musste* hier raus und sich zum Circus Maximus durchschlagen – oder bei dem Versuch sterben. Er tippte auf das Betäubungsgerät an seinem Handgelenk. »Es ist noch genug Gas drin, ich bin absolut sicher. Und jetzt mach die Tür auf.«

Stöhnend vor Schmerz schob Lucius das Gitter zur Seite. Der Durchgang war frei.

Die Geier schienen verdutzt wegen der unerwarteten Veränderung und reagierten zunächst nicht. Ihr Gekrächze verstummte, und sie zogen sich sogar ein Stück vom Gitter zurück.

»Gar keinen Hunger mehr?«, rief Jake.

Die riesenhaften Vögel steckten die Köpfe zusammen, als würden sie sich beratschlagen, und schließlich gewann ihr Fressinstinkt die Oberhand. Mit kräftigen Flügelschlägen stürzten sie sich durch die Öffnung.

»Jetzt!«, schrie Jake, holte tief Luft und öffnete das Ventil.

Wie Pfeile stießen die Geier auf ihn herab. Ihre mächtigen Schwingen verdunkelten Jakes Gesichtsfeld.

Ein lichter rötlicher Nebel stieg aus dem Gerät auf. Jake schloss die Augen und duckte sich. Er spürte, wie Klauen und Schnäbel nach ihm schlugen, und hob schützend die Hände über den Kopf. Um ihn herum waren nur noch Flügelschlagen und Gekrächze, Federn stoben auf, dann wurde es plötzlich still. Einer der Geier stieß einen kehligen Laut aus und fiel mit einem dumpfen Knall zu Boden, der zweite folgte nur einen Sekundenbruchteil später. Jake blickte auf und sah, wie der dritte, der größte von allen, einen letzten Kreis über seinem Kopf zog und dann ebenfalls abstürzte. Er rannte los und sprang über das benommene Tier hinweg, das noch einmal mit dem Schnabel nach ihm schnappte, um dann endgültig in Bewusstlosigkeit zu versinken. Wie eine Rakete schoss Jake hinüber in den leeren Vogelkäfig, Lucius humpelte hinterher und zog das Gitter zu.

Es blieb auf halbem Weg stecken.

Lucius zog und schob, dass die Adern an Hals und Oberarmen hervortraten, als wollten sie platzen, aber die Tür rührte sich nicht.

Jake eilte ihm zu Hilfe, und sie versuchten es gemeinsam, doch es war zwecklos: Ein etwa ein halber Meter breiter Spalt blieb frei. *Hoffentlich zu klein für die großen Biester*, dachte Jake.

»Gehen wir zurück und brechen ihnen das Genick«, schlug Lucius vor.

Jake schüttelte den Kopf: Eins der Tiere bewegte bereits wieder einen Flügel, ein anderes ein Bein. »Nichts wie raus hier!« Er stellte sich direkt unter das Oberlicht, und da sah er die Schaufel, die außen am Käfiggitter lehnte. »Schnell, hol sie dir. Vielleicht können wir sie brauchen.«

Lucius tat, wie ihm geheißen, und Jake inspizierte die Öffnung in der Decke. Die Gitterstäbe des Oberlichts waren in einem Holzrahmen verankert. Den musste er treffen, sonst waren sie verloren. Ein nicht gerade leichtes Ziel, und er hatte nur einen einzigen Versuch. Doch zum Zaudern war keine Zeit. »Lucius, komm her und stell dich vor mich!«, befahl er.

Lucius ging vor ihm in Position, und Jake stützte die Ellbogen auf seinen Schultern ab, um besser zielen zu können. Er löste den Gürtel und richtete das Löwenmaul auf den Holzrahmen. Dann drückte er auf das grüne Auge.

Ein helles Pfeifen ertönte, gefolgt von einem *Plonk!*, mit dem der Pfeil sich tief in den Rahmen bohrte. Jetzt musste Nathans Erfindung nur noch halten, was Chatterju versprochen hatte.

Lucius war bestimmt kein Leichtgewicht, und mit Jake als zusätzlicher Last war das Gerät bestimmt bis an seine Grenzen gefordert.

Jake straffte den an dem Pfeil befestigten Draht und hielt Lucius den Gürtel hin. »Zieh ihn so fest um deine Hüfte, wie du kannst. Ich halte mich an dir fest.«

Lucius schnallte sich den Gurt um, und Jake nahm die Schaufel. Von der Käfigtür ertönte ein Scheppern: Der größte der Geier war wieder aufgewacht und hatte versucht, durch den Spalt zu fliegen. Noch nicht ganz wieder bei Bewusstsein, hatte er die Lücke jedoch falsch eingeschätzt und war gegen das Gitter gekracht. Er stieß einen ohrenbetäubenden Schrei aus, schlug wütend mit den Flügeln und probierte es ein zweites Mal. Wieder verfehlte er den Spalt und verfing sich so ungünstig zwischen den Stäben, dass er erst nach einigem Zerren wieder freikam. Er breitete die Schwingen aus, um es ein drittes Mal zu versuchen, doch die eine wollte sich nicht mehr bewegen: Der Flügel war gebrochen. In seiner Wut krächzte er so laut, dass die anderen beiden ebenfalls erwachten. Wie in Zeitlupe öffneten sie die Augen, dann schossen ihre Hälse nach oben, und sie drehten gierig die Köpfe in Richtung der fliehenden Beute.

»Höchste Zeit«, sagte Jake, hielt sich mit der einen Hand an Lucius' Gürtel fest und umschloss mit der anderen die Schaufel. »Drück auf das blaue Auge. Jetzt!«

Lucius presste auf den Saphir, doch nichts geschah.

Die anderen beiden Geier hatten sich mittlerweile hochgerappelt. Der eine hatte sich bereits in die Luft erhoben und drehte eine wacklige Runde in seinem neuen Käfig, wurde aber von Flügelschlag zu Flügelschlag sicherer. Jake und Lucius blieben nur noch Sekunden, dann würde das Vieh sich auf sie stürzen.

»Noch mal!«, brüllte Jake. »Drück noch mal drauf!«

Lucius drückte mit aller Kraft, der Draht spannte sich und hob sie vom Boden. Auf halber Höhe aber wurde die Winde merklich langsamer, um mit einem leisen Klicken schließlich ganz stehen zu bleiben. Den Geiern hilflos ausgeliefert, hingen sie da.

»Hilf mit den Händen nach«, rief Jake Lucius zu.

Lucius umfasste den Draht und zog. Wegen der Entlastung begann jetzt auch die Winde wieder zu arbeiten. Zentimeter für Zentimeter bewegten sie sich auf die Decke zu. Da begann der Holzrahmen des Oberlichts nachzugeben. Lucius konnte die Gitterstäbe beinahe erreichen, da schoss der zweite Geier durch den Spalt in der Gittertür und stürzte sich direkt auf Jake.

Jake schlug mit dem Spaten nach ihm, aber sein Angriff war zu ungenau und der Vogel zu wendig. Er spürte den Luftzug, mit dem die Bestie an ihm vorbeirauschte, dann machte sie kehrt und griff diesmal von hinten an. Der Schnabelhieb, der Jake in der Schulter erwischte, fühlte sich an wie ein Dolchstich. Jake spürte, wie das Blut seinen Rücken hinunterlief und sich der Pfeil mit einem Ruck ein Stück aus dem Deckenbalken löste.

Der Geier setzte zum dritten und tödlichen Angriff an.

Lucius zog mit letzter Kraft, der Draht schnitt sich tief in seine Handflächen, Jake fixierte die heranrauschende Bestie und holte aus. Diesmal erwischte er sie mit der flachen Seite des Schaufelblatts direkt auf der Stirn. Der Geier taumelte einen Moment schwebend in der Luft, dann fiel er trudelnd in den Sand. Die Agenten hatten nur wenige weitere Zentimeter geschafft, als sich das zähe Biest schon wieder erhob, und auch der dritte, der zierlichste und schnellste, kam jetzt hereingeflogen.

Lucius bekam einen der Gitterstäbe zu fassen, doch schon griffen die Geier gleichzeitig von beiden Seiten an und hackten auf sie ein. Es war ein Gefühl, als würde Jake ein Vollbad in einer Wanne voll Glasscherben nehmen. Er zog den Kopf ein und presste die Augenlider zusammen, so fest er konnte, aber der Schmerz war beinahe unerträglich.

»Iake!«, brüllte Lucius verzweifelt. »Ich kann nicht halten!«

Der Balken, in den der Pfeil sich gebohrt hatte, knackte, als würde er jeden Moment bersten. Da kam Jake eine letzte Idee. Mit einem halb geöffneten Auge schielte er hinunter zu seinem Armreif. »Lucius, halt die Luft an!«

Wenn sie Glück hatten, befand sich noch ein letzter Rest Betäubungsgas darin. Falls nicht …

Jake schloss Augen, Mund und Nase und betätigte mit den Lippen den Drehverschluss. Nichts.

Bilder stiegen vor seinem inneren Auge auf. Von seinen Eltern, seinem Bruder Philip …

Ob er einfach loslassen sollte?

Da hörte er einen Schrei wie von einem Dinosaurier, tief und donnernd. Es war Lucius. Er brüllte die Geier an, als wollte er sie mit purem Schalldruck töten.

Und tatsächlich waren die Tiere einen Moment lang irritiert. Lange genug für Lucius, um eines der beiden am Hals zu packen. Er drückte zu, und der Vogel wehrte sich verzweifelt, doch seine Flügelschläge wurden immer langsamer und hörten schließlich ganz auf. Lucius ließ los, und das Tier fiel tot zu Boden.

Der zweite Geier griff jetzt umso heftiger an und schlug die Klauen in Jakes Schultern.

Jake holte aus, zertrümmerte mit einem gezielten Schlag das Ventil des Betäubungsgeräts und riss den Arm hoch. Er hatte Glück. Das verbliebene Gas war zu wenig gewesen, um von selbst zu entweichen, aber jetzt, da das Ventil herausgeschlagen war, trat es aus – genug, um den Geier zu betäuben, der bewusstlos von ihm abließ.

Erleichtert blickte Jake zu Lucius hinauf, der tatsächlich so etwas wie ein Lächeln zustande brachte.

Da hörten sie von oben ein lautes Knacken: Der Pfeil begann sich endgültig aus dem Holz zu lösen und würde jeden Moment herausfallen. Blitzschnell stieß Jake die Schaufel nach oben zwischen die Gitterstäbe und drehte sie herum, sodass das Blatt sich verkeilte. Der Pfeil rutschte aus der Schnalle und fiel mit einem Knirschen in den Sand.

Lucius hielt sich mit letzter Kraft fest, stemmte das Gitter auf und zog sich aufs Dach. Oben angekommen, drehte er sich auf den Bauch, streckte den Arm nach Jake aus und zog ihn hinterher.

Mehrere Minuten lagen sie wie bewusstlos da, schnauften und husteten, bis Jake schließlich sagte: »Wir müssen los. Jetzt.«

Vierhundert Meilen südlich von Rom in einer Villa oberhalb des Hafens von Messina wurde Jupitus Cole von der Spitze einer rostigen Harpune an seiner Wange geweckt. Er öffnete die Augen und sah Rose, die ihn, die Waffe in der Hand, mit wütenden Blicken durchbohrte.

»Rosalind, warum bedrohst du mich mit einem Angelgerät?«, fragte er ruhig.

»Weil das die erste tödliche Waffe war, die ich finden konnte«, knurrte sie.

Jupitus schaute genauer hin, sah Roses verkrampfte Haltung und die zusammengebissenen Zähne. »Normalerweise bevorzuge ich es, mit einer Tasse Tee geweckt zu werden«, erwiderte er mit samtweicher Stimme und versuchte, mit dem kleinen Finger die Spitze der Harpune ein Stück zur Seite zu schieben.

»Wenn du dich nur einen Millimeter bewegst, spieß ich dich auf!«, fauchte Rose ihn an und richtete die Waffe auf seinen Kehlkopf.

Jupitus zuckte zusammen. »Habe ich deinen Geburtstag vergessen?«, fragte er.

»Operation schwarzer Lotus. Was ist das?«

»Wie bitte?«, erwiderte er kichernd.

»Ich scherze nicht, Mister Cole. Wenn du mich dazu zwingst, schlitz ich dir die Kehle auf. Mit deinem Gipsbein entkommst du mir nicht. Du hast nicht den Hauch einer Chance. Operation schwarzer Lotus«, wiederholte sie. »Was ist das?«

Jupitus zuckte die Achseln. »Ich habe keine Ahnung, wovon du sprichst.«

»Ich habe gerade eine Meslith-Nachricht von Kommandantin Goethe bekommen. Oberste Dringlichkeit«, erklärte Rose und zeigte ihm das Pergament.

»Frauenthemen?«

Rose schlug mit der Harpune auf Jupitus' Kopfkissen, nur Millimeter neben seinem Ohr, und richtete sie sofort wieder auf seinen Hals. »Sie hat das geheime Kämmerchen entdeckt. Ist das eure Gartenlaube, der Ort für die kleinen Stelldicheins zwischen dir und Oceane?«, schnauzte sie ihn an.

Jupitus runzelte die Stirn und blickte Rose fest in die Augen. »Oceane hat nichts damit zu tun«, sagte er schließlich. »Sie nimmt nur die Nachrichten für mich in Empfang.«

Rose schnappte entsetzt nach Luft. »Dann ist es also wahr? Du steckst mit Xi Xiang unter einer Decke?«

»Ich fürchte, die Sache ist etwas komplizierter als …«

»Kompliziert? Sie haben über einhundert Kommuniqués zwischen dir und Xiang gefunden!« Rose bewegte die Harpune ein Stück vor, und der erste Tropfen Blut quoll aus Jupitus' Hals. »Xi Xiang ist einer unserer grausamsten Widersacher. Muss ich dich daran erinnern, wie er Gallianas Mann abgeschlachtet hat? Wie er ihrem Sohn Bleigewichte an die Füße binden und ihn ins Meer werfen ließ? Und mit diesem Monster machst du gemeinsame Sache? Dann bist du selbst kein bisschen besser als er, Mister Cole!«

Jupitus hielt still und hörte zu. Er zeigte kein Anzeichen von Furcht oder Wut oder auch nur eines schlechten Gewissens. Er wartete einfach, bis sie zu Ende gesprochen hatte, und erwiderte dann in beruhigendem Tonfall: »Rosalind, hör mir zu. Du magst mir nicht glauben, was ich dir jetzt erzähle, aber es ist die Wahrheit. Ja, ich habe ein Geheimzimmer auf Mont-Saint-Michel, von dem aus ich Kontakt mit Xi Xiang halte.« Er sah, wie Rose Tränen in die Augen stiegen, und sprach leise weiter. »Wie du weißt, waren Xiang und ich früher einmal Freunde.«

»Natürlich weiß ich das! Wie könnte ich das vergessen?«

»Wir hatten fast zwei Jahrzehnte nicht mehr miteinander gesprochen, dann sah ich ihn vor zwei Jahren aus heiterem Himmel wieder. Es war in Tibet zur Zeit der Zhou-Dynastie. Ein unglaublicher Zufall, aber auch eine hervorragende Gelegenheit, und ich habe sie beim Schopf gepackt.«

»Was für eine Gelegenheit?«

»Ich gab vor, von den Geschichtshütern enttäuscht zu sein. Tat so, als wollte ich die Seiten wechseln.«

»Was du nicht sagst.«

»Ich habe mich ihm als Doppelagent angeboten. Habe Xiang vorgeschlagen, ihn mit ›Geheimnissen‹ aus dem Hauptquartier zu versorgen. Nichts Wichtiges, nichts, mit dem er irgendwelchen Schaden anrichten konnte, aber genug, um sein Vertrauen zu gewinnen.«

»Wenn du tatsächlich als Doppelagent auf *unserer* Seite arbeitest, warum hast du Galliana nicht eingeweiht?«

»Du weißt, warum. Galliana ist eine hochintelligente und besonnene Frau – außer wenn es um Xi Xiang geht. Er ist wie ein rotes Tuch für sie, ihre Achillesferse. Sie hätte den Kontakt sofort unterbunden.«

Rose neigte nachdenklich den Kopf.

»Meine Arbeit begann schließlich Früchte zu tragen«, sprach Jupitus weiter. »Schwarzer Lotus ist der Codename für eine groß angelegte Operation, die Xiang seit Jahren vorbereitet. Ich wusste wenig Genaues darüber, nur ein paar Einzelheiten. Als er gerade mit den Details herausrücken wollte, riss die Kommunikation abrupt ab, von einem Tag auf den anderen. Seit Monaten habe ich nichts mehr von ihm gehört. Ich weiß nicht, wo er sich aufhält, nicht einmal, ob er überhaupt noch am Leben ist. Als ich zu diesem Einsatz aufbrach, bat ich Oceane, regelmäßig nachzusehen, ob er sich wieder gemeldet hat.«

Rose zog die Harpune etwas zurück, ließ sie aber auf Jupitus gerichtet.

Sein Blick wurde todernst. »Und ich muss gestehen, es war

ein großartiges Gefühl, wieder etwas wirklich Bedeutungsvolles zu tun. Wieder mitzumischen. Es sind die Jungen, die all die Abenteuer erleben, während unsereins zu Hause versauert.«

Rose blickte ihn forschend an. »Oceane ist also nur deine Handlangerin?«

»Weißt du, weshalb wir heiraten?«

»Nicht einmal Gott weiß, weshalb«, erwiderte sie naserümpfend. »Die wahrscheinlichste Möglichkeit schien mir, dass sie dich mit einem Trank verhext hat oder etwas in der Art.«

»Ich habe ihr einen Antrag gemacht, als sie mir drohte, sie würde mich als Doppelagenten für Xi Xiang entlarven und handfeste Beweise dafür liefern, wenn ich es nicht täte. Ich hatte zu viel Arbeit in diese Operation investiert, um sie einfach aufzugeben.«

»Soll das heißen …«, stammelte Rose, »… willst du damit sagen, du liebst sie gar nicht?«

In diesem Moment geschah etwas sehr Seltenes: Jupitus' Mundwinkel bogen sich zu einem breiten Lächeln nach oben.

»Rosalind«, fragte er mit einem Blitzen in den Augen, »wie konntest du je etwas anderes glauben?«

21

Circus Maximus!

Das ist er!«, sagte Charlie und spähte aus den Schatten. »Umwerfend, findet ihr nicht?«

Topaz und Nathan nickten sprachlos. Sie hatten sich unter einem Portikus am Ende eines lang gestreckten Platzes versteckt, auf dem es von Menschen nur so wimmelte.

Nathan und Charlie hatten bereits ihre Bärte angelegt und sahen viel älter aus. Vor allem Nathan mit dem dichten schwarzen Vollbart. Topaz hatte sich das Haar zurückgebunden und hielt das Gesicht, so gut es ging, unter ihrer Kapuze verborgen.

Das Objekt, das ihre Aufmerksamkeit erregte, war das riesige Gebäude am anderen Ende des Platzes, zu dem die Menschenmenge strömte.

Der Circus Maximus.

Sie blickten auf die Nordostfassade. Jetzt, da sie ihn zum ersten Mal aus der Nähe sahen, erkannten sie, wie groß er selbst für die Maßstäbe des antiken Rom war. Zwei vergoldete Standbilder von Streitwagen mit galoppierenden Pferden davor standen links und rechts des Eingangs. Sie waren bestimmt zehn Meter hoch. Hinter den Götterstatuen in den Streitwagen ragten zwei Türme in den Himmel, zwischen denen sich das Eingangsportal mit seinen zwölf hohen Torbogen spannte. Dahinter konnten sie gerade eben das Stadion erkennen – Sitzreihe um Sitzreihe aus in der Morgensonne glänzendem Marmor erstreckte sich in die Ferne, überflutet von den hereinströmenden Zuschauermassen.

»Hört ihr das?«, fragte Nathan leicht nervös. Er meinte das bedrohlich klingende Donnergrollen, das vom Circus Maximus zu ihnen herüberdrang wie das Geräusch einer gigantischen Brandung.

»Das sind die hundertfünfzigtausend Römer, die gerade ihre Plätze einnehmen«, erwiderte Charlie mit leuchtenden Augen.

Sie hatten über eine Stunde gebraucht, um vom Forum Romanum hierherzukommen. Obwohl es erst neun Uhr morgens war, war es bereits drückend heiß und ihre Kleidung mittlerweile wieder so gut wie trocken. Sie waren durch den Aquädukt gewatet, und Charlie hatte sie zur Agrippatherme geführt. Dort hatten sie durch einen überfluteten Tunnel tauchen müssen und waren schließlich in einem Brunnen in der Nähe des *frigidarium* – des Abkühlraums – wieder herausgekommen. Die drei jungen Frauen, die gleich daneben barfuß durchs Gras gewandelt waren, um sich zu erfrischen, wären beinahe in Ohnmacht gefallen, als sie die Agenten zwischen den marmornen Meerjungfrauen entdeckten. Nathan hatte die angespannte Situation schließlich mit einem Zwinkern und seinem strahlenden Lächeln glimpflich lösen können.

Von der Therme hatten sie sich über enge Straßen Richtung Tiber geschlichen und unterwegs in einer verwinckelten Ecke Pause gemacht, um wieder zu Atem zu kommen. Dort hatte Topaz ihren Begleitern von Jakes Nachricht erzählt. Sie hatten überlegt, was er mit »die Dinge wieder in Ordnung bringen« gemeint haben könnte, und waren zu dem Schluss gekommen, dass er zu Agatas Villa zurückgekehrt sein musste, um Lucius zu retten. Vor allem Topaz war alles andere als wohl dabei, und sie verfluchte sich innerlich, dass sie Jake am Abend zuvor ein so schlechtes Gewissen gemacht hatte. Jake tat zweifellos nicht immer das Richtige, aber was er tat, war stets außerordentlich mutig.

Um die düstere Stimmung etwas aufzuhellen, hatte Charlie seinen kleinen Lederbeutel hervorgezogen und eine Art Maskenwettbewerb veranstaltet, wer in welcher Verkleidung am besten aussah. Schließlich hatte Topaz einsehen müssen, dass der schwarze Vollbart ihrem Bruder einfach am besten stand. Bevor sie die letzte Etappe in Angriff nahmen, hatte sie Charlie noch darauf hingewiesen, dass Mister Drake wohl besser nicht mitkommen sollte, wenn sie nicht allzu sehr auffallen wollten. Charlie war zwar nicht erfreut gewesen, sah es aber ein, und hatte den Papagei mit einer Tagesration Erdnüssen ausgestattet auf eine Pinie gesetzt. In der Hoffnung, sein Versprechen halten zu können, hatte er ihm hoch und heilig geschworen, bald wieder zurück zu sein. Dann waren sie entlang des Flusses und vorbei am Herkulestempel über das Forum Boarium zum Circus Maximus gegangen.

»Wollen wir?«, fragte Nathan und trat vorsichtig zwischen den Säulen hervor. Die anderen suchten mit vorsichtigen Blicken noch einmal die Umgebung ab, um sicherzugehen, dass Agatas Soldaten ihnen nicht gefolgt waren, dann verschwanden sie in der Menge, die zu den Seiteneingängen strömte.

»Dieses Stadion«, erklärte Charlie ehrfürchtig, »ist praktisch das Zentrum des gesamten Römischen Reichs. Alle Straßen führen hierher. Von der windgepeitschten Küste Hispaniens im Westen bis zu den großen Wüsten Assyriens im Osten gibt es nichts Vergleichbares. Der Circus Maximus ist ein Monument titanischen Ausmaßes.« Er ballte ergriffen die Fäuste. »Er ist die Traumfabrik Roms, die Quintessenz seiner Herrschaft.«

Nathan und Topaz tauschten einen vielsagenden Blick aus. Charlie schien über seine Euphorie die missliche Lage vollkommen vergessen zu haben, aber sie ließen sich gern durch seine Geschichtsbegeisterung etwas ablenken. Die Situation war alles andere als vielversprechend. Sie wussten so gut wie nichts –

außer dass sich schon bald eine Katastrophe ereignen würde, die das Ende der Ordnung herbeiführen sollte. Worum es sich dabei handeln konnte oder wann genau was geschehen würde, davon hatten sie nicht die geringste Ahnung.

»Und warum ist er das Zentrum der römischen Welt?«, referierte Charlie weiter. »Nun, da wäre zum einen das Bauwerk selbst: das größte Veranstaltungsgebäude, das je gebaut werden wird. Hundertfünfzigtausend Zuschauerplätze zwischen zweihunderttausend Tonnen Marmor und dem Holz von einer halben Million Bäume. Eine beeindruckende bauliche Leistung, findet ihr nicht? Und das ist noch nicht alles: In seiner vierhundertjährigen Geschichte ist das Stadion dreimal abgebrannt, was auch der Grund dafür ist, dass Augustus es schließlich ganz aus Marmor errichten ließ.« Charlie schüttelte den Kopf. »Das Bauwerk selbst wäre schon Attraktion genug, aber was die Menschen in solchen Massen anzieht, sind die Veranstaltungen, die hier stattfinden.«

»Die Wagenrennen?«, fragte Topaz.

»Exakt. Die Römer sind geradezu besessen davon. Natürlich gibt es noch jede Menge andere Programme wie Hetzjagden und Gladiatorenkämpfe – das Kolosseum wird schließlich erst Ende des Jahrhunderts gebaut werden –, Leichtathletikwettbewerbe, sogar Theateraufführungen und Dichterlesungen. Aber das ist alles nur Beiwerk. Die Wagenrennen sind die unangefochtene Nummer eins.«

Der Tumult, der vom Circus Maximus zu ihnen herüberschallte, wurde immer lauter. Als sie schließlich die Südostseite erreichten, war der Lärm kaum noch auszuhalten. Der Trubel war faszinierend und beunruhigend zugleich. Vor ihnen erstreckte sich die Längsseite des Baus, Bogenreihe um Bogenreihe türmte sich übereinander und erstreckte sich zu beiden Seiten, bis die Fassade im Dunst der Stadt verschwand. Aus allen Richtungen strömten die Leute herbei. Aus jeder Straße und noch so kleinen Gasse ergoss sich ein nicht abreißen wollender Strom aus braunen und weißen Tuniken in die zahllosen Eingänge. Überall wurde aufgeregt geplappert, manche sangen, andere tranken aus mitgebrachten Tonkrügen, und die Anwohner heizten die Menge von ihren Fenstern aus noch weiter an. Als wäre all das noch nicht genug gewesen, tummelten sich auch noch zahllose Blumenverkäufer, Jongleure, Feuerschlucker und Wahrsager vor dem Circus und buhlten lauthals um Aufmerksamkeit.

»Der Eintritt ist frei, müsst ihr wissen. Jeder kann hingehen«, führte Charlie weiter aus und schrie gegen den Lärm der Menge an. »An mindestens hundert Tagen im Jahr findet hier eine Veranstaltung statt. Es muss der reinste logistische Albtraum sein!«

Das Treiben war so unübersichtlich, dass Topaz kurzzeitig von den anderen getrennt wurde und sich unter Einsatz ihrer Ellbogen wieder zu ihnen zurückkämpfen musste. Charlie hatte nicht übertrieben: Ganz Rom war hier, Männer, Frauen, Jung und Alt, Reich und Arm, dazwischen unzählige Kinder und sogar ein paar Greise, die es jedoch etwas ruhiger angehen ließen.

Inzwischen war gar nichts anderes mehr möglich, als sich von den Massen mitreißen zu lassen, und bevor sie sichs versahen, waren die drei Agenten schon über eine Steintreppe den halben Weg hinauf zu einer der Tribünen geschubst worden.

Doch trotz des Chaos um sie herum musste Topaz immer wieder an Jake denken. Grässliche Bilder suchten sie heim von den Grausamkeiten, die Agata, dieses Ungeheuer und ihre sogenannte Mutter, ihm antun würde.

Endlich waren sie am Ende der Treppe angelangt und erreichten die offene Tribüne. Ohrenbetäubender Jubel schlug ihnen entgegen, und Nathan musste sich mit einiger Willenskraft ins Bewusstsein rufen, dass der Applaus nicht ihm galt. Mit einem verzückten Lächeln ließ er den Blick über das gigantische Stadion schweifen. Topaz schien nicht ganz glauben zu können, was sie da sah, und Charlie hatte es tatsächlich die Sprache verschlagen. Während ihrer vielen Einsätze als Geschichtshüter hatten sie schon so manches Wunder gesehen, aber dieses hier war vielleicht das erstaunlichste von allen.

Die Arena unterhalb von ihnen war etwa eine halbe Meile lang. Wie ein steinernes Schiff lag sie zwischen den Hügeln Palatin und Aventin, an deren Flanken es ebenfalls nur so von Zuschauern wimmelte.

Die Zuschauerränge hatten sechs Ebenen. Die unterste, durch eine Balustrade und einen Graben von der Rennbahn getrennt, war am breitesten. Die Menschen dort trugen ausschließlich Weiß: die Farbe der Reichen. Dahinter stiegen die Ränge immer steiler an, und je höher man kam, desto lauter und enger wurde es. Der oberste Zuschauerrang sah aus, als wäre er unendlich weit weg. Charlie überschlug im Kopf, dass er allein über fünfundzwanzigtausend Menschen fassen musste. Mit seinen unzähligen Säulen war er ein architektonisches Kunstwerk für sich und thronte wie eine Krone über dem Stadion.

In der Mitte der Arena erstreckte sich die *spina*, die die Rennbahn in zwei Spuren teilte. »Nur als kleine Anekdote am Rande«, flüsterte Charlie, »der Legende nach wurde die schmale Steininsel dort in der Mitte aus den Knochen der gefallenen Feinde Roms erbaut.«

Auch dort erstrahlten die Togen in leuchtendem Weiß, jedoch mit einem purpurfarbenen Saum versehen.

»Das sind die Senatoren, oder?«, fragte Nathan.

Charlie nickte. »Sie müssen sich jedes Rennen ansehen, ob sie wollen oder nicht. Nichterscheinen gilt als unpatriotisch.«

»Das würde natürlich sofort auffallen«, kommentierte Nathan, und er hatte recht: Alle Augen waren auf die Senatoren gerichtet. Manche von ihnen winkten der Menge zu, andere unterhielten sich, während Sklaven ihnen aus silbernen Krügen Getränke servierten.

Doch es gab noch mehr zu sehen. An jedem Ende der *spina* erhoben sich drei etwa fünf Meter hohe Kegel aus vergoldeter Bronze, in der Mitte ein ägyptischer Obelisk.

»Den haben sie vom Hof Ramses II. gestohlen«, teilte Topaz den beiden anderen mit. »Und jetzt schmücken sie ihre Hauptstadt damit.«

»Das da drüben ist wahrscheinlich die Kaiserloge.« Nathan deutete auf das *pulvinar*, jenes Gebäude, das sich wie ein Tempel mitten aus den Zuschauerrängen erhob. Unter einem grellroten Baldachin stand auf einer großen Terrasse ein Alabasterthron. Goldene Adlerskulpturen wachten an den Ecken der Terrasse, aus bronzenen Feuerschalen züngelten Flammen.

»Exakt«, erwiderte Charlie. »Sie hat sogar ihren eigenen Zugang. Er führt unterirdisch direkt vom Palatin hierher.«

»Damit sich seine Herrlichkeit unterwegs nicht mit dem Pöbel herumschlagen muss, schätze ich«, sinnierte Nathan.

»Dann mal los«, sagte Topaz schließlich. »Der ›Kaiser‹ dürfte jeden Moment eintreffen, und dann sollten wir in der Nähe sein.« Sie machten sich auf den Weg in Richtung *pulvinar*, und Topaz versuchte, in dem Gedränge ihre ständig wiederkehrenden Gedanken an Jake zu verscheuchen, aber es gelang nicht. Auch an seine Eltern musste sie denken und daran, wie sie ihnen Jakes Verschwinden beibringen sollte.

Die drei Agenten schoben sich durch die Menge, und plötzlich breitete sich ein riesiger Schatten über sie, verschlang die Zuschauerränge und einen großen Teil der Rennbahn. Verblüfft blickten sie hoch und sahen, wie an Seilen ein gigantisch großes Segeltuch über den gesamten Circus Maximus gespannt wurde. Selbst Charlie staunte über den genialen Mechanismus, während die Senatoren unten auf der *spina* sich lediglich über den willkommenen Schatten freuten.

Topaz blieb unvermittelt stehen. »Hydra!« Sie bedeutete den anderen, sich in ihre Richtung zu drehen, damit die Soldaten, die hinter ihnen alles und jeden rücksichtslos zur Seite stießen, ihre Gesichter nicht sahen.

Aber die Hydra gingen weiter, ohne sie zu beachten, und hielten finsteren Blickes auf die Kaiserloge zu.

»Sie sind überall …« Nathan deutete mit dem Kinn auf weitere Hydra, die sich rund um das *pulvinar* verteilten. »Es ist wohl besser, wir bleiben für den Moment hier«, murmelte er frustriert.

Mit einem unterdrückten Schrei kam Lucius auf dem Boden auf und stolperte die Böschung hinunter.

Sie waren auf der Suche nach einem sicheren Fluchtweg kreuz und quer über die Dächer von Agatas Villenkomplex gelaufen und hatten sich schließlich für ein fensterloses Eckgebäude gegenüber einer kleinen Baumgruppe entschieden. Diesmal hatte Jake den Sprung gut geschafft, aber Lucius, der nur auf einem Auge etwas sah, und selbst das nicht besonders gut, war an dem anvisierten Ast abgerutscht.

Jetzt saß er am Fuß der Böschung und hielt sich den schmerzenden Knöchel. »Iake«, keuchte er. »Ich glaube, ist gebrochen.«

Sie sahen beide arg mitgenommen aus, waren von oben bis unten mit noch blutenden Kratzern und Schnitten übersät, und bei Lucius kamen noch die Verletzungen von dem Unfall mit dem Streitwagen hinzu.

Jake kniete sich hin und tastete Lucius' Fußgelenk ab. »Heftig verstaucht, würde ich sagen, aber nicht gebrochen«, erklärte er schließlich.

»Am besten, du lässt mich, Iake«, presste Lucius zwischen den Zähnen hervor. »Geh allein weiter.«

»Pst!« Jake legte sich einen Finger auf die Lippen, denn der Feind war immer noch in Hörweite. »So leicht wirst du mich nicht los«, flüsterte er mit einem Lächeln. »Ich stütze dich, und los geht's.« Er fasste Lucius unter den Achseln und zog ihn hoch. »Siehst du die Straße dort drüben? Wir müssen ihr nur folgen, dann sind wir in null Komma nichts dort. Du willst den besten Teil doch nicht verpassen, oder?«

Jake war selbst erstaunt, wie gut er seine Panik im Griff hatte. Sie mussten so schnell wie möglich zum Circus Maximus, aber er konnte Lucius einfach nicht zurücklassen. Er hatte ihn nicht aus Agatas Fängen befreit, um ihn dann nur wenige Meter von ihrem Hauptquartier entfernt sich selbst zu überlassen.

Lucius legte Jake einen Arm um die Schulter, und gemeinsam humpelten sie los, so schnell und leise es ging.

»Da drüben.« Nathan deutete auf Agatas unverkennbare Silhouette auf der Terrasse des *pulvinar*.

Zur Feier des Tages einmal ganz in Weiß gekleidet, hielt sie sich im Schatten der Säulen und beobachtete von dort aus zusammengekniffenen Augen die Menge.

Topaz starrte mit versteinerter Miene zurück, bis sie hinter Agata plötzlich einen dicklichen Jungen mit Blumen im hellen Haar auftauchen sah.

Nathan neigte ungläubig den Kopf. »Charlie, du kannst immer am besten beurteilen, ob ich gerade Schwachsinn rede, aber sieht der Kerl da drüben nicht aus wie Caspar Isaksen?«

Charlie folgte Nathans Blickrichtung. »Unser Kontaktmann aus Stockholm? Red keinen Unsinn.« Eine Gruppe Soldaten versperrte Charlie den Blick, und als sie wieder weg waren, sah er, wie der fragliche Bursche genüsslich ein Stück Gebäck verschlang.

»Sodom und Gomorrha«, murmelte Charlie. Er traute seinen Augen nicht. »Wie in aller Welt …?«

Agata beugte sich zu Caspar hinüber und flüsterte ihm etwas ins Ohr, was Caspar ein herzhaftes Lachen entlockte.

»Was macht er hier? Und was hat er ausgerechnet mit Agata Zeldt zu schaffen?« Charlie kratzte sich verwirrt am Kopf.

»Vielleicht haben wir hier die Erklärung für das kleine Missgeschick mit dem Atomium«, kommentierte Nathan trocken.

»Aber er ist ein Isaksen!«, widersprach Charlie entschieden. »Sie sind eine der angesehensten Familien im Kreis der Geschichtshüter. Ihre Mitgliedschaft bei der Organisation reicht acht Generationen weit zurück.«

»Und ich bin ein Mitglied der Zeldt-Dynastie«, gab Topaz zu bedenken. »Es gibt Dinge, die mehr zählen als Blutsverwandtschaft …«

Zehn Männer in goldenen Tuniken kamen auf die Rennbahn und stellten sich mit dem Rücken zur *pulvinar* vor der Kaiserloge auf. Sie hoben ihre Hörner an die Lippen, eine Fanfare erschallte, und das Publikum jubelte in erwartungsvoller Begeisterung.

Die Hörner waren noch nicht verklungen, da wurde der Jubel plötzlich noch lauter. Alle einhundertfünfzigtausend Zuschauer sprangen auf die Füße und warfen weiße Blüten in die Luft. Wie Schnee rieselten sie herab und bedeckten den Sand der Arena. Topaz deutete auf das *pulvinar*: Tiberius, der Kaiser Roms, der mächtigste Mann der Welt, machte seine Aufwartung.

Natürlich war es nicht Tiberius, sondern ein zweitklassiger Schauspieler aus Herculaneum. Selbst aus dieser Entfernung war Austerios aufgedunsenes Gesicht für die drei Agenten unverkennbar. Er trug eine purpurne Toga und hob die mit schweren Juwelenringen geschmückte Hand, um sein Volk zu begrüßen. Die Menge brach in frenetische Beifallsstürme aus.

Nathan blickte hinüber zu den Senatoren auf der *spina*. Einige verneigten sich oder winkten zurück, doch bei den meisten wirkte das freudige Lächeln eher gezwungen.

»Wo ist Leopardo?«, fragte Topaz und suchte die Kaiserloge ab. Ihr Bruder war nirgendwo zu sehen.

»Non possum, Iake.« Lucius sank zu Boden und blockierte beinahe die halbe Breite der Straße. Aus allen Richtungen brüllten Leute auf sie ein, sie sollten gefälligst den Verkehr nicht aufhalten und den Weg freimachen.

Hastig hob Jake Lucius vom Boden auf und humpelte mit ihm zum Rand der Straße. Dreißig entsetzlich anstrengende Minuten hatten sie vom Palatin bis hierher gebraucht, hatten sich unzählige Male hinter Ecken verkrochen, wenn Hydra in

Sicht kamen, und jetzt war der Circus Maximus zum Greifen nahe.

»Wir sind fast da«, sagte Jake. »Hörst du sie nicht?« Er legte eine Hand ans Ohr und lauschte dem tosenden Jubel, der über die Häuserdächer bis zu ihnen drang.

»Lass mich, bitte«, beharrte Lucius. *»Non possum.«*

Jake zögerte, aber er wusste, sein Freund hatte recht. Sie waren jetzt weit genug weg von Agatas Villa. Lucius war in Sicherheit. Er würde Jake nur aufhalten.

Ganz in der Nähe befand sich eine *taberna*, deren Wirt über einem Feuer Fleisch grillte. »Sieh! Ich essen«, sagte Lucius und rang sich ein Lächeln ab. »Du inzwischen retten die Welt.«

Jake überlegte kurz, aber die Zeit lief ihm davon. »In Ordnung«, sagte er schließlich. Er zog Lucius auf die Beine, half ihm hinüber zu der *taberna* und holte ihm etwas Wasser aus einem Brunnen.

Der Soldat trank gierig und blickte Jake dankbar an. »Viel Glück«, sagte er leise.

Jake schloss ihn in eine kurze Umarmung. »Ich komme dich holen«, versprach er, dann rannte er im Slalom um die Eselskarren und Pferdehaufen herum die Straße hinunter. Er hatte sich solche Sorgen wegen Lucius' Verletzungen gemacht, dass er seine eigenen ganz vergessen hatte. Sein ganzer Körper rebellierte, die Schnittwunden pochten, ihm war schwindelig, und seine Muskeln brannten höllisch.

»Ich muss die anderen finden«, murmelte Jake. »Es ist ihnen nichts passiert. Bestimmt nicht. Ich werde sie finden, und wir werden die Sprengsätze entschärfen. Irgendwie werden wir es schaffen.«

22

Sieben Runden

Als Austerio auf dem Alabasterthron Platz nahm, ertönte eine zweite Fanfare. Die Trompeter machten eine Neunziggraddrehung und schritten die Rennbahn entlang auf den großen Portikus am Ende zu. Sie hatten ihn fast erreicht, als ihnen aus dem Durchgang eine zweite Gruppe entgegenkam. Die Trompeter machten kehrt und führten die Prozession an.

Als Erste kamen die Athleten aus dem Portikus marschiert, nur mit einem Lendenschurz und einem Lorbeerkranz auf dem Haupt bekleidet. Das Öl auf ihren durchtrainierten Körpern schimmerte in der Sonne. Danach folgten die Reiter – Legionäre in voller Rüstung, die ihre gezogenen Schwerter wie Monstranzen vor sich hertrugen –, hinter ihnen weitere Musikanten, je zwanzig Flötisten und Lyraspieler.

Dann kam eine Gruppe Mädchen und Jungen in fließenden Seidengewändern, die Zimbeln gegeneinanderschlugen und im Tanz ihre Speere durch die Luft wirbeln ließen. Schließlich folgten die *mimi*, die römische und griechische Götter und Helden wie Jupiter, Apoll, Herkules und Odysseus darstellten, hinter ihnen eine ganze Heerschar von Faunen, Satyrn und anderen Geschöpfen aus der Mythologie.

Als letzte Gruppe folgten in einigem Abstand die Tiere, und

der Jubel wurde noch einmal lauter, als ein Dutzend Elefanten vor einer Menagerie aus Löwen, Tigern, Leoparden und riesenhaften Bären majestätisch ins Stadion schritt. Bändiger in voller Schutzausrüstung hielten die Raubtiere mit Ketten und Peitschen im Zaum.

Schließlich scherten sie aus der Prozession aus und marschierten durch ein Tor in der Mitte der *spina* zu den Gehegen. Lediglich vier Braunbären wurden zu einem kleinen Podest vor der Kaiserloge geführt und dort festgekettet, während ein Pfleger einen Eimer voll rohem Fleisch brachte. Als die Bären die Witterung aufnahmen, stießen sie ein markerschütterndes Brüllen aus, das dem Publikum prompt den nächsten freudigen Ausbruch entlockte. Nur Austerios Lächeln verblasste einen Moment lang, als fragte er sich, auf was er sich da eingelassen hatte.

Der lauteste Jubel jedoch war den Streitwagen vorbehalten. In perfekter Formation kamen acht zweirädrige Gespanne, die von je vier nebeneinandergespannten Hengsten gezogen wurden, aus dem Portikus gefahren. Auf dem Kopf trugen die Pferde einen prächtigen Federschmuck. Mit grimmigem Blick hielten die mit farbigen Tuniken und dicken Lederhandschuhen bekleideten Wagenlenker in der einen Hand die Zügel, in der anderen eine mehrschwänzige Peitsche.

»Die Farben der Tuniken stehen für die verschiedenen Stadtteile Roms«, erklärte Nathan. »Die Konkurrenz zwischen ihnen ist gnadenlos. Immer wieder kommt es vor, dass ein Anhänger sich nach einem Rennen selbst verbrennt, wenn sein Idol im Rennen den Kürzeren gezogen hat. Sehr südländisch das Ganze …«

Alle starrten wie gebannt auf die acht Gespanne: die Agenten, Austerio, die sechshundert Senatoren und jeder einzelne der über hunderttausend Zuschauer. Die Streitwagenformation war ein fantastischer Anblick, und Nathan platzte geradezu vor Neid. Nichts hätte er lieber getan, als an diesem Rennen teilzunehmen. Nirgendwo wäre er lieber gewesen als dort unten im berühmtesten Stadion der Welt als von allen bejubelter Star.

»Seht!«, rief Topaz und deutete auf das von vier muskulösen Rappen gezogene Gespann ganz außen. Der Streitwagen war ebenso pechschwarz wie die Tracht seines Lenkers, dessen glattes blondes Haar in der Sonne schimmerte. Es war Leopardo. Das Kinn vorgestreckt, den Mund zu einem arroganten Lächeln verzogen, sonnte er sich im Applaus des Publikums. Topaz zitterte vor Wut, aber Agata, die stolze Mutter, jubelte ihm begeistert zu.

»Was zum Teufel haben sie vor?«, murmelte Charlie. »Leopardo wird Austerio doch nicht mitten während des Rennens vom Streitwagen aus erschießen?«

Nathan zuckte die Achseln. »Warum nicht? Das wäre doch genau die Art von dramatischer Inszenierung, auf die Agata so abfährt«, sagte er verächtlich, als wäre er selbst stets die Bescheidenheit in Person.

Jake erreichte schnaufend den halb verlassenen Platz hinter dem Stadion. Als er den Jubel der Menge hörte, lief ihm ein kalter Schauer über den Rücken. Er war schon ein paar Mal im Fußballstadion von Wembley gewesen, aber etwas Derartiges hatte er noch nie zuvor gehört.

Jake spähte durch die Torbogen und sah auf dem Portikus vor der Rennbahn ein kleines Heer von Stallgehilfen und Bediensteten die letzten Vorbereitungen für das Rennen treffen. Daneben entdeckte er die Stallungen mit den Ersatzpferden und allerlei Ausrüstung für die Wagen. Hinter dem Portikus marschierte eine Prozession aus Musikanten, Athleten und Streitwagen an der Kaiserloge vorbei durchs Stadion. Als sie das Ende der Bahn erreicht hatten und um die Kurve bogen, fiel sein Blick auf die sieben elliptischen Skulpturen auf einem Podest am Ende der *spina*.

Eier, dachte Jake und hielt den Atem an. *Sieben kürbisgroße goldene Eier an einer langen Bronzestange.* Jake zählte noch einmal nach, um ganz sicher zu sein, und seine Gedanken rasten. Auf Vulcano hatte er eine Zeichnung davon gesehen, dann noch einmal in Agatas Kontrollraum. »Zähler« hatte jeweils neben der Zeichnung gestanden.

»Rundenzähler!«, rief Jake. »Es sind sieben Runden, und nach jeder wird eines umgedreht.« Er dachte zurück an Agatas Worte. »Auf dem Höhepunkt des Rennens, sobald die Sieben fällt, wird ein Feuerball den Himmel über Rom erleuchten, wie die Welt ihn noch nicht gesehen hat, und die blutigste Revolte aller Zeiten wird losbrechen«, hatte sie gesagt, und jetzt endlich verstand er ihre Worte: Das siebte Ei war der Zünder. Sobald der Sieger die Ziellinie überquerte, würden die Sprengsätze hochgehen. Jake sah nur eine einzige Möglichkeit. »Ich muss das Rennen aufhalten«, murmelte er. »Vor dem Ende der siebten Runde. Koste es, was es wolle.«

Plötzlich brach Hektik im Bereich der Stallungen aus. Die Streitwagen kehrten von der Rennbahn zurück in den Startbereich unter dem Portikus. Handwerker und Stallgehilfen stürzten sich auf die Pferde, überprüften Zaumzeug, Zügel und Wagenräder oder reichten den Lenkern letzte Erfrischungen.

Rasselnd wurden die Startgitter heruntergelassen, und die Gespanne gingen in Position, eines hinter jedem Gitter. Instrukteure gaben den Wagenlenkern letzte Anweisungen oder klopften ihnen aufmunternd auf die Schulter.

Und noch etwas entdeckte Jake: An den Zügeln eines der Gespanne stand Leopardo und ließ seine Peitsche niederfahren – nicht auf die Rappen vor seinem pechschwarzen Wagen, sondern auf die Sklaven, die gerade letzte Hand anlegten.

Leopardo schien zu spüren, dass jemand ihn beobachtete, und drehte sich um.

Jake verschwand hinter einem Pfeiler und überlegte fieberhaft, wie er das Rennen aufhalten konnte.

Der Kaiser erhob sich von seinem Thron und schritt würdevoll an den Rand der Terrasse. Er zog ein weißes Taschentuch hervor und hielt es in die Luft. Genüsslich ließ Austerio den Blick über die endlosen Zuschauerreihen schweifen. Noch nie hatte er ein so großes Publikum gehabt, und er würde jeden einzelnen Moment voll auskosten.

In den Startboxen warteten die Fahrer angespannt auf Tiberius' Zeichen. Leopardo richtete ein Stoßgebet zum Himmel.

Endlich ließ der Kaiser das Tuch sinken.

Die Sperrgitter öffneten sich, einhundertachtundzwanzig Hufe preschten in einer großen Staubwolke los, und ihr Getrampel übertönte sogar den schrillen Aufschrei der Menge.

Ohne nachzudenken, rannte Jake los und durch eine der offenen Startboxen hinaus auf die Rennbahn. Der Boden unter seinen Füßen bebte. Er schaute nach links und rechts und blieb unter den verwunderten Blicken einiger Senatoren, die unterhalb der goldenen Eier saßen, unentschlossen stehen. Da fiel ihm ein, was er zu tun hatte. Jake machte kehrt und lief zurück zu den Stallungen. Eins der Pferde dort war bereits gesattelt und kaute an seinem Heu. An den verblüfften Bediensteten des Circus vorbei rannte Jake zu der Box, riss einem der Stallgehilfen die Peitsche aus der Hand und schwang sich auf den Rücken des Pferds. Die Instrukteure brüllten ihn aufgebracht an, aber Jake beachtete sie nicht und gab seinem Pferd die Sporen, preschte aus dem Startbereich hinaus auf die Rennbahn und folgte der Staubwolke, die die Streitwagen hinterließen. Tief geduckt peitschte er sein Reittier im gestreckten Galopp vorwärts und überlegte, was er als Nächstes tun sollte. Sein Plan war gewesen, sich ins Rennen zu stürzen und irgendwie die Wagen aufzuhalten. Bloß wie?

Jakes Pferd brauste dahin, als ob es die Freiheit genoss, endlich einmal ohne einen Wagen im Schlepp durch das Stadion fegen zu können. Das tobende Publikum sah Jake nur aus dem Augenwinkel als eine rasend schnell vorbeiziehende verschwommene Masse. Meter um Meter machte er auf den letzten Wagen gut, der ein wenig abgeschlagen war. Als er nahe genug herangekommen war, sah Jake, dass eines seiner Räder bedrohlich wackelte. Er hörte ein lautes Krachen, Speichen barsten, und das Rad schoss durch die Luft wie ein Diskus. Jake riss die Zügel seines Pferdes herum, um dem Geschoss auszuweichen, das noch einmal den Boden berührte und dann schlingernd irgendwo im Publikum verschwand.

Der Wagen kippte zur Seite, und der Lenker wurde herausgeschleudert. Die gebrochene Achse bohrte sich in den Sand und grub eine tiefe Furche in die Bahn. Die Pferde davor galoppierten einfach weiter, die Augen wild, der Federschmuck auf ihren Köpfen flatternd im Wind.

Jake überholte den havarierten Wagen und sah die restlichen sieben Gespanne gerade um die Kurve am Ende der *spina* verschwinden. Staub wirbelte auf, und die Kontrahenten kamen sich bedrohlich nahe. Der Streitwagen auf der Innenseite schrammte mit der Radnabe gegen den weißen Marmor. Funken flogen auf, und Jake wartete schon darauf, dass der Wagen sich überschlug, da brachte der Lenker durch Verlagern seines Körpergewichts das außer Kontrolle geratene Gespann wieder auf Kurs und jagte weiter um die Kurve. Das Publikum auf der Gegengeraden begrüßte ihn mit frenetischem Jubel.

Als Jake die Kurve erreichte, bemerkte er über sich eine zweite Reihe goldener Rundenzähler. Sie hatten die Form von Delfinen. Ein Mann drehte den ersten mit einem kräftigen Ruck am Schnabel herum und starrte verdutzt Jakes Pferd hinterher. Jake wusste auch so: Was er da tat, war heller Wahnsinn. Jeden Moment konnte ein Trupp Hydra auf die Bahn gestürmt kommen und ihn festnehmen. Doch viel schlimmer war, dass der Abstand zu den Streitwagen vor ihm immer größer wurde.

Die Nerven der drei Agenten waren bis zum Zerreißen gespannt. Stück für Stück hatten sie sich zum *pulvinar* vorgearbeitet und dabei die Verschwörer genau im Blick behalten. Caspar hatte weiterhin eine Süßspeise nach der anderen in sich hineingestopft, während Agata sich weiter vorn neben den Kaiserthron gestellt hatte, doch mehr war nicht passiert.

Viel aufregender war da der einzelne Reiter, der sich unvermittelt ins Rennen gestürzt hatte. Nicht einmal Charlie konnte erklären, was es damit auf sich hatte. »Wahrscheinlich irgendein Verrückter«, sagte er halblaut. Erst nachdem der Reiter um die Kurve bog und direkt auf sie zugaloppierte, sah Topaz genauer hin. Etwas an dem Kerl kam ihr bekannt vor, und wenige Augenblicke später wusste sie auch, was.

»Mon dieu, c'est lui!«, rief sie und fasste Charlie und Nathan aufgeregt bei der Hand. »Es ist Jake. Der Reiter ist Jake!« Doch die Erleichterung, ihn am Leben zu sehen, verflüchtigte sich ebenso schnell, wie sie gekommen war. *»Qu'est-ce qu'il fait ici?«,* stammelte sie ungläubig.

»Mich dünkt, die Sonne setzt dir ein wenig zu, Schwesterherz«, brummte Nathan, doch dann erkannte er, dass sie recht hatte. »Was in aller Welt …?«

»Seht ihn euch an«, murmelte Charlie mit einem Lächeln. »Ich habe nicht die geringste Ahnung, was er vorhat, aber was der Junge da zeigt, ist absolut beeindruckend.«

Als Jake unter ihnen vorbeiraste, hätte Charlie ihm am liebsten laut zugejubelt, aber er hielt sich zurück. »Bei allen Einhörnern, ich hoffe nur, du weißt, was du da tust …«, flüsterte er.

Nathan schüttelte nur verständnislos den Kopf und schielte hinüber zur *pulvinar*.

Caspar stand mit offenem Mund da. Auch er hatte Jake erkannt. Vorsichtig – wohl aus Angst vor ihrer Reaktion – stellte er sich hinter Agata. Er flüsterte ihr die Neuigkeit ins Ohr, und das Lächeln auf Agatas Gesicht verschwand augenblicklich.

In diesem Moment wurden auch Charlie und Topaz, die weiter das Rennen verfolgt hatten, leichenblass.

Jake sah die Katastrophe als Erster kommen. Als die Streitwagen sich der zweiten Kurve näherten und sich bedrohlich eng zusammendrängten, zog Leopardo, der an zweiter Stelle fuhr, nach innen und drängte das Gespann neben ihm gegen die Wand der *spina*. Funken stoben, und der Wagen hob ab, aber sein Lenker ließ sich nicht beeindrucken, stabilisierte das Gespann wieder und preschte weiter. Leopardo rammte ihn ein zweites Mal, und unter der Wucht des Aufpralls brach die Achse des Kontrahenten. Sein Wagen krachte zu Boden, die Zugpferde wieherten in wilder Panik auf und gerieten ins Straucheln. Eines stürzte und riss die anderen mit, sodass sie alle vier zu Boden gingen und mitsamt zertrümmertem Wagen direkt vor ihren Verfolgern im Sand liegen blieben.

Die nachfolgenden Pferde versuchten noch, über das Hindernis hinwegzuspringen, wurden aber jäh zurückgerissen, als die von ihnen gezogenen Wagen in dem Trümmerhaufen hängen blieben.

Als Jakes Reittier sich dem Berg aus Holz, Rädern, Pferden und Wagenlenkern näherte, verlangsamte es zunächst das Tempo und blieb dann so ruckartig stehen, dass er beinahe kopfüber aus dem Sattel gefallen wäre. Jake betrachtete das Chaos und hoffte schon, das Rennen sei mit diesem Unfall beendet, doch dann sah er, dass Leopardo unbeschadet davongekommen war und beherzt vorwärtspreschte. Ein weiterer Wagen löste sich aus dem Knäuel und machte sich an die Verfolgung. Jakes eigenes Pferd hingegen war so verstört, dass es sich nicht mehr von der Stelle rührte.

Da erspähte Jake ein drittes Gespann, das heil geblieben war. Der Fahrer lag blutüberströmt daneben – für ihn war das Rennen zu Ende. Ohne lange zu überlegen, handelte Jake und sprang auf. Er packte die Zügel, ließ die Peitsche knallen, und die Pferde rannten sofort los.

Die Menge jubelte Jake begeistert zu, als er den Wagen um den Unfall herumsteuerte. Dass das Gespann einen neuen Lenker hatte, schien niemandem aufzufallen außer Agata. Sie schäumte nur so vor Wut, während eine Schar Helfer zu dem Unglücksort rannte und Wagenteile, Pferde und Verletzte von der Bahn schaffte.

Der Streitwagen zitterte und schwankte bei jeder noch so kleinen Bodenunebenheit. Jake hatte die Kurve vor den Startboxen erreicht und sah aus dem Augenwinkel, wie das zweite goldene Ei herumgedreht wurde. Er legte sich in die Kurve und betete, dass die filigrane Konstruktion nicht einfach unter ihm zusammenbrechen würde. Und schon wurde es gefährlich: Das rechte Rad – ein Bronzering, nur durch acht Holzspeichen mit der dünnen Achse verbunden – krachte in ein Schlagloch, und Jake wurde von der Erschütterung nach oben katapultiert. Einen Moment lang schwebte er wie schwerelos in der Luft, und als er wieder herunterkam, verfehlten seine Füße beinahe den hinteren Rand der Plattform. Jake krallte sich irgendwie fest, hielt mit der einen Hand die Zügel umklammert und packte mit der anderen die Brüstung des Wagens. Ein kräftiger Ruck, dann stand er wieder sicher.

Die Pferde beschleunigten, und der Fahrtwind toste in Jakes Ohren.

23

Flammen über Rom

Nach vier nervenzerfetzenden Runden hatte Jake keinen Meter gutgemacht. Zweimal hatte er versucht, sein Gespann zu wenden und die anderen Wagen zum Stehenbleiben zu zwingen. Aber die Pferde waren darauf trainiert, stets nur in der gleichen Richtung über den Kurs zu galoppieren, und hatten das Kommando schlichtweg verweigert. Der Abstand zu den beiden Kontrahenten schien unüberbrückbar, und als das fünfte Ei herumgedreht wurde, war Jake der Verzweiflung nahe.

Sein ganzer Körper schmerzte, selbst das Atmen war eine Qual. Er wollte schon aufgeben, da sah er vor sich im wirbelnden Sand eine Gestalt auftauchen. Zuerst war es nur ein verschwommenes Phantom, aber nach und nach wurde die Erscheinung immer deutlicher. Der Mann, der da etwa einen Meter über dem Boden vor ihm in der Luft schwebte, kam Jake bekannt vor. Er erkannte das warme Lächeln, die leuchtenden Augen, und der Lärm des Publikums erstarb: Es war sein Bruder Philip. Er sah nicht mehr aus wie damals, als er vor drei Jahren spurlos verschwunden war, sondern wie ein junger Mann von siebzehn Jahren. Jake wusste, die Erscheinung war eine Illusion, ein Trugbild, das sein vollkommen erschöpfter Geist ihm vorgaukelte, doch gleichzeitig wusste er: Philip lebte. Aus irgendeinem weit entfernten Winkel der Geschichte schickte er ihm dieses Lebenszeichen. Dann verblasste die Erscheinung allmählich wieder, der Anblick der Augen erst ganz zum Schluss.

Wie mit einem Knall kehrte Jakes Hörvermögen zurück und mit ihm auch die Entschlossenheit. Wenn Philip noch am Leben war – egal wo und egal in welcher Zeit –, war das allein Grund genug, nicht aufzugeben.

Jake duckte sich unter dem brüllenden Fahrtwind und feuerte die Pferde an. Als die Zuschauer merkten, wie er mit neuer Kraft vorwärtspreschte, sprangen sie auf die Beine und jubelten ihm begeistert zu.

Agata konnte vor Wut nicht mehr an sich halten und rannte an die Balustrade der Kaiserloge.

Jake bog auf die vorletzte Gerade ein und sah ihren roten Haarschopf an sich vorbeijagen. Der Streitwagen vibrierte, als würde er jeden Moment auseinanderbrechen. Jetzt hatte er das zweite Gespann eingeholt. Sein Lenker, ein muskulöser Hüne mit vernarbtem Gesicht und dunklem Bart, würdigte ihn keines Blickes, sondern starrte stur geradeaus und schlug umso heftiger mit der Peitsche auf seine Pferde ein.

Gerade als Jake auf der Innenseite überholte, riss der Kontrahent die Zügel herum und drängte Jake gegen die *spina*. Jake hielt dagegen, die Gestelle der Streitwagen verhakten sich ineinander, und beide Gespanne schlingerten wieder in die Bahn zurück. Jake drängte seinen Gegner nun seinerseits immer weiter ab, bis dessen äußeres Rad in den Graben vor den Zuschauerrängen abrutschte. Die ineinander verkeilten Wagen wurden abrupt abgebremst, Jake riss die Zügel herum, und sein Gespann kam frei. Der andere Wagen überschlug sich.

Die Stimmung im Stadion befand sich auf dem Siedepunkt. Jake schrie und ließ die Zügel schnalzen. Nur noch Leopardo war vor ihm, und Jake blieb nur noch eine Runde, um ihn aufzuhalten.

Leopardo blickte kurz zur Seite und schaute entsetzt ein zweites Mal hin, als er Jake erkannte, der genau in diesem Moment auf gleiche Höhe kam. Er holte mit der Peitsche aus und ließ sie auf Jake niedersausen.

Mit Schrecken sah Jake die Krähenfüße an den Enden der Peitsche auf sich zufliegen und duckte sich. Mit einem Pfeifen sausten sie über seinen Kopf hinweg und bohrten sich in den Rücken eines seiner Pferde, das vor Schmerz laut wieherte. Jake kochte vor Wut und war entschlossener denn je, dieses Monster zu besiegen. Als Leopardo ein zweites Mal zuschlug, packte Jake die Peitsche, wickelte sich die Riemen ums Handgelenk und zog mit aller Kraft. Leopardo geriet kurz ins Wanken, dann zog er ebenso heftig zurück. Die Riemen schnitten in Jakes Handgelenk, und er konnte nicht mehr loslassen. Da zauberte Leopardo den nächsten hinterhältigen Trick aus seiner Kiste: Er betätigte ein Pedal, und aus der Radnabe seines Wagens klappte ein Kranz von Klingen. Mit einem diabolischen Grinsen zog er Jakes Gespann näher heran, auf die wirbelnden Messer zu. Jake konnte nur hilflos zusehen, wie die Speichen zu Kleinholz zerhackt wurden. Die Achse brach, der Wagen schlug auf dem Boden auf und wurde vom Rückstoß in die Luft gehoben – Jake mit ihm. Jake nutzte den Schwung, stieß sich mit aller Kraft ab und landete schwankend auf der Deichsel von Leopardos Gespann.

Die Zuschauer drehten beinahe durch vor Begeisterung, als Jake bei halsbrecherischem Tempo nur wenige Zentimeter über dem Boden auf der schmalen Deichsel balancierte. Sie brüllten und schrien, nur Agata Zeldt krallte vor Verzweiflung die Fingernägel ins eigene Fleisch. Caspar stand sprachlos daneben.

Jake wandte sich gerade um, da zog Leopardo sein Schwert. Das Grinsen war ihm vergangenen. Mit wutverzerrtem Gesicht hob er die Klinge zum tödlichen Schlag, und Jake stürzte vor. Er packte Leopardos Schwerthand und schlug sie auf die Brüstung des Wagens. Das Schwert fiel klappernd zu Boden, Jake sprang auf die Plattform und versetzte Leopardo einen Fausthieb. Der taumelte kurz zurück, dann griff er Jakes Kopf und drückte ihm mit aller Kraft die Daumen in die Augen.

Die vier schwarzen Hengste waren kaum hundert Meter von der Ziellinie entfernt, und Agata atmete auf. Doch sie hatte sich zu früh gefreut: Einer der Rappen stolperte über ein Wrackteil, das auf der Bahn liegen geblieben war. Es gab einen Ruck, Leopardo fielen die Zügel aus der Hand, und er musste Jakes Kopf loslassen.

Jake nutzte die Gelegenheit und versetzte Leopardo einen kräftigen Kinnhaken. Dann sprang er vom Wagen und rollte sich im Sand ab.

Benommen von Jakes Schlag versuchte Leopardo, die Pferde wieder unter Kontrolle zu bringen, doch es war zu spät. Das Gespann krachte gegen die Begrenzungsmauer, Leopardo wurde herauskatapultiert und blieb reglos im Graben liegen.

Die siebte Runde war nicht beendet worden.

Ihr Sohn lag da wie tot, und Agatas Lippen zitterten. Als Leopardo den Kopf bewegte und versuchte, einen Arm zu heben, brüllte Agata ihre Wachen an: »Helft ihm, ihr Idioten!«

Die Soldaten rannten zur Rennbahn hinunter, und jetzt sah Agata drei weitere Gestalten in die Arena stürmen: Nathan, Charlie und Topaz. »Verräter! Hexe!«, kreischte sie. »Tötet sie! Tötet sie alle! Hackt sie in Stücke!«, schrie sie den verbliebenen Wachen so laut entgegen, dass Caspar und Austerio sich die Ohren zuhielten.

Die Agenten rannten zu Jake, und Topaz sank neben ihm auf die Knie. »Jake!«, flüsterte sie und nahm seinen Kopf zwischen die Hände. Sein Gesicht war so stark mit Blut verschmiert und von tiefen Schrammen durchzogen, dass sie ihn kaum erkannte.

Jakes Augen flackerten, und als er verschwommen die goldenen Locken über sich erblickte, hielt er Topaz im ersten Moment für einen Engel. Ein Lächeln trat auf seine Lippen.

»Was hattest du vor?«, fragte Topaz verwirrt.

»F-Feuerball …«, stammelte Jake.

»Feuerball?«, wiederholte Nathan. »Welcher Feuerball?«

Jake konzentrierte sich, so gut er konnte. »Eine Bombe«, flüsterte er. »Schwarzpulver. Dort drüben.« Er deutete auf die *spina*. »Die Senatoren …« Jake beschrieb mit den Fingern eine Explosion. »Das Ende der Ordnung.«

»Unter der *spina* sind Bomben versteckt?«, fragte Charlie.

Jake nickte. »Das siebte Ei … ist der Zünder.«

Endlich begriffen sie.

»Agata will nicht den Kaiser töten, sondern die Senatoren!«, rief Charlie.

»Wir müssen sie so schnell wie möglich da wegholen«, erklärte Nathan und überlegte fieberhaft.

Jake nahm Topaz' Hand und blickte ihr benommen in die Augen. Sie waren so kalt gewesen in den letzten Tagen, aber jetzt leuchteten sie wieder wie am Tag ihrer ersten Begegnung. »Lucius ist in Sicherheit«, sagte er.

Topaz beugte sich herunter und küsste ihn auf die Stirn. »Du bist unglaublich, Jake«, flüsterte sie.

»Topaz! Hinter dir!«, schrie Nathan.

Topaz fuhr herum und sah Agatas Soldaten mit gezogenen Waffen auf sie zustürmen. Sie sprang auf und riss ihr Schwert aus der Scheide. Die drei Agenten waren bis oben hin voll mit Adrenalin und warfen sich den Angreifern so beherzt entgegen, dass die Hydra nach nur kurzem Kampf die Flucht ergriffen.

Halb tot und selig vor Glück lag Jake am Boden. »Du bist unglaublich …«, wiederholte er Topaz' Worte. Wenn er jetzt sterben sollte, dachte er, dann starb er zumindest glücklich.

Die anderen Hydra hatten inzwischen Leopardo erreicht und sprangen zu ihm hinunter in den Graben. Agatas Sohn war ebenfalls übel zugerichtet, doch er hatte nur eines im Kopf: den Zünder.

»Auf die Knie«, befahl er einem der Soldaten und kletterte über dessen Rücken zurück auf die Rennbahn. Als er sich oben aufrichten wollte, versagten seine Kräfte, und er sank benommen in den Sand. Die Soldaten richteten ihn eilig wieder auf, er stieß sie weg und humpelte auf die Rundenzähler am Ende der *spina* zu. »Ihr werdet alle sterben«, knurrte er in Richtung der Senatoren. »Jeder einzelne von euch.«

Mit wachsendem Entsetzen beobachtete Agata von der *pulvinar* aus ihren Sohn. »Liebling«, stammelte sie, »was tust du da …?«

Leopardos Beine knickten weg, doch er stand sofort wieder auf und schleppte sich weiter.

Nathan wusste, dass er schnell handeln musste, und rannte hinüber zu dem Podest, an dem die Bären festgekettet waren. Er zog einen großen Klumpen Fleisch aus dem Futtereimer und nahm der größten der vier Bestien die Kette ab. Mit dem Fleisch als Köder rannte er hinüber zur *spina*.

Als die ersten Senatoren ihn und den Bären sahen, schrien sie in wilder Panik auf und rannten auf der anderen Seite der *spina* hinunter auf die Rennbahn.

Agata hatte für all das keinen Blick. Gebannt verfolgte sie, wie Leopardo sich die Stufen zu den sieben goldenen Eiern hinaufschleppte. »Er kann doch nicht …« Verzweifelt wandte sie sich an Caspar. »Mein Sohn wird die Bombe doch nicht selbst …«

Caspar nickte ausdruckslos.

Nathan lockte den vom Duft des Fleischklumpens rasenden Bären weiter in Richtung der Senatoren. Wie ein Stierkämpfer hielt er ihm den blutigen Brocken hin, um ihn jedes Mal blitzschnell wegzuziehen, wenn er danach schnappte. Der Bär wurde nur noch wilder und stellte sich mit einem ohrenbetäubenden Brüllen auf die Hinterbeine.

Die Zuschauer waren unterdessen so verdutzt wegen der überraschenden Schlusswendung des Rennens, dass sie von alldem kaum etwas mitbekamen.

Leopardo hatte inzwischen das Podest mit den Rundenzählern erklommen und taumelte auf die Eier zu. Sein Blick war so furchterregend, dass der Offizielle entsetzt die Flucht ergriff. Leopardo streckte die Hand nach dem golden glitzernden Ei aus, doch das Metall hatte sich in der Sonne so stark erhitzt, dass er sie sofort wieder zurückziehen musste.

Nathan blieb keine Zeit mehr. Er holte weit aus und warf den Fleischklumpen auf die *spina*, mitten hinein zwischen die verbliebenen Senatoren. Verblüfft beobachteten sie den Brocken, der wie ein blutgetränkter Schwamm Blut spritzend auf sie zugesegelt kam. Erst als der Bär dem Leckerbissen hinterherpreschte, schlug die Verwirrung der Senatoren in Panik um, und sie stoben wild auseinander. Eine Flutwelle von weißen Tuniken ergoss sich in alle Richtungen auf die Rennbahn, nur weg von dem Bären.

Wild entschlossen setzte Leopardo ein zweites Mal an, doch jetzt wurde er vom Strom der Flüchtenden erfasst und ein Stück abgedrängt. Mit letzter Kraft stemmte Leopardo sich gegen die anbrandenden Senatoren.

»Für die Geschichte!«, brüllte er und stürzte sich auf das Ei.

»Nein!«, flüsterte Agata und schlug die Hände vors Gesicht.

Nichts geschah. Leopardo hatte den Zünder nicht weit genug gedreht. Ungläubig starrte er das waagerecht stehende Ei an. Den Bären und die in heller Angst fliehende Menge nahm er gar nicht mehr wahr. Mit einem wilden Schrei hob er beide Hände und ließ sie auf die Spitze des Eis niederfahren. Diesmal funktioniert es.

Agatas Herz blieb stehen.

Jake wunderte sich über die plötzliche Stille. Alle Geräusche drangen nur noch wie ein leises Echo zu ihm durch. Dann kehrte wie mit einem Donnerschlag sein Hörvermögen zurück. Jake hörte einen Knall und spürte sengende Hitze. Aus dem Augenwinkel sah er, wie Leopardo in die Luft geschleudert wurde. Wie ein Balletttänzer schwebte er grazil mehrere Meter über dem Boden. Lediglich der fehlende Kopf tat der Eleganz des Anblicks einen gewissen Abbruch.

»Neeeiiin!«, brüllte Agata, das Gesicht vom gelben Schein der Explosion erhellt.

Es folgten weitere Explosionen, mit einem lauten Krachen stürzte die Tribüne auf der *spina* ein wie ein Kartenhaus und auch ein Teil des Bodens. Die riesige Staubwolke hatte noch nicht einmal angefangen, sich zu senken, da kamen bereits die ersten Tiger, Löwen und Leoparden brüllend aus ihren unterirdischen Gehegen auf die Rennbahn.

Die zuvor noch so begeisterten Zuschauer waren wie gelähmt vor Schreck, während die von den Explosionen in die Luft geschleuderten Trümmer der *spina* auf sie herabregneten. Der große Obelisk in der Mitte schwankte und stürzte mit einem Krachen um. Immer höher schlugen die Flammen, bis sie heller erstrahlten als selbst die Sonne.

Endlich erwachte das Publikum aus seiner Starre und stürmte zu den Ausgängen. Wer nicht schnell genug war, wurde umgerannt und niedergetrampelt. Dicker Rauch hing über dem Stadion, von der Explosion verletzte Tiere brüllten, kreidebleiche Senatoren schwankten blutüberströmt über die Rennbahn. Einer suchte nach seinem abgerissenen Arm, ein anderer lag leblos im Sand, aber ein Großteil war unverletzt geblieben und rannte in wilder Panik die Zuschauerränge hinauf.

»Sie fliehen«, stammelte Caspar wie in Trance. »Das dürfen sie nicht …«

Doch Agata hörte ihn nicht. Mit blitzenden Augen starrte sie hinunter zu den Geschichtshütern.

Topaz hustete wegen des beißenden Rauchs und sammelte die Schwerter auf, die die Hydra auf ihrer Flucht fallen gelassen hatten, während Charlie und Nathan Jake aufhalfen.

»Wie oft muss ich den Befehl denn noch geben?«, fauchte Agata die Soldaten an, die noch auf der *pulvinar* waren. »Tötet sie! Tötet meine Tochter!«

Die Hydra blickten unsicher zwischen ihrer Herrin und den Raubkatzen unten auf der Rennbahn hin und her. Ein Löwe verschlang gerade eine herumliegende Hand, und ein Tiger stürzte sich mit lautem Brüllen auf die Überreste eines Senators.

Agatas Blick fiel auf Austerio, der versuchte, sich klammheimlich davonzustehlen. Sie stellte sich ihm in den Weg und verpasste ihm eine schallende Ohrfeige. »Du gehörst mir, du fette Kröte!«, knurrte sie und zog ihn an den Haaren zurück zu seinem Thron. »Du tust, was ich dir befehle!«

Der Schauspieler zitterte wie Espenlaub vor Angst, Tränen strömten über seine Wangen. »Ich kann unter diesen Bedingungen nicht arbeiten«, stotterte er. »Habt Erbarmen …«

Agata ließ ihrer Wut und Trauer freien Lauf. Wie ein Mähdrescher schlug sie auf Austerio ein, der wimmernd die Hände über den Kopf hob.

Als Charlie Agatas Ausbruch sah, sprang er auf die Balustrade der *pulvinar*, deutete auf Austerio und brüllte aus vollem Hals: »*Imperator in periculo est!* Der Kaiser ist in Gefahr!«

Der Lärm im Stadion war so groß, dass ihn zunächst kaum jemand hörte. Erst allmählich wurden die Zuschauer aufmerksam und blickten verwirrt auf die kaiserliche Loge. Die anfängliche Bestürzung schlug schnell in Wut um, denn die meisten waren überzeugt, dass das, was geschehen war, nichts anderes sein konnte als der blutrünstige Auftakt zu einem weiteren Aufstand. Entschlossen eilten die verbliebenen Bürger ihrem Kaiser zu Hilfe.

Caspar schluckte und zupfte Agata an ihrer Robe.

Agata hob den Kopf und sah die wütenden Römer mit erhobenen Fäusten auf sie zustürmen. Mit donnernder Stimme versuchte sie, dem Mob Einhalt zu gebieten, aber ohne Erfolg. Sie ließ von Austerio ab und rannte zum Ausgang der *pulvinar*. An der Flügeltür angekommen, drehte sie sich noch einmal um. Sie ließ den Blick über die tobende Menge schweifen, über den Rauch, der von der *spina* aufstieg, und schaute noch einmal zurück zu dem verstümmelten Leichnam, der einmal ihr Sohn gewesen war. Drei Tiger umkreisten den blutigen Torso mit geifernden Kiefern.

»Die Ahnungslosigkeit wird euer Tod sein«, schleuderte sie ihren Verfolgern noch entgegen, dann rannte sie los. Caspar und der Rest der Hydra folgten ihr und verriegelten die Tür hinter sich.

Nathan kam angelaufen und sah Austerio zitternd auf dem Boden liegen. Charlie und Topaz, die Jake stützten, folgten ihm dicht auf den Fersen.

Der Schauspieler spähte ängstlich zwischen seinen Fingern hindurch. Als er die Agenten erkannte, hellte sich seine Miene sofort auf. »Meine getreuen Anhänger«, schluchzte er, »gekommen, um den unvergleichlichen Austerio zu retten!«

»Später vielleicht«, gab Nathan zurück und warf sich gegen die Tür.

Charlie eilte ihm zu Hilfe, und mit vereinten Kräften brachen sie schließlich durch.

»Wollen wir?«, fragte Nathan.

»Du wartest hier«, sagte Topaz zu Jake. »Hier ist es sicherer für dich.«

»Ausgerechnet jetzt soll ich euch im Stich lassen? Auf keinen Fall!«, gab Jake mit einem schmerzverzerrten Lächeln zurück.

»Wartet auf mich!«, rief Austerio und eilte hinterher. »Lasst mich nicht allein mit diesem Pöbel!«

Die Skulpturen in dem quadratischen Saal, der sich vor ihnen erstreckte, wurden vom Feuerschein der von der Decke hängenden Bronzeschalen erhellt. Am gegenüberliegenden Ende bewachten fünf Hydra den Eingang zu dem Tunnel, der hinüber zum Palatin führte. Als sie die Eindringlinge sahen, hoben sie die Waffen.

»Also wirklich, meine Herren«, frotzelte Nathan. »Ein echter Mann sollte wissen, wann das Spiel für ihn vorbei ist!«

Der eine Wachposten wollte zu seinem Betäubungsarmband greifen, doch Nathan reagierte schnell und warf seinen Dolch auf die Feuerschale direkt über ihm. Mit einem Scheppern schwang sie nach hinten, und der Soldat ging unter den auf ihn herunterprasselnden glühenden Holzscheiten zu Boden. Nathan stürmte vor und schlug dem nächsten Gegner mit einer Drehung das Schwert aus der Hand, schickte gleichzeitig mit dem ausgeklappten Ellbogen dessen Kumpanen zu Boden und beendete die Pirouette, indem er den Kopf des dritten Hydra gegen eine Marmorbüste schlug.

Zu viert kreisten sie den verbliebenen Soldaten ein.

»Aber für uns ist das Spiel noch nicht vorbei, oder?«, fragte Charlie und schnippte dem Hydra mit der Spitze seines Schwerts ein brennendes Scheit in den Kragen der Tunika.

Der Soldat versuchte in wilder Panik, das Feuer zu löschen, da sprang Austerio plötzlich vor und rannte ihn mit seinem dicken Bauch als Rammbock über den Haufen. »Seht ihr?«, rief er begeistert. »Auf Austerio den Unglaublichen ist auch in höchster Not Verlass!«

Nathan verdrehte die Augen. »Los jetzt!«, befahl er.

Sie betraten den von Fackeln beleuchteten Tunnel genau in dem Moment, als Agata und Caspar das andere Ende erreichten. Sie sahen ihre Silhouetten gerade noch in dem vom Sonnenlicht erhellten Ausgang verschwinden und beschleunigten ihren Schritt. Austerio hechelte schnaufend hinterher. Es kam ihnen vor wie eine Ewigkeit, bis sie endlich am Fuß der Treppe waren, die hinauf zu Agatas Anwesen führte.

Nathan spähte nach oben und bedeutete den anderen, ihm leise zu folgen. Mit gezogenen Schwertern schlichen sie die Stufen hinauf.

Oben angelangt, fanden sie sich in dem tropischen Garten wieder, den Jake am Morgen gesehen hatte, als er von Agatas teuflischem Plan erfuhr. Der Garten war verlassen. Nathan führte die Gruppe zwischen den Bäumen hindurch zu einem Torbogen, hinter dem sich das Areal erstreckte, auf dem das Bankett stattgefunden hatte. Bei Tageslicht sah alles ganz anders aus. Das einzige Geräusch war das Plätschern der Brunnen. Da hörten sie ein eigenartiges Rauschen, und eine halbrunde Silhouette erhob sich über die Dächer des Villenkomplexes. Jake starrte die Erscheinung verständnislos an, aber Charlie wusste sofort, was es war.

»Die Montgolfiere!«, rief er. »Agata will damit fliehen.«

Der Ballon blähte sich immer weiter auf. Die Agenten liefen zu der Geheimtür neben der Saturnstatue. Nathan, der den Schlüssel immer noch bei sich trug, sperrte sie auf, und sie stürmten nach oben.

Gerade als sie die Terrasse erreichten, hob die Montgolfiere ab. Im Korb waren Caspar und Agata. Auf Agatas Schulter saß ihr Lieblingsfalke, und sie hielt mit beiden Händen eine kleine Holzschatulle umklammert.

Die vier Geschichtshüter rannten los und packten die Seile, die von dem Korb herabhingen.

Das zusätzliche Gewicht zog den Ballon zurück Richtung Boden, doch Agata reagierte blitzschnell, zückte ihr Schwert und schlug Charlies und Nathans Seil durch. Nur Topaz und Jake hingen noch an den Seilen.

Agata beugte sich über die Brüstung des Korbs und starrte ihre Tochter mit kalten Augen an. Die beiden waren sich so nahe in diesem Moment und doch Äonen voneinander entfernt. Die Spitze von Agatas Schwert schwebte nur Zentimeter vor Topaz' Gesicht. Sie brauchte nur zuzustoßen. »Du undankbares …«, zischte sie, holte aus und schlug das Seil durch.

Ihr Kleid flatterte im Wind, und Topaz fiel wie Herbstlaub zu Boden.

Nathan und Charlie rannten los und konnten sie gerade noch auffangen.

»Jake!«, schrie Topaz und blickte der immer höher steigenden Montgolfiere hinterher.

Jake sah halb Rom unter sich ausgebreitet liegen, und sein Magen hob sich. Mit letzter Kraft zog er sich an dem Seil hoch.

Er hatte die Brüstung des Korbs beinahe erreicht und packte Caspars Toga.

Caspar fuhr herum und stieß ein schrilles Kichern aus, dass seine Speckringe nur so zitterten. »Ich hab's dir schon mal gesagt, und ich sag's gern wieder«, höhnte er. »Du und der Rest deiner Familie, ihr seid die miserabelsten Agenten, die die Welt je gesehen hat.«

Jake zog sich weiter hinauf, die Augen fest auf das Kistchen unter Agatas Arm gerichtet.

»Es wird mir ein Vergnügen sein, die Welt von deiner Dummheit zu erlösen.« Caspar zog seinen Dolch und packte Jake an der Kehle. Agatas Falke flog auf und flatterte aufgeregt im Korb umher.

Jake blickte noch einmal nach unten. Für einen Sprung waren sie bereits zu hoch über der Terrasse.

»Auf Nimmerwiedersehen, Jake«, trällerte Caspar und stieß zu.

Die Klinge blitzte kurz in der Sonne auf, doch sie erreichte nie ihr Ziel.

Alles geschah wie in Zeitlupe: Das sadistische Grinsen auf Caspars Gesicht verschwand und machte einem Ausdruck tiefster Bestürzung Platz. Jake sah, wie Agata von hinten herankam und Caspar einen Stoß in den Rücken versetzte – offensichtlich in der Absicht, sich zweier Probleme gleichzeitig zu entledigen. Caspar ließ den Dolch fallen und stürzte über die Brüstung, konnte sich aber mit einer Hand noch festhalten. Entsetzt drehte er den Kopf und starrte Agata an.

»Du bist nur unnützer Ballast«, sagte sie und bog, einen nach dem anderen, seine Finger auf.

Da ertönte ein schriller Schrei. Der Falke hatte sich an der Flamme des Brenners einen Flügel versengt und fiel wild flatternd auf Agata. Sie schlug ihn mit dem freien Arm beiseite und ließ dabei die Holzschatulle fallen.

Jake sah seine Chance, schwang sich halb über die Brüstung und packte die Schatulle.

In diesem Moment verließen Caspar die Kräfte. Er rutschte ab, bekam mit der einen Hand Jakes Tunika zu fassen und riss ihn mit. Gemeinsam stürzten sie ab.

Der Boden kam rasend schnell näher, und Caspar schlug als Erster auf. Jake landete vergleichsweise sanft auf ihm.

Auf dem Rücken liegend, starrte Caspar ungläubig der Montgolfiere hinterher.

Nathan kam herbeigestürmt, Jake rollte sich von Caspar herunter und reichte ihm die Schatulle. Nathan klappte sie auf, und sein Gesicht erstrahlte: Es war das Atomium, das ihnen in Stockholm gestohlen worden war.

»Ich spüre nichts mehr«, murmelte Caspar und versuchte vergeblich, eine Hand zu heben. »Wieso spüre ich nichts mehr?« Unter ihm breitete sich eine Blutlache über den Boden aus. Aus glasigen Augen blickte er die Agenten an. »Vielleicht bin ich ein bisschen zu weit gegangen … Diese Agata … Es ist nicht leicht, sich ihren Einflüsterungen zu entziehen …« Er verstummte und versuchte ein Lächeln. »Warum wird es so dunkel?«, keuchte er plötzlich erschrocken.

»Caspar, du musst es mir sagen«, flüsterte Jake. »Hast du meinen Bruder gesehen?«

»Ich muss gar nichts mehr … Es ist alles so dunkel!«, rief Caspar, und ein Zittern ging durch seinen Körper.

Jake blieb hartnäckig. »Antworte!«, sagte er mit eindringlicher Stimme. »Philip, hast du ihn gesehen?«

»Ja, ich habe ihn gesehen«, gab Caspar höhnisch zurück. »Und ihn gefoltert … Aber ich schätze, mittlerweile ist er tot.« Er versuchte zu lachen. »Er war überzeugt, dass ihr ihn vergessen habt, du und alle anderen … *Geschichtshüter.*« Er spuckte die Worte förmlich aus. »Ihr seid solche Anfänger.«

Jake rüttelte Caspar an den Schultern. »Wo hast du ihn gesehen?«, fragte er verzweifelt.

»So furchtbar dunkel …« Caspars stöhnte, dann wurde sein Blick leer.

»Wo hast du ihn gesehen?«, wiederholte Jake noch einmal, aber es war zwecklos. Caspar war tot, und alles, was er über Philip wusste, hatte er mit ins Grab genommen.

»Wo, verdammt? Wo …?« Jake wimmerte beinahe.

Topaz schlang von hinten die Arme um ihn, Nathan und Charlie tauschten einen bestürzten Blick aus.

Agatas Ballon erhob sich immer höher in den Himmel. In ganz Rom blieben die Leute mitten auf der Straße stehen und starrten mit offen stehenden Mündern der lautlos dahinschwebenden Erscheinung hinterher. Ganz langsam trieb sie mit dem Wind in Richtung Nordwesten, über den Circus Maximus, über das Marsfeld, die Tiberinsel und die Wassermühlen von Trastevere, bis sie schließlich hinter dem Gianicolo außer Sichtweite verschwand.

24

Irgendwo, irgendwann

Nathan und Charlie deckten Caspars Leiche zu. Er mochte ein Verräter gewesen sein, aber keiner der Agenten hätte ihm den Tod gewünscht. Schließlich war er einmal einer von ihnen gewesen, ein Geschichtshüter, und er stammte aus einer der angesehensten Familien.

Den Leichnam mitzunehmen kam nicht infrage, doch nachdem sie sich an den verbliebenen Wachen vorbei aus der Villa geschlichen hatten, gingen sie sofort zu einem *libitinarius* – einem Leichenbestatter –, dessen kleines Geschäft Charlie in einer Straße am Fuß des Palatin aufgefallen war. Sie besprachen alles mit dem missmutigen, hageren Inhaber (Jake fragte sich, weshalb Bestattungsunternehmer stets so aussahen, als seien sie selbst bereits halb tot.) und bezahlten die Beerdigung. Sobald sie die Möglichkeit hatten, würden sie sich mit Caspars Familie treffen, um den Angehörigen zu sagen, dass ihr Sohn in aller Würde bestattet worden war.

Als Nächstes machten sie sich auf den Weg zu der *taberna*, an der Jake Lucius zurückgelassen hatte. Topaz war sichtlich nervös. Kaum hatte sie Lucius auf der Bank vor der Taverne erblickt, lief sie auch schon los, nahm sein blutverschmiertes Gesicht zwischen die Hände und küsste ihn leidenschaftlich auf den Mund.

Jake betrachtete die beiden glücklich wieder Vereinten. Seine ursprüngliche Eifersucht war wie weggeblasen. Alles, was er jetzt noch spürte, war der Stolz, die beiden wieder zusammengeführt zu haben.

Nathan und Charlie gingen inzwischen Mister Drake holen. Der Papagei saß brav auf seiner Pinie und war so erleichtert, Charlie wiederzusehen, dass er ganz vergaß, wegen der beträchtlichen Verspätung wütend auf ihn zu sein. Danach machten sie sich auf den Weg zum Forum Boarium und hofften, dort eine Transportmöglichkeit nach Ostia zu finden, wo die *Avatara* vor Anker lag. Wie sich herausstellte, hätten sie den Zeitpunkt nicht besser treffen können: Der blinde Gaius hatte mittlerweile sein ganzes Parfüm verkauft und ertrank beinahe in Vorbestellungen. Er musste so schnell wie möglich zurück in sein Dorf, um neues herzustellen, und die beiden Agenten erklärten sich nur zu gern bereit, auf dem Rückweg die Kutscher zu spielen. Sie machten es sich auf dem ohne die Amphoren viel geräumigeren Karren bequem und fuhren mit Gaius zurück zur Taverne. Dort sammelten sie den Rest des Teams inklusive Austerio auf und traten die Rückreise nach Ostia an.

Als sie gemächlich die Flanke des Caelius hinaufrollten, drehte Jake sich noch einmal um und bestaunte den Anblick der Stadt. Die Sonne ging gerade über dem Circus Maximus unter. Wie Ameisen rannten die Arbeiter in dem Stadion hin und her und räumten die Trümmer der *spina* weg.

»Es ist nicht das erste Mal, dass er wiederaufgebaut werden muss«, kommentierte Charlie. »Und es wird auch nicht das letzte Mal bleiben. Sie werden ihn immer weiter verbessern, ihn stabiler machen und noch majestätischer.«

Als sie die Kuppe des Hügels erreichten, stimmte Gaius ein kleines Liedchen an, und Austerio und Lucius fielen mit ein. Die anderen kannten zwar den Text nicht, aber sie summten die Melodie mit – selbst Nathan, der dergleichen normalerweise hasste, konnte sich nicht zurückhalten. Jake saugte ein letztes Mal den Anblick des dämmrigen Talkessels mit dem schimmernden Lichtermeer Roms in sich auf, bevor die Stadt endgültig hinter der Hügelkuppe verschwand. Er streckte sich aus, schaute hinauf in den dunkelblauen Himmel und dachte zurück an die Ereignis des Tages: an die Flucht aus Agatas Villa, an das Wagenrennen im Circus Maximus, an die Bomben, die wilden Tiere und seinen Sturz aus der Montgolfiere. Fünfmal war er nur knapp dem Tod entronnen, aber das Einzige, was zählte, war: Philip lebte. »Ja, ich habe ihn gesehen«, hatte Caspar hämisch verkündet. Das war die beste Nachricht seit drei Jahren, auch wenn sie etwas gedämpft wurde von Caspars Zusatz, dass Philip mittlerweile wahrscheinlich tot sei, und dem Ausspruch: »Er war überzeugt, dass ihr ihn vergessen habt …«

Niemand hat dich vergessen, Philip, dachte Jake. *Niemals.*

Er schaute hinauf zu den ersten am Firmament funkelnden Sternen und wusste – zumindest für diesen Moment –, dass Philip am Leben war. Die Vision im Circus Maximus war wie ein Versprechen gewesen, dass er noch da war, irgendwo, irgendwann. Ein tiefer Frieden senkte sich über Jake, und er schlief ein.

Mitten in der Nacht wurde er von aufgeregtem Flüstern geweckt.

»Ich verstehe nicht«, sagte Lucius. »Warum du musst gehen?«

Topaz rang nach Worten. »Lucius, ich … Ich komme aus einem anderen Teil dieser Welt. Weit, weit weg von hier. Ich muss zurück … Es ist meine Pflicht«, sagte sie niedergeschlagen.

»Pflicht?« Lucius' Lippen bebten. »Liebst du einen anderen?«

»Lucius, es gibt so vieles, das ich dir nicht erklären kann … Ich muss zurück. Es ist eine Frage der Ehre.«

Lucius schwieg lange, dann sagte er: »Ich wollte dir ein Haus am Meer bauen.«

Jake hob den Kopf und sah, wie Topaz Lucius' Haar streichelte. Eine Träne rollte ihr über die Wange. »Wir werden etwas für dich finden. Einen Ort, an dem du in Sicherheit bist. Versprochen«, flüsterte sie.

Danach herrschte Stille. Topaz und Lucius hielten einander im Arm, und der Karren fuhr ratternd in die Nacht.

Als sie am nächsten Morgen in Ostia ankamen, hatte Jake eine Idee. Die Tatsache, dass Lucius alles verloren hatte – zuerst seine Arbeit und dann auch noch Topaz –, hatte sie alle beschäftigt, und Jake hatte nachgedacht. Da war ihm Gaius' tragische Lebensgeschichte wieder eingefallen.

»Du hast doch gesagt, bevor Gaius blind wurde, wäre er Schreiner gewesen«, sagte er zu Nathan.

»Ja. Warum fragst du?«, erwiderte der Amerikaner.

»Vielleicht kennt Gaius jemanden, der Arbeit für Lucius hat. Sein Vater war ebenfalls Schreiner und hat Schiffe gebaut.«

»Jake Djones, du bist ein Genie«, sagte Nathan nach kurzem Überlegen. »Mal sehen, was sich machen lässt.«

Wenn Nathan wollte, konnte er so hilfsbereit sein wie kein anderer. Er nahm Gaius und Lucius beiseite und erklärte ihnen Jakes Vorschlag. Beide waren sofort begeistert. Wie sich herausstellte, kannte Gaius jede Menge Leute, die eventuell Arbeit für Lucius hatten. Und was noch viel besser war: Gaius' Werkstatt war seit Jahren unbenutzt. Es war ihm eine Ehre, sie Lucius zur Verfügung zu stellen. Außerdem wimmelte es in seinem Heimatdorf nur so von jungen hübschen Frauen, wie er mit einem Zwinkern hinzufügte. Als Topaz Gaius' letzte Bemerkung hörte, blickte sie kurz zu Boden, doch Lucius nahm sie sofort in den Arm und küsste sie.

Der endgültige Abschied jedoch war alles andere als leicht. Charlie war losgezogen, um Proviant für die Reise zu kaufen, während Nathan und Jake zum Hafen gingen, um die *Avatara* bereit für die Fahrt nach Messina zu machen. Topaz und Lucius schlenderten inzwischen durch den Hafen. Sie kauften etwas Obst, setzten sich auf den Kai und schauten den Schiffen zu. Lucius unternahm auf Knien einen letzten vergeblichen Versuch, Topaz zum Bleiben zu überreden, und schließlich kehrten beide niedergeschlagen zur *Avatara* zurück.

Lucius umarmte alle ein letztes Mal. Eine volle Minute ließ er Jake nicht mehr los und flüsterte ihm ins Ohr: »Ich hoffe, du finden deinen Bruder, Iake.«

»Und ich wünsche dir von ganzem Herzen dasselbe«, erwiderte Jake.

»Passen auf dich auf. Ich dich nie vergessen, solange ich lebe.«

Lucius und Topaz küssten sich, dann gingen die vier Geschichtshüter mit Austerio, den sie in Herculaneum absetzen würden, an Bord der *Avatara* und legten ab.

Jake stand mit Topaz am Heck und beobachtete, wie Lucius und Gaius am Horizont immer kleiner wurden. Er dachte an Roses Worte, als sie auf dem Weg nach Messina gewesen waren. »Es ist natürlich bescheuert, sich in den Bewohner einer anderen Epoche zu verlieben«, hatte sie seufzend erklärt, weil eine solche Beziehung von vornherein zum Scheitern verurteilt sei. Jake nahm Topaz' Hand. Sie fühlte sich warm an, weich, und sie zitterte.

Topaz schluckte und drückte Jakes Finger.

Austerio war ganz aus dem Häuschen wegen der Geschwindigkeit, mit der die *Avatara* durch die Wellen pflügte, und wurde nicht müde, mit großer Geste Neptun zu preisen. Nachdem sie Herculaneum erreicht hatten, begleiteten die Agenten ihn zum Theater, wo er sich theatralisch von allen verabschiedete. Sie wollten gerade gehen, da kam schon Austerios Lieblingsfeind Fico der Unglaubliche angelaufen. Es war das erste Mal, dass die Geschichtshüter die beiden zusammen sahen, und ihnen wurde sofort klar, wie sehr die beiden einander in Wahrheit verehrten.

Als sie wieder auf dem offenen Meer waren, gab Nathan Jake den konfiszierten Degen zurück. »Ich glaube, der gehört dir«, sagte er. Es war die wunderschöne Waffe mit dem Korb in Form eines Drachenkopfs, die Nathan ihm auf Mont-Saint-Michel zum Abschied geschenkt hatte. Jake hatte ihn glücklicherweise in ihrem Unterschlupf in Rom liegen lassen, als er klammheimlich zu seiner Rettungsaktion aufbrach, und stattdessen Nathans Schwert mitgenommen.

Jake war sprachlos. »Danke«, stammelte er. Dann fügte er mit einem Zwinkern hinzu: »Ich glaube, inzwischen habe ich die eine oder andere Lektion gelernt.«

»Weißt du, jeder von uns schlägt ab und zu ein bisschen über die Stränge. Passiert sogar Charlie manchmal. Bei einem Maskenball im Wien der Habsburgerzeit habe ich einmal ein hautenges Leopardenkostüm getragen und kam mir unglaublich toll dabei vor.« Er überlegte kurz, dann sagte er mit einem Seufzen: »Eine ganze Woche war ich das Gespött der gesamten Stadt.«

Sie segelten weiter in Richtung Süden, und schon bald kamen die Hügel Siziliens in Sicht. Kurz vorm Auslaufen hatte Nathan eine Meslith-Nachricht zum Nullpunkt geschickt und die Kommandantin über alles unterrichtet. Galliana hatte wiederum Rose und Jupitus informiert, die die Agenten bereits im Hafen von Messina erwarteten.

Jake sprang von Bord, noch bevor die *Avatara* angelegt hatte, und schloss seine Tante in eine stürmische Umarmung.

Rose tat, als sei sie entsetzt über Jakes Schnitte und Schürfwunden, doch in Wahrheit war sie unendlich stolz auf ihn. Jupitus deutete unterdessen ungeduldig auf ein anderes Schiff am Kai und verkündete, dass die *Hippocampus* wieder einsatzbereit sei. Sie müssten unverzüglich auslaufen, fügte er hinzu und humpelte sogleich auf seinen Krücken los.

»Und, wie war's mit ihm?«, fragte Jake.

Rose grinste. »Erstaunlich schön. Warum segelst du nicht mit uns und erzählst mir unterwegs von deinen Abenteuern?«

Seit Jake die *Hippocampus* am Nullpunkt das erste Mal erblickt hatte, war er sicher, dass er das Schiff schon einmal irgendwo gesehen hatte, und jetzt beschlich ihn dasselbe Gefühl: Die von der Sonne gebleichten Bohlen, die blau-weiß gestreiften Segel, all das war ihm seltsam vertraut.

Seite an Seite liefen die beiden Schiffe aus. Sie fuhren gerade an dem Leuchtturm vorbei hinaus aufs offene Meer, als Rose mit einem Tablett auf den Armen an Deck kam. »Ich habe ein bisschen Gebäck besorgt und Tee aufgebrüht«, sagte sie und reichte Jupitus eine Tasse. Jupitus nahm sie entgegen, ohne eine Miene zu verziehen, und Jake setzte sich zu seiner Tante.

»Woher kenne ich dieses Schiff?«, fragte er.

»Was sagtest du gerade?«

»Die *Hippocampus*, sie kommt mir irgendwie bekannt vor.«

Rose gehörte zu der Sorte Mensch, die weder lügen noch ein Geheimnis für sich behalten konnte, ohne dabei knallrot im Gesicht oder zumindest nervös zu werden. Im Moment wurde sie beides, und Jakes bohrender Blick verschlimmerte die Sache noch.

»Du weißt irgendwas«, sagte er. »Ich habe dieses Gefühl nicht ohne Grund, nicht wahr? Als ich Mum und Dad danach fragte, haben sie genauso komisch reagiert wie du.«

»Ich benehme mich gar nicht komisch«, widersprach Rose entrüstet.

»Aber dein Gesicht ist so rot wie der Sonnenuntergang über Capri!«, gab Jake lachend zurück.

»Weißt du, was für einen Ärger ich bekomme, wenn ich dir auch nur das kleinste bisschen verrate?«, erwiderte Rose. »Ich habe deinen Eltern schwören müssen, das Geheimnis zu hüten wie meinen Augapfel!«

»Also gibt es ein Geheimnis.«

Rose nippte an ihrem Tee und nahm einen Bissen Gebäck. »Wahrscheinlich hättest du's früher oder später sowieso rausgefunden«, sagte sie schließlich. Rose versicherte sich kurz, dass Jupitus außer Hörweite war, dann beugte sie sich ganz nahe an Jake heran. »Du warst schon einmal auf diesem Schiff, mehrere Male sogar. Als Baby.«

»Als Baby?«, wiederholte Jake. »Versteh ich nicht.«

»Als du noch ganz, ganz klein warst«, hauchte Rose, »waren deine Eltern und ich ein paar Mal mit diesem Schiff zu Einsätzen unterwegs. Die ganze Familie: Alan, Miriam, ich, du … und Philip. Das letzte Mal sind wir ins Persien des Jahres 1327 gefah…«

»Ins Persien des Jahres 1327?«, fiel Jake ihr ins Wort.

Rose nickte. »Ich weiß es noch ganz genau, weil Miriam so schreckliche Zahnschmerzen hatte.«

Jake stand auf und ging an die Reling. Diese Neuigkeiten musste er erst einmal verdauen. »Dann bin ich schon öfter durch die Geschichte gereist?«, fragte er nach einer Weile.

»Wie gesagt, nur ein paar Mal, bevor wir alle den Dienst quittiert haben. Es schien nicht richtig, dich zu Hause zu lassen. Du hast unterwegs auch nie Ärger gemacht. Hast die meiste Zeit geschlafen.«

Wieder musste Jake lachen.

»Jetzt wirst du deinen Eltern wahrscheinlich erzählen, dass ich alles ausgeplaudert habe. Und ich habe den Salat …«

Kurz darauf nahmen die Besatzungen beider Schiffe ihre Dosen Atomium und bereiteten sich auf den Horizontpunkt vor. Nach der nicht gerade angenehmen Hinreise rechnete Jake mit einer ebenso schrecklichen Rückreise, doch seine Befürchtungen bestätigten sich nicht. Natürlich flog er wie sonst auch hinaus in die Stratosphäre und taumelte wie ein Komet zurück zur Erde, aber die furchtbaren Bilder blieben aus, die ihn beim letzten Mal heimgesucht hatten. Der Zeitsprung führte sie direkt in die Biskaya, nur ein paar Seemeilen westlich von La Rochelle. Als Jake die charakteristische Silhouette Mont-Saint-Michels am Horizont erspähte, war es noch nicht einmal dunkel.

Seit Roses Beichte kreisten Jakes Gedanken nur noch um das Thema, dass er schon als Baby durch die Zeit gereist war. Er hatte sie weiter mit Fragen bestürmt, aber Rose hatte darauf bestanden, dass seine Eltern ihm den Rest erzählen müssten. Jetzt stand er an der Reling der *Hippocampus* und konnte es kaum erwarten. Er hatte Alan und Miriam so viel zu sagen.

Nicht nur über Roses Enthüllung, sondern vor allem über Philip.

Als sie von Jubelschreien begrüßt gleich hinter der *Avatara* anlegten, war Jake der Erste, der die Laufplanke hinunterlief.

»Gott im Himmel! Was haben sie mit dir gemacht?«, fragte Miriam, die wie Rose bestürzt war über den Zustand von Jakes Gesicht.

»Miriam, so kannst du doch unseren Sohn nicht begrüßen!« Alan kniff Jake in die Wange. »So sehen echte Abenteurer nun mal aus.«

Als Jake ihnen gerade die Neuigkeiten von Philip überbringen wollte, rief Jupitus erschrocken: »Fremdes Schiff nähert sich dem Hafen!«

Alle Köpfe fuhren herum. Vor dem Sonnenuntergang hoben sich zwei dreieckige Segel ab. Sie hielten genau auf Mont-Saint-Michel zu. Galliana zog ihr Fernrohr hervor und spähte hindurch.

»Eine chinesische Dschunke«, sagte sie ebenso erschrocken wie Jupitus.

Oceane schlug die Hände über dem Kopf zusammen und rannte mit Josephine zurück ins Schloss.

Die Kommandantin inspizierte weiter das herannahende Schiff. Sie konnte sechs Gestalten ausmachen, die sich alle am Bug zusammengedrängt hatten. »Ich habe diese Dschunke schon einmal gesehen. Sie gehört der Dependance in China.« Da erkannte Galliana eines der Mannschaftsmitglieder, und sie atmete erleichtert auf. »Es ist Madame Tieng!«

»Seid Ihr sicher?«, fragte Jupitus.

Galliana nickte. »Sie lächelt sogar.«

»Wer ist diese Madame Tieng?«, fragte Jake.

»Sie ist die Kommandantin des Pekinger Büros«, flüsterte Miriam. »Eine beeindruckende Frau. Aber was in aller Welt macht sie hier?«

Das Schiff legte an, die Laufplanke wurde ausgefahren, und

die Besatzung ging hastig von Bord. Die Männer und Frauen in ihren traditionellen chinesischen Gewändern wirkten sehr vornehm, geradezu aristokratisch. Die Frauen sahen aus wie exotische Blumen und zitterten leicht in der kühlen Atlantikbrise. Jake fiel sofort auf, dass alle Besatzungsmitglieder in etwa in Gallianas Alter waren. Anscheinend hatten sie in China Nachwuchsprobleme.

Eine beeindruckende Frau mit leuchtend weißem Haar, schwarzen Augen und Lippen, die aussahen wie eine Rosenblüte, verneigte sich vor Galliana. Es war Madame Tieng.

»Wir sind mitten in der Nacht entkommen«, sagte sie. »Unser Büro wurde überfallen.«

»Überfallen?«, fragte Galliana und konnte ihre Bestürzung kaum verbergen. »Von wem?«

Madame Tieng schloss die Augen. »Von Xi Xiangs Leuten. Ich hatte ein junges Team ausgeschickt, um ihn ausfindig zu machen. Sie sind nicht zurückgekehrt, und jetzt, fürchte ich, sind wir alle in Gefahr.«

Entsetzen machte sich unter den Geschichtshütern breit. Jake hatte keine Ahnung, wer dieser geheimnisvolle Xi Xiang war. Aber das aufgeregte Geflüster war Grund genug für die Annahme, dass schon sehr bald der nächste Einsatz stattfinden würde, und Jake wäre nicht überrascht gewesen, wenn das Ziel China heißen sollte. Er wollte um jeden Preis dabei sein. Sein Vater hatte recht: Jake war ein echter Abenteurer geworden. Er hatte ein für alle Mal bewiesen, dass er zu ihnen gehörte – zu den Geschichtshütern. Umso mehr, da er schon als Baby ins Jahr 1327 gereist war.

Er suchte Topaz' Blick, und sie schauten einander schweigend an, dann blickten sie beide hinaus aufs Meer.

Jake dachte an seinen Bruder. »Du lebst«, flüsterte er in die Brise. »Ich weiß es. Und ich werde dich finden. Irgendwo, irgendwann …«

Danksagung

Einmal mehr möchte ich mich bei den fünf weisen Göttinnen Jo Unwin, Becky Stradwick, Sue Cook, Sophie Nelson und Lauren Bennett für ihre unermüdliche Arbeit und Unterstützung bedanken. Natürlich auch bei dem fantastischen Ali Lowry – dafür, dass er ist, wie er ist.

Dieses Buch ist meinem Bruder Justin gewidmet sowie Berne, Lukas und Zak in Erinnerung an Justine, diese wundervolle und inspirierende Frau, die wir nie vergessen werden.